Goldmann Klassiker Ⓖ

Oscar Wilde
in der Taschenbuchreihe
Goldmann Klassiker:

Das Bildnis des Dorian Gray. Roman (7580)

Das Gespenst von Canterville und andere Erzählungen. Inhalt:
Das Gespenst von Canterville – Die Sphinx ohne Geheimnis –
Der Modellmillionär – Lord Arthur Saviles Verbrechen (7550)

OSCAR WILDE

DAS BILDNIS DES DORIAN GRAY

Roman

Wilhelm Goldmann Verlag

Vollständige Ausgabe
Aus dem Englischen übertragen von Ernst Sander
Titel des Originals: The Picture of Dorian Gray
Nachwort, Zeittafel und bibliographische Hinweise:
Professor Dr. Lothar Fietz, Universität Tübingen
Anmerkungen: Hans Lankes, München

Made in Germany · 11/78 · 1. Auflage · 116
© 1961/1978 by Wilhelm Goldmann Verlag, München
Umschlagentwurf: Creativ Shop, A. + A. Bachmann, München
Satz und Druck: Presse-Druck Augsburg
Verlagsnummer: 7580 · Vosseler/Ernst
ISBN 3–442–07580–7

INHALT

Der Künstler ist der Schöpfer schöner Dinge.

Kunst offenbaren und den Künstler verbergen ist das Ziel der Kunst.

Kritiker ist, wer seinen Eindruck von schönen Dingen in eine andere Form oder in ein neues Material zu übertragen vermag.

Die höchste wie die niedrigste Form der Kritik ist eine Art Selbstbiographie.

Wer in schönen Dingen häßliche Absichten erblickt, ist verdorben, ohne daß ein Reiz ihn schmückt. Dieses ist ein Fehler.

Wer in schönen Dingen schöne Absichten erblickt, hat Kultur. Für ihn steht zu hoffen.

Das sind die Auserwählten, denen schöne Dinge einfach Schönheit heißen.

Es gibt weder moralische noch unmoralische Bücher. Bücher sind gut geschrieben oder schlecht geschrieben. Das ist alles.

Die Abneigung des neunzehnten Jahrhunderts gegen den Realismus ist die Wut Calibans, der sein Gesicht im Spiegel sieht.

Die Abneigung des neunzehnten Jahrhunderts gegen die Romantik ist die Wut Calibans, der sein Gesicht nicht im Spiegel sieht.

Das moralische Leben der Menschheit bildet einen Teil der Gegenstände des Künstlers, die Moralität der Kunst jedoch besteht in der vollkommenen Handhabung eines unvollkommenen Mittels.

Kein Künstler wünscht etwas zu beweisen. Selbst Wahres kann bewiesen werden.

Kein Künstler hat ethische Neigungen. Ethische Neigung beim Künstler ist eine unverzeihliche Manieriertheit des Stils.

Kein Künstler ist je krankhaft. Der Künstler darf alles ausdrükken.

Gedanke und Sprache sind dem Künstler Werkzeuge der Kunst.

Laster und Tugend sind dem Künstler Materiale der Kunst.

Vom Standpunkte der Form ist der Typus aller Kunst die des Musikers. Vom Standpunkt des Gefühls ist die des Schauspielers der Typus.

Alle Kunst ist zugleich Oberfläche und Symbol.

Wer unter die Oberfläche dringt, tut es auf eigene Gefahr. Wer dem Symbol nachgeht, tut es auf eigene Gefahr.

In Wahrheit spiegelt die Kunst den Betrachter, nicht das Leben.

Verschiedenheit des Urteils über ein Kunstwerk zeigt, daß das Werk neu, vielfältig und lebenskräftig ist.

Wenn die Kritiken auseinandergehen, ist der Künstler mit sich im Einklang.

Wir können jemandem verzeihen, daß er etwas Nützliches schafft, solange er es nicht bewundert. Die einzige Entschuldigung dafür, daß jemand etwas Zweckloses schafft, ist, daß er es unendlich bewundert.

Alle Kunst entbehrt völlig des Zweckes.

Oscar Wilde

Das Atelier war erfüllt vom starken Geruch der Rosen, und wenn der leichte sommerliche Wind durch die Bäume des Gartens rauschte, wehte durch die offene Tür der schwere Duft des Flieders oder der feinere Hauch des blühenden Rotdorns.

Von der Ecke aus konnte Lord Henry Wotton, der auf einem Diwan von persischen Satteldecken lag und, wie es seine Gewohnheit war, unzählige Zigaretten rauchte, gerade noch den Abglanz der honigsüßen und honigfarbenen Blüten des Goldregens gewahren, dessen zitternde Zweige die Last ihrer flammenden Schönheit kaum zu tragen vermochten; und dann und wann glitten die phantastischen Schatten fliegender Vögel über die langen seidenen Vorhänge, die über das große Fenster gespannt waren, was zuweilen nahezu japanisch wirkte, weil es ihn an jene bleichen Maler Tokios mit den Jadegesichtern erinnerte, welche durch die Mittel einer Kunst, die notwendig unbeweglich ist, den Eindruck von Behendigkeit und Bewegung zu erwecken suchen. Das tiefe Summen der Bienen, die sich ihren Weg durch das hohe, ungemähte Gras bahnten oder mit immer gleicher Beharrlichkeit um die blütenstaubgefüllten Goldtrichter des wuchernden Geißblatts kreisten, schien die Stille noch drückender zu machen. Das dumpfe Brausen Londons war wie der Baßton einer fernen Orgel.

In der Mitte des Raumes stand an einer aufrechten Staffelei das lebensgroße Bildnis eines jungen Mannes von außerordentlicher Schönheit, und in geringer Entfernung davor saß der Künstler selbst, Basil Hallward, dessen jähes Verschwinden vor einigen Jahren solches Aufsehen erregt und Veranlassung zu so vielen seltsamen Vermutungen gegeben hatte.

Als der Maler die graziöse und einnehmende Gestalt ansah, die er in seiner Kunst so trefflich wiedergegeben hatte, glitt ein Lächeln der Befriedigung über sein Antlitz und schien dort zu verweilen. Plötzlich jedoch fuhr er auf, schloß die Augen und preßte seine Finger auf die Lider, als suche er hinter seiner Stirn irgendeinen seltsamen Traum zu verschließen, aus dem zu erwachen ihm bangte.

»Es ist Ihr bestes Werk, Basil, das beste, was Sie je gemacht haben«, sagte Lord Henry langsam. »Sie müssen es nächstes Jahr unbedingt in die Grosvenor-Galerie schicken. Die Akademie ist zu groß und vulgär. Jedesmal, wenn ich hinging, waren entweder so viele Leute da, daß ich die Bilder nicht sehen konnte, und das war schrecklich; oder so viele Bilder, daß ich die Leute nicht sehen konnte, und das war noch ärger. Grosvenor ist wirklich der einzig mögliche Platz.«

»Ich glaube nicht, daß ich es fortschicken werde«, antwortete der Maler und warf seinen Kopf in jener merkwürdigen Weise zurück, die schon in Oxford seine Freunde zum Lachen gebracht hatte. »Nein, ich will es nicht fortschicken.«

Lord Henry zog die Augenbrauen hoch und sah ihn durch die dünnen blauen Rauchwolken, die in bizarren Wirbeln von seinen schweren, opiumhaltigen Zigaretten aufstiegen, betroffen an. »Nicht fortschicken? Mein lieber Junge, warum denn? Haben Sie einen einzigen vernünftigen Grund dafür? Welch tolle Käuze ihr Maler doch seid! Alles mögliche tut ihr, nur um Ruhm zu erwerben, und sobald ihr ihn habt, scheint ihr nichts Eiligeres zu tun zu haben, als ihn fortzuwerfen. Das ist töricht, denn nur eins ist schlimmer, als in aller Mund zu sein, und das ist: nicht in aller Mund zu sein. Ein Bildnis wie dieses würde Sie weit hinausheben über die Jungen in England, und die Alten würde es toll eifersüchtig machen, soweit alte Leute überhaupt noch einer Empfindung fähig sind.«

»Ich weiß, daß Sie mich auslachen werden«, erwiderte der Maler, »aber ich kann es wirklich nicht ausstellen. Es ist viel zuviel von mir selbst darin.«

Lord Henry streckte sich auf dem Diwan aus und lachte.

»Ja, das wußte ich; aber wahr bleibt es deswegen doch.«

»Zuviel von Ihnen selbst! Auf mein Wort, Basil: Daß Sie so eitel sind, habe ich nicht gewußt; und ich kann mit dem besten Willen keinerlei Ähnlichkeit zwischen Ihrem rauhen, starken Gesicht und Ihrem kohlschwarzen Haar und dem jungen Adonis dort finden, der aussieht, als sei er aus Elfenbein und Rosenblättern geschaffen. Nein, mein lieber Basil, er ist ein Narziß, und Sie – nun ja, sicherlich haben Sie geistvolle Züge, und was dergleichen mehr ist. Aber Schönheit, wirkliche Schönheit hört dort auf, wo geistiger Ausdruck beginnt. Geist ist an sich etwas Übertriebenes und zerstört die harmonische Ausgeglichenheit eines jeden Gesichts. Im Augenblick, wo man sich hinsetzt, um zu denken, wird man ganz Nase oder ganz Stirn oder sonst etwas Gräßliches. Sehen Sie nur die Leute an, die es in irgendeinem gelehrten Berufe zu etwas gebracht haben: Wie ausgesprochen häßlich sind sie alle! Ausgenommen natürlich die Geistlichen. Aber ein Geistlicher denkt nicht. Ein

Bischof sagt als Achtzigjähriger noch genau dasselbe, was ihm ein-
gelernt wurde, als er ein Knabe von achtzehn war, und infolgedessen sieht er immer noch entzückend aus. Ihr geheimnisvoller junger
Freund, dessen Namen Sie mir nie gesagt haben, dessen Bildnis aber
tatsächlich einen Bann auf mich ausübt, denkt niemals. Ich bin dessen ganz sicher. Er ist irgendein hirnloses, schönes Geschöpf, das
immer im Winter hier sein sollte, wenn wir keine Blumen zum Anschauen haben, und das immer im Sommer hier sein sollte, wenn wir
etwas brauchen, um unseren Geist zu kühlen. Täuschen Sie sich
nicht über sich selbst, Basil: Sie sehen ihm nicht im geringsten ähnlich.«

»Sie verstehen mich nicht, Harry«, antwortete der Künstler,
»natürlich sehe ich ihm nicht ähnlich, das weiß ich recht wohl.
Überdies wäre es mir gar nicht lieb, wenn ich ihm ähnlich sähe. Sie
zucken die Achseln. Ich sage Ihnen die Wahrheit. Es liegt ein Verhängnis über allem, was sich körperlich und geistig auszeichnet,
jene Art von Verhängnis, welche die schwankenden Schritte der
Könige durch die Geschichte zu peitschen scheint. Es ist besser, sich
nicht von seinen Mitmenschen zu unterscheiden. Die Häßlichen
und Dummen haben es am besten auf dieser Welt. Sie können be-
quem dasitzen und das Spiel begaffen. Wenn sie auch nichts vom
Siege wissen, bleibt es ihnen doch wenigstens erspart, die Niederlage kennenzulernen. Sie leben, wie wir alle leben sollten, ungestört
gleichmütig und ohne die Pein der Unrast. Sie bringen weder Verderben über andere, noch geschieht es ihnen von fremder Hand.
Ihr Rang und Ihr Reichtum, Harry; mein Geist, immerhin – meine
Kunst, was sie auch wert sein mag: Dorian Grays schöne Gestalt –
wir alle müssen leiden für das, was die Götter uns geschenkt haben,
schrecklich leiden.«

»Dorian Gray? So heißt er?« fragte Lord Henry und schritt
durch das Atelier auf Basil Hallward zu.

»Ja, so heißt er. Ich hatte es Ihnen nicht sagen wollen.«

»Und warum nicht?«

»Oh, das kann ich nicht erklären. Wenn ich jemand sehr, sehr
gern habe, nenne ich niemandem seinen Namen. Das ist mir, als
gäbe ich ein Stück von ihm preis. Ich bin dahin gekommen, das Geheimnis zu lieben. Es dünkt mich das einzige, was uns Heutigen das
Leben seltsam und wunderbar machen kann. Das Gewöhnlichste
wird reizvoll, wenn man es nur verbirgt. Wenn ich fortreise, sage
ich niemandem, wohin ich gehe. Täte ich's, wäre es um mein Vergnügen geschehen. Es mag eine törichte Gewohnheit sein, aber sie

scheint mir ein gut Teil Romantik ins Leben zu bringen. Vermutlich halten Sie mich für schrecklich albern deswegen?«

»Ganz und gar nicht«, antwortete Lord Henry, »ganz und gar nicht, mein lieber Basil. Sie vergessen anscheinend, daß ich verheiratet bin und daß der einzige Reiz der Ehe darin liegt, daß sie für beide Teile ein Leben der Täuschung absolut notwendig macht. Ich weiß nie, wo meine Frau ist, und meine Frau weiß nie, was ich tue. Wenn wir uns treffen – wir treffen uns gelegentlich, wenn wir zusammen zum Essen geladen sind oder zum Herzog aufs Land gehen –, erzählen wir einander mit dem ernsthaftesten Gesicht die absurdesten Geschichten. Meine Frau versteht sich sehr gut darauf – wirklich viel besser als ich. Sie verwirrt sich nie in Widersprüche, ich stets. Wenn sie mich jedoch dabei ertappt, macht sie weiter kein Aufhebens. Manchmal wünsche ich, sie täte es; aber sie lacht mich bloß aus.«

»Ich hasse die Art, wie Sie über Ihre Ehe sprechen, Harry«, sagte Basil Hallward und ging lässig auf die Gartentür zu, »ich glaube, in Wirklichkeit sind Sie ein sehr guter Gatte, nur schämen Sie sich durch und durch Ihrer Tugenden. Sie sind ein absonderlicher Mensch. Sie sagen niemals etwas Moralisches, und niemals tun Sie etwas Unrechtes. Ihr Zynismus ist nichts als Pose.«

»Natürlich zu sein ist nichts als Pose, und zwar die aufreizendste, die ich kenne«, rief Lord Henry lachend, und die beiden jungen Herren gingen zusammen in den Garten hinaus und ließen sich auf einer langen Bambusbank nieder, die im Schatten eines mächtigen Lorbeerbusches stand. Der Sonnenschein flimmerte über die glänzenden Blätter. Im Grase zitterten weiße Gänseblümchen.

Nach einer Pause zog Lord Henry seine Uhr. »Ich fürchte, ich muß fort, Basil; und bevor ich gehe, müssen Sie mir die Frage beantworten, die ich vorhin an Sie richtete.«

»Was war es?« fragte der Maler und schaute vor sich auf die Erde.

»Sie wissen es ganz gut.«

»Nein, Harry.«

»Nun, dann werde ich es also nochmals sagen. Ich möchte, daß Sie mir erklären, warum Sie Dorian Grays Bildnis nicht ausstellen wollen. Ich möchte den Grund wissen.«

»Ich sagte ihn Ihnen.«

»Nein, das haben Sie nicht getan. Sie sagten, weil Sie zuviel von sich selbst hineingelegt hätten. Und das ist kindisch.«

»Harry«, sagte Basil Hallward und sah dem anderen gerade ins

Gesicht, »jedes Bildnis, das mit Empfindung gemalt ist, ist ein Bildnis des Künstlers, nicht des Dargestellten. Das Modell ist nur der zufällige Anlaß dazu, die Gelegenheit. Nicht das Gemalte wird vom Maler geoffenbart; der Maler selbst ist es, der sich auf der farbigen Fläche enthüllt. Der Grund, warum ich dieses Bildnis nicht ausstellen will, ist also der, daß ich fürchte, ich habe darin das Geheimnis meiner Seele gezeigt.«

Lord Henry lachte. »Und das ist?« fragte er.

»Ich will es Ihnen sagen«, antwortete Hallward; aber ein Ausdruck der Verlegenheit trat dabei in sein Gesicht.

»Ich bin ganz Ohr«, erwiderte der andere und blickte ihn an.

»Oh, eigentlich ist dabei sehr wenig zu erzählen, Harry«, antwortete der Maler, »und überdies fürchte ich, Sie werden es kaum verstehen. Vielleicht glauben Sie es nicht einmal.«

Lord Henry lächelte, bog sich nieder, pflückte im Gras ein rosablättriges Gänseblümchen und betrachtete es. »Ich bin ganz sicher, daß ich es verstehen werde«, entgegnete er, indem er aufmerksam die kleine, weißbefiederte, goldene Scheibe ansah, »und was den Glauben betrifft, so kann ich alles glauben, vorausgesetzt, daß es ganz unglaubwürdig ist.«

Der Wind streifte einige Blüten von den Bäumen, und die schweren gesternten Trauben der Fliederbüsche schwankten auf und ab in der lauen Luft. Eine Grille begann an der Gartenmauer zu zirpen, und gleich einem blauen Faden schwebte auf ihren braunen Gazeflügeln eine schlanke Libelle vorüber. Lord Henry hatte die Empfindung, als vermöchte er Basil Hallwards Herz schlagen zu hören, und er war voller Erwartung, was kommen würde.

»Die Geschichte ist einfach die«, sagte der Maler nach einer Weile. »Vor zwei Monaten ging ich zu einem der großen Empfänge Lady Brandons. Sie wissen, wir armen Künstler müssen uns von Zeit zu Zeit in der Gesellschaft zeigen, um das Publikum zu erinnern, daß wir keine Wilden sind. Im Abendanzug mit der weißen Binde, wie Sie mir einmal sagten, kann jeder, sogar ein Börsenmakler, in den Ruf kommen, Kultur zu haben. Nun, ich war etwa zehn Minuten im Saal und schwatzte mit mächtig aufgetakelten Witwen und langweiligen Akademikern, als ich plötzlich spürte, daß jemand mich ansah. Ich wandte mich halb zur Seite und sah Dorian Gray zum ersten Male. Als unsere Augen sich begegneten, fühlte ich, wie ich blaß wurde. Ein seltsames Erschrecken kam über mich; ich wußte, daß ich jemandem gegenübertrat, dessen bloße Persönlichkeit so bezaubernd wirkte, daß sie, wenn ich ihr nachgab, Besitz ergreifen würde von meinem Selbst, meiner Seele, sogar meiner Kunst. Ich trug in mir kein Bedürfnis nach einem Einfluß von außen her. Sie wissen, Harry, wie unabhängig ich von Natur bin. Ich bin stets mein eigener Herr gewesen, so lange wenigstens, bis ich Dorian Gray traf. Dann – aber ich weiß nicht, wie ich Ihnen das deutlich machen soll. Irgend etwas schien mir zu sagen, daß ich am Rande einer schrecklichen Krisis meines Lebens stünde. Ich hatte das seltsame Gefühl, daß das Schicksal erlesene Freuden und erlesene Leiden für mich bereithielt. Mir bangte, und ich wandte mich um, um fortzugehen. Nicht das Gewissen hieß es mich tun; es war so etwas wie Feigheit. Ich will nicht verhehlen, daß ich zu entfliehen suchte.«

»Gewissen und Feigheit sind durchaus dasselbe. Gewissen ist lediglich der Geschäftsname der Firma. Das ist alles.«

»Das glaube ich nicht, Harry, und Sie glauben es auch nicht. Indessen, was auch der Grund war – und es mag Stolz gewesen sein, denn ich bin für gewöhnlich sehr stolz –, ich strebte jedenfalls nach der Tür. Da stieß ich natürlich auf Lady Brandon. ›Sie werden doch nicht schon fortgehen wollen, Mr. Hallward?‹ kreischte sie. Sie kennen ihre eigenartig schrille Stimme.«

»Ja, sie ist ein Pfau in allem, außer der Schönheit«, sagte Lord Henry, indem er das Gänseblümchen zwischen seinen langen, nervösen Fingern zerpflückte.

»Ich konnte sie nicht loswerden. Sie führte mich zu den Hoheiten und Leuten mit Sternen und Orden und ältlichen Damen mit ungeheurem Kopfschmuck und Papageiennasen. Sie nannte mich ihren liebsten Freund. Dabei hatte ich sie gerade einmal zuvor gesehen; aber sie setzte es sich in den Kopf, mich zum Löwen der Gesellschaft zu machen. Ich glaube, irgendein Bild von mir hatte damals gerade einen großen Erfolg gehabt, wenigstens war in den Zeitungen darüber geschwätzt worden, und das ist im neunzehnten Jahrhundert der Gradmesser der Unsterblichkeit. Plötzlich befand ich mich dem jungen Mann gegenüber, der mich so seltsam bewegt hatte. Wir standen einander ganz nahe, berührten uns fast. Wieder trafen sich unsere Blicke. Es war unbesonnen von mir, aber ich bat Lady Brandon, mich ihm vorzustellen. Vielleicht war es doch nicht so unbesonnen. Es war einfach nicht zu vermeiden. Wir hätten auch ohne Vorstellung miteinander gesprochen. Das ist ganz sicher. Dorian sagte es mir nachher ebenfalls. Auch er fühlte, daß unsere Bekanntschaft eine schicksalhafte Fügung war.«

»Und wie beschrieb Lady Brandon diesen wunderbaren jungen Mann?« fragte Lord Henry. »Ich weiß, daß sie stets ein gewinnendes précis aller ihrer Gäste gibt. Einmal, erinnere ich mich, brachte sie mich zu einem bärbeißigen alten Herrn mit rotem Gesicht, der über und über mit Orden und Bändern bedeckt war, und tuschelte mir die erstaunlichsten Einzelheiten ins Ohr, mit solch tragischer Flüsterstimme, daß es jedem im Raum verständlich sein mußte. Ich lief einfach fort. Ich entdecke die Menschen gern selbst. Aber Lady Brandon behandelt ihre Gäste genau wie ein Auktionär seine Waren. Sie erklärt sie entweder, bis nichts mehr von ihnen übrigbleibt, oder sie erzählt einem alles über sie, nur nicht, was man wissen möchte.«

»Arme Lady Brandon! Sie machen sie recht schlecht, Harry!« sagte Hallward zerstreut.

»Mein lieber Freund, sie versuchte, einen Salon zu gründen, und es gelang ihr nur, ein Restaurant zu eröffnen. Was könnte ich an ihr finden? Aber sagen Sie mir, was erzählte sie über Dorian Gray?«

»Oh, so etwas wie: Reizender Junge – arme gute Mutter und ich ganz unzertrennlich. Ganz vergessen, was er treibt – fürchte – gar nichts – o doch, spielt Klavier – oder ist es die Geige, lieber Mr. Gray? Wir mußten beide lachen und wurden sogleich Freunde.«

»Lachen ist wirklich kein schlechter Anfang für eine Freundschaft und bei weitem ihr bester Schluß«, sagte der junge Lord und pflückte abermals ein Gänseblümchen.

Hallward schüttelte den Kopf. »Sie wissen nicht, was Freundschaft ist, Harry«, sagte er leise, »und ebensowenig wissen Sie, was Feindschaft ist. Sie haben jeden gern; mit anderen Worten: es ist Ihnen jeder gleichgültig.«

»Wie schrecklich ungerecht Sie sind!« rief Lord Henry, stieß seinen Hut zurück und schaute zu den kleinen Wolken auf, die wie faserige Strähnen glänzend weißer Seide über die türkisblaue Wölbung des Sommerhimmels zogen. »Ja, wie schrecklich ungerecht. Ich mache große Unterschiede zwischen den Menschen. Ich wähle meine Freunde nach ihrem guten Aussehen, meine Bekannten nach ihrem guten Charakter und meine Feinde nach ihrem guten Verstande. Man kann in der Wahl seiner Feinde nie vorsichtig genug sein. Ich habe keinen einzigen, der ein Dummkopf wäre. Alle sind Menschen von einer gewissen geistigen Kraft, und darum schätzen sie mich alle. Ist das sehr eitel von mir? Ich glaube schon, daß es ziemlich eitel ist.«

»Ganz meine Ansicht, Harry. Aber nach Ihrer Einteilung gehöre ich dann bloß zu den Bekannten.«

»Mein lieber alter Basil, Sie sind weit mehr als ein Bekannter.«

»Und weit weniger als ein Freund. Eine Art Bruder vermutlich?«

»Oh, die Brüder! Mir liegt nichts an Brüdern. Mein älterer Bruder will nicht sterben, und meine jüngeren tun anscheinend nie etwas anderes.«

»Harry!« rief Hallward und runzelte die Stirn.

»Lieber Junge, ich meine es nicht ganz ernst, aber ich kann mir nicht helfen: ich hasse meine Verwandten. Vermutlich rührt das daher, daß niemand vertragen kann, wenn andere Leute dieselben Fehler haben wie er. Ich sympathisiere durchaus mit der Wut der Demokraten gegen das, was sie die Laster der oberen Klassen nennen. Die Masse fühlt, daß Trunksucht, Dummheit und Unsittlichkeit ihr eigenstes Gebiet sein sollten und daß, wenn unsereiner einen Esel aus sich macht, er an ihre Vorrechte rührt. Beim Scheidungsprozeß des armen Southwark war ihre Entrüstung ganz großartig. Und dennoch, meine ich, lebt nicht der zehnte Teil des Proletariats anständig.«

»Ich pflichte keinem Ihrer Worte bei, Harry, und, was mehr ist, ich bin sicher, Sie tun es auch nicht.«

Lord Henry strich seinen spitzen braunen Bart und stieß mit seinem Ebenholzstock, an dem eine Quaste hing, auf die Spitzen seiner Lackstiefel. »Wie englisch Sie sind, Basil! Sie machen diese Bemerkung nun schon zum zweiten Male. Wenn man einem richtigen Engländer eine Idee mitteilt – was immer eine Voreiligkeit ist –, fällt es ihm nicht im Traum ein, nachzuforschen, ob die Idee richtig ist oder falsch. Ihm erscheint nur wichtig, ob man selbst daran glaubt. Nun hat jedoch der Wert einer Idee nicht das mindeste mit der Wahrhaftigkeit dessen zu schaffen, der sie ausspricht. Wahrscheinlich wird die Idee um so geistiger sein, je unaufrichtiger derjenige ist, der sie ausspricht. Denn sie wird in diesem Falle weder von seinen Bedürfnissen noch von seinen Wünschen oder seinen Vorurteilen getrübt sein. Aber ich beabsichtige nicht, über Politik, Soziologie oder Metaphysik mit Ihnen zu verhandeln. Mir sind Menschen lieber als Prinzipien und Menschen ohne Prinzipien lieber als irgend etwas auf der Welt. Erzählen Sie mir mehr von Mr. Dorian Gray. Wie oft sehen Sie ihn?«

»Jeden Tag. Ich wäre unglücklich, wenn ich ihn nicht jeden Tag sähe. Er ist mir ganz unentbehrlich.«

»Wie seltsam! Ich dachte, Sie kümmerten sich um nichts als um Ihre Kunst!«

»Er ist jetzt meine Kunst«, sagte der Maler ernst. »Manchmal denke ich, Harry, es gibt nur zwei wichtige Epochen in der Weltgeschichte. Zuerst das Auftreten eines neuen Kunstmittels, sodann das Auftreten einer neuen Persönlichkeit für die Kunst. Was die Erfindung der Ölmalerei für die Venezianer war, das war das Antlitz des Antinous für die spätgriechische Plastik und wird eines Tages das Antlitz Dorian Grays für mich sein. Es kommt nicht bloß darauf an, daß ich ihn male, zeichne, skizziere. Natürlich habe ich das alles getan. Aber er ist viel mehr für mich als ein Modell oder ein Mensch, der mir sitzt. Ich möchte nicht gerade sagen, daß ich unzufrieden bin mit dem, was ich nach ihm gemacht habe, oder daß seine Schönheit solcher Art sei, daß die Kunst sie nicht auszudrücken vermöge. Die Kunst kann alles ausdrücken, und ich weiß: was ich geschaffen habe, seit ich Dorian Gray traf, ist gute Arbeit, ist die beste meines Lebens. Aber auf irgendeine besondere Weise – vermutlich werden Sie mich nicht verstehen – hat seine Persönlichkeit mir eine gänzlich neue Art der Kunst, einen gänzlich neuen Stil übermittelt. Ich sehe die Dinge mit anderen Augen, denke anders über sie als früher. Ich kann jetzt nachschaffend Leben erwecken, wie es mir zuvor nicht gegeben war. ›Ein Formentraum in Zeiten des Gedankens‹: – wer sagte das doch? – ich habe es vergessen; aber es sagt genau das, was Dorian Gray für mich ist. Die bloße sichtbare Gegenwart dieses Jungen – denn für mich ist er kaum mehr als ein Junge, obwohl er in Wirklichkeit über zwanzig ist –, seine bloße sichtbare Gegenwart – ah! Ich glaube nicht, daß Sie sich vorstellen können, was all das bedeutet. Unbewußt bezeichnet er mir die Linien einer neuen Schule, einer Schule, in der alle Leidenschaft des romantischen Geistes und alle Vollkommenheit des griechischen Geistes enthalten sind! Harmonie von Seele und Leib – was bedeutet das! Wir in unserem Wahnsinn haben beide getrennt und einen Realismus erfunden, der gemein ist, und einen Idealismus, der leer ist. Harry, wenn Sie wüßten, was Dorian Gray mir ist! Erinnern Sie sich jener Landschaft, für die mir Agnew solch einen kolossalen Preis bot und von der ich mich dennoch nicht zu trennen vermochte? Sie gehört zum Besten, was ich je geschaffen habe. Und warum tut sie das? Weil Dorian Gray neben mir saß, als ich malte. Irgendein subtiles Strömen flutete über von ihm zu mir, und zum ersten Male in meinem Leben sah ich in dem schlichten Wald das Wunder, nach dem ich immer ausgeschaut hatte, ohne daß es mir je erschienen war.«

»Basil, das ist ganz außerordentlich! Ich muß Dorian Gray kennenlernen.«

Hallward erhob sich vom Stuhl und ging im Garten auf und ab. Nach einer Weile kam er zurück. »Harry«, sagte er, »Dorian Gray ist für mich einfach ein Gegenstand meiner Kunst. Es mag sein, daß Sie nichts an ihm finden. Ich finde alles an ihm. Er ist nie mehr in meinem Werk, als wenn keiner seiner Züge darin ist. Wie gesagt: er ist mir die Anregung zu einem neuen Stil. Ich finde ihn wieder in den Schwingungen gewisser Linien, in der Lieblichkeit und Zartheit gewisser Farben. Das ist alles.«

»Aber weshalb wollen Sie dann sein Porträt nicht ausstellen?«

»Weil ich unabsichtlich all diese merkwürdige Künstleranbetung hineingelegt habe, von der ihm zu sagen ich mich natürlich hüte. Er weiß nichts davon. Er soll auch nichts davon wissen. Aber man könnte es erraten; und ich will meine Seele nicht seichten, gierigen Blicken entblößen. Mein Herz soll nie unter ihr Mikroskop kommen. Es ist zu viel von mir selbst in dem Ding – zu viel von mir selbst!«

»Die Dichter sind nicht so bedenklich wie Sie. Sie wissen, wie sehr Leidenschaft der Verbreitung dienlich ist. Ein gebrochenes Herz bringt es heutzutage zu vielen Auflagen.«

»Abscheulich!« rief Hallward. »Der Künstler sollte schöne Dinge schaffen, aber nichts aus seinem eigenen Leben hineinbringen. Wir leben in einer Zeit, in der die Menschen die Kunst betreiben, als sei sie eine Art Selbstbiographie. Wir haben den reinen Sinn für die Schönheit verloren: Eines Tages will ich der Welt zeigen, wie es damit bestellt ist. Und aus diesem Grunde soll die Welt mein Bildnis des Dorian Gray niemals erblicken.«

»Ich glaube, Sie haben unrecht, Basil; aber wir wollen nicht streiten. Nur geistig Verlorene streiten. Sagen Sie mir: liebt Dorian Gray Sie sehr?«

Der Maler sann einige Augenblicke nach. »Er hat mich gern«, antwortete er nach einer Weile, »ja gewiß, er hat mich gern. Natürlich schmeichle ich ihm schrecklich. Ich finde ein ganz sonderbares Vergnügen darin, ihm Dinge zu sagen, von denen ich ganz genau weiß, daß es mir später darum leid sein wird. In der Regel ist er reizend gegen mich, und wir sitzen im Atelier und sprechen von tausend Dingen. Dann und wann ist er allerdings schrecklich leichtfertig, und es scheint ihn zu freuen, wenn er mich kränken kann. Dann fühle ich, Harry, daß ich meine ganze Seele an jemanden dahingegeben habe, der sie behandelt wie eine Blume, die man ins Knopfloch steckt, ein Schmuckstück, mit dem man seine Eitelkeit befriedigt, einen Zierat für einen Sommertag.«

»Die Tage des Sommers, Basil, pflegen länger zu verweilen«, sprach Lord Henry halblaut. »Vielleicht sind Sie seiner eher müde als er Ihrer. Es ist traurig, darüber nachzudenken, aber der Geist ist zweifellos dauerhafter als die Schönheit. Das erklärt die Tatsache, warum wir uns alle soviel Mühe geben, uns zu überbilden. In dem wilden Kampf ums Dasein brauchen wir etwas, das dauert, und so füllen wir unsern Geist mit Geplauder und Tatsächlichkeiten, in der stillen Hoffnung, unsern Platz zu behaupten. Der durch und durch Wissende – das ist das Ideal unserer Tage. Und es ist etwas Schreckliches um den Geist dieses durch und durch Wissenden. Er gleicht einem Basar voll monströsem und staubbedecktem Zeug, in dem alles über seinen wahren Wert ausgezeichnet ist. Dennoch glaube ich, daß Sie zuerst ermüdet sein werden. Eines Tages werden Sie Ihren Freund anschauen, und er wird Ihnen ein wenig verzeichnet vorkommen, oder seine Farbe wird Ihnen mißfallen, oder was dergleichen mehr ist. Sie werden ihm im tiefsten Herzen bittere Vorwürfe machen und ernstlich überzeugt sein, daß er schlecht gegen Sie gehandelt hat. Und wenn er das nächstemal zu Ihnen kommt, werden Sie kalt und gleichgültig sein. Das ist sehr traurig, denn es wird Sie verändern. Was Sie mir erzählt haben, ist ein Roman. Man könnte es den Roman der Kunst nennen, und das Schlimmste beim Erleben von irgendwelchen Romanen ist, daß sie einen so völlig unromantisch zurücklassen.«

»Reden Sie nicht solche Dinge, Harry. Solange ich lebe, wird Dorian Gray mich beherrschen. Sie können nicht empfinden, was ich empfinde. Sie verändern sich zu oft.«

»Ja, mein lieber Basil, und eben deshalb vermag ich es nachzuempfinden. Wer treu ist, kennt nur die triviale Seite der Liebe. Nur die Treulosen kennen ihre Tragödien.« Und Lord Henry entzündete ein zierliches silbernes Feuerzeug und begann eine Zigarette zu rauchen, mit selbstgefälliger und zufriedener Miene, als ob er die Welt in diesem Satz ausgedrückt hätte. In den grünen, glänzenden Efeublättern raschelten zirpende Sperlinge, und die blauen Wolkenschatten glitten über das Gras wie Schwalben. Wie angenehm es in diesem Garten war! Und wie entzückend waren die Gefühle anderer Leute – viel entzückender als ihre Gedanken, wie ihm schien. Die eigene Seele und die Leidenschaften seiner Freunde – das

waren die bezauberndsten Dinge im Leben. Mit geheimem Vergnügen malte er sich das langweilige Frühstück aus, das er versäumt
hatte, weil er zu lange bei Basil Hallward geblieben war. Wäre er
zu seiner Tante gegangen, so hätte er dort sicher Lord Goodbody
getroffen, und das ganze Gespräch hätte sich um die Armenernäh-
rung gedreht und um die Notwendigkeit, Musterheimstätten zu
schaffen. Jeder Anwesende hätte die Wichtigkeit jener Tugenden
gepredigt, deren Ausübung er im eigenen Leben für unnötig erach-
tete. Die Reichen hätten vom Wert der Sparsamkeit gesprochen
und der Müßige höchst beredt von der Würde der Arbeit. Wie reizend, all dem entronnen zu sein! Als er an seine Tante dachte,
schien ihm etwas einzufallen. Er wandte sich Hallward zu und
sagte: »Mein lieber Junge, eben muß ich an etwas denken.«

»Woran müssen Sie denken, Harry?«

»Wo ich Dorian Grays Namen gehört habe.«

»Wo denn?« fragte Hallward und runzelte leicht die Stirn.

»Schauen Sie nicht so böse drein, Basil. Es war bei meiner Tante,
Lady Agatha. Sie erzählte mir, sie habe einen wundervollen jungen
Menschen entdeckt, der ihr in East End helfen wolle, und er heiße
Dorian Gray. Freilich muß ich zugeben, daß sie mir nichts über
sein Aussehen sagte. Frauen haben kein Verständnis für Schönheit,
wenigstens gute Frauen nicht. Sie sagte, er sei sehr ernst und habe
einen schönen Charakter. Ich stellte mir natürlich ein Wesen mit
Brille, dünnem Haar und schauderhaften Sommersprossen vor, das
auf riesigen Füßen einhertrottete. Ich wollte, ich hätte gewußt, daß
er Ihr Freund ist.«

»Ich bin recht froh, daß Sie es nicht gewußt haben, Harry.«

»Warum?«

»Ich will nicht, daß Sie ihn kennenlernen.«

»Sie wollen nicht, daß ich ihn kennenlerne?«

»Nein.«

Der Diener trat in den Garten und sagte: »Mr. Dorian Gray ist
im Atelier, gnädiger Herr.«

»Nun müssen Sie mich vorstellen«, sagte Lord Henry lachend.

Der Maler wandte sich seinem Diener zu, der blinzelnd im Sonnenlicht stand. »Bitten Sie Mr. Gray, zu warten, Parker. Ich werde
im Augenblick kommen.«

Der Mann verbeugte sich und ging den Weg wieder zurück.

Dann sah der Maler Lord Henry an. »Dorian Gray ist mein lieb-
ster Freund. Er hat ein schlichtes und schönes Inneres. Ihre Tante
hatte vollkommen recht in dem, was sie von ihm sagte. Verderben

Sie ihn nicht. Versuchen Sie keinen Einfluß auf ihn zu gewinnen. Ihr Einfluß würde schlecht sein. Die Welt ist weit und birgt wunderbare Geschöpfe. Nehmen Sie mir nicht den einzigen Menschen, der meiner Kunst alles gibt, was daran reizvoll ist: mein künstlerisches Sein hängt davon ab. Denken Sie daran, Harry, ich vertraue Ihnen.« Er sprach sehr langsam, und die Worte schienen sich fast wider seinen Willen von ihm zu lösen.

»Welchen Unsinn Sie reden!« sagte Lord Henry lächelnd, nahm Hallwards Arm und zog ihn fast in das Haus.

ZWEITES KAPITEL

Beim Eintreten sahen sie Dorian Gray. Er saß am Klavier, hatte ihnen den Rücken zugewandt und blätterte in einem Band von Schumanns Waldszenen. »Das müssen Sie mir leihen, Basil«, rief er, »ich muß sie lernen. Sie sind einfach bezaubernd.«

»Das hängt ganz davon ab, wie Sie mir heute sitzen, Dorian.«

»Oh, ich habe das Sitzen satt, und ich will gar kein lebensgroßes Bild von mir«, antwortete der junge Mensch und schwang sich auf dem Klavierstuhl eigenwillig und ausgelassen herum. Als er Lord Henry erblickte, stieg für einen Augenblick eine leichte Röte in seine Wangen, und er sprang auf. »Verzeihen Sie, Basil, aber ich wußte nicht, daß Sie Besuch hatten.«

»Lord Henry Wotton, Dorian, ein alter Freund von Oxford her. Ich habe ihm gerade erzählt, welch prachtvolles Modell Sie sind, und nun haben Sie mir alles verdorben.«

»Das Vergnügen, Sie kennenzulernen, haben Sie nicht verdorben, Mr. Gray«, sagte Lord Henry, trat ihm entgegen und bot ihm die Hand. »Meine Tante hat oft von Ihnen gesprochen. Sie sind einer ihrer Günstlinge und, wie ich fürchte, eines ihrer Opfer.«

»Augenblicklich stehe ich auf Lady Agathas schwarzer Liste«, antwortete Dorian Gray mit einem spaßigen Blick der Reue. »Ich hatte ihr versprochen, sie am letzten Dienstag zu einem Klub in Whitechapel zu begleiten, und vergaß die ganze Geschichte dann wirklich. Wir sollten zusammen vierhändig spielen – drei Duette, glaube ich. Ich weiß nicht, was sie nun sagen wird. Ich habe viel zuviel Angst, hinzugehen.«

»Oh, ich werde Sie schon mit meiner Tante versöhnen. Sie schätzt Sie sehr. Und ich glaube, es ist belanglos, daß Sie nicht dort waren. Die Zuhörer haben vermutlich gemeint, es sei vierhändig gespielt worden. Wenn Tante Agatha sich ans Klavier setzt, macht sie Lärm genug für zwei.«

»Das ist schrecklich, was sie betrifft, und für mich auch nicht allzu schmeichelhaft«, antwortete Dorian und lachte. Lord Henry sah ihn an. Ja, er war wirklich wunderbar schön, mit seinen feingeschwungenen, dunkelroten Lippen, seinen offenen blauen Augen, seinem welligen Goldhaar. Es lag etwas in seinem Antlitz, das sogleich Vertrauen erweckte. Alle Aufrichtigkeit der Jugend lag darin und auch die leidenschaftliche Reinheit der Jugend. Man spürte, daß er sich bisher von der Welt unberührt erhalten hatte. Kein Wunder, daß Basil Hallward ihn vergötterte.

»Sie sind viel zu hübsch, um in der Wohltätigkeit aufzugehen, Mr. Gray – viel zu hübsch.« Und Lord Henry warf sich auf den Diwan und öffnete sein Zigarettenetui.

Inzwischen hatte der Maler eifrig seine Farben gemischt und seine Pinsel hergerichtet. Er sah gequält aus, und als er Lord Henrys letzte Bemerkung vernahm, sah er ihn an, zögerte einen Augenblick und sagte dann: »Harry, ich möchte das Bild heute fertigmachen. Fänden Sie es sehr roh von mir, wenn ich Sie bäte, jetzt zu gehen?«

Lord Henry lächelte und blickte auf Dorian Gray. »Soll ich gehen, Mr. Gray?« fragte er.

»Oh, bitte, nein, Lord Henry. Ich sehe, Basil hat heute schlechte Laune, und dann kann ich ihn nicht ertragen. Und außerdem möchte ich gern von Ihnen hören, weshalb ich nicht in Wohltätigkeit aufgehen soll.«

»Ich glaube nicht, daß ich Ihnen das sagen werde, Mr. Gray. Es ist ein so langweiliges Thema, daß man ernsthaft darüber reden müßte. Ganz sicher jedoch werde ich nicht fortgehen, nun Sie mich um mein Bleiben gebeten haben. Sie meinten es doch nicht ernst, Basil, nicht wahr? Sie haben mir oft gesagt, Sie hätten es gern, wenn Ihre Modelle mit jemandem plauderten.«

Hallward biß sich auf die Lippen. »Wenn Dorian es wünscht, müssen Sie natürlich bleiben. Dorians Launen sind Gesetze für jedermann, ausgenommen ihn selbst.«

Lord Henry nahm seinen Hut und seine Handschuhe. »Sie drängen mich sehr, Basil, aber ich fürchte, ich muß wirklich gehen; ich habe einem Bekannten versprochen, mich mit ihm im Orleansklub zu treffen. Auf Wiedersehen, Mr. Gray, kommen Sie doch einmal nachmittags zu mir in die Curzon Street. Ich bin fast immer gegen fünf Uhr nachmittags zu Hause. Schreiben Sie mir, wenn Sie kommen. Es würde mir leid tun, wenn ich Sie verfehlte.«

»Basil«, rief Dorian Gray, »wenn Lord Henry Wotton geht, dann gehe ich auch. Sie tun nie den Mund auf, wenn Sie malen, und es ist schrecklich langweilig, auf einem Podium zu stehen und ›bitte recht freundlich‹ zu machen. Bitten Sie ihn, dazubleiben. Ich bestehe darauf.«

»Bleiben Sie, Harry, Dorian zu Gefallen und mir zu Gefallen«, sagte Hallward, die Augen fest auf sein Bild gerichtet. »Es ist schon wahr, ich spreche nie bei der Arbeit und höre auch nie zu, und es muß für meine unglücklichen Modelle schrecklich langweilig sein. Bitte bleiben Sie also.«

»Aber was wird dann aus meinem Bekannten im Orleansklub?«

Der Maler lachte. »Das wird nicht so schwierig sein. Setzen Sie sich getrost wieder, Harry. Und jetzt, Dorian, steigen Sie auf das Podium und bewegen Sie sich nicht zuviel und hören Sie nicht zu sehr auf das, was Lord Henry sagt. Er hat einen sehr schlechten Einfluß auf meine Freunde, mich selbst ausgenommen.«

Dorian Gray stieg mit der Miene eines jungen römischen Märtyrers auf die Estrade und verzog das Gesicht mißvergnügt zu Lord Henry hin, zu dem er sogleich eine Neigung gefaßt hatte. Er war so ganz anders als Basil. Sie bildeten einen bestrickenden Gegensatz. Und er hatte eine so schöne Stimme. Nach einigen Augenblikken sagte er zu ihm: »Haben Sie wirklich einen so schlechten Einfluß, Lord Henry? So schlecht, wie Basil sagt?«

»So etwas wie einen guten Einfluß gibt es nicht, Mr. Gray. Jeder Einfluß ist unmoralisch – unmoralisch vom Standpunkt der Wissenschaft aus.«

»Warum?«

»Weil jemanden beeinflussen so viel heißt wie ihm die eigene Seele geben. Er denkt dann nicht mehr seine natürlichen Gedanken, glüht nicht mehr in seinen natürlichen Leidenschaften. Seine Tugenden gehören gar nicht ihm. Seine Sünden, wenn es so etwas gibt wie Sünden, sind geborgt. Er wird das Echo der Musik eines anderen, ein Schauspieler, der eine Rolle spielt, die nicht für ihn geschrieben worden ist. Das Ziel des Lebens ist Selbstentwicklung. Seine Natur vollkommen auszuwirken – das ist es, wofür jeder von uns hier ist. Heutzutage hat jeder vor sich selber Furcht. Die Menschen haben die höchste aller Pflichten vergessen, die Pflicht gegen sich selbst. Natürlich sind sie mildtätig. Sie nähren die Hungrigen und kleiden die Bettler. Ihre eigenen Seelen jedoch darben und sind

nackt. Der Mut hat unsere Rasse verlassen. Vielleicht haben wir
ihn nie gehabt. Die Furcht vor der Gesellschaft, welche die Grundlage der Moral ist, die Furcht vor Gott, welche das Geheimnis der
Religionen ist – diese beiden Dinge beherrschen uns. Und doch –«

»Nun drehen Sie einmal den Kopf ein wenig nach rechts,
Dorian, seien Sie ein guter Junge«, sagte der Maler, tief in seine
Arbeit versunken; er hatte nur gemerkt, daß in des Jünglings Antlitz ein Ausdruck gekommen war, den er nie zuvor darin gesehen
hatte.

»Und doch«, fuhr Lord Henry fort mit seiner tiefen, musika-
lischen Stimme und jener anmutigen Bewegung der Hand, die so
charakteristisch für ihn war und die ihm schon auf der Schule
eigentümlich gewesen war, »und doch glaube ich, wenn auch nur
ein Mensch sein Leben voll und restlos auslebte, jedem Gefühl
Form, jedem Gedanken Ausdruck, jedem Traum Wirklichkeit ver-
liehe – ich glaube, die Welt würde dann solch einen frischen An-
trieb zur Freude bekommen, daß wir alle die mittelalterlichen
Krankheiten vergäßen und zum hellenischen Ideal zurückkehrten,
vielleicht sogar zu etwas Feinerem, Reicherem als dem hellenischen
Ideal. Aber selbst der tapferste unter uns hat Furcht vor sich selbst.
Die Selbstverstümmelung der Wilden lebt tragisch fort in der
Selbstverleugnung, die unser Leben verdirbt. Wir werden gestraft
für unsere Entsagungen. Jeder Trieb, den wir zu unterdrücken
suchen, brütet in unserer Seele ein Gift aus, an dem wir zugrunde
gehen. Der Körper sündigt, und dann ist die Sünde für ihn abgetan,
denn alles Handeln ist eine Art Reinigung. Nichts bleibt dann zurück als die Erinnerung an eine Lust oder die Wollust der Reue.
Der einzige Weg, eine Versuchung loszuwerden, ist: ihr nachzugeben. Widerstreben Sie ihr, so erkrankt Ihre Seele vor Sehnsucht
nach dem, was sie selbst sich verboten hat, vor Begierde nach dem,
was ihre ungeheuerlichen Gesetze ungeheuerlich und ungesetzmä-
ßig gemacht haben. Es ist gesagt worden, die großen Geschehnisse
der Welt ereigneten sich nur im Gehirn. Im Gehirn und ausschließlich im Gehirn geschehen auch die großen Sünden der Welt. Sie,
Mr. Gray, Sie selbst in Ihrer rosenroten Jugend und in Ihrer rosenweißen Knabenunschuld haben Leidenschaften gehabt, die Ihnen
Furcht einflößten, Gedanken, die Sie mit Schrecken erfüllten,
haben schlafend und wachend Dinge geträumt, deren bloße Erinnerung die Scham in Ihre Wangen treiben könnte –«

»Hören Sie auf!« stammelte Dorian Gray, »hören Sie auf! Sie
verwirren mich. Ich weiß nicht, was ich sagen soll. Ich könnte Ihnen

schon antworten, aber ich finde die Worte nicht. Sprechen Sie nicht mehr! Lassen Sie mich nachdenken. Oder vielmehr lassen Sie mich versuchen, nicht nachzudenken.«

Fast zehn Minuten lang stand er bewegungslos, mit halbgeöffneten Lippen und seltsam glänzenden Augen. Er war sich dumpf bewußt, daß ganz neue Einflüsse in ihm am Werk waren. Doch schien es ihm, als kämen sie in Wahrheit aus seiner eigenen Brust. Die wenigen Worte, die Basils Freund zu ihm gesprochen hatte – hingeworfene Worte sicherlich, voll willkürlicher Paradoxie –, hatten eine geheime Saite in ihm berührt, die nie vorher erklungen war, die er aber jetzt in seltsamen Rhythmen schwingen und tönen fühlte.

Nur Musik hatte ihn so erregt. Musik hatte ihn oft durchwühlt. Aber Musik war unaussprechlich. Nicht eine neue Welt, vielmehr ein neues Chaos erzeugte sie. Worte! Bloße Worte! Wie schrecklich sie waren! Wie klar, wie lebendig, wie grausam! Man konnte ihnen nicht entrinnen. Und dennoch, welchen geheimen Zauber bargen sie! Sie schienen die Kraft zu haben, formlosen Dingen körperhafte Form zu geben, sie schienen eine Musik zu enthalten, so süß wie die einer Viola oder einer Laute.

Bloße Worte! Gab es Wirklicheres denn Worte?

Ja, es hatte in seiner Knabenzeit Dinge gegeben, die er nicht verstand. Nun verstand er sie. Das Leben bekam plötzlich flammende Farben für ihn. Ihn dünkte, als sei er in Feuer gewandelt. Warum hatte er das nicht gewußt?

Lord Henry beobachtete ihn mit seinem klugen Lächeln. Er kannte den genauen psychologischen Moment, in dem man kein Wort laut werden lassen durfte. Er fühlte das höchste Interesse. Er war erstaunt über die plötzliche Wirkung seiner Worte, und er gedachte eines Buches, das er mit sechzehn Jahren gelesen und das ihm vieles bis dahin unbekannt Gewesene entschleiert hatte, und er fragte sich, ob Dorian Gray eine ähnliche Erfahrung durchmache. Er hatte nichts getan, als einen Pfeil in die Luft abzuschießen. Hatte er das Herz getroffen? Wie faszinierend war dieser junge Mensch!

Hallward malte mit jenen wunderbar kühnen Zügen fort, die alle wahre Feinheit und vollkommene Zartheit besaßen, die in der Kunst stets aus der Kraft erwachsen. Er hatte das Schweigen nicht bemerkt.

»Basil, ich bin müde vom Stehen«, rief Dorian Gray plötzlich,

»ich muß hinaus und mich im Garten hinsetzen. Die Luft ist hier erstickend.«

»Mein lieber Junge, Sie tun mir leid. Wenn ich male, kann ich an nichts sonst denken. Aber Sie haben mir nie besser gesessen. Sie standen ganz ruhig. Und ich habe endlich den Ausdruck herausgebracht, den festzuhalten ich mich mühte – die halbgeöffneten Lippen und den glänzenden Blick in den Augen. Ich weiß nicht, was Harry Ihnen gesagt hat, aber soviel ist sicher: es hat bei Ihnen den wunderbarsten Ausdruck hervorgebracht. Vermutlich hat er Ihnen Komplimente gemacht. Sie dürfen ihm kein Wort glauben.«

»Er hat mir durchaus keine Komplimente gemacht. Vielleicht ist das der Grund, weshalb ich ihm kein Wort glaube von allem, was er mir gesagt hat.«

»Sie wissen, daß Sie dennoch alles glauben«, sagte Lord Henry und sah ihn mit seinen weichen, träumerischen Augen an. »Ich will mit Ihnen in den Garten gehen; Basil, wir möchten etwas ganz Kaltes zu trinken haben, irgend etwas mit Erdbeeren darin.«

»Sehr gern, Harry. Bitte klingeln Sie, und wenn Parker kommt, werde ich sagen, was Sie wünschen. Ich habe noch den Hintergrund fertigzumachen. Später werde ich dann zu Ihnen hinauskommen. Aber halten Sie Dorian nicht zu lange fest. Ich war nie in besserer Stimmung zum Malen als heute. Es wird mein Meisterwerk. Es ist mein Meisterwerk, schon wie es dasteht.«

Lord Henry ging in den Garten hinaus und fand Dorian Gray, wie er sein Gesicht in die großen, kühlen Fliederblüten vergrub und fieberhaft den Duft einsog, als trinke er Wein. Er trat nahe an ihn heran und legte ihm die Hand auf die Schulter. »Sie tun ganz recht«, sagte er leise, »man muß die Seele durch die Sinne und die Sinne durch die Seele heilen.«

Der Knabe schrak auf und trat zurück. Er war barhäuptig, und die Blätter hatten seine widerspenstigen Locken zerwühlt und all ihre goldenen Fäden verwirrt. Etwas wie Furcht lag in seinem Blick, wie bei plötzlich Erwachenden. Seine feingeschnittenen Nasenflügel bebten, ein geheimer Nerv zuckte auf seinen scharlachfarbenen Lippen und ließ sie erzittern.

»Ja«, fuhr Lord Henry fort, »das ist eines der großen Geheimnisse des Lebens – die Seele durch die Sinne und die Sinne durch die Seele zu heilen. Sie sind ein wundervolles Wesen. Sie wissen mehr, als Sie zu wissen glauben. Gerade wie Sie weniger wissen, als Sie wissen müßten.«

Dorian Gray zog die Stirn zusammen und wandte den Kopf weg. Wider seinen Willen fand er Gefallen an dem hochgewachsenen jungen Mann, der neben ihm stand. Sein romantisches, olivenfarbenes Gesicht mit dem verlebten Ausdruck interessierte ihn. In seiner tiefen, leisen Stimme lag etwas Bestrickendes. Selbst seine kühlen, weißen, blumengleichen Hände hatten seltsamen Reiz. Wenn er sprach, begleiteten sie seine Worte wie Musik, und es schien, als hätten sie ihre eigene Sprache. Doch er fürchtete sich vor ihm und schämte sich zugleich seiner Furcht. Warum hatte es ein Fremder sein müssen, der ihm seine Seele offenbarte? Er kannte Basil Hallward seit Monaten, aber dessen Freundschaft hatte ihn nie verändert. Plötzlich war jemand in sein Leben getreten, der ihm das Geheimnis des Daseins entschleiert zu haben schien. Weshalb sollte er sich fürchten? Er war kein Schulbub oder Mädchen. Es war widersinnig, Furcht zu haben.

»Wir wollen uns in den Schatten setzen«, sagte Lord Henry. »Parker hat etwas zu trinken herausgebracht, und wenn Sie noch länger in dieser Glut stehenbleiben, werden Sie sich die Haut verderben, und Basil wird Sie nie wieder malen. Sie dürfen sich nicht von der Sonne verbrennen lassen. Es würde Ihnen nicht stehen.«

»Was kommt darauf an?« rief Dorian Gray lachend, als er sich auf eine Bank am Ende des Gartens niederließ.

»Alles sollte für Sie darauf ankommen, Mr. Gray.«

»Wieso?«

»Weil Sie im Besitz der wundervollsten Jugend sind, und weil Jugend das einzige ist, was im Leben Wert hat.«

»Ich bin anderer Ansicht, Lord Henry.«

»Ja, jetzt denken Sie anders. Aber eines Tages, wenn Sie alt und runzlig und häßlich sind, wenn das Denken Ihre Stirn gefurcht, wenn die Leidenschaft Ihre Lippen mit ihrem schrecklichen Feuer verbrannt hat, dann werden Sie es fühlen, furchtbar fühlen. Jetzt mögen Sie gehen, wohin Sie wollen, Sie bezaubern die Welt. Wird das immer so sein . . .? Sie haben ein wunderbar schönes Gesicht, Mr. Gray. Runzeln Sie nicht die Stirn. Es ist so. Und Schönheit ist eine Form des Genies – ja, steht in Wahrheit noch höher als Genie, denn sie bedarf keiner Erklärung. Sie gehört zu den großen Dingen in der Welt, wie der Sonnenschein oder der Frühling oder der Abglanz jener silbernen Schale, die wir Mond nennen, in schwarzen Wassern. Man kann nicht darüber streiten. Sie hat ihr göttliches Recht auf Allmacht. Wer sie besitzt, den macht sie zum Fürsten. Sie lächeln? Ach, wenn Sie sie verloren haben, werden Sie nicht mehr lächeln ... Die Menschen sagen zuweilen, Schönheit sei etwas Oberflächliches. Vielleicht. Aber zumindest ist sie nicht so äußerlich wie das Denken. Für mich ist die Schönheit das Wunder der Wunder. Nur Niedere urteilen nicht nach dem Augenschein. Das wahre Geheimnis der Welt liegt im Sichtbaren, nicht im Unsichtbaren ... Ja, Mr. Gray, die Götter meinten es gut mit Ihnen. Aber was die Götter geben, das nehmen sie bald wieder. Sie haben nur ein paar Jahre, in denen Sie wirklich, vollkommen und aus der Fülle leben können. Wenn Ihre Jugend dahingeht, wird auch Ihre Schönheit schwinden, und dann werden Sie plötzlich entdecken, daß keine Triumphe Ihrer mehr warten, oder Sie müßten sich mit jenen niedrigen Siegen begnügen, die Ihnen die Erinnerung an das Vergangene noch bitterer machen würden als Niederlagen. Jeder wechselnde Mond bringt Sie einem schrecklichen Ziele näher. Die Zeit ist eifersüchtig auf Sie und kämpft gegen Ihre Lilien und Rosen. Sie werden bleich werden und hohlwangig und aus stumpfen Augen blicken. Sie werden furchtbar leiden ... Ah! nutzen Sie Ihre Jugend, solange Sie sie besitzen. Vergeuden Sie nicht das Gold Ihrer Tage, hören Sie nicht auf die Langweiligen, versuchen Sie nicht, das hoffnungslos Verfehlte wiedergutzumachen, werfen Sie Ihr Leben nicht fort an die Nichtswisser, die Niedrigen, den Pöbel. Das sind die kranken Ziele, die falschen Ideale unserer Zeit. Leben Sie! Leben Sie das wunderbare Leben, das in Ihnen ist! Lassen Sie nichts ungenossen, suchen Sie unaufhörlich nach neuen Möglichkeiten. Fürchten Sie nichts ... Ein neuer Hedonismus – das ist es, was unser Jahrhundert braucht. Sie könnten sein sichtbares Symbol sein. Nichts gibt es, was ein Mensch wie Sie nicht tun könnte. Die Welt gehört Ihnen einen Frühling lang ... Als ich Sie zuerst sah, fühlte ich, daß Sie nicht ahnten, was Sie in Wirklichkeit sein könnten. Es war so vieles an Ihnen, was mich bezauberte, daß ich fühlte, ich müsse Ihnen irgend etwas über Sie sagen. Ich dachte daran, wie tragisch es sein würde, wenn Sie sich verschwendeten. Denn Ihre Jugend wird ja nur so kurz dauern – so kurze Zeit. Die Blumen auf den Hügeln welken dahin, aber sie erblühen aufs neue. Der Goldregen wird im nächsten Juni ebenso gelb sein wie heute. In einem Monat wird die Klematis purpurne Sterne haben, und Jahr um Jahr wird die grüne Nacht ihrer Blätter purpurne Sterne umschließen. Uns aber kehrt die Jugend nie zurück. Der Puls der Freude, der in uns Zwanzigjährigen pocht, wird schlaff, unsere Glieder versagen, unsere Sinne modern. Wir entarten zu scheußlichen Fratzen, werden gequält von der Erinnerung an Leidenschaften, vor denen wir uns zu sehr fürchteten, und an erlesene Versuchungen, denen nachzugeben wir nicht den Mut hatten. Jugend! Jugend! Es gibt auf der Welt nichts als Jugend.«

Dorian Gray hörte mit weitgeöffneten Augen staunend zu. Der Fliederzweig entglitt seiner Hand und fiel auf den Kies. Eine Biene kam und umkreiste ihn summend kurze Zeit. Dann begann sie über das besternte Rund der zarten Blüten zu klettern. Er beobachtete sie mit jener besonderen Aufmerksamkeit an gewöhnlichen Dingen, die wir uns zu entwickeln mühen, wenn uns solche von hoher Bedeutung erschrecken oder wenn ein neues Gefühl uns durchwühlt, für das wir keinen Ausdruck zu finden vermögen, oder wenn ein Gedanke, der uns Furcht einjagt, sich plötzlich im Gehirn einwurzelt und verlangt, daß wir uns ihm beugen. Nach einer Weile flog die Biene fort. Er sah, wie sie in die gesprenkelte Trompete einer tyrischen Winde kroch. Die Blume schien zu erbeben und bewegte sich dann leise hin und her. Plötzlich erschien der Maler in der Tür des Ateliers und machte Stakkatozeichen, daß sie hereinkommen sollten. Sie wandten sich einander zu und lächelten.

»Ich warte«, rief er, »kommt bitte herein. Das Licht ist ganz ausgezeichnet, und ihr könnt eure Gläser mitbringen.«

Sie standen auf und schlenderten zusammen den Weg hinab. Zwei weißgrüne Schmetterlinge flatterten ihnen nach, und in dem Birnbaum an der Gartenecke begann eine Drossel zu singen.

»Es freut Sie, mir begegnet zu sein, Mr. Gray«, sagte Lord Henry und sah ihn an.

»Ja, jetzt freue ich mich. Ich frage mich nur, ob ich mich immer freuen werde?«

»Immer! Ein schreckliches Wort! Mich schaudert, wenn ich es höre; die Frauen lieben es so sehr. Sie verderben jedes Abenteuer, indem sie ihm ewige Dauer zu verleihen suchen. Noch dazu ist es ein sinnloses Wort. Der einzige Unterschied zwischen einer Laune und einer Leidenschaft, die ein Leben lang währt, ist, daß die Laune ein wenig länger dauert.«

Als sie in das Atelier eintraten, legte Dorian Gray seine Hand auf Lord Henrys Arm. »Dann lassen Sie also unsere Freundschaft eine Laune sein«, sagte er leise und errötete über die eigene Kühnheit. Darauf stieg er auf das Podium und nahm seine Haltung wieder ein.

Lord Henry warf sich in einen weit ausladenden Rohrsessel und beobachtete ihn. Das Hinundherfahren des Pinsels auf der Leinwand war das einzige Geräusch, das die Stille unterbrach, außer daß Hallward dann und wann zurücktrat, um sein Werk aus der Entfernung zu betrachten. In den schrägen Sonnenstrahlen, die durch die offene Tür hereinfielen, tanzte der Staub und schimmerte golden. Der schwere Duft der Rosen brütete über allem.

Nach nahezu einer Viertelstunde hielt Hallward mit Malen inne, betrachtete lange Zeit Dorian Gray und dann lange das Bild, wobei er auf den Stiel eines seiner großen Pinsel biß und die Stirn runzelte. »Es ist ganz fertig«, rief er endlich, neigte sich und schrieb seinen Namen in langen roten Lettern in die linke Ecke der Leinwand.

Lord Henry trat herzu und betrachtete prüfend das Bildnis. Es war in der Tat ein wunderbares Kunstwerk und dazu von wunderbarer Ähnlichkeit.

»Mein lieber Freund, ich gratuliere Ihnen auf das herzlichste«, sagte er. »Es ist das beste Porträt unserer Zeit. Kommen Sie, Mr. Gray, und sehen Sie selbst.«

Der junge Mann schrak auf wie aus einem Traum. »Ist es wirklich fertig?« flüsterte er, indem er vom Podium herunterstieg.

»Ganz fertig«, sagte der Maler. »Und Sie haben heute blendend Modell gestanden. Ich bin Ihnen überaus zu Dank verbunden.«

»Das ist ganz mein Verdienst«, warf Lord Henry ein. »Nicht wahr, Mr. Gray?«

Dorian gab keine Antwort, sondern trat lässig vor das Bild und wandte sich ihm zu. Als er es sah, wich er zurück, und für einen Augenblick röteten sich seine Wangen vor Freude. Seine Augen blickten froh, als habe er sich zum ersten Male gesehen. Regungslos stand er, in Staunen versunken, dumpf sich bewußt, daß Hallward zu ihm redete; aber den Sinn seiner Worte faßte er nicht. Das Gefühl der eigenen Schönheit überkam ihn wie eine Offenbarung. Er hatte sie nie zuvor empfunden. Basil Hallwards Komplimente hatte er als übertrieben liebenswürdige Freundschaftsbeteuerungen hingenommen. Er hatte sie angehört, darüber gelacht, sie vergessen. Sein Wesen hatten sie nicht beeinflußt. Dann war Lord Henry Wotton mit seinem seltsamen Hymnus auf die Jugend gekommen und seiner schrecklichen Warnung vor ihrer geringen Dauer. Das hatte ihn dann aufgerüttelt, und nun er im Anschauen des Schattens seiner Lieblichkeit dastand, durchflutete ihn die volle Wirklichkeit jener Schilderung. Ja, einst würde der Tag kommen, da sein Antlitz runzlig und verwittert, seine Augen trübe und farblos, die Anmut seiner Gestalt gebrochen und entstellt wären. Die Scharlachfarbe würde von seinen Lippen fliehen und das Gold seiner

Haare bleichen. Das Leben, das seine Seele schaffen sollte, würde seinen Körper verderben; er würde grauenhaft, abschreckend und häßlich werden.

Als er daran dachte, durchdrang ihn ein scharfer Schmerz wie ein Messer und ließ ihn bis in die feinsten Fasern seines Wesens erzittern. Seine Augen wurden dunkel wie Amethyste, und ein Nebel von Tränen legte sich über sie. Ihm war, als griffe eine eisige Hand an sein Herz.

»Gefällt es Ihnen nicht?« rief Hallward endlich, ein wenig gereizt durch des Knaben Schweigen, ohne dessen Sinn zu begreifen.

»Natürlich gefällt es ihm«, sagte Lord Henry. »Warum sollte es ihm nicht gefallen? Es ist eins der größten Werke der modernen Kunst. Ich will Ihnen geben, was Sie dafür verlangen. Ich muß es haben.«

»Es ist nicht mein Eigentum, Harry.«

»Wessen Eigentum ist es denn?«

»Dorians natürlich«, antwortete der Maler.

»Der Glückliche.«

»Wie traurig es ist!« flüsterte Dorian Gray, dessen Augen noch immer auf sein Bildnis gerichtet waren. »Wie traurig es ist! Ich soll alt werden, schauerlich, widerwärtig. Aber dieses Bild wird immer jung bleiben. Niemals wird es älter werden, als es heute, an diesem Junitage, ist... Wenn es umgekehrt sein könnte! Wenn ich es wäre, der ewig jung bliebe, und wenn das Bild alt würde! Dafür – dafür – gäbe ich alles! Ja, nichts auf der Welt würde ich nicht hingeben! Ich würde meine Seele dafür geben!«

»Solch ein Tausch dürfte Ihnen schwerlich passen, Basil«, rief Lord Henry und lachte. »Das wäre etwas hart für Ihr Werk.«

»Ich würde mich ernstlich dagegen wehren, Harry«, sagte Hallward.

Dorian Gray wandte sich um und sah ihn an. »Das glaube ich wohl, Basil. Sie lieben Ihre Kunst mehr als Ihre Freunde. Ich bin Ihnen nicht mehr als eine Statuette aus grüner Bronze. Kaum soviel vielleicht.«

Der Maler war starr vor Staunen. Es sah Dorian gar nicht ähnlich, so zu sprechen. Was war geschehen? Er schien ganz zornig. Sein Gesicht war gerötet, und seine Wangen brannten.

»Ja«, fuhr er fort, »ich bedeute Ihnen weniger als Ihr elfenbeinerner Hermes oder Ihr silberner Faun. Die werden Sie immer lieben. Aber wie lange werden Sie mich gern haben? Bis ich meine ersten Runzeln habe vermutlich. Jetzt weiß ich es: wenn man seine

Schönheit verliert, welcher Art sie auch sei, verliert man alles. Ihr Bild hat es mich gelehrt. Lord Henry Wotton hat ganz recht. Jugend ist das einzige, was zu besitzen sich lohnt. Wenn ich spüre, daß ich alt werde, dann töte ich mich.«

Hallward wurde bleich und faßte ihn an der Hand. »Dorian! Dorian!« rief er. »Sagen Sie das nicht. Ich habe nie einen Freund gehabt wie Sie und werde nie einen zweiten haben. Sie können doch nicht auf leblose Dinge eifersüchtig sein, nicht wahr? Der Sie schöner sind als irgendeines davon!«

»Ich bin auf alles eifersüchtig, dessen Schönheit nicht stirbt. Ich bin auf das Bildnis eifersüchtig, das Sie von mir gemacht haben. Warum soll es behalten dürfen, was ich verlieren muß? Jeder fliehende Augenblick nimmt etwas von mir hinweg und gibt ihm etwas. O wäre es doch umgekehrt! Veränderte sich doch das Bild, und bliebe ich immer, wie ich jetzt bin! Warum haben Sie es gemalt? Eines Tages wird es mich verhöhnen – grausam verhöhnen!« Heiße Tränen traten in seine Augen; er zog seine Hand weg, warf sich auf den Diwan und vergrub das Antlitz in den Kissen, als bete er.

»Das ist Ihr Werk, Harry«, sagte der Maler bitter.

Lord Henry zuckte die Achseln. »Das ist der wahre Dorian Gray – nichts sonst.«

»Nein.«

»Wenn nicht, was geht es mich an?«

»Sie hätten fortgehen sollen, als ich Sie bat«, murmelte er.

»Ich blieb, weil Sie mich baten«, war Lord Henrys Antwort.

»Harry, ich kann mich nicht mit meinen beiden besten Freunden auf einmal streiten, aber ihr beide habt es fertigbekommen, daß ich das beste Stück Arbeit, das ich jemals zustande gebracht habe, hasse. Ich will es vernichten. Schließlich ist es nur Leinwand und Farbe. Ich will nicht, daß es über unser dreier Leben kommt und es verdirbt.«

Dorian Gray richtete sein goldenes Haupt aus den Kissen auf und sah ihn mit bleichem Gesicht und tränenfeuchten Augen an, als er auf den flachen Maltisch zuging, der unter dem hohen verhangenen Fenster stand. Was wollte er dort? Seine Finger durchwühlten den Wust von Zinntuben und trockenen Pinseln und suchten nach etwas. Ja, sie suchten nach dem langen Spachtel mit der dünnen Klinge aus federndem Stahl. Endlich hatte er ihn gefunden. Er wollte die Leinwand zerschlitzen.

Mit einem erstickten Schluchzen flog der Jüngling vom Sofa

empor, sprang auf Hallward zu, rang ihm das Messer aus der Hand und schleuderte es in die äußerste Ecke des Ateliers. »Tun Sie es nicht, Basil, tun Sie es nicht!« schrie er. »Es wäre Mord!«

»Ich freue mich, Dorian, daß Sie meine Arbeit schließlich doch schätzen«, sagte der Maler kalt, als er sich von seiner Überraschung erholt hatte. »Ich hätte es nie geglaubt.«

»Schätzen? Ich bin verliebt in das Bild, Basil. Es ist ein Teil meiner selbst. Das fühle ich.«

»Gut, sobald Sie trocken sind, werden Sie gefirnißt, gerahmt und in Ihre Wohnung geschickt. Dann können Sie mit sich anfangen, was Ihnen beliebt.« Und er durchquerte den Raum und schellte nach Tee. »Sie trinken doch Tee, Dorian? Und Sie auch, Harry? Oder verschmähen Sie solch einfache Genüsse?«

»Ich bete einfache Genüsse an«, sagte Lord Henry. »Sie sind die letzte Zuflucht komplizierter Menschen. Aber Szenen liebe ich nicht, außer auf der Bühne. Was für tolle Burschen seid ihr doch, ihr beide! Wer hat doch gleich den Menschen als ein vernünftiges Tier definiert? Das war eine der voreiligsten Definitionen. Der Mensch ist vielerlei, aber er ist alles andere als vernünftig. Übrigens kann man darüber froh sein: aber ich wünschte doch, ihr Leutchen zanktet euch nicht über das Bild. Sie täten besser daran, es mir zu schenken, Basil. Dieser dumme Bub brauchte es eigentlich gar nicht, ich aber sehr.«

»Wenn Sie es jemandem anders als mir schenken, Basil, verzeihe ich es Ihnen nie!« rief Dorian Gray. »Und ich erlaube niemandem, mich einen dummen Buben zu nennen.«

»Sie wissen, daß Ihnen das Bild gehört, Dorian. Ich schenkte es Ihnen bereits, bevor es gemalt war.«

»Und sie wissen, Mr. Gray, daß Sie ein wenig dumm waren und daß Sie in Wirklichkeit gar nichts dagegen haben, an Ihre große Jugend erinnert zu werden.«

»Heute morgen hätte ich sehr viel dagegen gehabt, Lord Henry.«

»Ach, heute morgen! Seitdem haben Sie gelebt!«

Jemand pochte an die Tür, und der Diener kam mit einem vollen Teebrett herein und setzte es auf einem kleinen japanischen Tisch nieder. Die Löffel und Tassen klapperten, und in dem gekerbten georgischen Teekessel summte es. Ein junger Diener brachte zwei kugelige Porzellanschüsseln. Dorian Gray ging hin und schenkte den Tee ein. Die beiden Männer schlenderten langsam zum Tisch und sahen nach, was unter den Deckeln war.

»Wir wollen heute abend ins Theater gehen«, sagte Lord Henry. »Irgendwo ist sicherlich etwas los. Ich habe zwar versprochen, bei White zu speisen, aber es handelt sich bloß um einen alten Freund; ich kann ihm also telegraphieren, ich sei krank oder ich könne nicht kommen, einer späteren Verabredung wegen. Ich halte das für eine reizende Entschuldigung; es liegt eine überraschende Unschuld darin.«

»Es ist so lästig, sich den Frack anzuziehen«, murrte Hallward, »und wenn man ihn anhat, sieht man greulich aus.«

»Ja«, sagte Lord Henry träumerisch, »die Kleidung des neunzehnten Jahrhunderts ist abscheulich. Sie ist so düster, so niederdrückend. Die Sünde ist das einzig Farbige im modernen Leben.«

»Sie sollten solche Dinge nicht vor Dorian sagen, Harry.«

»Vor welchem Dorian? Dem, der uns den Tee einschenkt, oder dem auf dem Bilde?«

»Vor keinem von beiden.«

»Ich gehe sehr gern mit Ihnen ins Theater, Lord Henry«, sagte der Knabe.

»Dann kommen Sie doch; und Sie kommen auch mit, Basil, nicht wahr?«

»Ich kann nicht, wirklich. Ich möchte lieber nicht. Ich habe noch eine Menge Arbeit.«

»Nun, dann müssen wir beide allein gehen, Mr. Gray.«

»Ich freue mich schrecklich.«

Der Maler biß sich auf die Lippen und ging, die Teetasse in der Hand, hinüber zu dem Bildnis. »Ich bleibe hier, bei dem wahren Dorian Gray«, sagte er traurig.

»Ist das der wahre Dorian?« rief das Urbild des Porträts und lehnte sich an ihn. »Bin ich wirklich so?«

»Ja, genauso sind Sie.«

»Wie wundervoll, Basil!«

»Wenigstens jetzt sehen Sie so aus. Aber es wird sich nie verändern«, seufzte Hallward. »Das ist schon etwas.«

»Was doch die Leute für Aufhebens um die Treue machen!« rief Lord Henry aus. »Dabei ist sie selbst in der Liebe eine rein physiologische Frage. Mit unserem Willen hat sie gar nichts zu schaffen. Junge Leute möchten treu sein und sind es nicht; alte möchten untreu sein und können es nicht: das ist alles, was man darüber sagen kann.«

»Gehen Sie heute abend nicht ins Theater, Dorian!« sagte Hallward. »Bleiben Sie und essen Sie mit mir.«

»Ich kann nicht, Basil.«

»Warum nicht?«

»Weil ich Lord Henry Wotton versprochen habe, mit ihm zu gehen.«

»Er wird Sie darum, daß Sie Ihr Versprechen halten, nicht lieber haben. Die seinen bricht er immer. Bitte gehen Sie nicht.«

Dorian Gray schüttelte lachend den Kopf.

»Ich bitte Sie sehr.«

Der Knabe zögerte und sah zu Lord Henry hinüber, der die beiden vom Teetisch aus beobachtete und belustigt lächelte.

»Ich muß gehen, Basil«, antwortete er.

»Sehr gut«, sagte Hallward; er ging zum Tisch hinüber und stellte seine Tasse fort. »Es ist ziemlich spät, und da Sie sich noch umziehen müssen, haben Sie keine Zeit zu verlieren. Auf Wiedersehen, Harry. Auf Wiedersehen, Dorian. Besuchen Sie mich bald. Kommen Sie morgen.«

»Bestimmt.«

»Vergessen Sie es auch nicht?«

»Natürlich nicht«, rief Dorian.

»Und . . . Harry!«

»Ja, Basil?«

»Denken Sie an das, was ich Ihnen sagte, als wir heute morgen im Garten saßen.«

»Ich habe es vergessen.«

»Ich vertraue Ihnen.«

»Ich wollte, ich selbst könnte mir vertrauen«, sagte Lord Henry und lachte. »Kommen Sie, Mr. Gray, mein Wagen wartet schon draußen, und ich kann Sie in Ihrer Wohnung absetzen. Auf Wiedersehen, Basil, es war ein sehr interessanter Nachmittag.«

Als die Tür sich hinter ihnen geschlossen hatte, ließ der Maler sich auf sein Sofa sinken, und ein schmerzlicher Zug trat in sein Gesicht.

DRITTES KAPITEL

Am nächsten Tage, gegen halb eins, schlenderte Lord Henry Wotton von der Curzon Street zum Albany hinunter, um seinem Onkel einen Besuch zu machen. Lord Fermor war ein fröhlicher, wenn auch etwas rauhbeiniger alter Junggeselle, den die Außenwelt einen Egoisten nannte, weil sie keinen besonderen Nutzen aus ihm ziehen konnte. Die Gesellschaft hingegen hielt ihn für freigebig, da er die Leute, die ihn amüsierten, zu füttern pflegte. Sein Vater war Gesandter in Madrid gewesen, als Isabella noch jung und Prim noch nicht vorhanden war, hatte sich jedoch in einer Laune vom diplomatischen Dienst zurückgezogen, weil er sich nämlich ärgerte, daß man ihm nicht den Gesandtenposten in Paris angeboten hatte, für den er sich durch seine Geburt, seinen Gleichmut, das gute Englisch seiner Depeschen und durch seine maßlose Vergnügungssucht vollauf legitimiert glaubte. Der Sohn, der seines Vaters Sekretär gewesen war, hatte zugleich mit seinem Chef den Abschied genommen, was man damals für etwas unüberlegt hielt, und als er einige Monate später das Erbe antrat, befaßte er sich mit dem ernsten Studium der großen aristokratischen Kunst des Nichtstuns. Er besaß zwei ansehnliche Häuser in der Stadt, zog es jedoch vor, möbliert zu wohnen, weil das weniger Unruhe mit sich brachte und er zumeist im Klub speiste. Er beschäftigte sich ein wenig mit dem Betrieb seiner Kohlengruben in den Midlandgrafschaften, wobei er den Makel der industriellen Betätigung mit dem Hinweis von sich abschüttelte, daß der einzige Vorteil, Kohlengruben zu besitzen, der sei, daß sie einem Gentleman ermöglichten, in seinem Kamin Holz zu brennen. Politisch war er ein Tory, außer wenn die Torys am Ruder waren; während dieser Zeit schalt er sie eine Bande von Radikalen. Er war ein Held für seinen Kammerdiener, der ihn drangsalierte, und ein Schrecken für die meisten seiner Verwandten, die er seinerseits drangsalierte. Nur England konnte ihn hervorgebracht haben, und er sagte immerfort, das Land käme auf den Hund. Seine Grundsätze waren veraltet, aber zugunsten seiner Vorurteile ließ sich vieles anführen.

Als Lord Henry ins Zimmer trat, fand er seinen Onkel in einer rauhen Jägerjoppe, mit einer mäßigen Zigarre, knurrend über der ›Times‹ sitzen. »Nun, Harry«, sagte der alte Herr, »was treibt dich so früh heraus? Ich meinte, ihr Dandys ständet nie vor zwei Uhr auf und würdet nie vor fünf Uhr sichtbar.«

»Reine Familienliebe, sei dessen sicher, Onkel George. Ich möchte etwas von dir haben.«

»Vermutlich Geld«, sagte Lord Fermor und zog ein saures Gesicht. »Na, setz dich und sag mir alles. Die jungen Leute von heute glauben, Geld sei alles.«

»Ja«, murmelte Lord Henry, indem er die Blume in seinem Knopfloch feststeckte, »und wenn sie älter werden, wissen sie es. Aber ich brauche kein Geld. Nur Leute, die ihre Rechnungen bezahlen, brauchen Geld, Onkel George, und ich bezahle meine nie. Kredit ist das Vermögen der jüngeren Söhne, und man lebt herrlich davon. Übrigens kaufe ich immer bei Dartmoors Lieferanten und werde infolgedessen niemals gemahnt. Was ich brauche, ist eine Auskunft: keine nützliche, natürlich; eine ganz zwecklose Auskunft.«

»Nun, was in einem englischen Blaubuch steht, das kann ich dir sagen, obwohl die Burschen heutzutage eine Menge Unsinn zusammenschreiben. Als ich noch Diplomat war, standen die Dinge viel besser. Aber ich höre, man muß jetzt eine Prüfung machen, um zugelassen zu werden. Was kann man da erwarten? Prüfungen, mein Lieber, sind barer Humbug vom Anfang bis zum Ende. Wenn jemand ein Gentleman ist, so weiß er genug; und wenn er kein Gentleman ist, so mag er noch soviel wissen: er wird nicht besser dadurch.«

»Mr. Dorian Gray hat nichts mit Blaubüchern zu tun, Onkel George«, sagte Lord Henry nachlässig.

»Mr. Dorian Gray? Wer ist das?« fragte Lord Fermor, indem er seine buschigen weißen Augenbrauen zusammenzog.

»Das gerade möchte ich von dir erfahren, Onkel George. Oder besser gesagt, wer er ist, das weiß ich. Er ist der Enkel des letzten Lord Kelso. Seine Mutter war eine Devereux – Lady Margaret Devereux. Ich möchte, daß du mir etwas von seiner Mutter erzählst. Wer war sie? Wen heiratete sie? Du hast zu deiner Zeit nahezu jedermann gekannt, vielleicht kanntest du sie ebenfalls. Ich interessiere mich im Augenblick sehr für Mr. Gray. Ich habe ihn gerade erst kennengelernt.«

»Kelsos Enkel!« wiederholte der alte Herr. »Kelsos Enkel...! Natürlich... Ich kannte seine Mutter genau. Ich glaube, ich war bei ihrer Taufe. Sie war ein außerordentlich schönes Mädchen, die Margaret Devereux, und sie machte alle Leute toll, als sie mit einem bettelarmen jungen Burschen davonging, der nicht einmal einen Namen hatte, mein Lieber, einem Subalternoffizier bei einem Infanterieregiment oder dergleichen. Jawohl. Ich erinnere mich der ganzen Sache, als sei sie gestern geschehen. Der arme Kerl wurde bei einem Duell in Spa getötet, ein paar Monate nach der Hochzeit. Es war eine ekelhafte Geschichte. Ein Gerede kam auf, Kelso habe irgendeinen schuftigen Abenteurer, einen belgischen Kerl, gemietet, der seinen Schwiegersohn öffentlich beleidigen sollte – er soll ihn dafür bezahlt haben, mein Lieber, bezahlt, und der Kerl hat dann seinen Mann abgestochen wie eine Taube. Die Geschichte wurde vertuscht, aber, tja, Kelso mußte eine Zeitlang im Klub sein Kotelett allein essen. Er brachte seine Tochter wieder zurück, hörte ich, aber sie hat nie wieder mit ihm gesprochen. O ja, das war eine schlimme Sache. Das Mädchen starb dann auch, kaum ein Jahr später. Also einen Sohn hat sie zurückgelassen? Wenn er seiner Mutter ähnelt, muß er recht gut aussehen.«

»Er sieht recht gut aus«, stimmte Lord Henry bei.

»Hoffentlich kommt er in gute Hände«, fuhr der alte Mann fort. »Es muß ein Haufen Geld auf ihn warten, wenn Kelso ordentlich für ihn gesorgt hat. Seine Mutter war auch vermögend. Die Herrschaft Selby fiel ihr durch ihren Großvater zu. Ihr Großvater haßte Kelso, hielt ihn für einen niedrigen Hund. Was er auch war. Kam er da mal nach Madrid, als ich dort war. Pfui Deubel, hab' ich mich seinetwegen geschämt. Die Königin fragte mich mehrmals nach dem adligen englischen Herrn, der immer mit den Kutschern um das Fahrgeld handele. Man machte eine richtige Geschichte daraus. Ich wagte einen ganzen Monat nicht, mich bei Hofe zu zeigen. Hoffentlich hat er seinen Enkel besser behandelt als die Kutscher.«

»Ich weiß es nicht«, erwiderte Lord Henry. »Ich vermute jedoch, daß der Junge ganz gut daran ist. Er ist noch nicht volljährig. Selby hat er, das weiß ich. Er erzählte es mir. Und . . . seine Mutter war also sehr schön?«

»Margaret Devereux war eines der lieblichsten Geschöpfe, das ich je sah, Harry. Was in aller Welt sie zu dem trieb, was sie getan hat, habe ich nie verstehen können. Sie hätte heiraten können, wen sie nur wollte. Carlington war wahnsinnig versessen auf sie. Sie war aber romantisch. Alle Frauen aus dieser Familie waren so. Die Männer waren traurige Kerle, aber – zum Donnerwetter! – die Frauen waren wunderbar. Carlington lag auf den Knien vor ihr. Hat's mir selbst erzählt. Sie lachte ihn aus, und dabei gab es damals in London kein einziges Mädchen, das nicht hinter ihm her gewesen wäre. Übrigens, Harry, da wir nun schon einmal von Mißheiraten sprechen, was ist das für ein Humbug, den mir dein Vater von Dartmoor erzählt: er will eine Amerikanerin heiraten? Sind ihm die englischen Mädchen nicht gut genug?«

»Es ist eben jetzt Mode, Amerikanerinnen zu heiraten, Onkel George.«

»Ich halte auf englische Frauen gegen die ganze Welt, Harry«, sagte Lord Fermor und schlug mit der Faust auf den Tisch.

»Die Wetten stehen für die Amerikanerinnen.«

»Sie halten nicht durch, habe ich gehört«, murrte der Onkel.

»Ein langes Rennen erschöpft sie, aber beim Steeplechase sind sie kapital. Sie nehmen die Dinge im Fluge. Ich glaube nicht, daß Dartmoor eine Chance hat.«

»Wie ist ihre Familie?« brummte der alte Herr. »Hat sie überhaupt eine?«

Lord Henry schüttelte den Kopf. »Amerikanische Mädchen verstehen sich ebenso darauf, ihre Eltern zu verbergen, wie englische Frauen ihre Vergangenheit«, sagte er und stand auf, um fortzugehen.

»Also vermutlich Schweinepacker.«

»Hoffentlich, Onkel George, in Dartmoors Interesse. Ich habe sagen hören, Schweinepacker sei nach der Politik in Amerika der lukrativste Beruf.«

»Ist sie hübsch?«

»Sie benimmt sich, als wäre sie schön. Die meisten Amerikanerinnen tun das. Es ist das Geheimnis ihres Reizes.«

»Warum können diese Amerikanerinnen nicht bei sich zu Hause bleiben? Sie erzählen uns immer, dort sei das Paradies für Frauen.«

»Das ist es auch. Und das ist der Grund, weshalb sie so außerordentlich versessen darauf sind, hinauszukommen«, sagte Lord Henry. »Leb wohl, Onkel George. Ich komme zu spät zum Lunch, wenn ich noch länger bleibe. Ich danke dir für die Auskunft, die ich haben wollte. Ich möchte immer gern von meinen neuen Freunden alles und von meinen alten nichts wissen.«

»Wohin gehst du zum Lunch, Harry?«

»Zu Tante Agatha. Ich habe mich mit Mr. Gray dort angesagt. Er ist ihr neuester Protégé.«

»Hm. Sag deiner Tante Agatha, Harry, sie solle mich nicht mehr mit ihrem Wohltätigkeitskram quälen. Ich habe es satt. Das gute Frauenzimmer glaubt wahrhaftig, ich habe nichts weiter zu tun, als für ihre albernen Schrullen Schecks auszuschreiben.«

»Schön, Onkel George. Ich will es ihr sagen, aber nützen wird es nichts. Wohltätigkeitsfanatikern kommt jedes Gefühl für Menschlichkeit abhanden. Das ist ihr hervorstechender Charakterzug.«

Der alte Herr knurrte beifällig und klingelte nach dem Diener. Lord Henry ging unter den niedrigen Arkaden zur Burlington Street und lenkte dann seine Schritte in die Richtung des Berkeley Square.

Das also war die Geschichte der Eltern Dorian Grays. Sie war ihm nur in großen Zügen erzählt worden, hatte ihn jedoch erschüttert, denn sie mutete ihn seltsam und fast neuartig romantisch an. Eine schöne Frau, die alles für eine wahnsinnige Leidenschaft aufs Spiel setzte. Ein paar wilde Wochen des Glückes, jäh abgeschnitten durch ein abscheuliches, heimtückisches Verbrechen. Monate stummen Todeskampfes, und dann ein Kind, geboren im Leid. Die Mutter dahingerafft vom Tod, der Knabe der Einsamkeit und der Tyrannei eines alten, lieblosen Mannes überlassen. Ja, es war ein interessanter Hintergrund. Er gab dem Knaben Relief, machte ihn noch vollkommener, als er ohnehin war. Hinter allem Auserlesenen in der Welt stand etwas Tragisches. Welten müssen in Aufruhr sein, damit die kleinste Blume blühen kann . . . Und wie entzückend war er am Abend zuvor gewesen, als er mit erregten Augen, die Lippen vor erschrockener Freude halb geöffnet, ihm im Klub gegenüber saß und die roten Lampenschirme das erwachende Wunder seines Gesichtes in einen weicheren Ton getaucht hatten. Mit ihm sprechen war wie auf einer köstlichen Geige spielen.

Er gab jedem Druck und jedem Erzittern des Bogens nach . . . Es lag etwas Schreckliches darin, Einflüsse zu erproben. Etwas, das in Bann schlug. Nichts kam dem gleich. Seine Seele in eine anmutige Form zu gießen und sie einen Augenblick darin verweilen zu lassen; seine eigenen Gedanken im Echo zurückzubekommen, bereichert um all die Melodien von Leidenschaft und Jugend, sein Temperament in ein anderes zu versenken, als sei es ein feinstes Fluidum oder ein seltsamer Duft; es lag eine wahre Lust darin, vielleicht die am meisten befriedigende Lust, die uns in einem so beschränkten und vulgären Zeitalter übriggelassen ist; einem Zeitalter, das in seinen Genüssen so grob und in seinen Begierden so maßlos gemein ist . . . Er war ein wundervoller Typus, dieser junge Mensch, den er durch einen so seltsamen Zufall in Basils Atelier kennengelernt hatte, oder er konnte jedenfalls zu einem wundervollen Typus geformt werden. Alle Anmut und weiße Reinheit des Knaben waren sein, und jene Schönheit, welche uns die alten griechischen Marmorbilder bewahrt haben. Nichts gab es, was man nicht aus ihm machen konnte. Man konnte einen Titanen aus ihm machen oder ein Spielzeug. Wie traurig, daß solcher Schönheit bestimmt war zu verwelken! – Und Basil! Wie interessant war er doch in psychologischer Beziehung! Der neue künstlerische Stil, die frische Art, das Leben anzuschauen, die ihm eigenartigerweise durch die bloße körperliche Nähe eines Menschen suggeriert wurden, der von alledem nichts wußte; der geheime Geist, der im dunklen Waldland haust und ungesehen über das offene Feld dahinschreitet und sich plötzlich enthüllt, dryadenhaft und furchtlos, weil in der Seele, die seiner begehrt, jener seltsame hellseherische Blick erwacht war, dem allein das Wunderbare sich entschleiert; die bloßen Gestalten und Linien der Dinge, die durch ihn dann plötzlich feiner werden und eine Art symbolischen Wertes gewinnen, als seien sie selbst nur Urbilder einer anderen und vollkommeneren Form, deren Schatten sie hinüber in die Wirklichkeit trugen; wie seltsam war das alles! War es nicht Platon, jener Künstler des Gedankens, der es zuerst erkannt hatte? War es nicht Buonarotti, der es in den farbigen Marmor einer Sonettenfolge gemeißelt hatte? Doch für unser Jahrhundert war es etwas Fremdes ... Ja, er wollte versuchen, Dorian Gray das zu sein, was der Knabe ohne sein Wissen dem Maler war, der das wundervolle Bildnis geschaffen hatte. Er wollte versuchen, ihn zu beherrschen – zur Hälfte hatte er es ja schon getan. Er wollte diesen wundervollen Geist zu seinem eigenen machen. Es lag etwas Faszinierendes in diesem Sproß aus Liebe und Tod.

Plötzlich blieb er stehen und musterte die Häuser. Er entdeckte, daß er bereits an dem seiner Tante vorbeigegangen war, und kehrte um, wobei er über sich selbst lächelte. Als er in die etwas düstere Halle eintrat, sagte ihm der Diener, die Herrschaften seien schon zu Tische gegangen. Er gab Hut und Stock ab und ging in das Speisezimmer.

»Spät wie immer, Harry«, rief seine Tante kopfschüttelnd.

Er erfand eine harmlose Entschuldigung, nahm Platz auf einem unbesetzten Stuhl in ihrer Nähe und schaute um sich, um zu sehen, wer noch da war. Dorian verbeugte sich scheu vom Ende des Tisches her; ein freudiges Rot stahl sich dabei in sein Gesicht. Gegenüber saß die Herzogin von Harley, eine Dame von bewunderungswürdig gutem Charakter und Temperament, die jeder, der sie kannte, gern mochte und die jene umfänglichen architektonischen Proportionen aufwies, welche bei Frauen, die nicht Herzoginnen sind, von den zeitgenössischen Geschichtsschreibern als Beleibtheit bezeichnet werden. Neben ihr, zu ihrer Rechten, saß Sir Thomas Burdon, Parlamentsmitglied und Radikaler. Im öffentlichen Leben lief er seinem Parteiführer nach, im privaten jedoch den besten Köchen; gemäß einer weisen und wohlbekannten Regel speiste er aber mit den Torys und dachte mit den Liberalen. Den Platz zu ihrer Linken nahm Mr. Erskine of Treadley ein, ein alter, äußerst charmanter und kultivierter Herr, der allerdings der schlechten Gewohnheit verfallen war, zu schweigen; denn er hatte, wie er einmal Lady Agatha erklärte, alles, was er zu sagen hatte, schon vor seinem dreißigsten Lebensjahre gesagt. Seine Nachbarin war Mrs. Vandeleur, eine der ältesten Freundinnen seiner Tante, eine wahre Heilige unter den Frauen, aber so schrecklich liederlich, daß sie einen stets an ein schlechtgebundenes Gesangbuch erinnerte. Zu seinem Glück saß auf ihrer anderen Seite Lord Faudel, eine sehr intelligente Mittelmäßigkeit in mittleren Jahren, kahl wie eine ministerielle Erklärung im Unterhaus, mit dem sie sich in jener intensiven, ernsten Weise unterhielt, die, wie er selbst einmal bemerkte, der einzige unverzeihliche Fehler ist, in den alle guten Menschen verfallen und den keiner von ihnen jemals völlig vermeidet.

»Wir sprechen gerade über den armen Dartmoor, Lord Henry«, rief die Herzogin, indem sie ihm über den Tisch hinüber vergnügt zunickte. »Glauben Sie wirklich, daß er diese berückende junge Person heiraten wird?«

»Ich glaube, sie hat es sich fest vorgenommen, ihm einen Antrag zu machen, Herzogin.«

»Wie schrecklich!« rief Lady Agatha aus. »Man sollte etwas dagegen tun.«

»Ich hörte aus ganz ausgezeichneter Quelle, daß ihr Vater in Amerika einen Kurzwarenladen hat«, sagte Sir Thomas Burdon mit hochmütiger Miene.

»Mein Onkel vermutete schon eine Schweinepackerei, Sir Thomas.«

»Kurzwaren! Was ist das, amerikanische Kurzwaren?« fragte die Herzogin und erhob verwundert ihre großen Hände und betonte jedes Wort.

»Amerikanische Romane«, erwiderte Lord Henry und nahm sich eine Wachtel.

Die Herzogin machte ein verdutztes Gesicht.

»Achten Sie nicht auf ihn, meine Liebe«, flüsterte Lady Agatha. »Er meint nie, was er sagt.«

»Als Amerika entdeckt wurde«, sagte der radikale Abgeordnete und begann einige langweilige Tatsachen von sich zu geben. Wie alle Leute, die einen Gegenstand zu erschöpfen streben, erschöpfte er seine Zuhörer. Die Herzogin seufzte und machte von ihrem Vorrecht Gebrauch, unterbrechen zu dürfen. »Ich möchte, bei Gott, es wäre überhaupt nicht entdeckt worden!« rief sie aus. »Wirklich, unsere Mädchen haben heutzutage gar keine Aussichten mehr. Das ist höchst unfair.«

»Vielleicht ist Amerika im Grunde gar nicht entdeckt worden«, sagte Mr. Erskine, »ich möchte sagen, man hat es einfach aufgefunden.«

»Oh! Aber ich habe Proben seiner Bewohnerinnen gesehen«, antwortete die Herzogin zerstreut. »Ich muß zugeben, daß die meisten ausnehmend hübsch sind. Und außerdem ziehen sie sich sehr gut an. Sie beziehen ihre Garderobe aus Paris. Ich wollte, ich könnte mir das auch leisten.«

»Man sagt: wenn gute Amerikaner sterben, gehen sie nach Paris«, gluckste Sir Thomas, der über einen ganzen Kleiderschrank voll abgelegter Witze verfügte.

»Ach, nein! Und wohin gehen schlechte Amerikaner, wenn sie sterben?« fragte die Herzogin.

»Sie gehen nach Amerika«, murmelte Lord Henry.

Sir Thomas runzelte die Stirn. »Ich fürchte, Ihr Neffe ist sehr voreingenommen gegen das große Land«, sagte er zu Lady Agatha. »Ich habe es ganz bereist, in Eisenbahnwagen, die mir von den Direktoren zur Verfügung gestellt wurden. Sie sind in solchen Fällen außerordentlich liebenswürdig. Seien Sie sicher, daß solche Reisen sehr erzieherisch wirken.«

»Aber müssen wir wirklich Chikago sehen, um erzogen zu werden?« fragte Mr. Erskine kläglich. »Ich fühle mich der Reise nicht gewachsen.«

Sir Thomas winkte mit der Hand. »Mr. Erskine of Treadley hat die Welt in seinen Bücherregalen. Wir Männer der Praxis wollen die Dinge sehen, nicht lesen. Die Amerikaner sind ein höchst interessantes Volk. Sie sind absolute Vernunftmenschen. Ich halte das für ihren wesentlichsten Charakterzug. Ja, Mr. Erskine, absolute Vernunftmenschen. Seien Sie sicher: Bei den Amerikanern gibt es keinen Unsinn.«

»Wie schrecklich!« rief Lord Henry aus. »Ich kann rohe Gewalt vertragen, allein rohe Vernunft ist mir ganz unausstehlich. Sie ist unvornehm. Sie rangiert tief unter dem Geist.«

»Ich verstehe Sie nicht«, sagte Sir Thomas und wurde rot.

»Aber ich, Lord Henry«, murmelte Mr. Erskine lächelnd.

»Paradoxe sind ja an und für sich ganz schön . . .«, begann der Baronet aufs neue.

»War das paradox?« fragte Mr. Erskine. »Ich habe es nicht dafür gehalten. Aber vielleicht war es paradox. Nun, der Weg des

Paradoxen ist der Weg der Wahrheit. Um Geschmack an der Wirklichkeit zu bekommen, müssen wir sie auf dem Seile tanzen sehen. Wenn die Wahrheiten zu Akrobaten werden, können wir sie beurteilen.«

»Um des Himmels willen!« sagte Lady Agatha. »Was ihr Männer doch disputiert! Ich verstehe ganz bestimmt kein Wort von all dem. Oh, Harry, mit dir bin ich ganz böse. Warum versuchst du, unseren netten Mr. Dorian Gray vom East End abzubringen? Und dabei wäre er ganz sicher unschätzbar für uns. Die Leute würden sein Spiel so gern haben.«

»Ich will aber, daß er für mich spielt«, rief Lord Henry, lächelte, sah zum Ende der Tafel und empfing als Antwort einen leuchtenden Blick.

»Aber in Whitechapel sind alle so unglücklich«, fuhr Lady Agatha fort.

»Ich kann mit allen Sympathie haben, nur nicht mit den Leuten dort«, sagte Lord Henry achselzuckend. »Ich kann dafür wirklich keine Sympathie aufbringen. Es ist zu häßlich, zu schrecklich, zu niederdrückend. Es liegt etwas furchtbar Krankhaftes in dem modernen Mitgefühl mit dem Schmerz. Man sollte Gefühl haben für das Farbige, das Schöne, das Freudige im Leben. Je weniger über das Traurige im Leben gesagt wird, desto besser.«

»Und dennoch ist East End ein sehr wichtiges Problem«, bemerkte Sir Thomas mit ernstem Kopfschütteln.

»Gewiß«, antwortete der junge Lord. »Es ist das Problem der Sklaverei, und wir versuchen es zu lösen, indem wir die Sklaven amüsieren.«

Der Politiker blickte ihn streng an. »Welche Änderung schlagen Sie da vor?« fragte er. Lord Henry lachte. »Ich wünsche gar nicht, daß sich in England etwas ändert, abgesehen vom Wetter«, antwortete er. »Ich begnüge mich vollständig mit philosophischer Betrachtung. Da aber das neunzehnte Jahrhundert seiner übermäßigen Ausgaben an Mitgefühl wegen Bankrott gemacht hat, möchte ich vorschlagen, daß man an die Wissenschaft appelliert, damit diese die Dinge wieder in Ordnung bringt. Der Vorteil der Gefühle liegt darin, daß sie uns auf Abwege führen, und der Vorteil der Wissenschaft darin, daß sie mit Gefühlen nichts zu tun hat.«

»Aber es liegt doch eine so schwere Verantwortung auf uns«, warf schüchtern Mrs. Vandeleur ein.

»Eine furchtbar schwere«, echote Lady Agatha.

Lord Henry sah zu Mr. Erskine hinüber. »Die Menschheit

nimmt sich viel zu ernst. Das ist die der Welt eigentümliche Sünde. Hätte der Höhlenmensch das Lachen gekannt, so würde die Weltgeschichte einen anderen Verlauf genommen haben.«

»Da geben Sie mir wirklich einen großen Trost«, zwitscherte die Herzogin. »Ich habe bisher stets ein Gefühl der Schuld gehabt, wenn ich Ihre liebe Tante besuchte, denn ich habe nicht das geringste Interesse am East End. In Zukunft werde ich ihr ohne Erröten ins Auge schauen können.«

»Erröten steht einem sehr gut, Herzogin«, bemerkte Lord Henry.

»Nur wenn man jung ist«, antwortete sie. »Wenn eine alte Frau wie ich rot wird, dann ist das ein schlechtes Zeichen. Ach, Lord Henry, ich wollte, Sie könnten mir sagen, wie man wieder jung wird.«

Er dachte einen Augenblick nach. »Können Sie sich irgendeines großen Fehlers entsinnen, den Sie in jungen Tagen begangen haben, Herzogin?« fragte er und blickte sie fest über den Tisch hinüber an.

»An sehr viele, fürchte ich«, rief sie.

»Dann begehen Sie sie noch einmal«, sagte er ernst. »Um seine Jugend zurückzubekommen, braucht man nur seine Torheiten zu wiederholen.«

»Eine entzückende Theorie!« rief sie aus. »Ich muß sie in die Praxis umsetzen.«

»Eine gefährliche Theorie!« kam es von Sir Thomas' dünnen Lippen. Lady Agatha schüttelte den Kopf, aber es amüsierte sie dennoch. Mr. Erskine horchte auf.

»Ja«, fuhr Lord Henry fort, »das ist eines der großen Geheimnisse des Daseins. Heutzutage sterben die meisten Leute an einer Art schleichendem Common sense, und erst, wenn es zu spät ist, entdecken sie, daß das einzige, was wir nie bereuen, unsere Sünden sind.«

Ein Lachen lief um die Tafel.

Er spielte mit dem Gedanken und wurde übermütig; er warf ihn in die Luft und kehrte ihn um; er ließ ihn mittels der Phantasie irisieren und beflügelte ihn mit Paradoxen. Sodann erhob er das Lob der Tollheit zur Philosophie, und die Philosophie selbst wurde jung und gab sich der wilden Musik des Genusses hin; sie trug – es war wie eine Vision – ein weinbeflecktes Gewand und einen Efeukranz; sie tanzte wie eine Bacchantin über die Hügel des Lebens und verhöhnte den plumpen Silen, weil er nüchtern war. Facta flohen vor ihr wie das erschreckte Wild des Waldes. Ihre weißen Füße stampften in der großen Kelter, an der der weise Omar sitzt, bis der siedende Saft der Trauben in Wogen purpurnen Schaumes um ihre nackten Glieder sprang oder in rotem Gischt über die schwarzen, triefenden, hängenden Wände des Fasses rann. Es war eine außerordentliche Improvisation. Er fühlte, daß die Augen Dorian Grays an ihm hingen, und das Bewußtsein, daß sich unter seinen Zuhörern einer befand, dessen Gemüt er zu bezaubern wünschte, schien seinem Witz Schärfe und seiner Einbildungskraft Farbe zu verleihen. Er war glänzend, phantastisch, zügellos. Er reizte seine Zuhörer, ganz aus sich herauszugehen, und sie folgten lachend seiner Pfeife. Dorian Gray wandte den Blick nicht von ihm; er saß da wie unter einem Bann, Lächeln auf Lächeln huschte über seine Lippen, und ein immer tieferes Staunen glomm in seinen dunklen Augen auf.

Schließlich betrat im Gewande der Gegenwart die Wirklichkeit das Zimmer, in Gestalt eines Dieners, welcher der Herzogin meldete, daß ihr Wagen warte. Sie rang in komischer Verzweiflung die Hände. »Wie ärgerlich!« rief sie. »Nun muß ich gehen. Ich muß meinen Gatten vom Klub abholen und ihn zu irgendeiner albernen Sitzung bei Willis begleiten, wo er präsidieren soll. Wenn ich zu spät komme, wird er sicher wütend, und ich könnte in dem Hut, den ich heute aufhabe, keine Szene vertragen. Er ist zu gebrechlich. Ein rauhes Wort würde ihn ruinieren. Nein, ich muß fort, liebe Agatha. Auf Wiedersehen, Lord Henry. Sie sind ganz entzückend und schrecklich demoralisierend. Ich weiß gar nicht, was ich zu Ihren Ansichten sagen soll. Sie müssen einmal abends zu uns kommen und mit uns speisen. Dienstag? Sind Sie Dienstag frei?«

»Um Ihretwillen würde ich jedem andern absagen, Herzogin«, sagte Lord Henry und verbeugte sich.

»Ah! Das ist sehr nett und sehr unrecht von Ihnen«, rief sie, »aber denken Sie daran und kommen Sie.« Damit rauschte sie aus dem Zimmer, begleitet von Lady Agatha und den übrigen Damen.

Als Lord Henry wieder Platz genommen hatte, kam Mr. Erskine herüber, rückte seinen Stuhl nahe zu ihm hin und legte die Hand auf seinen Arm.

»Sie reden Bücher beiseite«, sagte er, »warum schreiben Sie keine?«

»Ich lese Bücher viel zu gern, Mr. Erskine, als daß mir daran läge, welche zu schreiben. Gewiß, ich möchte schon einen Roman schreiben, der köstlich wäre wie ein persischer Teppich und auch ebenso unwirklich. Aber es gibt in England kein literarisches Publikum, ausgenommen für Zeitungen, Elementarbücher und Konversationslexika. Von allen Völkern der Erde haben die Engländer am wenigsten Sinn für die Schönheit der Literatur.«

»Ich fürchte, Sie haben recht«, antwortete Mr. Erskine. »Ich habe früher literarischen Ehrgeiz gehabt, aber ich habe ihn schon lange aufgegeben. Und nun, mein lieber junger Freund, wenn ich Sie so nennen darf, möchte ich Sie fragen, ob Sie wirklich all das glauben, was Sie uns bei Tisch gesagt haben?«

»Ich habe ganz vergessen, was ich gesagt habe«, lächelte Lord Henry. »War es sehr schlimm?«

»In der Tat, sehr schlimm. Wirklich, ich halte Sie für sehr gefährlich, und wenn unserer guten Herzogin etwas zustößt, so werden Sie uns allen als der gelten, der in erster Linie dafür verantwortlich ist. Aber ich möchte mich gern einmal mit Ihnen über das Leben unterhalten. Die Generation, mit der ich geboren wurde, war langweilig. Wenn Sie Londons einmal müde sind, dann kommen Sie doch hinaus nach Treadley und setzen Sie mir bei einem herrlichen Burgunder, den zu besitzen ich glücklich genug bin, Ihre Philosophie des Genusses auseinander.«

»Ich werde entzückt sein. Ein Besuch in Treadley bedeutet eine große Auszeichnung. Es hat einen vollkommenen Wirt und eine vollkommene Bibliothek.«

»Erst durch Sie wird es ganz vollkommen sein«, antwortete der alte Herr mit einer höflichen Verbeugung. »Und jetzt muß ich mich von Ihrer ausgezeichneten Tante verabschieden. Ich muß ins Athenäum. Zu dieser Stunde schlafen wir dort alle.«

»Sie alle, Mr. Erskine?«

»Ja, vierzig in vierzig Fauteuils. Wir üben uns für eine englische Akademie.«

Lord Henry lachte und stand auf. »Ich gehe in den Park«, sagte er.

Als er durch die Tür schritt, berührte Dorian Gray ihn am Arm. »Erlauben Sie mir, mitzukommen«, flüsterte er.

»Aber ich dachte, Sie hätten Basil Hallward versprochen, ihn zu besuchen«, erwiderte Lord Henry.

»Ich möchte lieber mit Ihnen kommen; ja, ich fühle, daß ich mit Ihnen kommen muß. Bitte erlauben Sie es. Und versprechen Sie mir, die ganze Zeit mit mir zu reden? Niemand kann so wundervoll sprechen wie Sie.«

»Oh! Ich habe für heute wohl genug gesprochen«, sagte Lord Henry lächelnd. »Jetzt tut mir not, das Leben anzuschauen. Sie können mit mir kommen und gleichfalls schauen, wenn Sie wollen.«

VIERTES KAPITEL

Eines Nachmittags – es war einen Monat später – saß Dorian Gray, zurückgelehnt in einem luxuriösen Sessel, in der kleinen Bibliothek in Lord Henrys Haus in Mayfair. Es war ein in seiner Art sehr hübscher Raum mit hoch hinaufreichender Wandtäfelung aus olivfarbener Eiche, gelbgetöntem Fries, einer Stuckdecke und ziegelrotem Teppich, auf dem seidene persische Brücken mit langen Fransen umherlagen. Auf einem schlanken Tischchen aus Atlasholz stand eine Statuette von Clodion, und daneben lag eine Ausgabe der Cent Nouvelles, in einem Einband von Clovis Eve für Margarete von Valois, geschmückt mit den goldenen Gänseblümchen, welche die Königin sich zur Devise gewählt hatte. Auf dem Kaminsims standen ein paar große, blaue chinesische Vasen mit bunten Tulpen darin, und durch die schmalen, bleigefaßten Fensterscheiben drang das aprikosenfarbene Licht eines Londoner Sommertages.

Lord Henry war noch nicht nach Hause gekommen. Er kam prinzipiell zu spät, denn sein Grundsatz war, daß Pünktlichkeit der Dieb der Zeit sei. Der junge Herr sah etwas verdrießlich aus, als er mit achtlosen Fingern die Seiten einer kostbar illustrierten Ausgabe der »Manon Lescaut« umblätterte, die er in einem der Fächer gefunden hatte. Das abgemessene, eintönige Ticken der Louis-XIV-Uhr störte ihn. Ein- oder zweimal dachte er daran, fortzugehen.

Endlich hörte er draußen Schritte, und die Tür öffnete sich. »Wie spät Sie kommen, Harry!« flüsterte er.

»Leider ist es nicht Harry, Mr. Gray«, antwortete eine scharfe Stimme.

Er fuhr herum und sprang auf. »Ich bitte um Verzeihung. Ich glaubte –«

»Sie glaubten, es sei mein Mann. Es ist nur seine Frau. Ich muß mich schon selbst vorstellen. Ich kenne Sie recht gut, nach Ihren Fotografien. Ich glaube, mein Mann hat siebzehn.«

»Nein, Lady Henry, siebzehn nicht.«

»Nun, dann achtzehn. Überdies habe ich Sie neulich abends mit ihm in der Oper gesehen.« Sie lachte nervös, während sie sprach, und betrachtete ihn mit ihren schwimmenden Vergißmeinnicht-augen. Sie war eine merkwürdige Frau; ihre Kleider sahen immer aus, als seien sie in einem Wutanfall entworfen und im Sturm ange-zogen worden. In der Regel war sie in irgend jemanden verliebt, und da ihre Leidenschaft niemals erwidert wurde, hatte sie alle ihre Illusionen bewahrt. Sie versuchte, malerisch auszusehen, aber sie brachte es nur dahin, daß sie unsauber wirkte. Sie hieß Victoria und hatte geradezu eine Manie, zur Kirche zu gehen.

»Das war im ›Lohengrin‹, Lady Henry, nicht wahr?«

»Ja; es war im lieben ›Lohengrin‹. Ich liebe Wagners Musik mehr als die irgendeines andern. Sie ist so laut, daß man die ganze Zeit über reden kann, ohne daß die andern Leute verstehen, was man sagt. Das ist sehr vorteilhaft; meinen Sie nicht auch, Mr. Gray?«

Von ihren dünnen Lippen kam wieder das nervöse Stakkato-Lachen, und ihre Finger begannen mit einem langen Papiermesser aus Schildpatt zu spielen.

Dorian lächelte und schüttelte den Kopf: »Leider ist das meine Meinung nicht, Lady Henry. Ich spreche nie während der Musik – wenigstens nicht während guter Musik. Wenn man schlechte Musik hört, ist man verpflichtet, sie im Gespräch zu übertäuben.«

»Ah! Das ist eine von Harrys Ansichten, nicht wahr, Mr. Gray? Ich bekomme Harrys Ansichten immer von seinen Freunden zu hören. Das ist der einzige Weg, auf dem sie zu meiner Kenntnis ge-langen. Aber Sie dürfen nicht glauben, daß ich gute Musik nicht liebe. Ich vergöttere sie, doch ich fürchte mich vor ihr. Sie macht mich zu romantisch. Ich habe für Klavierspieler einfach ge-schwärmt – zeitweise für zwei gleichzeitig, behauptet Harry. Ob es stimmt, weiß ich nicht. Vielleicht kommt das daher, ·daß sie Aus-länder sind. Das sind sie doch alle, nicht wahr? Sogar die in Eng-land geborenen werden nach und nach Ausländer, nicht wahr? Das ist klug von ihnen und bedeutet eine Auszeichnung für die Kunst. Es macht sie kosmopolitisch, nicht wahr? Sie sind nie auf einer mei-ner Gesellschaften gewesen, nicht wahr, Mr. Gray? Sie müssen kommen. Orchideen kann ich mir nicht leisten, aber in der Herbei-schaffung von Ausländern scheue ich keinen Aufwand. Sie machen einem die Räume so malerisch. Aber da kommt ja Harry! Harry, ich wollte nach dir sehen und dich etwas fragen – was es war, hab' ich vergessen –, da fand ich Mr. Gray. Wir haben so reizend über

Musik geplaudert. Wir haben ganz die gleichen Ansichten. Nein; ich glaube, unsere Ansichten sind ganz verschieden. Aber er war entzückend. Ich bin sehr froh, ihn kennengelernt zu haben.«

»Das ist ja reizend, Liebe, ganz reizend«, sagte Lord Henry, wobei er seine dunklen, geschwungenen Augenbrauen in die Höhe zog und beide mit amüsiertem Lächeln ansah. »Es tut mir so leid, daß ich mich verspätet habe, Dorian. Ich ging nach der Wardour Street, um mir ein Stück alten Brokats anzusehen, und ich mußte stundenlang darum handeln. Heutzutage kennen die Leute von allem den Preis und von nichts den Wert.«

»Leider muß ich nun gehen«, rief Lady Henry aus; sie unterbrach mit ihrem plötzlichen, törichten Lachen ein verlegenes Schweigen. »Ich habe der Herzogin versprochen, mit ihr auszufahren. Auf Wiedersehen, Mr. Gray. Auf Wiedersehen, Harry. Du wirst vermutlich auswärts speisen. Ich auch. Vielleicht sehe ich dich bei Lady Thornbury.«

»Wahrscheinlich, Liebe«, sagte Lord Henry und schloß die Tür hinter ihr, als sie wie ein Paradiesvogel, der die ganze Nacht draußen im Regen gesessen hat, aus dem Zimmer hüpfte, einen feinen Duft von Frangipani zurücklassend. Dann zündete er sich eine Zigarette an und warf sich aufs Sofa. »Heiraten Sie nie eine Frau mit stark blondem Haar, Dorian«, sagte er nach einigen Zügen.

»Warum nicht, Harry?«

»Weil sie so sentimental sind.«

»Aber ich mag nun einmal sentimentale Leute.«

»Heiraten Sie überhaupt nie, Dorian. Männer heiraten, weil sie müde, Frauen, weil sie neugierig sind: beide Teile werden dann enttäuscht.«

»Ich glaube nicht, daß ich heiraten werde, Harry. Ich bin zu sehr verliebt. Das ist einer Ihrer Aphorismen. Ich übersetze ihn in die Praxis, wie ich es mit allem tue, was Sie sagen.«

»In wen sind Sie verliebt?« fragte Lord Henry nach einer Pause.

»In eine Schauspielerin«, sagte Dorian Gray und errötete.

Lord Henry zuckte die Achseln. »Das ist ein ziemlich gewöhnliches Debüt.«

»Sie würden nicht so sprechen, wenn Sie sie gesehen hätten, Harry.«

»Wer ist es?«

»Sie heißt Sibyl Vane.«

»Nie von ihr gehört.«

»Niemand hat das. Aber eines Tages wird man von ihr hören. Sie ist ein Genie.«

»Mein lieber Junge, keine Frau ist ein Genie. Die Frauen sind ein dekoratives Geschlecht. Sie haben niemals etwas zu sagen, aber sie sagen es entzückend. Die Frauen bedeuten den Triumph der Materie über den Geist, gerade wie die Männer den Triumph des Geistes über die Moral bedeuten.«

»Harry, wie können Sie nur!«

»Mein lieber Dorian, es ist absolut richtig. Ich analysiere gerade die Frau, also sollte ich es wissen. Der Gegenstand ist gar nicht so verwickelt, wie ich vorher glaubte. Im Grunde, meine ich, gibt es nur zwei Arten von Frauen, die geschminkten und die ungeschminkten. Die ungeschminkten sind sehr brauchbar. Wenn Sie in respektablen Ruf zu kommen wünschen, brauchen Sie nur eine zu Tisch zu führen. Die andern Frauen sind ganz entzückend. Freilich besitzen sie einen Fehler. Sie schminken sich, um jung auszusehen. Unsere Großmütter schminkten sich, um zu verführen und um glänzend zu plaudern. Rouge und Esprit gingen stets Hand in Hand. Das alles ist jetzt vorbei. Solange eine Frau zehn Jahre jünger auszusehen vermag als ihre eigene Tochter, ist sie vollkommen glücklich. Was jedoch das Gespräch betrifft, so gibt es in London nur fünf Frauen, mit denen zu unterhalten sich lohnt, und zwei davon kann man in anständiger Gesellschaft nicht zulassen. Indessen erzählen Sie mir etwas von Ihrem Genie. Wie lange kennen Sie sie?«

»Ach! Harry, Ihre Ansichten erschrecken mich.«

»Das tut nichts. Wie lange kennen Sie sie?«

»Seit ungefähr drei Wochen.«

»Und wo ist sie Ihnen über den Weg gelaufen?«

»Ich will es Ihnen erzählen, Harry; aber Sie dürfen nicht gefühllos darüber reden. Übrigens wäre es gar nicht geschehen, wenn ich Sie nicht kennengelernt hätte. Sie erfüllten mich mit einem wilden Wunsch, alles vom Leben zu erfahren. Noch viele Tage nach unserem ersten Beisammensein schien etwas in meinen Adern zu zucken. Wenn ich im Park herumsaß oder den Piccadilly hinunterschlenderte, pflegte ich jedem, der mir entgegenkam, ins Gesicht zu sehen; dabei fragte ich mich in toller Neugierde, wie er wohl lebe. Einige faszinierten mich. Andere erfüllten mich mit Schrecken. Es war ein erlesenes Gift in der Luft. Ich trug ein brennendes Verlangen nach Sensationen in mir ... Nun, eines Abends gegen sieben Uhr entschloß ich mich, auf die Suche nach irgendeinem Abenteuer zu gehen. Ich fühlte, daß dieses graue, ungeheure London, in dem wir leben, mit seinen Myriaden von Menschen, seinen schmutzigen Sündern und seinen glänzenden Sünden, wie Sie es einmal ausdrückten, irgend etwas für mich in Bereitschaft haben müsse. Ich stellte mir tausenderlei Dinge vor. Die bloße Gefahr allein gab mir schon ein Gefühl des Entzückens. Ich erinnerte mich an alles, was Sie mir an jenem wundervollen Abend sagten, als wir zum ersten Male zusammen gegessen hatten, daß das wahre Geheimnis des Lebens im Suchen nach der Schönheit liege. Was ich erwartete, weiß ich nicht, aber ich ging fort und wanderte in den Osten, und bald verlor ich meinen Weg in einem Gewirr von rußigen Straßen und schwarzen, graslosen Plätzen. Gegen halb acht kam ich an einem lächerlich kleinen Theater vorbei, vor dem große flackernde Gaslaternen brannten und an dem marktschreierische Theaterzettel hingen. Ein ekelhafter Jude in dem erstaunlichsten Rock, den ich jemals gesehen habe, stand am Eingang und rauchte eine gewöhnliche Zigarre. Er hatte schmierige Ringellocken, und mitten auf seiner beschmutzten Hemdbrust glitzerte ein riesiger Diamant. ›Eine Loge, Mylord?‹ fragte er, als er meiner gewahr wurde, und dabei zog er mit einer Miene großartiger Unterwürfigkeit den Hut ab. Es war etwas an ihm, Harry, das mich amüsierte. Er war ein Monstrum! Sie werden mich auslachen, das weiß ich, aber ich ging tatsächlich hinein und bezahlte eine ganze Guinee für eine Proszeniumsloge. Bis heute kann ich mir noch nicht erklären, warum ich das getan habe; und doch – mein lieber Harry, wenn ich es nicht getan hätte, ich würde den größten Roman meines Lebens versäumt haben. Ich sehe, Sie lachen, das ist häßlich von Ihnen.«

»Ich lache nicht, Dorian; wenigstens lache ich nicht über Sie. Aber Sie sollten nicht von dem größten Roman Ihres Lebens sprechen. Vom ersten Roman Ihres Lebens sollten Sie sprechen. Sie werden immer geliebt werden und werden immer die Liebe lieben. Eine grande passion ist das Vorrecht von Leuten, die nichts zu tun haben. Das ist das einzige, wozu die unbeschäftigten Klassen eines Landes gut sind. Haben Sie keine Furcht: erlesene Dinge warten Ihrer. Dies ist erst der Anfang.«

»Halten Sie meine Natur für so seicht?« rief Dorian Gray gekränkt.

»Nein; ich halte Ihre Natur für so tief.«

»Wie meinen Sie das?«

»Mein lieber Junge, die Menschen, die nur einmal in ihrem Leben lieben, sind in Wahrheit die Oberflächlichen. Was sie ihre Hingebung und ihre Treue nennen, nenne ich entweder ihre Schlafsucht der Gewohnheit oder ihren Mangel an Einbildungskraft. Treue bedeutet im Gefühlsleben dasselbe, wie Konsequenz im Geistigen – einfach ein Bekenntnis des Mangels. Treue! Ich muß sie einmal analysieren. Die Leidenschaft für das Eigentum gehört mit dazu. Es gehören viele Dinge dazu, die wir wegwerfen würden, wenn wir nicht fürchteten, andere möchten sie aufheben. Doch ich will Sie nicht unterbrechen. Fahren Sie in Ihrer Erzählung fort.«

»Schön. Ich befand mich also in einer schauerlichen kleinen Privatloge, und ein vulgärer Theatervorhang starrte mir entgegen. Ich schaute hinter der Portiere hervor und überflog das Haus. Es war eine ziemlich verblichene Angelegenheit, lauter Kupidos und Füllhörner, wie ein Hochzeitskuchen dritter Klasse. Galerie und Parterre waren leidlich besetzt, aber die beiden elenden Stuhlreihen vorn waren ganz leer, und auf den Plätzen, die vermutlich Balkon hießen, saß kaum jemand. Frauenzimmer gingen mit Orangen und Ingwerbier umher, und eine schreckliche Menge von Nüssen wurde konsumiert.«

»Das muß genauso gewesen sein wie zu den Glanzzeiten des englischen Dramas.«

»Genauso, meine ich, und sehr niederdrückend. Ich begann schon, mich zu fragen, was in aller Welt ich nun tun solle, als mein Blick auf den Theaterzettel fiel. Was meinen Sie wohl, was gespielt wurde, Harry?«

»Vermutlich ›Der Idiotenknabe oder Stumm, aber unschuldig‹. Unsere Väter liebten Stücke dieser Art, glaube ich. Je länger ich lebe, Dorian, um so tiefer fühle ich, daß alles, was für unsere Väter gut genug war, für uns nicht gut genug ist. In der Kunst wie in der Politik – les grand-pères ont toujours tort.«

»Jenes Stück war gut genug für uns, Harry. Es war ›Romeo und Julia‹. Ich muß gestehen, daß ich etwas ärgerlich war bei dem Gedanken, Shakespeare in solch einem elenden Loch von Theater aufgeführt zu sehen. Dennoch fühlte ich mich irgendwie interessiert. Auf jeden Fall beschloß ich, den ersten Akt abzuwarten. Es war ein schreckliches Orchester da; irgendein junger Hebräer, der vor einem verstimmten Klavier saß, dirigierte es, und das trieb mich fast hinaus; doch endlich hob sich der Vorhang, und das Spiel begann. Romeo war ein beleibter älterer Gentleman mit geschwärzten Augenbrauen, einer heiseren Tragödenstimme und einer Gestalt wie ein Bierfaß. Mercutio war fast genauso schlimm. Er wurde vom Komiker gespielt, der zwischendurch Witze eigener Erfindung fallen ließ und mit dem Parterre auf überaus freund-

schaftlichem Fuße stand. Beide waren sie ebenso grotesk wie die
Szenerie, und die schaute aus, als käme sie aus einer Tagelöhnerbu-
dike. Aber Julia! Harry, stellen Sie sich ein Mädchen vor, kaum
siebzehn Jahre alt, mit einem kleinen blumenhaften Gesicht, einem
schmalen, griechischen Kopf, den Fluten dunkelbraunen Haars
umrahmen, mit Augen gleich veilchenblauen Brunnen der Leidenschaft, mit Lippen gleich Rosenblättern. Sie war das Lieblichste,
was ich je im Leben gesehen habe. Sie haben mir gelegentlich gesagt, Pathos lasse Sie unberührt, aber Schönheit, wahre Schönheit
vermöge Ihre Augen mit Tränen zu füllen. Ich sage Ihnen, Harry,
ich konnte dieses Mädchen kaum sehen, so umschleiert waren meine
Augen von Tränen. Und ihre Stimme – niemals habe ich solche
Stimme gehört. Sie war sehr leise zuerst, mit tiefen schmelzenden
Tönen, die einem einzeln ins Ohr zu dringen schienen. Dann wurde
sie ein wenig lauter und klang wie eine Flöte oder eine ferne Oboe.
In der Gartenszene hatte sie all die bebende Verzücktheit, die
man im Morgengrauen hat, wenn die Nachtigallen schlagen. Später
kamen Augenblicke, in denen sie die wilde Leidenschaft von Gei-
gen hatte. Sie wissen, wie einen eine Stimme erschüttern kann. Ihre
Stimme und Sibyl Vanes Stimme, das sind zwei Dinge, die ich nie
vergessen werde. Wenn ich die Augen schließe, höre ich sie, und
jede sagt etwas anderes. Ich weiß nicht, welcher ich folgen soll.
Warum sollte ich sie nicht lieben? Harry, ich liebe sie. Sie bedeutet
mir alles. Abend für Abend gehe ich, um sie spielen zu sehen. Einen
Abend ist sie Rosalinde, und am nächsten Imogen. Ich habe sie
sterben sehen im Düster einer italienischen Gruft, das Gift von des
Geliebten Lippen saugend. Ich war mit ihr, als sie durch den
Ardennerwald wanderte, verkleidet als hübscher Knabe, in Hose
und Wams und schmuckem Barett. Sie ist wahnsinnig gewesen und
vor einen schuldigen König hingetreten, und sie gab ihm Rauten zu
tragen und bittere Kräuter zu kosten. Sie ist unschuldig gewesen,
und die schwarzen Hände der Eifersucht preßten ihren Hals zusammen, der wie ein Blütenstengel im Schilf war. Ich habe sie in
jedem Zeitalter und in jedem Gewande gesehen. Gewöhnliche
Frauen wenden sich nie an unsere Phantasie. Sie sind auf ihr Jahrhundert beschränkt. Kein Zauber vermag sie je zu verwandeln.
Man kennt ihr Inneres, wie man ihre Hüte kennt. Man kann sie
immer und überall finden. Sie sind nicht umwoben vom Geheimnis. Sie reiten morgens in den Park und schwatzen nachmittags in
den Teegesellschaften. Sie haben ihr stereotypes Lächeln und ihre
eleganten Gesten. Sie sind völlig zu durchschauen. Doch eine

Schauspielerin! Wie ganz anders eine Schauspielerin ist! Harry! Warum haben Sie mir nicht gesagt, daß das einzige Wesen, das geliebt zu werden verdient, eine Schauspielerin ist?«

»Weil ich von denen so viele geliebt habe, Dorian.«

»O ja, schauerliche Geschöpfe mit gefärbtem Haar und geschminkten Gesichtern.«

»Schmähen Sie mir nicht gefärbtes Haar und geschminkte Gesichter! Zuweilen liegt darin ein außerordentlicher Reiz«, sagte Lord Henry.

»Jetzt möchte ich, ich hätte Ihnen nichts von Sibyl Vane erzählt.«

»Sie hätten es mir ja doch erzählen müssen, Dorian. Ihr ganzes Leben lang werden Sie mir immer alles erzählen, was Sie tun.«

»Ja, Harry, ich glaube, das ist wahr. Ich kann nicht dagegen an: ich muß Ihnen alles erzählen. Sie haben eine seltsame Macht über mich. Wenn ich je ein Verbrechen beginge, ich würde zu Ihnen kommen und es Ihnen beichten. Sie würden mich verstehen.«

»Menschen Ihrer Art – die eigenwilligen Sonnenstrahlen des Lebens – begehen keine Verbrechen, Dorian. Aber ich bin Ihnen dennoch sehr verbunden für die kleine Schmeichelei. Und jetzt sagen Sie mir – reichen Sie mir doch die Streichhölzer, seien Sie ein guter Junge: danke schön –, welcher Art sind Ihre Beziehungen zu Sibyl Vane nun in Wirklichkeit?«

Dorian Gray sprang auf seine Füße, mit geröteten Wangen und brennenden Blicken: »Harry! Sibyl Vane ist heilig!«

»Nur heilige Dinge sind es wert, daß man an sie rührt, Dorian«, sagte Lord Henry mit seltsam pathetisch klingender Stimme. »Aber warum sollte Sie das ärgern? Eines Tages wird sie Ihnen vermutlich angehören. Wenn man liebt, beginnt man immer damit, sich selbst zu betrügen, und endet stets damit, daß man andere betrügt. Das nennt die Welt dann einen Roman. Aber vermutlich kennen Sie sie doch?«

»Natürlich kenne ich sie. Gleich an jenem ersten Abend, den ich im Theater war, kam der ekelhafte alte Jude nach der Vorstellung in die Loge und erbot sich, mich hinter die Bühne zu führen und mich ihr vorzustellen. Ich wurde wütend und sagte ihm, Julia sei seit Hunderten von Jahren tot und ihr Leichnam liege in einer Marmorgruft in Verona. Nach dem nackten Ausdruck des Erstaunens in seinem Gesicht glaube ich, daß er wohl unter dem Eindruck stand, ich habe zuviel Champagner oder dergleichen getrunken.«

»Das wundert mich weiter gar nicht.«

»Darum fragte er mich, ob ich für irgendeine Zeitung schriebe. Ich sagte ihm, daß ich nicht einmal eine läse. Das schien ihn schrecklich zu enttäuschen, und er vertraute mir an, alle Theaterkritiker hätten sich gegen ihn verschworen, und alle seien sie käuflich.«

»Es würde mich wundern, wenn er darin nicht völlig recht hätte. Aber andererseits: wenn man nach ihrem Aussehen urteilt, dann können die meisten nicht sehr teuer sein.«

»Nun, er schien wohl der Ansicht zu sein, daß sie über seine Mittel gingen«, lachte Dorian. »Inzwischen war es jedoch so weit, daß das Licht im Theater gelöscht werden sollte, und ich mußte gehen. Er verlangte noch, ich solle einige Zigarren probieren; er empfehle sie mir sehr. Ich lehnte ab. Am nächsten Abend ging ich natürlich wieder hin. Als er mich erblickte, machte er eine tiefe Verbeugung und versicherte mir, ich sei ein freigebiger Beschützer der Kunst. Er war ein scheußlich aufdringlicher, ekelhafter Kerl; doch er hatte eine ungewöhnliche Leidenschaft für Shakespeare. Er sagte mir einmal mit stolzer Miene, seine fünf Bankrotte verdanke er einzig dem ›Barden‹, wie er ihn fortwährend nannte. Er schien zu glauben, das sei eine Auszeichnung.«

»Es ist eine Auszeichnung, mein lieber Dorian – eine hohe Auszeichnung. Die meisten Menschen machen Bankrott, weil sie sich zu sehr in die Prosa des Lebens verstrickt haben. Sich durch Poesie ruiniert zu haben, ist eine Ehre. Aber wann haben Sie Miss Sibyl Vane zum ersten Male gesprochen?«

»Am dritten Abend. Sie hatte die Rosalinde gespielt. Ich konnte nicht anders; ich mußte hinter die Szene gehen. Ich hatte ihr einige Blumen zugeworfen, und sie hatte mich angeblickt; wenigstens bildete ich mir das ein. Der alte Jude war beharrlich. Er schien es sich in den Kopf gesetzt zu haben, mich nach hinten zu führen, und so gab ich denn nach. Merkwürdig, daß ich sie gar nicht kennenlernen wollte, nicht wahr?«

»Nein; da bin ich anderer Ansicht.«

»Warum, mein lieber Harry?«

»Das will ich Ihnen ein andermal sagen. Jetzt möchte ich lieber etwas über das Mädchen erfahren.«

»Über Sibyl? Oh, sie war so scheu, so zart. Sie hatte etwas von einem Kinde an sich. Ihre Augen öffneten sich weit in einem wundervollen Erstaunen, als ich sagte, wie ich über ihr Spiel dachte, und sie schien sich ihrer Macht gar nicht bewußt zu sein. Ich glaube, wir waren beide etwas befangen. Der alte Jude stand grin-

send an der Tür des staubigen Ankleideraumes und redete in ver-
schnörkelten Wendungen zu uns beiden, während wir einander an-
schauten wie Kinder. Er nannte mich ausdrücklich ›Mylord‹, so
daß ich Sibyl versichern mußte, ich sei gar nichts dergleichen. Sie
sagte ganz einfach zu mir: Sie sehen weit eher aus wie ein Prinz.
Ich muß Sie ›Märchenprinz‹ nennen.«

»Auf mein Wort, Dorian, Miss Sibyl versteht es, Komplimente
zu machen.«

»Sie verstehen sie nicht, Harry. Sie betrachtet mich bloß als eine
Gestalt in einem Stück. Sie weiß nichts vom Leben. Sie lebt bei
ihrer Mutter, einer verbrauchten, müden Frau, die am ersten
Abend die Lady Capulet spielte, in einem feuerroten Toilettenman-
tel. Sie macht ganz den Eindruck, als habe sie einmal bessere Tage
gesehen.«

»Dergleichen kenne ich. Es bedrückt mich«, murmelte Lord
Henry und betrachtete prüfend seine Ringe.

»Der Jude wollte mir ihre Geschichte erzählen; doch ich sagte,
sie interessierte mich nicht.«

»Da haben Sie ganz recht getan. Die Tragödien anderer haben
stets etwas unendlich Niedriges an sich.«

»Mir ist nur an Sibyl gelegen. Was geht es mich an, woher sie
kam? Von ihrem kleinen Kopf bis zu ihren kleinen Füßen ist sie
vollkommen göttlich. Jeden Abend meines Lebens gehe ich, sie
spielen zu sehen, und jeden Abend ist sie wundervoller.«

»Das ist vermutlich auch der Grund, weshalb Sie jetzt nie mehr
mit mir speisen. Ich dachte mir schon, daß Sie irgendeinen seltsamen Roman erleben. Und wirklich, es ist einer; allein er ist nicht
ganz das, was ich erwartete.«

»Mein lieber Harry, wir sind jeden Tag zum Frühstück oder
zum Abendessen beisammen, und ich bin mehrmals mit Ihnen in
der Oper gewesen«, sagte Dorian Gray und öffnete erstaunt seine
blauen Augen.

»Sie kommen aber immer schrecklich spät.«

»Ja, aber ich kann nicht anders, ich muß doch Sibyl spielen
sehen«, rief er, »und wenn es nur einen einzigen Akt lang ist. Mich
hungert nach ihrer Gegenwart; und wenn ich an die wundervolle
Seele denke, die in diesem kleinen elfenbeinernen Körper eingeschlossen ist, bin ich von Ehrfurcht erfüllt.«

»Heute abend können Sie doch mit mir essen, Dorian, nicht
wahr?«

Er schüttelte den Kopf. »Heute abend ist sie Imogen«, antwortete er, »und morgen ist sie Julia.«

»Und wann ist sie Sibyl Vane?«

»Nie.«

»Dann beglückwünsche ich Sie.«

»Wie schrecklich Sie sind! In ihr sind alle großen Heroinen der Welt vereinigt. Sie ist mehr als ein Einzelwesen. Sie lachen; aber ich sage Ihnen, daß sie ein Genie ist. Ich liebe sie, und ich muß es durchsetzen, daß sie mich liebt. Sie, der alle Geheimnisse des Lebens kennt, Sie müssen mir sagen, wie ich Sibyl Vane bezaubern muß, daß sie mich liebt. Ich will Romeo eifersüchtig machen. Die toten Liebhaber der Welt sollen unser Lachen hören und traurig werden. Ich will, daß ein Hauch unserer Leidenschaft ihren Staub wieder zum Bewußtsein ruft und ihre Asche zu Schmerzen aufweckt. Mein Gott, Harry, wie bete ich sie an!« Er ging im Zimmer auf und ab, während er sprach. Hektisch rote Flecken brannten auf seinen Wangen. Er war furchtbar erregt.

Lord Henry betrachtete ihn mit einem subtilen Genußempfinden. Wie unterschied er sich jetzt von dem scheuen, erschrockenen Knaben, den er in Basil Hallwards Atelier kennengelernt hatte! Sein Wesen hatte sich entfaltet wie eine Blume, hatte Blüten von flammender Scharlachfarbe bekommen. Fortgeschlüpft aus ihrem geheimen Versteck war seine Seele, und das Begehren hatte sich ihr als Weggenossin zugesellt.

»Und was schlagen Sie nun vor, das geschehen soll?« fragte Lord Henry schließlich.

»Ich möchte, daß Sie und Basil eines Abends mit mir kämen und sie spielen sähen. Ich empfinde nicht die leiseste Furcht des Eindrucks wegen. Sie werden ganz bestimmt ihr Genie anerkennen. Dann müssen wir sie aus den Händen des Juden befreien. Sie ist noch auf drei Jahre an ihn gebunden – wenigstens auf zwei Jahre und acht Monate – von jetzt an gerechnet. Ich werde ihm natürlich etwas zahlen müssen. Wenn das alles geordnet ist, pachte ich im Westen ein Theater, und dort muß sie auftreten. Sie wird alle andern ebenso toll machen wie mich.«

»Das ist unmöglich, mein lieber Junge!«

»Doch, sie wird es. Sie besitzt nicht nur Kunst, konzentrierten Kunstinstinkt, sondern auch Persönlichkeit; und Sie haben mir oft gesagt, Persönlichkeiten, nicht Prinzipien brächten die Welt vorwärts.«

»Schön; an welchem Abend wollen wir also gehen?«

»Lassen Sie mich nachdenken. Heute ist Dienstag. Da wollen wir sagen: morgen. Morgen spielt sie Julia.«

»Gut. Um acht Uhr im Bristol; und ich werde Basil mitbringen.«

»Bitte, Harry, nicht um acht. Um halb sieben. Wir müssen dort sein, ehe der Vorhang aufgeht. Sie müssen sie im ersten Akt sehen, wo sie Romeo begegnet.«

»Halb sieben! Welch eine Zeit! Das wäre ja wie ein Abendessen zur Teestunde oder wie die Lektüre eines englischen Romans. Zumindest muß es sieben sein. Kein anständiger Mensch speist vor sieben. Werden Sie inzwischen Basil sehen? Oder soll ich ihm schreiben.«

»Der gute Basil! Eine ganze Weile lang habe ich ihn nicht gesehen. Das ist ziemlich häßlich von mir, zumal er mir mein Bild geschickt hat, in einem ganz wundervollen Rahmen, den er eigens dafür entworfen hat; und obwohl ich etwas eifersüchtig auf das Bild bin, da es um einen ganzen Monat jünger ist als ich, muß ich doch sagen, daß ich entzückt davon bin. Vielleicht ist es besser, wenn Sie ihm schreiben. Ich möchte ihn nicht allein sehen. Er sagt Dinge, die mich ärgern. Er gibt mir gute Ratschläge.«

Lord Henry lächelte. »Die Menschen neigen dazu, fortzugeben, was sie selber am nötigsten brauchen. Ich nenne das die Tiefe der Freigebigkeit.«

»Oh, Basil ist der beste Mensch, aber er scheint mir doch ein wenig Philister. Seit ich Sie kenne, Harry, habe ich das entdeckt.«

»Basil, mein lieber Junge, läßt alles, was an ihm reizvoll ist, einströmen in sein Werk. Die Folge davon ist, daß er fürs Leben nichts übrig hat, bis auf seine Vorurteile, seine Grundsätze und seinen sogenannten gesunden Menschenverstand. Die einzigen Künstler unter meinen Bekannten, die persönlich entzücken, sind schlechte Künstler. Gute Künstler leben nur in dem, was sie schaffen, und sind infolgedessen in dem, was sie sonst noch sind, völlig uninteressant. Ein großer Dichter, ein wirklich großer Dichter, ist das unpoetischste Wesen der Welt. Aber Dichter geringeren Ranges faszinieren unbedingt. Je schlechter ihre Verse sind, desto pittoresker sehen sie aus. Die bloße Tatsache, ein Bändchen mittelmäßiger Sonette veröffentlicht zu haben, macht sie unwiderstehlich. Sie leben die Poesie, die sie nicht schreiben können. Die andern schreiben die Poesie, die sie nicht zu leben wagen.«

»Ich frage mich, ob das wirklich so ist, Harry«, sagte Dorian Gray und goß aus einem großen Flakon mit Goldverschluß, der auf dem Tisch stand, etwas Parfüm auf sein Taschentuch. »Es wird schon so sein, denn Sie sagen es ja. Und jetzt muß ich fort. Imogen wartet auf mich. Vergessen Sie unsere Verabredung für morgen nicht. Auf Wiedersehen.«

Als er den Raum verlassen hatte, sanken Lord Henrys schwere Augenlider herab, und er begann nachzudenken. Sicherlich, wenige Menschen hatten ihn so interessiert wie Dorian Gray, und dennoch ließ die wahnwitzige Anbetung, die der Junge jemandem anders entgegenbrachte, nicht das leiseste Gekränktsein, nicht die leiseste Spur von Eifersucht in ihm erstehen. Es berührte ihn angenehm. Es machte ihm das Studium noch abwechslungsreicher. Die Methoden der Naturwissenschaft hatten ihn immer stark beschäftigt, aber die gewöhnlichen Studienobjekte dieser Wissenschaft waren ihm alltäglich und bedeutungslos erschienen. Und so hatte er denn begonnen, sich selbst zu vivisezieren, und er hatte damit geendet, andere zu vivisezieren. Das menschliche Leben – es erschien ihm als das einzige, was einer Untersuchung würdig war. Mit ihm verglichen, hatte nichts sonst irgendwelche Bedeutung. Allerdings, wenn man das Leben in seinem merkwürdigen Schmelztiegel von Schmerz und Lust beobachtete, konnte man keine Glasmaske vor dem Gesicht tragen, noch die Schwefeldämpfe vermeiden, die das Gehirn zerstören und die Phantasie mit ungeheuerlichen Einbildungen und mißgestalten Träumen verwirren. Es gab so feine Gifte, daß man an ihnen erkrankt sein mußte, um ihre Eigenschaften zu erkennen. Es gab so seltsame Krankheiten, daß man sie durchmachen mußte, um ihre Natur zu begreifen. Aber welch großer Lohn wurde einem dafür zuteil! Wie wunderbar wurde einem die Welt! Die merkwürdig harte Logik der Leidenschaft und das von Gefühlen buntbewegte Leben des Geistes zu beobachten – zu sehen, wo sie sich begegneten und wo sie wieder auseinandergingen, an welchem Punkte sie sich harmonisch mischten, an welchem Punkte sie sich dissonierend trennten – welch ein Entzücken lag darin! Was lag daran, wie hoch der Preis war? Man kann für eine Sensation nie genug zahlen.

Er war sich bewußt – und dieser Gedanke legte einen Glanz der Freude in seine braunen Achataugen –, daß er durch gewisse Worte, wohllautende Worte, wohllautend gesprochen, Dorian Grays Seele diesem weißen Mädchen zugelenkt hatte, vor dem sie sich nun in Ehrfurcht beugte. Der Knabe war in hohem Maße sein Geschöpf. Er hatte ihn reif werden lassen vor der Zeit. Das war schon etwas. Gewöhnliche Menschen warteten, bis das Leben ihnen seine Geheimnisse erschloß; den wenigen jedoch, den wenigen Auserlesenen, enthüllten sich die Geheimnisse des Lebens, noch ehe der

Schleier fortgezogen war. Zuweilen war das die Wirkung der Kunst, und zumal der Literatur, die ja unmittelbar mit den Leidenschaften und dem Geiste zu tun hat. Dann und wann jedoch tritt eine vielfältige Persönlichkeit auf den Plan und übernimmt die Aufgabe der Kunst, gleichsam selbst ein Kunstwerk, da ja auch das Leben seine in sich vollkommenen Meisterwerke hat, genau wie die Dichtkunst, die Bildhauerei, die Malerei.

Ja, der Knabe war gereift vor der Zeit. Er erntete die Früchte des Herbstes, während es noch Frühling war. Der Pulsschlag und die Leidenschaftlichkeit der Jugend waren in ihm, aber er war sich schon seiner selbst bewußt. Es brachte Entzücken, ihn zu beobachten. Mit seinem schönen Antlitz und seiner schönen Seele war er geschaffen zum Bewundertwerden. Wie das alles endete, wie das alles werden sollte – daran lag nichts. Er war wie eine jener anmutigen Gestalten in einem Festzug oder einem Schauspiel, deren Freuden weit von uns entfernt scheinen, aber deren Leiden unser Gefühl für die Schönheit aufwühlen und deren Wunden sind wie rote Rosen.

Seele und Leib, Leib und Seele – wie geheimnisvoll sie doch waren! Es gab Animalisches in der Seele, und der Leib hatte seine Augenblicke der Geistigkeit. Die Sinne konnten sich verfeinern, und der Intellekt konnte sinken. Wer vermochte zu sagen, wo die fleischlichen Triebe aufhörten oder wo die seelischen Triebe begannen? Wie oberflächlich doch die willkürlichen Definitionen der landläufigen Psychologen waren! Und dennoch, wie schwierig war es, zu entscheiden zwischen den Ansprüchen der verschiedenen Schulen! War die Seele ein Schatten, der im Haus der Sünde wohnte? Oder war in Wirklichkeit der Leib in die Seele eingeschlossen, wie Giordano Bruno dachte? Die Trennung von Geist und Materie ist ein Geheimnis, und die Vereinigung von Geist und Materie ist gleichfalls ein Geheimnis.

Er begann darüber nachzugrübeln, ob wir je aus der Psychologie eine so exakte Wissenschaft zu machen imstande seien, daß sie uns jeden kleinsten Springquell des Lebens offenbarte. In ihrem jetzigen Zustand verstanden wir nie uns selbst und nur selten die andern. Die Erfahrung besaß keinerlei ethischen Wert. Sie war nur ein Name, den die Menschheit ihrer Irrtümern gab. Die Moralisten betrachteten sie in der Regel als eine Art Warnung, sie nahmen für sie eine gewisse ethische Wirksamkeit bei der Bildung des Charakters in Anspruch, sie priesen sie als ein Mittel, das uns lehre, was wir befolgen und was wir vermeiden sollten. Aber in der Erfahrung lag keine treibende Kraft. Sie war ebensowenig eine wirkende Ursache wie das Gewissen. Alles, was sie in Wahrheit bewies, war, daß unsere Zukunft ebenso sein würde wie unsere Vergangenheit und daß wir die Sünde, die wir einmal begingen – und mit Ekel begingen –, noch viele Male begehen würden – und mit Lust begehen würden.

Er war sich klar darüber, daß die experimentelle Methode die einzige sei, durch die man zu einer wissenschaftlichen Analyse der Leidenschaften gelangen könne; und sicherlich war Dorian Gray wie für ihn zum Objekt geschaffen, das reiche und fruchtbare Ergebnisse zu versprechen schien. Seine jähe, wahnwitzige Liebe zu Sibyl Vane war ein psychologisches Phänomen von nicht geringem Interesse. Zweifellos war Neugierde dabei im Spiel, Neugierde und Verlangen nach neuen Erfahrungen; dennoch war es keine einfache, sondern eine recht komplizierte Leidenschaft. Was von den rein sinnlichen Trieben des Knabenalters darin war, das hatte die Tätigkeit der Phantasie umgeformt und verwandelt in etwas, das dem Knaben selbst von aller Sinnlichkeit entfernt schien und das aus diesem Grunde nur um so gefährlicher war. Gerade die Leidenschaften, über deren Ursprung wir uns täuschen, üben die stärkste Herrschaft über uns aus. Unsere schwächsten Triebe sind diejenigen, deren wir uns bewußt sind. Es kommt häufig vor, daß wir mit andern zu experimentieren glauben, und in Wahrheit tun wir es mit uns selbst.

Während Lord Henry noch über diesen Dingen träumend dasaß, klopfte es an die Tür, und sein Diener trat ein und erinnerte ihn, daß es Zeit sei, sich zum Essen umzukleiden. Er stand auf und blickte hinab auf die Straße. Der Sonnenuntergang hatte die oberen Fenster der gegenüberliegenden Häuser in scharlachrotes Gold getaucht. Die Scheiben glühten wie Platten erhitzten Metalls. Der Himmel darüber war wie eine welke Rose. Er dachte an das junge, lodernde Leben seines Freundes und fragte sich, wie das alles enden würde.

Als er gegen halb eins wieder nach Hause kam, fand er auf dem Tisch in der Halle ein Telegramm liegen. Er öffnete es und sah, daß es von Dorian Gray war. Es sollte ihm Dorians Verlobung mit Sibyl Vane mitteilen.

FÜNFTES KAPITEL

»Mutter, Mutter, ich bin so glücklich!« flüsterte das Mädchen und barg das Gesicht an der Brust der verwelkten, müde blickenden Frau, die, mit dem Rücken dem grell eindringenden Licht zugewendet, in dem einzigen Lehnstuhl saß, den ihr unsauberes Wohnzimmer aufwies. »Ich bin so glücklich!« wiederholte sie, »und du sollst auch glücklich sein!«

Mrs. Vane fuhr zusammen und legte ihre abgezehrten, wismutweißen Hände auf ihrer Tochter Kopf. »Glücklich!« sagte sie wie ein Echo. »Ich bin einzig glücklich, Sibyl, wenn ich dich spielen sehe. Du darfst an nichts anderes denken als an dein Spiel. Mr. Isaacs ist sehr gut zu uns gewesen, und wir sind ihm Geld schuldig.« Das Mädchen schaute auf und schmollte. »Geld, Mutter?« rief sie. »Was liegt am Gelde? Liebe ist mehr als Geld.«

»Mr. Isaacs hat uns fünfzig Pfund Vorschuß gegeben, damit wir unsere Schulden bezahlen und James eine ordentliche Ausrüstung kaufen können. Das darfst du nicht vergessen, Sibyl. Fünfzig Pfund, das ist sehr viel Geld. Mr. Isaacs hat sich sehr anständig gezeigt.«

»Er ist kein Gentleman, Mutter, und ich hasse seine Art, mit mir zu sprechen«, sagte das Mädchen, sprang auf die Füße und ging hinüber zum Fenster.

»Ich weiß nicht, wie wir ohne ihn auskommen sollen«, antwortete die alte Frau klagend.

Sibyl Vane schüttelte den Kopf und lachte. »Wir brauchen ihn jetzt nicht mehr, Mutter. Jetzt regiert der Märchenprinz unser Leben.« Dann unterbrach sie sich. Das Blut schoß in ihr empor und färbte ihre Wangen dunkel. Schnelle Atemzüge drangen aus den Blütenblättern ihrer Lippen. Sie bebte. Etwas wie ein Südwind der Leidenschaft wehte über sie hin und bewegte die zärtlichen Falten ihres Kleides. »Ich liebe ihn«, sagte sie einfach.

»Törichtes Kind! Törichtes Kind!« flog es ihr als Antwort wie Papageiengeplapper entgegen. Die Bewegungen krummer, mit falschen Ringen bestecker Finger machten die Worte noch grotesker.

Wiederum lachte das Mädchen. Die Freude eines Vogels im Käfig war in ihrer Stimme. Ihre Augen fingen die Melodie ein und gaben sie strahlend zurück; dann schlossen sie sich für einen Augenblick, als wollten sie ein Geheimnis verbergen. Als sie sich wieder öffneten, war es, als seien die Schleier eines Traumes darüber hinweggezogen.

Dünnlippige Weisheit sprach zu ihr von dem abgenutzten Stuhl aus, mahnte zur Klugheit, redete aus jenem Buche der Feigheit, dessen Autor irreführt durch die Überschrift: Gesunder Menschenverstand. Sie hörte nicht zu. Sie war frei in ihrem Gefängnis der Leidenschaft. Ihr Prinz, ihr Märchenprinz war bei ihr. Sie hatte die Erinnerung beschworen, ihn vor ihr erstehen zu lassen. Sie hatte ihre Seele ausgesandt, ihn zu suchen, und diese hatte ihn ihr heimgebracht. Wieder brannte sein Kuß auf ihrem Mund. Ihre Augenlider waren warm von seinem Atem.

Dann änderte die Weisheit ihre Methode und sprach von Erkundigungen und Nachforschungen. Jener junge Herr mochte reich sein. War er es, so sollte man an eine Heirat denken. An der Muschel ihres Ohres brachen sich die Wellen menschlicher Schlauheit. Die Pfeile der List schossen an ihr vorbei. Sie sah, wie die dünnen Lippen sich bewegten, und sie lächelte.

Plötzlich fühlte sie das Bedürfnis zu sprechen. Die worterfüllte Stille beunruhigte sie. »Mutter, Mutter«, rief sie aus, »warum liebt er mich so sehr? Ich weiß, warum ich ihn liebe. Ich liebe ihn, weil er ist wie die Liebe selbst. Aber was sieht er in mir? Ich bin seiner nicht wert. Und doch – warum, das kann ich nicht sagen –, wenn ich mich auch so tief unter ihm fühle, niedrig fühle ich mich nicht. Ich fühle mich stolz, schrecklich stolz. Mutter, hast du meinen Vater so geliebt, wie ich den Märchenprinzen liebe?«

Die alte Frau erbleichte unter dem groben Puder, der ihre Wangen färbte, und ihre trockenen Lippen zuckten in schmerzlichem Krampf. Sibyl lief zu ihr, umschlang sie mit ihren Armen und küßte sie. »Vergib mir, Mutter. Ich weiß, daß es dich schmerzt, von unserm Vater zu sprechen. Aber es schmerzt dich nur, weil du ihn so sehr geliebt hast. Sieh nicht so traurig aus. Ich bin heute so glücklich, wie du vor zwanzig Jahren warst. Ach, laß mich immer glücklich sein!«

»Mein Kind, du bist viel zu jung, um an Liebe zu denken. Und dann, was weißt du von dem jungen Herrn? Nicht einmal seinen Namen weißt du. Die ganze Sache ist sehr ungehörig; und wirklich, jetzt, wo James nach Australien geht und ich an so vieles zu denken habe, solltest du mehr Einsehen haben. Doch immerhin, wie ich schon vorhin sagte, wenn er reich ist . . .«

»Ach! Mutter, Mutter, laß mich glücklich sein!«

Mrs. Vane blickte sie an und schloß sie mit einer jener falschen, theatralischen Gesten in die Arme, die dem Schauspieler so häufig zur zweiten Natur werden.

In diesem Augenblick öffnete sich die Tür, und ein junger Bursche mit wirrem, braunem Haar trat ins Zimmer. Er war von untersetzter Gestalt, seine Hände und seine Füße waren groß, und er war ein wenig schwerfällig in seinen Bewegungen. Er war nicht so fein gebaut wie seine Schwester. Man hätte die nahe Verwandtschaft der beiden schwerlich erraten können. Mrs. Vane richtete ihre Blicke auf ihn und verstärkte ihr Lächeln. Im Geist erhob sie ihren Sohn zur Würde eines zuschauenden Publikums. Sie war überzeugt, daß das Tableau seine Wirkung tat.

»Ein paar von deinen Küssen könntest du für mich aufheben, Sibyl«, sagte der Bursche mit einem gutmütigen Knurren.

»Oh, aber du magst doch gar nicht geküßt werden, Jim«, rief sie. »Du bist ein schrecklicher alter Bär.« Und sie lief durchs Zimmer und umarmte ihn.

James Vane blickte zärtlich in seiner Schwester Antlitz. »Ich möchte dich zu einem Spaziergang abholen, Sibyl. Ich glaube nicht, daß ich dieses schreckliche London je wiedersehe. Mir liegt auch gar nichts daran.«

»Mein Sohn, sag nicht so schreckliche Dinge«, flüsterte Mrs. Vane, indem sie seufzend ein flittriges Theaterkostüm aufnahm und es zu flicken begann. Sie fühlte sich ein wenig enttäuscht, daß er sich nicht der Gruppe angeschlossen hatte. Es würde die malerische Wirkung der Situation bedeutend verstärkt haben.

»Warum nicht, Mutter? Ich meinte es wirklich so.«

»Du quälst mich, mein Sohn. Ich habe das Vertrauen, daß du als reicher Mann von Australien zurückkommen wirst. Ich glaube, in den Kolonien gibt es keinerlei Gesellschaft oder nichts, was ich Gesellschaft nennen würde; wenn du also dein Glück gemacht hast, mußt du zurückkommen und dir in London Geltung verschaffen.«

»Gesellschaft!« murrte der junge Mann. »Davon will ich nichts wissen. Ich will etwas Geld verdienen, damit ich dich und Sibyl vom Theater fortnehmen kann. Ich hasse es.«

»O Jim!« sagte Sibyl und lachte. »Wie wenig nett von dir! Aber willst du wirklich einen Spaziergang mit mir machen? Das ist hübsch! Ich fürchtete schon, du wolltest dich nur von einigen deiner Freunde verabschieden – von Tom Hardy, der dir die gräßliche Pfeife geschenkt hat, oder von Ned Langton, der Witze über dich macht, weil du sie rauchst. Es ist sehr lieb von dir, daß du mir deinen letzten Nachmittag widmest. Wohin wollen wir gehen? In den Park, ja?«

»Ich sehe zu schäbig aus«, antwortete er und runzelte die Stirn. »Nur elegantes Gesindel geht in den Park.«

»Unsinn, Jim«, flüsterte sie und streichelte den Ärmel seines Rockes.

Er zögerte einen Augenblick. »Na ja«, sagte er schließlich, »aber zieh dich nicht zu lange um.«

Sie tanzte zur Tür hinaus. Man konnte sie singen hören, als sie die Treppe hinaufsprang. Oben trippelten ihre kleinen Füße.

Er ging zwei- oder dreimal im Zimmer auf und ab. Dann wandte er sich zu der stillen Gestalt im Stuhle um. »Mutter, sind meine Sachen fertig?« fragte er.

»Ganz fertig, James«, antwortete sie, ohne die Augen von ihrer Arbeit zu erheben. Schon seit ein paar Monaten hatte sie sich unbehaglich gefühlt, wenn sie mit ihrem rauhen, verschlossenen Sohn allein war. Ihre oberflächliche, hinterhältige Natur wurde beunruhigt, wenn ihre Augen sich trafen. Sie fragte sich oft, ob er Argwohn habe. Das Schweigen, das entstand, nun er keine weitere Bemerkung machte, wurde ihr unerträglich. Sie begann zu klagen. Frauen verteidigen sich, indem sie angreifen, gerade wie sie durch plötzliches und unmotiviertes Nachgeben angreifen.

»Hoffentlich wird dich dein Seefahrerleben befriedigen, James«, sagte sie. »Du mußt stets bedenken, daß du es so wolltest. Du hättest in ein Anwaltsbüro eintreten können. Anwälte sind ein sehr geachteter Stand, und auf dem Lande werden sie oft bei den besten Familien eingeladen.«

»Ich hasse Büros, und ich hasse Schreiber«, entgegnete er. »Doch du hast ganz recht. Ich habe mir mein Leben gewählt. Ich sage nur eins: gib auf Sibyl acht. Laß ihr ja kein Leid geschehen. Du mußt über sie wachen, Mutter.«

»James, du redest wirklich ganz merkwürdig. Natürlich wache ich über Sibyl.«

»Ich höre, daß jeden Abend ein Herr ins Theater kommt und hinter der Bühne mit ihr spricht. Ist das wahr? Was soll das heißen?«

»Du redest über Dinge, die du nicht verstehst, James. In unserm Beruf sind wir daran gewöhnt, eine Fülle sehr, sehr dankenswerter Aufmerksamkeiten zu bekommen. Ich selbst erhielt für gewöhnlich mehrere Buketts auf einmal. Das war damals, als man noch wirklich etwas verstand vom Spielen. Und Sibyl – ich weiß im Augenblick nicht, ob ihre Neigung ernst ist oder nicht. Der junge Herr, um den es sich handelt, ist ganz zweifellos ein vollkommener Gentleman. Zu mir ist er immer sehr höflich. Außerdem sieht er ganz so aus, als wenn er reich wäre, und die Blumen, die er schickt, sind köstlich.«

»Aber seinen Namen weißt du nicht«, sagte der junge Mann barsch.

»Nein«, antwortete seine Mutter mit sanfter Miene. »Er hat seinen wirklichen Namen noch nicht enthüllt. Ich halte das für einen romantischen Zug bei ihm. Wahrscheinlich gehört er der Aristokratie an.«

James Vane biß sich auf die Lippen. »Wach über Sibyl, Mutter«, rief er, »wach über sie.«

»Mein Sohn, du betrübst mich sehr. Sibyl steht immerfort unter meiner ganz besonderen Obhut. Wenn natürlich dieser junge Herr reich ist, sehe ich nicht ein, weshalb sie keine Verbindung mit ihm eingehen sollte. Er gehört sicher zur Aristokratie. Er sieht ganz so aus, das muß ich sagen. Es könnte eine glänzende Heirat für Sibyl sein. Sie wären ein entzückendes Paar. Seine Schönheit ist wirklich ganz außerordentlich; jedem fällt das auf.«

Der junge Bursche murrte etwas in sich hinein und trommelte mit seinen rauhen Fingern gegen die Fensterscheibe. Er drehte sich gerade um, um noch etwas zu sagen, als die Tür sich öffnete und Sibyl schnell eintrat.

»Wie ernst ihr beide seid!« rief sie. »Was gibt es denn?«

»Nichts«, antwortete er. »Manchmal muß man wohl ernst sein. Auf Wiedersehen, Mutter; ich will um fünf essen. Gepackt ist alles, bis auf die Hemden; du brauchst dich also um nichts zu kümmern.«

»Leb wohl, mein Sohn«, antwortete sie mit einer Verbeugung von übertriebener Würde.

Sie war ordentlich gekränkt über den Ton, den er ihr gegenüber angeschlagen hatte, und in seinem Blick lag etwas, das ihr ein Gefühl der Furcht eingab.

»Küß mich, Mutter«, sagte das Mädchen. Ihre blumengleichen Lippen berührten die verblühten Wangen und wärmten deren Frost.

»Mein Kind! Mein Kind!« rief Mrs. Vane und blickte zur Decke hinauf, als suche sie eine eingebildete Galerie.

»Komm, Sibyl«, sagte der Bruder ungeduldig. Er haßte das affektierte Wesen seiner Mutter.

Sie gingen hinaus in den flimmernden, winddurchwehten Sonnenschein und schlenderten den traurigen Euston Road hinab. Die Vorübergehenden sahen verwundert auf den mürrischen, schwerfälligen jungen Burschen, der in seinem groben, schlechtsitzenden Anzug in der Begleitung eines so anmutigen, zartaussehenden Mädchens daherkam. Er sah aus wie ein Gemüsegärtner, der eine Rose in der Hand trägt.

Jim runzelte von Zeit zu Zeit die Stirn, wenn er den forschenden Blick eines Fremden auffing. Er hatte eine Abneigung dagegen, angestarrt zu werden, die geniale Menschen erst spät im Leben bekommen und die Durchschnittsmenschen nie verläßt. Sibyl indessen wußte nichts von der Wirkung, die sie hervorbrachte. Ihre Liebe zitterte im Lachen auf ihren Lippen. Sie dachte an den Märchenprinzen, und, um besser an ihn denken zu können, sprach sie nicht von ihm, sondern plapperte immerfort von dem Schiff, mit dem Jim fortsegeln sollte, von dem Gold, das er ganz sicher finden, von der wunderschönen Erbin, deren Leben er vor schändlichen Buschräubern in roten Blusen retten würde. Denn er sollte nicht Matrose bleiben, auch kein Superkargo oder was er sonst werden wollte. O nein! Das Seemannsleben war schrecklich. Man brauchte sich nur vorzustellen, wie man in ein schreckliches Schiff eingepfercht ist, auf das die rauhen, buckligen Wellen immer wieder einzustürmen trachten, während ein schwarzer Wind die Masten niederweht und die Segel kreischend in Streifen zerreißt. Er sollte das Schiff in Melbourne verlassen, sich höflich vom Kapitän verabschieden und sofort in die Goldfelder gehen. Noch ehe eine Woche um war, würde er auf einen ungeheuren Klumpen reinen Goldes stoßen, auf den größten Goldklumpen, der je entdeckt worden war, und er sollte ihn in einem von sechs berittenen Polizisten bewachten Wagen zur Küste bringen. Dreimal sollten die Buschräuber sie überfallen, und dreimal sollten sie nach entsetzlichem Gemetzel wieder zurückgeschlagen werden. Oder nein. Er sollte gar nicht auf die Goldfelder gehen. Das seien schreckliche Gegenden, wo die Leute sich betrinken, einander in Spelunken totschießen und häßliche Dinge sagen. Er sollte ein tüchtiger Schafzüchter werden, und eines Abends, wenn er nach Hause ritte, sollte er der schönen Erbin begegnen, die gerade von einem Räuber auf schwarzem Pferde entführt wurde, und er sollte ihm nachsetzen und sie befreien. Natürlich würde sie sich in ihn verlieben und er sich in sie, und sie würden heiraten und heimkommen und in London in einem ungeheuer großen Hause wohnen. Ja, wundervolle Dinge warteten seiner. Aber er müsse auch sehr brav sein und nie die Geduld verlieren und nie verschwenderisch sein. Sie sei ja nur ein Jahr älter als er, aber sie wisse soviel mehr vom Leben. Und ganz bestimmt müsse er ihr mit jeder Post schreiben und jeden Abend vor dem Schlafengehen beten. Gott sei sehr gut und würde über ihn wachen. Und sie würde auch für ihn beten, und in ein paar Jahren würde er wiederkommen, ganz reich und glücklich.

Der junge Bursche hörte ihr verdrossen zu und gab keine Antwort. Das Herz tat ihm weh, daß er aus der Heimat sollte.

Aber es war nicht das allein, was ihn düster und mürrisch machte. So unerfahren er auch war, er besaß dennoch ein starkes Gefühl für die Gefahr, mit der Sibyls Stellung verbunden war. Dieser junge Dandy, der ihr den Hof machte, konnte nichts Gutes im Schilde führen. Es war ein Gentleman, und er haßte ihn deswegen, haßte ihn aus einem eigenartigen Rachegefühl, das er sich nicht erklären konnte, das ihn jedoch eben deshalb um so mehr beherrschte. Er kannte auch die Flachheit und Eitelkeit seiner Mutter, und er sah darin eine unendliche Gefahr für Sibyl und Sibyls Glück. Zuerst lieben Kinder ihre Eltern; wenn sie älter werden, urteilen sie über sie; und manchmal verzeihen sie ihnen.

Seine Mutter! Ein Etwas lag ihm auf der Seele, wonach er sie fragen wollte, ein Etwas, worüber er lange schweigsame Monate gebrütet hatte. Ein zufälliges Wort, das er im Theater gehört hatte, ein geflüstertes Gespräch, das eines Abends, als er am Bühneneingang wartete, an sein Ohr gedrungen war, hatte eine Kette häßlicher Gedanken in ihm gelöst. Er erinnerte sich daran, als habe der Hieb einer Reitpeitsche sein Gesicht getroffen. Seine Augenbrauen kniffen sich zu einer tiefen Falte zusammen, und wie in einem Schmerzenskrampf biß er sich auf die Unterlippe.

»Du hörst ja kein Wort von dem, was ich sage, Jim«, rief Sibyl, »und ich mache die entzückendsten Pläne für deine Zukunft. Sag doch etwas!«

»Was soll ich denn sagen?«

»Oh! Daß du ein guter Junge sein und uns nicht vergessen willst«, antwortete sie lächelnd.

Er zuckte die Achseln. »Weit eher wirst du mich vergessen, Sibyl, als daß ich dich vergesse.«

Sie errötete. »Wie meinst du das, Jim?« fragte sie.

»Du hast einen neuen Freund, höre ich. Wer ist das? Warum hast du mir nicht von ihm erzählt? Er meint es nicht gut mit dir.«

»Hör auf, Jim!« rief sie aus. »Du darfst nichts gegen ihn sagen. Ich liebe ihn.«

»Was? Du weißt nicht einmal seinen Namen«, antwortete der Bursche. »Wer ist es? Ich habe ein Recht darauf, es zu wissen.«

»Er heißt ›der Märchenprinz‹. Magst du den Namen nicht? Oh! Du böser Junge! Du solltest ihn nie vergessen. Wenn du ihn nur sähest, so würdest du ihn für den herrlichsten Menschen der Welt halten. Aber einmal wirst du ihn kennenlernen: wenn du von Australien zurückkommst. Du wirst ihn gern haben. Jeder mag ihn, und ich . . . ich liebe ihn. Wenn du doch heute abend ins Theater kommen könntest! Er wird dort sein, und ich werde die Julia spielen. Oh! Und wie ich sie spielen werde! Denk nur, Jim: lieben und die Julia spielen! Zu wissen, daß er da sitzt! Zu seiner Freude spielen! Ich habe Angst, daß ich meine Kollegen erschrecke, erschrecke oder bezaubere. Lieben, das ist: über sich selbst hinaussteigen. Der arme gräßliche Mr. Isaacs wird seinen Zechbrüdern in der Bar zugrölen, ich sei ein ›Genie‹. Er hat mich als Dogma gepredigt; heute abend wird er mich als Offenbarung verkündigen. Ich fühle es. Und das alles ist sein Werk, einzig das seine, des Märchenprinzen, meines wundervollen Geliebten, meines Gottes der Grazien. Doch ich bin armselig neben ihm. Armselig? Was liegt daran? Schleicht die Armut zur Tür herein, fliegt die Liebe zum Fenster hinaus. Unsere Sprichwörter verdienten, neu geschrieben zu werden. Sie wurden im Winter gemacht, und jetzt haben wir Sommer; und für mich, glaube ich, ist es Frühling, ein Tanz über Blumen unter blauen Himmeln.«

»Es ist ein Vornehmer«, sagte der junge Mann finster.

»Ein Prinz!« rief sie mit melodischer Stimme. »Was willst du mehr?«

»Er wird dich umgarnen.«

»Mich schaudert bei dem Gedanken, frei zu sein.«

»Du solltest auf der Hut sein vor ihm.«

»Ihn sehen heißt: ihn anbeten, ihn kennen heißt: ihm vertrauen.«

»Sibyl, er hat dich wahnsinnig gemacht.«

Sie lachte und hakte ihn unter. »Du lieber, alter Jim, du redest, als wärest du hundert Jahre alt. Aber einmal wirst du selbst verliebt sein. Dann wirst du wissen, was das ist. Schau nicht so verdrossen drein. Du solltest dich eher freuen, wenn du daran denkst, daß du mich, obwohl du fortgehst, glücklicher zurückläßt, als ich je gewesen bin. Das Leben war hart für uns beide, hart und schwer. Aber das wird jetzt anders werden. Du gehst in eine neue Welt, und ich habe eine neue entdeckt. Hier sind gerade zwei Stühle frei;

wir wollen uns hinsetzen und die eleganten Leute vorbeigehen sehen.«

Sie setzten sich inmitten eines Haufens von Zuschauern. Die Tulpenbeete längs des Fahrweges flammten wie zuckende Feuerringe. Ein weißer Dunst, eine zitternde Wolke von Irisstaub hing in der heißen Luft. Die hellfarbigen Sonnenschirme tanzten auf und nieder wie riesige Schmetterlinge.

Sie brachte ihren Bruder dahin, daß er von sich selbst zu sprechen begann, von seinen Hoffnungen, seinen Aussichten. Er sprach langsam und angestrengt. Sie tauschten gegenseitig Worte aus, wie im Spiel die Spieler in ihren Parts abwechseln. Sie konnte ihre Freude nicht mitteilen. Ein leises Lächeln, das sich um seinen finsteren Mund kräuselte, war alles, was sie ihm als Echo abgewinnen konnte. Nach und nach wurde sie ganz still. Plötzlich sah sie einen Schimmer goldenen Haares und lachende Lippen, und in einem offenen Wagen fuhr Dorian Gray mit zwei Damen vorbei.

Sie sprang auf. »Da ist er!« rief sie.

»Wer?« fragte Jim Vane.

»Der Märchenprinz«, antwortete sie und blickte dem Wagen nach.

Er sprang auf und faßte sie rauh am Arm. »Zeig ihn mir. Welcher ist es? Zeig ihn mir doch. Ich muß ihn sehen!« rief er; doch in diesem Augenblick flog das Viergespann des Herzogs von Berwick dazwischen, und als die Aussicht wieder frei war, war der Wagen schon aus dem Park hinausgefahren.

»Nun ist er fort«, flüsterte Sibyl traurig. »Ich wollte, du hättest ihn gesehen.«

»Das wollte ich auch! Denn, so wahr ein Gott im Himmel ist, wenn er dir je etwas antut, bringe ich ihn um.«

Sie sah ihn entsetzt an. Er wiederholte seine Worte. Sie durchschnitten die Luft wie ein Dolch. Die Umstehenden begannen zu gaffen. Eine in der Nähe stehende Dame kicherte.

»Komm fort, Jim; komm fort«, flüsterte sie. Er folgte ihr wie ein Hund, als sie die Menge durchschritt. Er war froh, daß er es gesagt hatte. Als sie an die Achillesstatue kamen, wandte sie sich um. In ihren Augen lag ein Mitleid, das auf ihren Lippen zum Lachen wurde. Sie schüttelte den Kopf und sah ihn an. »Du bist verrückt, Jim, ganz und gar verrückt; ein ungezogener Junge, weiter nichts. Wie kannst du so etwas Entsetzliches sagen? Du weißt ja gar nicht, was du da redest. Du bist einfach eifersüchtig und unfreundlich.

Ach! Wenn du dich doch verliebtest. Liebe macht Menschen gut, und was du gesagt hast, war schlecht.«

»Ich bin sechzehn«, antwortete er, »und ich weiß, woran ich bin. Mutter ist kein Schutz für dich. Sie versteht nicht, auf dich zu achten. Ich wollte jetzt, ich ginge nicht nach Australien. Ich habe große Lust, die ganze Sache wieder aufzugeben. Ich täte es auch, wenn meine Heuer nicht schon unterschrieben wäre.«

»Oh, sei nicht so ernsthaft, Jim. Du bist wie einer der Helden aus den dummen Melodramen, in denen Mutter so gern gespielt hat. Ich will mich nicht mit dir zanken. Ich habe ihn gesehen, und oh! nur ihn sehen ist schon vollkommenes Glück. Wir wollen uns nicht zanken. Ich weiß ja ganz genau, daß du niemandem, den ich liebe, etwas antun wirst, nicht wahr?«

»Nicht, solange du ihn liebst, wahrscheinlich«, war die finstere Antwort.

»Ich werde ihn immer lieben!« rief sie.

»Und er?«

»Auch immer!«

»Er täte gut daran.«

Sie schrak vor ihm zurück. Dann lachte sie und legte die Hand auf seinen Arm. Er war ja nur ein Knabe.

Am Marmortriumphbogen bestiegen sie einen Omnibus, der sie bis dicht zu ihrem ärmlichen Haus am Euston Road fuhr. Es war fünf Uhr vorüber, und Sibyl mußte noch ein paar Stunden ruhen, bevor sie auftrat. Jim bestand darauf, daß sie es tat. Er sagte, er wolle lieber von ihr Abschied nehmen, wenn die Mutter nicht dabei sei. Sie würde sicher eine Szene machen, und er verabscheute Szenen in jeder Form.

In Sibyls Zimmer nahmen sie Abschied. Eifersucht war im Herzen des Burschen, und ein stolzer, mörderischer Haß gegen den Fremden, der, wie ihm schien, zwischen sie getreten war. Als sie jedoch ihre Arme um seinen Hals schlang und ihre Finger durch sein Haar strichen, wurde er weich und küßte sie in wirklicher Zuneigung. Tränen standen in seinen Augen, als er hinunterging.

Unten wartete seine Mutter auf ihn. Sie murrte über seine Unpünktlichkeit, als er eintrat. Er gab keine Antwort, sondern setzte sich vor sein kärgliches Mahl. Die Fliegen summten um den Tisch und krochen über das fleckige Tischtuch. Durch das Rasseln der Omnibusse und das Klappern der Droschken konnte er das Dröhnen der Stimme vernehmen, die jede ihm noch verbleibende Minute verschlang.

Nach einer Weile stieß er seinen Teller weg und stützte den Kopf in die Hände. Er fühlte, daß er ein Recht habe, es zu wissen. Er hätte es schon längst erfahren sollen, wenn es so war, wie er argwöhnte. Bleischwer vor Furcht beobachtete ihn die Mutter. Worte tropften mechanisch von ihren Lippen. Zwischen den Fingern zerdrückte sie ein zerschlissenes seidenes Spitzentuch. Als die Uhr sechs schlug, stand er auf und ging zur Tür. Dann wandte er sich um und blickte sie an. Ihre Blicke begegneten sich. In ihren Augen las er ein wildes Flehen um Gnade. Es machte ihn wütend.

»Mutter, ich habe dich etwas zu fragen«, sagte er. Ihre Blicke wanderten wahllos im Zimmer umher. Sie gab keine Antwort. »Sag mir die Wahrheit. Ich habe ein Recht darauf. Warst du mit meinem Vater verheiratet?«

Sie stieß einen tiefen Seufzer aus. Es war ein Seufzer der Erleichterung. Der schreckliche Augenblick, der Augenblick, vor dem sie sich seit Wochen und Monaten Tage und Nächte hindurch gefürchtet hatte, war nun endlich da, und doch fühlte sie sich nicht erschreckt. Es war sogar gewissermaßen eine Enttäuschung für sie. Die rohe Geradheit der Frage verlangte eine gerade Antwort. Die Situation war nicht in allmählicher Steigerung herbeigeführt worden. Es war gemein. Es erinnerte sie an eine schlechte Probe.

»Nein«, antwortete sie und war erstaunt über die brutale Einfachheit des Lebens.

»Dann war mein Vater ein Schuft!« schrie der Junge und ballte die Fäuste.

Sie schüttelte den Kopf. »Ich wußte, daß er nicht frei war. Wir haben uns sehr geliebt. Wenn er am Leben geblieben wäre, hätte er für uns gesorgt. Sag nichts gegen ihn, mein Sohn. Er war dein Vater und ein vornehmer Mann. Er hatte wirklich hohe Verbindungen.«

Ein Fluch brach von seinen Lippen. »Um meinetwillen liegt mir nichts daran«, rief er aus, »aber laß Sibyl nicht . . . Nicht wahr, ein Vornehmer liebt sie? Oder wenigstens sagt er es. Mit hohen Verbindungen wahrscheinlich.«

Für einen Augenblick kam ein grauenhaftes Gefühl der Demütigung über die alte Frau. Ihr Kopf sank herab. Sie wischte sich mit zitternden Händen die Augen. »Sibyl hat eine Mutter«, murmelte sie, »ich hatte keine.«

Der Bursche war gerührt. Er ging zu ihr hin, beugte sich nieder und küßte sie. »Es tut mir leid, wenn ich dich gekränkt habe, als ich nach meinem Vater fragte«, sagte er, »aber ich konnte nicht anders. Ich muß jetzt fort. Leb wohl. Vergiß nicht, daß du jetzt nur noch ein Kind hast, für das du sorgen mußt, und glaub mir: wenn jener Mann an meiner Schwester ein Unrecht begeht, dann werde ich herausbringen, wer er ist, und ich werde ihn aufspüren und umbringen wie einen Hund. Das schwöre ich.«

Die übertriebene Wut der Drohung, die leidenschaftliche Geste, die sie begleitete, die tollen, melodramatischen Worte ließen ihr das Leben bewegter erscheinen. Mit dieser Atmosphäre war sie vertraut. Sie atmete freier, und zum ersten Male seit Monaten bewunderte sie fast ihren Sohn. Sie hätte gern die Szene auf der gleichen Höhe der Gefühle fortgesetzt; aber er schnitt ihr kurz das Wort ab. Die Koffer mußten heruntergebracht, für die Decken mußte gesorgt werden. Der Lodginghausbesorger rannte herein und hinaus. Man mußte mit dem Kutscher über das Fahrgeld einig werden. Der hohe Augenblick verlor sich in gewöhnlichen Einzelheiten. Mit einem abermaligen Gefühl der Enttäuschung wehte sie mit dem zerrissenen Spitzentaschentuch aus dem Fenster, als ihr Sohn wegfuhr. Sie war sich bewußt, daß eine große Gelegenheit versäumt worden war. Sie tröstete sich damit, daß sie Sibyl darlegte, wie trostlos ihr Leben von nun an sein werde, da sie nur noch ein einziges Kind habe, für das sie sorgen müsse. Dieses Satzes erinnerte sie sich. Er hatte ihr gefallen. Von der Drohung sagte sie nichts. Sie war lebendig und dramatisch zum Ausdruck gekommen. Sie hatte das Gefühl, daß sie alle einmal darüber lachen würden.

SECHSTES KAPITEL

»Vermutlich haben Sie die Neuigkeit schon gehört, Basil?« sagte Lord Henry an jenem Abend, als Hallward das kleine Einzelzimmer im Bristol betrat, wo für drei zum Dinner gedeckt worden war.

»Nein, Harry«, antwortete der Künstler, indem er Hut und Mantel dem sich verbeugenden Kellner gab. »Was gibt es? Hoffentlich doch nichts Politisches? Das interessiert mich nicht. Im Unterhaus sitzt kaum jemand, der gemalt zu werden verdiente; wenn auch manchem eine Reinigung recht wohl tun würde.«

»Dorian Gray hat sich verlobt«, sagte Lord Henry und betrachtete dabei aufmerksam den Maler.

Hallward erschrak und runzelte die Stirn. »Dorian verlobt?« rief er. »Unmöglich.«

»Es ist durchaus wahr.«

»Mit wem?«

»Mit einer kleinen Schauspielerin oder so.«

»Das kann ich nicht glauben. Dazu ist Dorian viel zu feinfühlig.«

»Dorian ist viel zu weise, um nicht ab und zu dumme Streiche zu begehen, mein lieber Basil.«

»Heiraten ist kaum etwas, das man ab und zu tun kann, Harry.«

»Außer in Amerika«, erwiderte Lord Henry nachlässig. »Aber ich sagte ja auch gar nicht, er sei verheiratet. Ich sagte, er habe sich verlobt. Das ist ein großer Unterschied. Ich erinnere mich sehr daran, daß ich verheiratet bin, aber ich erinnere mich nicht im geringsten daran, daß ich je verlobt war. Ich neige fast zu dem Glauben, nie verlobt gewesen zu sein.«

»Aber bedenken Sie doch Dorian Grays Abkunft, seinen Rang, sein Vermögen. Es wäre doch unsinnig von ihm, so tief unter sich zu heiraten.«

»Wenn Sie wollen, daß er das Mädchen ganz bestimmt heiratet, so sagen Sie ihm das, Basil. Dann tut er es sicher. Wenn ein Mann irgend etwas ganz Dummes tut, so geschieht es immer aus den edelsten Motiven.«

»Hoffentlich ist das Mädchen gut, Harry. Ich möchte Dorian nicht an irgendein gemeines Geschöpf gebunden sehen, das seinen Charakter herabzieht und seinen Geist verdirbt.«

»Oh, sie ist mehr als gut – sie ist schön«, murmelte Lord Henry und nippte an seinem Glase, in dem bitterer Orangensaft mit Wermut gemischt war. »Dorian sagt, sie sei schön, und in Dingen dieser Art hat er selten unrecht. Ihr Bildnis hat sein Urteil über die äußere Erscheinung anderer sehr geschärft. Diese ausgezeichnete Wirkung hat es gehabt, unter anderm. Wir sollen sie heute abend sehen, wenn der Junge nicht seine Verabredung vergißt.«

»Ist das Ihr Ernst?«

»Vollkommener Ernst, Basil. Ich wäre unglücklich, wenn ich je im Leben ernster sein müßte als in diesem Augenblick.«

»Aber billigen Sie es denn, Harry?« fragte der Maler, während er im Zimmer auf und ab ging und sich auf die Lippen biß. »Unmöglich können Sie es billigen. Es ist eine törichte Verblendung.«

»Ich billige oder mißbillige niemals etwas. Das ist eine sinnlose Haltung dem Leben gegenüber. Wir sind nicht auf der Welt, um unseren moralischen Vorurteilen Luft zu machen. Ich kümmere mich nie um das, was die Gewöhnlichkeit sagt, und ich mische mich nie in das, was entzückende Menschen tun. Wenn ein Mensch mich fesselt, so ist jede von ihm gewählte Ausdrucksform für mich eine vollkommene Freude. Dorian Gray verliebt sich in ein schönes Mädchen, das die Julia spielt, und will es heiraten. Warum nicht? Wenn er Messalina heiratete, würde er nicht im geringsten interessant sein. Wie Sie wissen, bin ich kein Verfechter der Ehe. Der wahre Nachteil der Ehe ist, daß man durch sie selbstlos wird. Und selbstlose Menschen sind farblos. Ihnen mangelt die Individualität. Allerdings gibt es gewisse Temperamente, die durch die Ehe kompliziert werden. Sie erhalten sich ihren Egoismus und gewinnen viele neue Ichs hinzu. Sie sind gezwungen, mehr als ein Leben zu führen. Sie werden also höher organisiert, und sich höher zu organisieren bedeutet, wie ich meine, das Ziel des menschlichen Lebens. Übrigens ist aber jedes Experiment wertvoll, und was man auch gegen die Ehe sagen kann, sie ist ganz gewiß ein Experiment. Ich hoffe also, daß Dorian Gray jenes Mädchen zu seiner Frau macht, sie ein halbes Jahr leidenschaftlich anbetet und dann plötzlich von einer anderen bezaubert wird. Das zu beobachten würde herrlich sein.«

»Sie glauben von alledem kein einziges Wort, Harry; das wissen Sie selbst. Wenn Dorian Grays Leben zerstört würde, wäre niemand trauriger als Sie. Sie sind viel besser, als Sie sich stellen.«

Lord Henry lachte. »Der Grund, weshalb wir so gut voneinander denken, ist einfach der, daß wir alle für uns selber fürchten. Die Basis des Optimismus ist nackte Furcht. Wir halten uns für hochherzig, weil wir unserem Nachbarn den Besitz von Tugenden zuschreiben, die uns selbst wahrscheinlich vorteilhaft wären. Wir rühmen den Bankier, damit wir unser Konto überziehen können, und wir finden an einem Räuber gute Eigenschaften, weil wir hoffen, daß er unsere Taschen verschonen wird. Ich meine wirklich alles, was ich sage. Ich hege die größte Verachtung für den Optimismus. Und was das zerstörte Leben betrifft: kein Leben ist zerstört, außer einem, dessen Wachstum gehemmt ist. Wenn man einen Charakter verderben will, braucht man ihn nur bessern zu wollen. Und die Heirat – natürlich wäre die töricht, doch es gibt andere und interessantere Bande zwischen Mann und Frau. Ich rede für diese. Sie haben den Reiz, fashionable zu sein. Aber da ist Dorian selbst. Er wird Ihnen mehr sagen können als ich.«

»Mein lieber Harry, mein lieber Basil, Ihr müßt mir beide Glück wünschen!« sagte Dorian, indem er den Abendmantel mit den atlasgefütterten Flügeln abwarf und den beiden Freunden die Hände schüttelte. »Niemals bin ich so glücklich gewesen. Natürlich ist es plötzlich gekommen: aber das tun alle wirklich entzükkenden Dinge. Und doch scheint es mir das einzige zu sein, nach dem ich mich mein ganzes Leben hindurch gesehnt habe.« Er war rot vor Freude und Aufregung und sah außerordentlich hübsch aus.

»Hoffentlich werden Sie immer sehr glücklich sein, Dorian«, sagte Hallward, »aber ich verzeihe es Ihnen nicht ganz, daß Sie mich Ihre Verlobung nicht haben wissen lassen. Harry haben Sie sie mitgeteilt.«

»Und ich verzeihe Ihnen nicht, daß Sie zu spät zum Essen gekommen sind«, fiel Lord Henry ein, legte seine Hand auf die Schulter des jungen Mannes und lächelte dabei. »Kommen Sie, wir wollen uns setzen und sehen, was der neue Chef fertigbringt, und dann sollen Sie uns erzählen, wie alles gekommen ist.«

»Da ist wirklich nicht viel zu erzählen«, rief Dorian, als sie an dem kleinen runden Tisch Platz genommen hatten. »Was geschah, war einfach dies: Als ich Sie gestern abend verlassen hatte, Harry, zog ich mich an, aß etwas in dem kleinen italienischen Restaurant in der Rupert Street, das ich durch Sie kenne, und ging um acht ins Theater. Sibyl spielte die Rosalinde. Natürlich war die Szenerie greulich und der Orlando albern. Aber Sibyl! Sie hätten sie sehen sollen! Als sie in ihren Knabenkleidern auftrat, war sie ganz wunderbar. Sie trug ein moosgrünes Samtwams mit zimtfarbenen Ärmeln, eine dünne, braune, kreuzweis geschnürte Hose, ein zierliches grünes Mützchen, an dem, von einem Juwel gehalten, eine Falkenfeder stak, und einen dunkelrot gefütterten Mantel. Niemals war sie mir schöner erschienen. Sie hatte eine köstliche Anmut; wie jenes Tanagrafigürchen, das Sie in Ihrem Atelier haben, Basil. Ihr Haar umrahmte ihr Gesicht wie dunkle Blätter eine blasse Rose. Und ihr Spiel – nun, Sie werden sie ja heute abend sehen. Sie ist eine geborene Künstlerin. Ich saß ganz verzaubert in der schäbigen Loge. Ich vergaß, daß ich in London und im neunzehnten Jahrhundert war. Ich war mit meiner Liebe weit weg in einem Wald, den Menschenaugen niemals erblickten. Nach der Vorstellung ging ich hinter die Szene und sprach mit ihr. Als wir nebeneinandersaßen, trat plötzlich ein Ausdruck in ihre Augen, den ich niemals zuvor gesehen hatte. Meine Lippen bewegten sich ihr zu. Wir küßten uns. Ich kann euch nicht beschreiben, was ich in jenem Augenblick empfand. Mir war, als habe sich mein ganzes Leben auf diesen einen vollkommenen Augenblick rosenfarbener Freude zusammengezogen. Sie zitterte am ganzen Körper und bebte wie eine weiße Narzisse. Dann warf sie sich auf die Knie und küßte meine Hände. Ich fühle, daß ich euch das alles nicht sagen sollte, doch ich kann nicht anders. Natürlich ist unsere Verlobung ein Sterbensgeheimnis. Nicht einmal ihrer Mutter hat sie es erzählt. Ich weiß gar nicht, was mein Vormund dazu sagen wird. Lord Radley wird sicher wütend sein. Mir ist es gleich. In knapp einem Jahr bin ich mündig und kann dann tun, was ich will. Ich habe doch ganz recht getan, nicht wahr, Basil, meine Liebe aus der Poesie zu holen und meine Frau aus Shakespeares Dramen? Lippen, die Shakespeare reden gelehrt hat, haben mir ihr Geheimnis ins Ohr geflüstert. Rosalindes Arme haben mich umschlungen, und Julia hat meinen Mund geküßt.«

»Ja, Dorian, ich glaube, Sie hatten recht«, sagte Hallward langsam.

»Haben Sie sie heute schon gesehen?« fragte Lord Henry.

Dorian Gray schüttelte den Kopf. »Ich verließ sie im Ardennerwald, und in einem Garten zu Verona werde ich sie wiederfinden.«

Lord Henry trank nachdenklich seinen Champagner. »In welchem Augenblick erwähnten Sie das Wort Heirat, Dorian? Und was antwortete sie darauf? Vielleicht haben Sie das alles vergessen?«

»Mein lieber Harry, ich habe es nicht als Geschäft behandelt, und ich habe ihr keinen förmlichen Antrag gemacht. Ich sagte ihr, daß ich sie liebe, und sie sagte, sie sei nicht wert, meine Frau zu werden. Nicht wert! Und dabei bedeutet mir die ganze Welt nichts, wenn ich sie mit ihr vergleiche.«

»Frauen sind wundervoll praktisch«, murmelte Lord Henry, »viel praktischer als wir. Wir vergessen in dergleichen Situationen häufig, etwas vom Heiraten zu sagen, und sie erinnern uns stets daran.«

Hallward legte ihm die Hand auf den Arm. »Nicht doch, Harry. Sie haben Dorian verletzt. Er ist nicht wie andere Männer. Er würde nie Unglück über jemanden bringen. Sein Wesen ist zu zart dazu.«

Lord Henry blickte über den Tisch. »Dorian fühlt sich durch mich nie verletzt«, antwortete er. »Ich fragte aus dem besten Grund, der überhaupt möglich ist, wahrhaftig, aus dem einzigen Grund, der es entschuldigt, daß man fragt – aus bloßer Neugierde. Ich habe die Theorie aufgestellt, daß es immer die Frauen sind, die uns einen Antrag machen, und nicht umgekehrt. Den Mittelstand natürlich ausgenommen. Aber der ist ja nicht modern.«

Dorian Gray lachte und schüttelte den Kopf. »Sie sind unverbesserlich, Harry; aber das tut nichts. Man kann Ihnen unmöglich böse sein. Wenn Sie Sibyl Vane sehen, werden Sie fühlen, daß, wer ihr ein Leid antun könnte, ein Tier sein müßte, ein herzloses Tier. Ich kann es nicht begreifen, wie jemand ein von ihm geliebtes Wesen zu schänden vermag. Ich liebe Sibyl Vane. Ich möchte sie auf einen goldenen Sockel erheben und die Welt in Anbetung vor dem Weibe sehen, das mir gehört. Was ist Ehe? Ein unwiderrufliches Gelübde. Deshalb machen Sie sich darüber lustig. Ach, spotten Sie nicht. Wirklich, ich will ein unwiderrufliches Gelübde ablegen. Ihr Vertrauen macht mich treu, ihr Glaube macht mich gut. Wenn ich bei ihr bin, bereue ich alles, was Sie mich gelehrt haben. Ich werde ein anderer als der, den zu kennen Sie mich gelehrt haben. Ich bin verwandelt, und die bloße Berührung von Sibyl Vanes Hand läßt mich Sie und alle Ihre falschen, bestrickenden, vergiftenden, süßen Theorien vergessen.«

»Und die wären...?« fragte Lord Henry und nahm sich etwas Salat.

»Oh, Ihre Theorien über das Leben, Ihre Theorien über die Liebe, Ihre Theorien über den Genuß. Alle Ihre Theorien überhaupt, Harry.«

»Der Genuß ist das einzige, was einer Theorie wert ist«, antwortete er mit seiner langsamen, melodischen Stimme. »Aber ich fürchte, ich kann meine Theorie gar nicht für meine eigene ausgeben. Sie gehört der Natur, nicht mir. Genuß ist der Prüfstein der Natur, ihr Zeichen der Billigung. Wenn wir glücklich sind, sind wir immer gut, aber wenn wir gut sind, sind wir nicht immer glücklich.«

»Ach! Aber was verstehen Sie unter gut?« rief Basil Hallward.

»Ja«, echote Dorian, lehnte sich in seinen Stuhl zurück und blickte über die schweren Blüten purpurner Schwertlilien, die in der Mitte des Tisches standen, zu Lord Henry hinüber, »was verstehen Sie unter gut, Harry?«

»Gut sein heißt: mit sich selbst im Einklang sein«, erwiderte er und berührte den dünnen Stiel seines Glases mit seinen blassen, feingliederigen Fingern. »Das Gezwungensein, mit andern übereinzustimmen, heißt Dissonanz. Das eigene Leben, darauf kommt es an. Was das Leben unserer Nachbarn betrifft: nun, wenn man ein Schelm oder Puritaner sein will, dann braucht man sich nur mit seinen moralischen Ansichten vor ihnen aufzublähen, ohne daß sie einen im Grunde etwas angehen. Außerdem hat der Individualismus wirklich das höhere Ziel. Die moderne Sittlichkeit besteht darin, daß man die Maßstäbe seiner Zeit annimmt. Ich bin der Meinung, daß jeder kultivierte Mensch, der die Maßstäbe seiner Zeit annimmt, damit so etwas wie die gröbste Immoralität begeht.«

»Aber sicherlich, Harry, hat man doch, wenn man nur für sich selbst lebt, einen schrecklichen Preis dafür zu bezahlen?« warf der Maler ein.

»Ja, wir müssen heutzutage alles überteuer bezahlen. Ich glaube, die wahre Tragödie der Armut ist, daß sie keinen andern Ausweg hat als die Selbstverleugnung. Schöne Sünden sind wie alle schönen Dinge ein Privilegium der Reichen.«

»Man muß mit anderer Münze zahlen als mit Geld.«

»Wie denn, Basil?«

»Oh, ich meine mit Gewissensbissen, mit Schmerzen, mit . . . nun, mit dem Gefühl der Erniedrigung.«

Lord Henry zuckte die Achseln. »Mein lieber Freund, mittelalterliche Kunst ist bezaubernd, aber mittelalterliche Gefühle sind unmodern. In Geschichten kann man sie natürlich gebrauchen. Denn die einzigen Dinge, die man in Geschichten erwarten kann, sind solche, die in der Wirklichkeit außer Kurs gesetzt sind. Glauben Sie mir, kein kultivierter Mensch bedauert je einen Genuß, und kein unkultivierter Mensch weiß je, was Genuß ist.«

»Ich weiß, was Genuß ist«, rief Dorian Gray. »Jemand anbeten ist Genuß.«

»Es ist sicherlich besser, als angebetet zu werden«, antwortete Lord Henry und spielte mit einigen Früchten. »Angebetet zu werden ist etwas Ärgerliches. Die Frauen behandeln uns genauso, wie die Menschheit ihre Götter behandelt. Sie beten uns an und drangsalieren uns immerfort, etwas für sie zu tun.«

»Ich würde sagen: alles, was sie von uns verlangen, haben sie uns erst gegeben«, flüsterte Dorian ernst. »Sie schaffen die Liebe in uns. Sie haben ein Recht darauf, sie zurückzuverlangen.«

»Das ist durchaus wahr, Dorian«, rief Hallward aus.

»Niemals ist etwas durchaus wahr«, sagte Lord Henry.

»Dieses ist es dennoch«, unterbrach ihn Dorian. »Sie müssen zugeben, Harry, daß die Männer von den Frauen das wahre Gold ihres Lebens erhalten.«

»Vielleicht«, seufzte er, »aber unfehlbar verlangen sie es dann in sehr kleiner Münze wieder zurück. Das ist das Lästige dabei. Die

Frauen, so drückt ein witziger Franzose es aus, flößen uns das Verlangen ein, Meisterwerke zu schaffen, und immer hindern sie uns, sie auszuführen.«

»Harry, Sie sind schrecklich! Ich weiß gar nicht, warum ich Sie so gern habe.«

»Sie werden mich immer gern haben, Dorian«, antwortete er. »Wollt ihr Mokka haben, Herrschaften? – Kellner, bringen Sie Mokka, fine Champagne und Zigaretten. Nein, keine Zigaretten, ich habe selbst welche. Basil, Zigarren dürfen Sie nicht rauchen. Sie müssen eine Zigarette nehmen. Die Zigarette ist der vollendetste Ausdruck eines vollkommenen Genusses. Sie ist köstlich und läßt unbefriedigt. Was kann man mehr verlangen? Ja, Dorian, Sie werden mich immer recht gern haben. Ich bin für Sie die Verkörperung aller Sünden, die zu begehen Sie nicht den Mut haben.«

»Welchen Unsinn Sie reden, Harry!« rief der junge Herr, indem er sich an einem feuerspeienden Silberdrachen, den der Kellner auf den Tisch gestellt hatte, die Zigarette anzündete. »Nun wollen wir ins Theater gehen. Wenn Sibyl auftritt, werdet ihr ein neues Lebensideal bekommen. Sie wird euch etwas offenbaren, was ihr bislang nicht gekannt habt.«

»Ich habe alles gekannt«, sagte Lord Henry mit einem müden Blick in den Augen, »aber ich bin immer gespannt auf eine neue Emotion. Indessen fürchte ich, daß es dergleichen nicht mehr gibt. Aber vielleicht wird Ihr wundersames Mädchen mich erschüttern. Ich liebe die Schauspielkunst. Sie ist soviel wirklicher als das Leben. Wir wollen gehen. Dorian, kommen Sie mit mir. Es tut mir sehr leid, Basil, aber in meinem Coupé ist nur Platz für zwei. Sie müssen in einem Hansom kommen.«

Sie erhoben sich, zogen ihre Mäntel an und tranken ihren Mokka stehend. Der Maler war schweigsam und in Gedanken. Eine düstere Ahnung lag über ihm. Diese Heirat war ihm unerträglich, und doch schien sie ihm wiederum viel besser zu sein als vieles andere, das hätte geschehen können. Nach einigen Minuten gingen sie alle hinunter. Er fuhr allein fort, wie verabredet worden war, und beobachtete die glänzenden Lichter des vor ihm fahrenden kleinen Coupés. Das seltsame Gefühl eines Verlustes überkam ihn. Er fühlte, daß ihm Dorian Gray nie mehr das sein würde, was er ihm gewesen war. Das Leben war zwischen sie getreten ... Es wurde dunkel vor seinen Augen, und die belebten, schimmernden Straßen verschwammen vor seinem Blick. Als der Wagen am Theater vorfuhr, war ihm, als sei er viele Jahre älter geworden.

SIEBTES KAPITEL

Aus irgendeinem Grunde war das Haus an diesem Abend dicht gefüllt, und der dicke jüdische Direktor, der ihnen an der Tür entgegenkam, strahlte von einem Ohr zum andern von einem öligen, ruhelosen Lächeln. Er geleitete sie in würdevoller Demut zu ihrer Loge, wobei er seine fetten, juwelengeschmückten Hände bewegte und in den höchsten Tönen redete. Dorian Gray fand ihn noch ekelhafter als sonst. Ihm war zumute, als sei er gekommen, um Miranda zu erblicken, und statt ihrer sei Caliban ihm entgegengetreten. Lord Henry dagegen gefiel er. Wenigstens behauptete er es und bestand darauf, ihm die Hand zu schütteln und ihm zu versichern, er sei stolz darauf, die Bekanntschaft eines Mannes zu machen, der ein wirkliches Genie entdeckt und um eines Dichters willen Bankrott gemacht habe. Hallward belustigte sich, indem er die Gesichter im Parterre betrachtete. Die Hitze war furchtbar drückend, und der große Kronleuchter flammte wie eine ungeheure Dahlie mit Blättern aus gelbem Feuer. Die jungen Leute auf der Galerie hatten ihre Röcke und Westen ausgezogen und über die Brüstung gehängt. Sie unterhielten sich durch das ganze Theater hindurch und teilten ihre Apfelsinen mit den aufgedonnerten Mädchen, die neben ihnen saßen. Ein paar Weiber lachten im Parterre. Ihre Stimmen waren abscheulich grell und mißtönend. Von der Bar her hörte man, wie Flaschen entkorkt wurden.

»Welch ein Ort, seine Göttin zu finden!« sagte Lord Henry.

»Ja!« antwortete Dorian Gray. »Hier habe ich sie gefunden, und sie ist göttlich über allem, was lebt. Wenn sie spielt, werdet ihr alles vergessen. Diese gemeinen, rohen Leute mit ihren groben Gesichtern und ihren brutalen Gebärden werden ganz anders, wenn sie auf der Bühne steht. Sie sitzen stumm da und blicken auf sie. Sie weinen und lachen, wie sie es will. Sie läßt sie tönen wie eine Geige. Sie macht sie geistiger, und dann fühlt man, daß sie vom gleichen Fleisch und Blut sind wie wir selbst.«

»Vom gleichen Fleisch und Blut wie wir selbst! Oh! Ich hoffe nicht!« rief Lord Henry, der durch sein Opernglas das Publikum auf der Galerie musterte.

»Hören Sie nicht auf ihn, Dorian«, sagte der Maler. »Ich verstehe, was Sie sagen wollen, und ich glaube an dieses Mädchen. Wen Sie lieben, der muß wundervoll sein, und ein Mädchen, das so wirkt, wie Sie es sagen, muß fein und edel sein. Seine Zeit geistiger zu machen – das ist schon der Mühe wert. Wenn jenes Mädchen denen eine Seele zu geben vermag, die bislang seelenlos lebten; wenn es in Menschen, deren Leben schmutzig und häßlich war, den Sinn für Schönheit erwecken kann; wenn sie sie ihrer Selbstsucht entreißen, wenn sie ihnen Tränen für Leiden geben kann, die nicht ihre eigenen sind: dann ist sie Ihrer Anbetung würdig, dann ist sie der Anbetung der ganzen Welt würdig. Diese Heirat ist ganz richtig. Zuerst habe ich es nicht geglaubt, doch jetzt gebe ich es zu. Die Götter haben Sibyl Vane für Sie geschaffen. Ohne sie wären Sie unvollkommen gewesen.«

»Danke, Basil«, antwortete Dorian Gray und drückte ihm die Hand. »Ich wußte ja, daß Sie mich verstehen würden. Harry ist so zynisch; er erschreckt mich. Aber da fängt die Musik an. Sie ist fürchterlich, aber sie dauert nur fünf Minuten. Dann geht der Vorhang auf, und Sie werden das Mädchen sehen, dem ich mein ganzes Leben schenken will, dem ich alles geweiht habe, was gut in mir ist.«

Eine Viertelstunde später betrat Sibyl Vane unter einem außerordentlichen Beifallssturm die Bühne. Ja, sie war schön – eines der lieblichsten Geschöpfe, dachte Lord Henry, das er je gesehen hatte. Etwas von einem Reh war in ihrer scheuen Anmut und in ihren erschrockenen Augen. Ein leichtes Erröten, wie der Schatten einer Rose in einem Silberspiegel, trat auf ihre Wangen, als sie in das volle begeisterte Haus blickte. Sie trat ein paar Schritte zurück, und ihre Lippen schienen zu beben. Basil Hallward stand auf und begann zu applaudieren. Bewegungslos und wie ein Träumender saß Dorian Gray da und sah sie an. Lord Henry schaute durch sein Glas und flüsterte: »Entzückend! Entzückend!«

Die Szene stellte die Halle in Capulets Haus dar, und Romeo im Pilgermantel war mit Mercutio und seinen andern Freunden hereingekommen. Die Musik spielte, so gut sie konnte, ein paar Takte, und der Tanz begann. In dem Haufen plumper, schäbig angezogener Schauspieler bewegte Sibyl Vane sich wie ein Wesen aus einer schöneren Welt. Ihr Körper schwebte, während sie tanzte, wie eine Blume, die auf dem Wasser schwimmt. Die Linie ihres Halses war die Linie einer weißen Lilie. Ihre Hände schienen aus kühlem Elfenbein zu sein. Aber sie war seltsam gleichgültig. Sie verriet kein Zeichen der Freude, als ihre Augen auf Romeo ruhten. Die wenigen Worte, die sie zu sprechen hatte –

> Nein, Pilger, lege nichts der Hand zu schulden
> Für ihren sittsam andachtsvollen Gruß;
> Der Heilgen Rechte darf Berührung dulden,
> Und Hand in Hand ist frommer Waller Kuß –

mit dem kurzen Dialog, der darauf folgt, sprach sie ganz gekünstelt. Die Stimme war erlesen, aber die Betonung ganz falsch. Sie war vergriffen in der Farbe. Sie nahm dem Verse alles Leben. Sie machte die Leidenschaft unwahr.

Dorian Gray erbleichte, als er sie beobachtete. Er war verstört und bange. Keiner seiner Freunde wagte ihm etwas zu sagen. Sie erschien ihnen völlig talentlos. Sie waren furchtbar enttäuscht.

Doch sie fühlten, daß der Prüfstein für jede Julia die Balkonszene im zweiten Akt sei. Diese warteten sie ab. Versagte sie hier, dann war nichts an ihr.

Sie sah entzückend aus, als sie in das Mondlicht heraustrat. Das konnte nicht geleugnet werden. Aber das Theatralische ihres Spiels war unerträglich und wurde im weiteren Verlauf immer schlimmer. Ihre Gebärden wurden lächerlich gekünstelt. Was sie zu sagen hatte, sagte sie überpathetisch. Die herrliche Stelle –

> Du weißt, die Nacht verschleiert mein Gesicht,
> Sonst färbte Mädchenröte meine Wangen
> Um das, was du vorhin mich sagen hörtest –

deklamierte sie mit der peinlichen Genauigkeit eines Schulmädchens, das bei einem mittelmäßigen Schauspiellehrer Vortragsstunde genommen hat. Als sie sich über den Balkon neigte und an die wundervollen Verse kam –

> Obwohl ich dein mich freue,
> Freu' ich mich nicht des Bundes dieser Nacht.
> Er ist zu rasch, zu unbedacht, zu plötzlich;
> Gleicht allzusehr dem Blitz, der nicht mehr ist,
> Noch eh' man sagen kann: es blitzt. – Schlaf süß!
> Des Sommers warmer Hauch kann diese Knospe
> Der Liebe wohl zur schönen Blum' entfachen,
> Bis wir das nächste Mal uns wiedersehn –

sprach sie die Worte, als trügen sie keinen Sinn für sie. Aufregung war es nicht. Vielmehr schien sie ganz besonnen zu sein und durchaus nicht nervös. Es war einfach schlechte Kunst. Es war ein vollkommenes Mißlingen.

Selbst die gewöhnliche, ungebildete Hörerschaft im Parterre und auf der Galerie verlor das Interesse an dem Stück. Man wurde unruhig und begann laut zu sprechen oder zu zischen. Der jüdische Direktor, der hinten auf dem Balkon stand, stampfte mit den Füßen und fluchte vor Wut. Der einzige Mensch im Theater, der unberührt blieb, war das Mädchen selbst.

Als der zweite Akt zu Ende war, brach ein Sturm von Zischen los, und Lord Henry stand von seinem Stuhl auf und zog den Mantel an. »Sie ist wunderschön, Dorian«, sagte er, »aber sie kann nicht spielen. Wir wollen gehen.«

»Ich will das Stück bis zu Ende sehen«, antwortete Dorian mit harter, bitterer Stimme. »Es tut mir schrecklich leid, daß ich Ihnen einen Abend geraubt habe, Harry. Ich muß mich bei Ihnen beiden entschuldigen.«

»Mein lieber Dorian, ich meine, Miss Vane war krank«, unterbrach ihn Hallward. »Wir wollen ein andermal wiederkommen.«

»Ich wollte, sie wäre krank«, erwiderte er. »Aber sie kommt mir nur gefühllos und kalt vor. Sie hat sich ganz verändert. Gestern abend war sie eine große Künstlerin. Heute ist sie nichts als eine gewöhnliche, mittelmäßige Schauspielerin.«

»Sprechen Sie nicht so über jemand, den Sie lieben, Dorian. Liebe ist wundervoller als Kunst.«

»Beide sind sie nur Formen der Nachahmung«, bemerkte Lord Henry. »Aber wir wollen doch gehen. Sie dürfen nicht länger hierbleiben, Dorian. Der Anblick schlechter Schauspieler schadet unserer Moral. Außerdem werden Sie, wie ich meine, von Ihrer Frau kaum verlangen, daß sie spielt. Was kommt also darauf an, daß sie die Julia wie eine Holzpuppe spielt? Sie ist wirklich wunderschön, und wenn sie vom Leben ebensowenig weiß wie vom Theaterspielen, wird sie ein entzückendes Experiment abgeben. Nur zwei Arten von Menschen gibt es, die wirklich bezaubern – solche, die alles wissen, und solche, die absolut nichts wissen. Um des Himmels willen, mein lieber Junge, machen Sie nicht solch ein tragisches Gesicht! Das Geheimnis, jung zu bleiben, ist ganz einfach: sich nie Gefühlen hinzugeben, die einem schlecht bekommen. Gehen Sie mit Basil und mir in den Klub. Wir wollen Zigaretten rauchen und auf Sibyl Vanes Schönheit trinken. Sie ist schön. Was wollen Sie mehr?«

»Gehen Sie, Harry«, rief Dorian. »Ich will allein sein. Basil, Sie müssen gehen. Ach, könnt ihr denn nicht sehen, daß mir das Herz bricht?« Heiße Tränen traten in seine Augen. Seine Lippen bebten, er zog sich in den letzten Winkel der Loge zurück und verbarg das Gesicht in den Händen.

»Kommen Sie, Basil«, sagte Lord Henry mit seltsamer Weichheit in der Stimme; und die beiden jungen Herren gingen hinaus.

Wenige Augenblicke später flammten die Rampenlichter auf, und der Vorhang hob sich zum dritten Akt. Dorian Gray kehrte auf seinen Platz zurück. Er sah bleich, stolz und gleichgültig aus. Das Spiel schleppte sich weiter und schien endlos. Die Hälfte des Publikums ging fort, in schweren Stiefeln, stampfend und lachend. Die ganze Sache war ein Fiasko. Der letzte Akt wurde vor fast leeren Bänken gespielt. Der Vorhang fiel, begleitet von Kichern und Murren.

Sobald es aus war, stürzte Dorian Gray hinter die Szene in die Garderobe. Das Mädchen stand allein da, mit einem Glanz des Triumphes auf dem Antlitz. Ihre Augen strahlten in wundersamem Feuer. Glanz umschwebte sie. Ihre halbgeöffneten Lippen lächelten über ein Geheimnis, um das sie allein wußten.

Als er eintrat, blickte sie ihn an, und ein Ausdruck unendlicher Freude kam über sie. »Wie schlecht ich heute abend gespielt habe, Dorian!« rief sie.

»Schrecklich!« antwortete er und blickte sie bestürzt an. »Schrecklich! Es war furchtbar. Bist du krank? Du ahnst nicht, wie es war. Du ahnst nicht, was ich gelitten habe.«

Das Mädchen lächelte. »Dorian«, antwortete sie und verweilte im Aussprechen seines Namens mit einer langgedehnten Melodie in der Stimme, als sei er den roten Blüten ihres Mundes süßer denn Honig, »Dorian, du hättest es verstehen sollen. Aber jetzt verstehst du doch, nicht wahr?«

»Was verstehen?« fragte er zornig.

»Warum ich heute abend so schlecht war. Warum ich immer so schlecht sein werde. Warum ich nie mehr gut spielen werde.«

Er zuckte die Achseln. »Vermutlich bist du krank. Wenn du krank bist, solltest du nicht spielen. Du machst dich ja lächerlich. Meine Freunde waren schockiert. Ich auch.«

Sie schien nicht auf ihn zu hören. Sie war ganz verwandelt vor Freude. Eine Ekstase des Glückes beherrschte sie.

»Dorian, Dorian«, rief sie, »ehe ich dich kannte, war Spielen die einzige Wirklichkeit meines Lebens. Nur im Theater lebte ich. Ich glaubte, das alles sei Wahrheit. Am einen Abend war ich Rosalinde und Portia am andern. Beatrices Freude war meine Freude, und Cordelias Leid war mein Leid. Ich glaubte an alles. Die gewöhnlichen Menschen, mit denen ich spielte, schienen mir wie Götter. Die gemalten Kulissen waren meine Welt. Ich kannte nur Schatten und nahm sie für Wirklichkeit. Da kamst du, o mein schöner Geliebter, und befreitest meine Seele aus der Gefangenschaft. Du lehrtest mich, was Wirklichkeit ist. Heute abend durchschaute ich zum ersten Male in meinem Leben die Hohlheit, den Trug und die Albernheit des leeren Gepränges, in dem ich immer gespielt habe. Heute abend wurde mir zum ersten Male bewußt, daß Romeo häßlich und alt und geschminkt ist, daß das Mondlicht im Garten falsch, die Szenerie gemein ist und daß die Worte, die ich sprechen mußte, nicht Wirklichkeit waren, nicht meine Worte, nicht solche, die ich zu sprechen wünschte. Du hast mir Höheres gegeben, etwas, von dem die Kunst nur ein Widerschein ist. Du hast mich erkennen lassen, was wirkliche Liebe ist. Lieber! Lieber! Märchenprinz! Prinz des Lebens! Ich habe das Schattenleben satt. Du bist mir mehr, als alle Kunst jemals sein könnte. Was habe ich mit den Puppen eines Spiels zu schaffen? Als ich heute abend auftrat, begriff ich nicht, wie all das von mir gewichen war. Ich glaubte, ich würde wundervoll sein, und merkte, daß mir nichts gelang. Dann dämmerte plötzlich in meiner Seele, was all das bedeute. Diese Erkenntnis war etwas Wundersames für mich. Ich hörte sie zischen und lächelte. Was konnten sie von einer Liebe wie der unsern wissen? Nimm mich mit, Dorian, nimm mich mit dir, und laß uns ganz allein sein. Ich hasse die Bühne. Ich könnte eine Leidenschaft spielen, die ich nicht fühle; doch eine, die wie Feuer in mir brennt, kann ich nicht spielen. Ach, Dorian, verstehst du jetzt, was es bedeutet? Selbst wenn ich es könnte, wäre es Entweihung für mich, wenn ich spielte, während ich liebe. Du hast mir die Augen geöffnet.«

Er warf sich auf das Sofa und wandte sein Gesicht ab. »Du hast meine Liebe getötet«, murmelte er.

Sie sah ihn verwundert an und lachte. Er gab keine Antwort. Sie trat zu ihm und strich ihm mit ihren kleinen Fingern durchs Haar. Sie kniete nieder und preßte seine Hände auf ihre Lippen. Er entzog sie ihr, und ein Schauder durchrann ihn.

Dann sprang er auf und ging zur Tür. »Ja«, rief er, »du hast meine Liebe getötet. Sonst erregtest du meine Phantasie. Jetzt erregst du nicht einmal meine Neugierde. Du bringst ganz einfach keine Wirkung mehr hervor. Ich liebte dich, weil du ein wundersames Wesen warst, weil du ein Genie warst und Geist hattest, weil du den Träumen großer Dichter Wirklichkeit und den Schatten der

Kunst Form und Gestalt gabst. Das alles hast du von dir geworfen. Du bist leer und dumm. Mein Gott! Wie wahnsinnig war ich, daß ich dich liebte! Welch ein Narr war ich! Jetzt bist du mir nichts. Ich will dich nie wiedersehen. Ich will nie wieder an dich denken. Nie wieder will ich deinen Namen aussprechen. Du weißt nicht, was du mir einmal bedeutetest. Ja, einmal ... Oh, ich kann den Gedanken daran nicht ertragen! Ich wollte, meine Augen hätten dich nie erblickt! Du hast den Roman meines Lebens vernichtet. Wie wenig kannst du von Liebe wissen, wenn du sagst, sie zerstöre deine Kunst! Ohne deine Kunst bist du nichts. Ich hätte eine Berühmtheit aus dir gemacht, etwas Glänzendes, Großes! Die Welt hätte dich angebetet, und du hättest meinen Namen getragen. Was bist du jetzt? Eine Schauspielerin dritten Ranges mit einem hübschen Gesicht.«

Das Mädchen erbleichte und zitterte. Sie faltete ihre Hände, und ihre Stimme schien in der Kehle zu ersticken. »Das ist nicht dein Ernst, Dorian!« flüsterte sie. »Du spielst!«

»Spielen? Das überlasse ich dir. Du kannst es ja so gut«, erwiderte er bitter.

Sie erhob sich von ihren Knien und ging mit einem jammervollen Ausdruck des Schmerzes auf ihrem Antlitz zu ihm hin. Sie legte die Hand auf seinen Arm und sah ihm in die Augen. Er stieß sie zurück. »Berühre mich nicht!« schrie er.

Ein dumpfer Klagelaut entrang sich ihr, sie warf sich ihm zu Füßen und lag dort wie eine zertretene Blüte. »Dorian, Dorian, verlaß mich nicht!« wimmerte sie. »Es tut mir so leid, daß ich nicht gut spielte. Ich dachte immerfort nur an dich. Aber ich will es versuchen – wirklich, ich will es versuchen. Sie kam so jäh über mich, meine Liebe zu dir. Ich glaube, ich hätte sie nie gekannt, wenn du mich nicht geküßt hättest – wenn wir uns nicht geküßt hätten. Küß mich wieder, Lieber. Geh nicht fort von mir. Mein Bruder ... Nein, nicht. Er meinte es nicht so. Er scherzte nur ... Doch du! Oh, kannst du mir vergeben, für heute abend? Ich will hart arbeiten und versuchen, mich zu bessern. Sei nicht grausam zu mir, denn ich liebe dich mehr als irgend etwas auf der Welt. Es ist ja doch nur dieses einzige Mal, daß ich dir nicht gefallen habe. Aber du hast ganz recht, Dorian. Ich hätte mich mehr als Künstlerin zeigen sollen. Es war Wahnsinn; und doch konnte ich nicht anders. Oh, verlaß mich nicht, verlaß mich nicht!« Ein krampfhaftes, leidenschaftliches Weinen erschütterte sie. Sie kauerte am Boden wie ein verwundetes Tier, und Dorian Gray sah mit seinen schönen Augen auf sie herab, und seine feingeschnittenen Lippen zogen sich zusammen in herber Verachtung. Es ist immer etwas Lächerliches um die Gefühle der Menschen, die man aufgehört hat zu lieben. Sibyl Vane kam ihm widersinnig melodramatisch vor. Ihre Tränen und ihr Schluchzen belästigten ihn.

»Ich gehe«, sagte er schließlich mit seiner ruhigen, klaren Stimme. »Ich möchte dir nicht weh tun, aber ich kann dich nicht wiedersehen. Du hast mich enttäuscht.«

Sie weinte still und antwortete nicht, kroch jedoch näher an ihn heran. Ihre kleinen Hände tasteten ins Ungewisse, und es schien, als suchten sie nach ihm. Er wandte sich ab und verließ das Zimmer. Wenige Augenblicke später hatte er das Theater verlassen.

Wohin er ging, wußte er kaum. Er erinnerte sich, durch trübbeleuchtete Straßen gewandert zu sein, unter engen geschwärzten Torbogen hindurch, an übelaussehenden Häusern vorbei. Weiber mit heiseren Stimmen und rohem Gelächter hatten hinter ihm hergerufen. Trunkenbolde waren vorbeigetaumelt und hatten wie Riesenaffen mit sich selbst geschwatzt. Er hatte groteske Kinder auf Türstufen hocken sehen und Geschrei und Flüche aus düsteren Höfen gehört.

Bei Morgengrauen fand er sich in der Nähe von Covent Garden. Die Dunkelheit schwand, und, von matten Feuern gerötet, höhlte sich der Himmel zu einer vollkommenen Perle aus. Große Wagen, gefüllt mit nickenden Lilien, rumpelten langsam die blanke, leere Straße hinauf. Die Luft war schwer vom Duft der Blumen, und ihre Schönheit schien ihm Linderung für seinen Schmerz zu bringen. Er folgte ihnen bis zum Markt und sah zu, wie die Wagen entladen wurden. Ein Karrenführer im weißen Kittel bot ihm Kirschen an. Er dankte ihm, wunderte sich, daß jener kein Geld nehmen wollte, und begann zerstreut, sie zu essen. Sie waren um Mitternacht gepflückt worden, und die Kühle des Mondes war in sie hineingedrungen. Eine lange Reihe junger Burschen, die Körbe mit gestreiften Tulpen und gelben und roten Rosen trugen, zogen an ihm vorüber und suchten ihren Weg durch die ungeheuren jadegrünen Gemüsestapel. Unter der Halle mit den grauen, sonnengebleichten Säulen lungerte ein Trupp schmutziger, barhäuptiger Mädchen, die warteten, bis der Verkauf zu Ende war. Andere drängten sich um die auf- und zugehenden Türen des Kaffeehauses auf dem Platze. Die schweren Wagenpferde rutschten und stampften auf den rauhen Steinen und schüttelten ihre Glocken und Geschirre. Ein paar Fuhrmänner lagen schlafend auf einem Haufen von Säcken. Mit irisfarbenen Hälsen und nelkenroten Füßen liefen Tauben umher und pickten Körner auf.

Nach einer Weile rief er eine Droschke an und fuhr nach Haus. Einige Augenblicke blieb er auf der Schwelle stehen und blickte über den stillen Platz mit seinen weißen, dichtgeschlossenen Fenstern und grellen Läden. Jetzt war der Himmel ein reiner Opal, und die Dächer der Häuser glitzerten dagegen wie Silber. Gegenüber stieg aus einem Schornstein in dünnen Strähnen Rauch in die Höhe. Wie ein violettes Band kräuselte er sich durch die perlmutterfarbene Luft.

In der großen goldenen venezianischen Lampe, der Beute von der Barke irgendeines Dogen, die von der mächtigen Decke der eichengetäfelten Eingangshalle herabhing, brannten noch Lichter, drei flackernde Flammen: wie dünne, blaue, flammige Blütenblätter sahen sie aus, umrahmt von einem weißen, feurigen Rande. Er drehte sie aus, warf Hut und Mantel auf den Tisch und ging durch die Bibliothek auf die Tür seines Schlafzimmers zu, eines großen achteckigen Raumes zu ebener Erde, den er sich vor kurzem in seinem neuerwachten Gefühl für Luxus hatte ausstatten und mit merkwürdigen Renaissancegobelins behängen lassen, die man in einer unbenutzten Dachkammer in Selby Royal aufgestapelt gefunden hatte. Als er die Türklinke ergriff, fiel sein Blick auf das Bildnis, das Basil Hallward von ihm gemalt hatte. Erstaunt schrak er zurück. Dann ging er bestürzt in sein Zimmer. Als er die Blume aus seinem Knopfloch genommen hatte, schien er zu zögern. Schließlich ging er zurück, trat vor das Bild und prüfte es. In dem trüben, gedämpften Licht, das durch die cremefarbenen Seidenvorhänge hereindrang, schien ihm, als sei das Gesicht ein wenig verändert. Der Ausdruck war anders. Etwas wie ein grausamer Zug lag um den Mund, konnte man sagen. Es war sehr seltsam.

Er wandte sich um, trat ans Fenster und zog den Vorhang auf. Der helle Morgen durchflutete den Raum und jagte die phantastischen Schatten in dunkle Winkel, wo sie schaudernd verweilten. Aber der seltsame Ausdruck, den er auf dem Gesicht des Bildes bemerkt hatte, schien zu bleiben, ja, noch stärker geworden zu sein. Das heiße, zitternde Sonnenlicht zeigte ihm die grausamen Linien um den Mund so klar, als sähe er nach einer abscheulichen Tat in den Spiegel.

Er fuhr zusammen und nahm einen ovalen Spiegel vom Tisch, den elfenbeinerne Liebesgötter hielten, eines der vielen Geschenke Lord Henrys, und blickte hastig in seine blanke Tiefe. Aber seine roten Lippen waren nicht verzerrt von solchen Linien. Was bedeutete das?

Er rieb sich die Augen, trat dicht vor das Bild und untersuchte es von neuem. Keinerlei Zeichen einer Veränderung waren vorhanden, wenn er das Gemalte überprüfte, und doch war kein Zweifel, daß der ganze Ausdruck sich verzerrt hatte. Das war keine Einbildung. Die Sache war furchtbar klar.

Er warf sich in einen Stuhl und begann nachzudenken. Plötzlich zuckte ein Erinnern in ihm auf, was er in Basil Hallwards Atelier gesagt hatte, an jenem Tage, da das Bild beendigt worden war. Ja, er erinnerte sich ganz deutlich. Er hatte einen wahnsinnigen Wunsch ausgesprochen: er selbst solle jung bleiben und das Bildnis solle altern; seine eigene Schönheit solle unverwelklich bleiben, und das Antlitz auf der Leinwand solle die Last seiner Leidenschaften und Sünden tragen; das gemalte Abbild solle von den Linien des Leidens und Denkens durchfurcht werden und er dafür die zarte Blüte und Lieblichkeit seines ihm gerade bewußt gewordenen Knabenalters behalten. War sein Wunsch in Erfüllung gegangen? Dergleichen war doch unmöglich. Nur daran zu denken schien ungeheuerlich. Und doch, da stand das Bild vor ihm, mit dem Zug der Grausamkeit um den Mund.

Grausamkeit! War er grausam gewesen? Es war des Mädchens Schuld, nicht die seine. Er hatte von ihr als einer großen Künstlerin geträumt, hatte ihr seine Liebe gegeben, weil er sie für groß gehalten hatte. Dann hatte sie ihn enttäuscht. Sie hatte sich als flach und wertlos erwiesen. Und doch, ein Gefühl unendlicher Reue überkam ihn, als er daran dachte, wie sie zu seinen Füßen gelegen hatte, schluchzend wie ein kleines Kind. Er dachte daran, mit welcher Gefühllosigkeit er sie betrachtet hatte. Warum war er so geschaffen? Warum war ihm eine solche Seele gegeben? Aber auch er hatte gelitten. Während der drei schrecklichen Stunden, die das Stück dauerte, hatte er Jahrhunderte von Schmerzen, Äonen von Qual durchlebt. Sein Leben war wohl das ihre wert. Sie hatte ihn für einen Augenblick vernichtet, wenn er sie für ein Leben lang verwundet hatte. Außerdem waren Frauen besser fähig, Leiden zu ertragen als Männer. Sie lebten von ihren Gefühlen. Sie dachten nur an ihre Gefühle. Wenn sie sich einen Geliebten nahmen, so geschah das nur, um jemanden zu haben, mit dem sie Szenen aufführen konnten. Lord Henry hatte ihm das gesagt, und Lord Henry kannte die Frauen. Warum sollte er sich um Sibyl Vane beunruhigen? Sie war ihm jetzt nichts mehr.

Doch das Bild? Was sollte er dazu sagen? Es barg das Geheimnis seines Lebens und erzählte seine Geschichte. Es hatte ihn gelehrt, die eigene Schönheit zu lieben. Wollte es ihn lehren, die eigene Seele zu verabscheuen? Würde er es je wieder ansehen?

Nein; es war nur eine Täuschung der verwirrten Sinne. Die furchtbare Nacht, die er durchlebt hatte, hatte ihre Gespenster zurückgelassen. Jener dünne, scharlachfarbene Fleck, der die Menschen wahnsinnig macht, war plötzlich auf sein Gehirn gefallen. Das Bild war nicht anders geworden. Es war Irrsinn, das zu denken.

Und dennoch blickte es ihn an, mit der Zerstörung in dem schönen Gesicht und dem grausamen Lächeln. Das helle Haar leuchtete im Licht der Morgensonne. Die blauen Augen blickten in die seinen. Ein Gefühl unendlichen Mitleids, nicht mit sich, sondern mit seinem gemalten Abbild überkam ihn. Es hatte sich schon verändert und würde sich noch mehr verändern. Sein Gold würde verwelken zum Grau. Seine roten und weißen Rosen würden sterben. Für jede Sünde, die er beging, würde ein Makel entstehen und die Schönheit trüben. Doch er wollte nicht sündigen. Das Bildnis, verwandelt oder nicht, sollte ihm das sichtbare Zeichen des Gewissens sein. Er wollte der Versuchung widerstehen. Er wollte Lord Henry nicht wiedersehen – oder doch jedenfalls nicht mehr auf jene subtilen, vergiftenden Theorien hören, die in Basil Hallwards Garten zum ersten Male in ihm das leidenschaftliche Verlangen nach dem Unmöglichen entzündet hatten. Er wollte zurückkehren zu Sibyl Vane, alles wiedergutmachen, sie heiraten und versuchen, sie wieder zu lieben. Ja, das zu tun war seine Pflicht. Sie mußte mehr als er gelitten haben. Armes Kind! Er war selbstsüchtig und grausam gegen sie gewesen. Die Bezauberung, die sie auf ihn ausgeübt hatte, würde wiederkehren. Sie würden zusammen glücklich sein. Ihrer beider Leben würde schön und rein werden.

Er erhob sich von seinem Stuhl und stellte einen großen Schirm gerade vor das Bild und schauderte, als er es ansah. »Wie schrecklich!« murmelte er vor sich hin, und er schritt hinüber zur Glastür und öffnete sie. Er ging hinaus auf den Rasen und atmete tief. Die frische Morgenluft schien alle düsteren Empfindungen zu verscheuchen. Er dachte nur an Sibyl. Ein leises Echo seiner Liebe kam zurück. Er wiederholte immerfort ihren Namen. Es war, als ob die Vögel, die in dem taufeuchten Garten sangen, den Blumen von ihr erzählten.

ACHTES KAPITEL

Lange nach Mittag erst erwachte er. Sein Diener war mehrmals auf den Fußspitzen in das Zimmer geschlichen, um zu sehen, ob er sich rühre, und hatte sich gewundert, weshalb sein junger Herr so lange schlafe. Endlich schellte er, und Victor kam behutsam mit einer Tasse Tee und einem Stoß Briefe auf einem Tablett aus echtem Sèvresporzellan und zog die olivfarbenen Atlasvorhänge mit der schimmernden blauen Fütterung zurück, die vor den drei großen Fenstern hingen.

»Der gnädige Herr haben heute morgen gut geschlafen«, sagte er lächelnd.

»Wie spät ist es, Victor?« fragte Dorian Gray schlaftrunken.

»Ein Viertel nach eins, gnädiger Herr.«

Wie spät es war! Er richtete sich auf, trank etwas Tee und überflog die Briefe. Einer war von Lord Henry, ein Bote hatte ihn morgens gebracht. Er zögerte kurze Zeit, dann legte er ihn beiseite. Die andern öffnete er gleichgültig. Sie enthielten das übliche: Karten, Einladungen, Billetts zu geschlossenen Veranstaltungen, Programme von Wohltätigkeitskonzerten und dergleichen, womit jeder junge Mann der Gesellschaft während der Saison allmorgendlich überschüttet wird. Eine ziemlich gewichtige Rechnung für ein Louis-XV-Toilettenservice war darunter, die er noch nicht den Mut gehabt hatte seinem Vormund zu schicken; denn dieser war ein äußerst altmodischer Herr und begriff nicht, daß wir in einem Zeitalter leben, in dem die unnötigen Dinge die einzig nötigen sind; ferner eine Reihe sehr höflich abgefaßter Mitteilungen von Wucherern aus der Jermyn Street, die sich erboten, jede beliebige Summe in jedem Augenblick und zu den mäßigsten Zinsen vorzustrecken.

Nach etwa zehn Minuten stand er auf, zog einen kostbaren Morgenanzug aus seidengestickter Kaschmirwolle an und ging in das onyxgekachelte Badezimmer. Das kühle Wasser erfrischte ihn nach dem langen Schlafe. Ihm schien, als habe er alles vergessen, was er durchgemacht hatte. Ein- oder zweimal durchdrang ihn das dumpfe Gefühl, als habe er an einer seltsamen Tragödie teilgenommen; aber das geschah mit der Unwirklichkeit eines Traumes.

Als er angekleidet war, ging er in die Bibliothek und setzte sich zu einem leichten französischen Frühstück nieder, das auf einem kleinen runden Tisch in der Nähe des Fensters serviert worden war. Es war ein erlesen herrlicher Tag. Die laue Luft erschien erfüllt von Wohlgerüchen. Eine Biene flog herein und summte um die drachenblaue Schale voll schwefelgelber Rosen, die vor ihm stand. Er fühlte sich vollkommen glücklich. Plötzlich fiel sein Blick auf den Wandschirm, den er vor das Bild gestellt hatte, und er zuckte zusammen.

»Ist es dem gnädigen Herrn zu kalt?« fragte der Diener, während er ein Omelette auf den Tisch stellte.

Dorian schüttelte den Kopf. »Mir ist nicht kalt«, murmelte er.

War alles wahr? Hatte sich das Bild wirklich verändert? Oder war es nur eine Phantasie gewesen, die ihm ein böses Aussehen vorgegaukelt hatte, wo in Wahrheit ein freudiges war? Eine bemalte Leinwand konnte sich doch nicht verändern? Es war absurd. Es konnte als Geschichte eines Tages Basil erzählt werden. Er würde darüber lächeln. Und doch, wie lebendig stand das Ganze noch vor seiner Erinnerung! Erst im trüben Zwielicht und dann in der hellen Morgensonne hatte er den grausamen Zug um die verzerrten Lippen gesehen. Er fürchtete sich nahezu davor, daß sein Diener hinausging. Er wußte, sobald er allein war, würde er das Bild betrachten müssen. Ihm graute vor der Gewißheit. Als der Kaffee und die Zigaretten gebracht waren und der Diener sich zum Gehen wandte, empfand er den heftigen Wunsch, ihm zu sagen, daß er bleiben solle. Er rief ihn zurück, als die Tür sich hinter ihm geschlossen hatte. Der Diener stand da, der Befehle wartend. Dorian sah ihn einen Augenblick an. »Ich bin für niemanden zu sprechen, Victor«, sagte er mit einem Seufzer. Der Diener verbeugte sich und ging hinaus.

Dann stand er vom Tische auf, zündete sich eine Zigarette an und warf sich auf ein üppig mit Kissen beladenes Sofa, das dem Wandschirm gegenüberstand. Es war ein alter Wandschirm aus vergoldetem spanischem Leder, in das ein etwas blumiges Louis-XIV-Muster gepreßt und geschnitten war. Er betrachtete ihn neugierig und fragte sich, ob er wohl schon vorher das Geheimnis eines Menschenlebens verborgen habe.

Sollte er ihn überhaupt wegschieben? Warum sollte er ihn nicht einfach dort stehenlassen? Zu was war die Gewißheit nütze? Beruhte die Sache auf Wahrheit, so war es schrecklich. Und wenn es nicht wahr war, warum sich dann darüber beunruhigen? Aber wie, wenn durch das Schicksal oder einen Zufall, fürchterlicher als der Tod, andere Augen als die seinen es erspähten und die schreckliche Verwandlung sähen? Was sollte er tun, wenn Basil Hallward kam und sein Bildnis zu sehen verlangte? Sicherlich würde Basil das tun.

Nein, die Sache mußte untersucht werden, und zwar sofort. Alles andere war besser als dieser furchtbare Zustand des Zweifels.

Er stand auf und verschloß beide Türen. Wenigstens allein wollte er sein, wenn er die Maske seiner Schande betrachtete. Dann schob er den Schirm weg und sah sich selbst von Angesicht zu Angesicht. Es war nur zu wahr. Das Bild hatte sich verändert.

Später erinnerte er sich oft und jedesmal mit nicht geringer Verwunderung, wie er das Bild zuerst mit einem Gefühl von fast wissenschaftlichem Interesse betrachtet hatte. Es war ihm unglaublich, daß solch eine Veränderung stattgefunden haben sollte. Und dennoch war es Tatsache. Gab es irgendeine geheime Verwandtschaft zwischen den chemischen Atomen, die auf der Leinwand Form und Farbe bildeten, und seiner Seele? Konnte es sein, daß sie sichtbar machten, was jene Seele dachte? Daß sie zur Wahrheit machten, was jene träumte? Oder gab es eine andere, noch schrecklichere Ursache? Er schauderte und fürchtete sich, ging zu dem Lager zurück, legte sich nieder und sah das Bild mit krankhaftem Entsetzen an.

Das jedoch fühlte er: eine Wirkung hatte es für ihn gehabt. Es hatte ihm zum Bewußtsein gebracht, wie ungerecht, wie grausam er gegen Sibyl Vane gewesen war. Noch war es nicht zu spät, um alles wiedergutzumachen. Noch konnte er sie heiraten. Seine unwahre und selbstsüchtige Liebe würde einer höheren Kraft weichen, würde in eine edlere Leidenschaft verwandelt werden, und Basil Hallwards Bildnis sollte ihm ein Führer durchs Leben, sollte ihm das sein, was Heiligkeit für die einen, Gewissen für die andern, Furcht vor Gott für uns alle ist. Es gab Opiate für Gewissensbisse, Gifte, die das moralische Gefühl einschläfern konnten. Aber hier war ein sichtbares Symbol der Erniedrigung durch die Sünde. Hier war ein immer gegenwärtiges Zeichen des Verderbens, das Menschen über ihre Seele bringen.

Es schlug drei Uhr, dann vier Uhr, und die halben Stunden schlugen doppelt an, aber Dorian Gray rührte sich nicht. Er versuchte, die scharlachnen Fäden des Lebens zu fassen und zu einem Muster zu verweben, seinen Weg durch das blutige Labyrinth der Leidenschaft zu finden, das er durchwanderte. Er wußte weder, was er tun noch was er denken sollte. Endlich ging er an den Tisch und schrieb einen leidenschaftlichen Brief an das Mädchen, das er geliebt hatte, flehte sie an, ihm zu verzeihen, und klagte sich des Wahnsinns an. Seite um Seite bedeckte er mit heftigen Worten der Klage und noch heftigeren des Schmerzes. Es gibt eine Ausschweifung der Selbstanklage. Wenn wir uns selbst tadeln, so fühlen wir, daß niemand außer uns das Recht hat, uns zu tadeln. Die Beichte gibt Absolution, nicht der Priester. Als Dorian den Brief beendet hatte, fühlte er, daß ihm vergeben worden sei.

Plötzlich klopfte es an die Tür, und er hörte draußen Lord Henrys Stimme. »Mein lieber Junge, ich muß Sie sehen. Lassen Sie mich gleich herein. Ich kann nicht zugeben, daß Sie sich so einschließen.«

Er gab zuerst keine Antwort und verhielt sich ganz still. Jedoch das Pochen dauerte fort und wurde stärker. Ja, es war besser, Lord Henry zu empfangen und ihm zu erklären, daß er ein neues Leben beginne, daß er mit ihm streiten werde, wenn es notwendig sei, sich von ihm trennen, wenn Trennung unvermeidlich war. Er sprang auf, zog hastig den Schirm vor das Bild und schloß die Tür auf.

»Es tut mir alles so leid, Dorian«, sagte Lord Henry im Eintreten. »Aber Sie dürfen nicht soviel daran denken.«

»Meinen Sie Sibyl Vane?« fragte Dorian.

»Ja, natürlich«, erwiderte Lord Henry, ließ sich in einen Stuhl fallen und zog langsam seine gelben Handschuhe aus. »Es schrecklich, von einer Seite betrachtet, aber es ist ja nicht Ihre Schuld. Sagen Sie, gingen Sie hinter die Szene, sahen Sie sie, als das Stück aus war?«

»Ja.«

»Das dachte ich mir. Haben Sie ihr Vorwürfe gemacht?«

»Ich war brutal, Harry – absolut brutal. Aber jetzt ist alles in Ordnung. Es ist mir um nichts leid, was geschehen ist. Es hat mich gelehrt, mich selbst besser zu kennen.«

»Ach Dorian, ich bin so froh, daß Sie es auf diese Weise nehmen! Ich hatte Angst, ich würde Sie ganz in Gewissensbisse vergraben finden, wie Sie Ihre hübschen Locken raufen.«

»Das alles habe ich durchgemacht«, sagte Dorian und schüttelte lächelnd den Kopf. »Jetzt bin ich ganz glücklich. Vor allem weiß ich, was Gewissen ist. Es ist nicht das, was Sie mir gesagt haben. Es ist das Göttlichste in uns. Spotten Sie nie mehr darüber, Harry, wenigstens nicht, wenn ich dabei bin. Ich will jetzt gut sein. Ich kann den Gedanken nicht ertragen, daß meine Seele häßlich ist.«

»Eine prachtvolle artistische Grundlage für die Moral, Dorian! Ich beglückwünsche Sie dazu! Aber wie werden Sie damit beginnen?«

»Indem ich Sibyl Vane heirate.«

»Sibyl Vane heiraten?« rief Lord Henry, indem er aufstand und ihn in höchster Betroffenheit ansah. »Aber mein lieber Dorian –«

»Ja, Harry, ich weiß, was Sie sagen wollen. Irgend etwas Häßliches über die Ehe. Sagen Sie es nicht. Sagen Sie mir nie wieder solche Dinge. Vor zwei Tagen bat ich Sibyl Vane, meine Frau zu werden. Ich werde mein Wort nicht brechen. Sie soll meine Frau werden.«

»Ihre Frau! Dorian! Haben Sie denn meinen Brief nicht bekommen? Ich schrieb Ihnen doch heute morgen; ich schickte das Billett durch meinen eigenen Diener her.«

»Ihren Brief? Ach ja, ich erinnere mich. Ich habe ihn noch nicht gelesen, Harry. Ich fürchtete, es könnte etwas darin stehen, das mir nicht gefiele. Sie zerstückeln das Leben mit Ihren Aphorismen.«

»Dann also wissen Sie nichts?«

»Was meinen Sie?«

Lord Henry ging im Zimmer auf und ab, setzte sich dann zu Dorian Gray, nahm dessen Hände und hielt sie fest. »Dorian«, sagte er, »mein Brief – erschrecken Sie nicht! – sollte Ihnen sagen, daß Sibyl Vane tot ist.«

Ein Schrei des Schmerzes brach von Dorians Lippen, er sprang auf und entriß seine Hände dem Griff Lord Henrys. »Tot! Sibyl tot! Es ist nicht wahr! Es ist eine furchtbare Lüge! Wie können Sie so etwas sagen?«

»Es ist wahr, Dorian«, sagte Lord Henry ernst. »Es steht in allen Morgenblättern. Ich schrieb Ihnen und bat Sie, niemanden zu empfangen, bis ich käme. Es wird natürlich eine Untersuchung geben, und dahinein dürfen Sie nicht verwickelt werden. Dinge dieser Art machen einen in Paris berühmt. Aber hier in London haben die Menschen zuviel Vorurteile. Hier darf man nicht mit einem Skandal debütieren. Das muß man sich aufsparen, damit man noch auf seine alten Tage interessant ist. Ich nehme an, daß man Ihren Namen in jenem Theater nicht kennt. Wenn das der Fall ist, ist alles gut. Hat irgend jemand Sie in ihre Garderobe gehen sehen? Das ist ein wichtiger Punkt.«

Dorian verharrte kurze Zeit in Schweigen. Er war vor Schrekken gelähmt. Endlich stammelte er mit erstickter Stimme: »Harry, eine Untersuchung, haben Sie gesagt? Was meinten Sie damit? Hat Sibyl sich –? Oh, Harry, ich kann es nicht ertragen! Aber machen Sie es kurz. Sagen Sir mir gleich alles.«

»Zweifellos war es kein Unfall, Dorian, wenn es auch der Öffentlichkeit so mitgeteilt werden mußte. Anscheinend hat sie das Theater gegen halb eins mit ihrer Mutter verlassen und dann gesagt, sie habe oben etwas vergessen. Man wartete einige Zeit auf sie, aber sie kam nicht wieder herunter. Schließlich fand man sie tot auf dem Fußboden ihrer Garderobe. Sie hatte versehentlich irgend etwas verschluckt, irgend etwas Gräßliches, was beim Theater gebraucht wird. Was es war, weiß ich nicht; aber es war entweder Blausäure oder Bleiweiß darin. Ich glaube fast, es war Blausäure, denn sie scheint augenblicklich tot gewesen zu sein.«

»Harry, Harry, es ist fürchterlich!« schrie Dorian.

»Ja; es ist natürlich sehr tragisch, aber Sie müssen achtgeben, daß Sie nicht hineinverwickelt werden. Dem ›Standard‹ entnahm ich, daß sie siebzehn Jahre alt war. Ich hatte sie fast für noch jünger gehalten. Sie sah so kindlich aus und schien so wenig vom Theaterspielen zu verstehen. Dorian, Sie dürfen darüber nicht nervös werden. Sie müssen mit mir zu Abend essen, und dann wollen wir in die Oper gehen. Die Patti tritt heute abend auf, und alle Welt wird dort sein. Sie können mit in die Loge meiner Schwester kommen. Sie bringt ein paar hübsche Frauen mit.«

»Ich habe also Sibyl Vane gemordet«, sagte Dorian Gray halb zu sich selbst, »sie so sicher gemordet, als hätte ich ihren kleinen Hals mit einem Messer durchschnitten. Und dennoch blühen die Rosen deshalb nicht weniger schön als zuvor. Die Vögel singen noch genauso glücklich in meinem Garten. Und heute abend soll ich mit Ihnen essen und dann in die Oper gehen und hernach vermutlich noch irgendwo soupieren. Wie merkwürdig dramatisch ist das Leben! Wenn ich all das in einem Buche gelesen hätte – Harry, ich glaube, ich würde darüber geweint haben. Nun jedoch, wo es wirklich geschehen und mir geschehen ist, scheint es mir viel zu wunderbar, als daß ich Tränen darüber finden könnte. Hier ist der erste leidenschaftliche Liebesbrief, den ich in meinem Leben geschrieben habe. Seltsam, daß mein erster leidenschaftlicher Liebesbrief an ein totes Mädchen gerichtet ist. Ich möchte wissen, ob sie noch fühlen können, jene weißen, schweigenden Menschen, die wir Tote nennen. Sibyl! Kann sie fühlen oder wissen oder hören? Ach, Harry, wie sehr habe ich sie einst geliebt! Jetzt scheint es mir Jahre zurückzuliegen. Sie war mir alles. Dann kam jene furchtbare Nacht – war es wirklich erst gestern nacht? – als sie so schlecht spielte und mir beinahe das Herz brach. Sie erklärte mir alles. Es war schrecklich pathetisch. Aber es ließ mich ganz kalt. Ich hielt sie für flach. Und dann geschah plötzlich etwas, das mich entsetzte. Was es war, kann ich Ihnen nicht sagen, aber es war furchtbar. Ich nahm mir vor, wieder zu ihr zurückzukehren. Ich fühlte, daß ich Unrecht getan hatte. Und jetzt ist sie tot. Mein Gott! Mein Gott! Harry, was soll ich tun? Sie kennen die Gefahr nicht, in der ich schwebe, und es gibt nichts, das mich stützen könnte. Sie hätte das getan. Sie durfte sich nicht töten. Es war selbstsüchtig von ihr.«

»Mein lieber Dorian«, antwortete Lord Henry, indem er seinem Etui eine Zigarette entnahm und ein bronzenes Feuerzeug hervorzog, »nur auf eine einzige Art vermag eine Frau einen Mann zu bessern: sie quält ihn so durch und durch, daß er jedes Interesse am Leben verliert. Wenn Sie das Mädchen geheiratet hätten, würden Sie unglücklich geworden sein. Natürlich wären Sie nett zu ihr gewesen. Gegen Menschen, die einen nichts angehen, kann man immer nett sein. Aber sie hätte schon bald herausbekommen, daß Sie ihr völlig gleichgültig gegenüberstanden. Und wenn eine Frau das merkt, wird sie entweder furchtbar schlampig, oder sie trägt sehr elegante Hüte, die der Gatte einer anderen Frau bezahlen muß. Über den gesellschaftlichen Mißgriff sage ich nichts, er wäre schauderhaft gewesen; natürlich hätte ich ihn nie zugegeben, aber seien Sie sicher: die ganze Geschichte wäre in jedem Fall absolut mißlungen.«

»Das glaube ich fast auch«, murmelte Dorian, während er furchtbar blaß im Zimmer auf und ab ging. »Aber ich glaubte, es sei meine Pflicht. Meine Schuld ist es nicht, daß diese schreckliche Tragödie mich gehindert hat, das Richtige zu tun. Sie sagten einmal, wie ich mich erinnere, daß um gute Vorsätze ein Verhängnis schwebe – sie würden immer zu spät gefaßt. Bei den meinen ist es gewiß so.«

»Gute Vorsätze sind nutzlose Versuche, in wissenschaftliche Gesetze einzugreifen. Ihr Ursprung ist die reine Eitelkeit. Ihr Resultat ist absolut null. Zuweilen verschaffen sie uns den Luxus unfruchtbarer Aufwallungen, die für die Schwachen einen gewissen Reiz besitzen. Das ist alles, was man zu ihren Gunsten sagen kann. Sie sind nichts als Schecks auf eine Bank, bei der man kein Konto hat.«

»Harry«, rief Dorian Gray, ging zu ihm hinüber und setzte sich neben ihn, »wie kommt es, daß ich diese Tragödie nicht so empfinden kann, wie ich möchte? Ich bin doch nicht herzlos. Oder meinen Sie es?«

»Sie haben während der letzten vierzehn Tage zuviel Torheiten begangen, um ein Recht auf diesen Ehrentitel zu haben, Dorian«, antwortete Lord Henry mit seinem müden melancholischen Lächeln.

Dorian runzelte die Stirn. »Diese Erklärung mag ich nicht, Harry«, erwiderte er, »aber ich bin froh, daß Sie mich nicht für herzlos halten. Ich bin es auch nicht. Das weiß ich. Und dennoch muß ich eingestehen, daß das Geschehene mich nicht so ergreift, wie es sollte. Es scheint nur ein wundervoller Schluß eines wundervollen Stückes zu sein. Es hat all die schreckliche Schönheit einer griechischen Tragödie, in der ich eine große Rolle gespielt habe, in der ich jedoch selbst verwundet worden bin.«

»Es ist das eine interessante Frage«, sagte Lord Henry, dem es ein erlesener Genuß war, mit dem uneingestandenen Egoismus des jungen Menschen zu spielen, »eine außerordentlich interessante Frage. Ich denke, die wahre Erklärung ist diese: es kommt häufig vor, daß die Tragödien des Lebens in einer so unkünstlerischen Form verlaufen, daß sie uns durch ihre rohe Gewalt, durch ihre absolute Zusammenhanglosigkeit, durch ihre absurde Sinnlosigkeit und ihren völligen Mangel an Stil verletzen. Sie berühren uns, wie uns das Gemeine berührt. Sie machen den Eindruck nackter brutaler Gewalt, und wir empören uns dagegen. Aber zuweilen wird unser Leben von einer Tragödie gekreuzt, die Elemente künstlerischer Schönheit enthält. Sind diese Schönheitselemente echt, so wendet das Ganze sich ausschließlich an unsern Sinn für dramatische Wirkung. Wir entdecken plötzlich, daß wir nicht mehr die Darsteller, sondern die Zuschauer des Stückes sind. Oder besser: wir sind beides. Wir beobachten uns selbst, und das reine Wunder des Schauspiels bestrickt uns. Was ist denn im vorliegenden Fall wirklich geschehen? Es hat sich jemand aus Liebe zu Ihnen getötet. Ich wollte, mir wäre je eine Erfahrung dieser Art geworden. Für den ganzen Rest meines Lebens würde ich in die Liebe verliebt gewesen sein. Diejenigen, die mich angebetet haben – sehr viele waren es ja nicht, aber immerhin einige –, haben immer ganz lustig weitergelebt, lange nachdem ich aufgehört hatte, mich um sie zu kümmern, lange nachdem auch ich ihnen gleichgültig geworden war. Sie sind dick und langweilig geworden, und wenn ich mit ihnen zusammenkomme, schwelgen sie sofort in Erinnerungen. Welch schreckliches Gedächtnis doch die Frauen haben. Es ist fürchterlich! Und welch unerhörten geistigen Stillstand verrät es! Man sollte die Farbe des Lebens in sich aufnehmen, aber sich niemals an Details erinnern. Details sind immer gewöhnlich.«

»Ich muß Mohn in meinen Garten säen«, seufzte Dorian.

»Das ist nicht nötig«, entgegnete sein Freund. »Das Leben trägt stets Mohnblumen in den Händen. Natürlich, hier und da zögert es mit etwas. Ich trug einmal eine ganze Saison hindurch nichts als Veilchen, als eine Art künstlerischer Trauer für einen Roman, der nicht sterben wollte. Aber schließlich starb er doch. Was ihn gewesen sein, mit denen man zusammenkommt. In ihrem Tod liegt für mich etwas überaus Schönes. Ich freue mich, in einem Jahrhundert zu leben, in dem solche Wunder geschehen. Sie lassen einen an die Wirklichkeit von Dingen glauben, mit denen wir sonst spielen, wie Romantik, Leidenschaft und Liebe.«

»Ich war furchtbar grausam gegen sie. Das vergessen Sie.«

»Ich fürchte, die Frauen schätzen Grausamkeit, ganz brutale Grausamkeit mehr als irgend etwas anderes. Sie haben wundervoll einfache Instinkte. Wir haben sie emanzipiert, aber sie bleiben dennoch Sklavinnen, die am Blick ihres Herrn hängen. Sie lieben es, beherrscht zu werden. Ich bin überzeugt, daß Sie großartig waren. Ich habe Sie nie wirklich ganz und gar zornig gesehen, aber ich kann mir vorstellen, wie schön Sie dann aussehen. Und schließlich sagten Sie mir vorgestern etwas, das mir damals ganz phantastisch erschien; doch jetzt sehe ich, daß es ganz wahr war und daß es der Schlüssel zu allem ist.«

»Was war das, Harry?«

»Sie sagten, Sibyl Vane schließe für Sie alle Heldinnen der Poesie in sich ein – am einen Abend sei sie Desdemona und am andern Ophelia; wenn sie als Julia sterbe, erwache sie als Imogen wieder zum Leben.«

»Jetzt wird sie nie wieder zum Leben erwachen«, murmelte Dorian und barg das Gesicht in den Händen.

»Nein, sie wird nie wieder zum Leben erwachen. Sie hat ihre letzte Rolle gespielt. Aber Sie müssen an diesen einsamen Tod in der schäbigen Garderobe denken wie an ein seltsam schauriges Fragment aus der Zeit König Jakobs, wie an eine wunderbare Szene von Webster oder Ford oder Cyril Tourneur. Das Mädchen hat nie wirklich gelebt, und ebenso ist es nie wirklich gestorben. Für Sie zumindest war sie stets ein Traum, ein Phantom, das durch Shakespeares Stücke flatterte und sie durch seine Gegenwart lieblicher machte, eine Flöte, die durch Shakespeares Musik reicher und freudiger ertönte. In dem Augenblick, da das wirkliche Leben sie berührte, zerstörte sie es und zerstörte es sie, und darum trat sie ab. Trauern Sie um Ophelia, wenn Sie wollen. Streuen Sie Asche auf Ihr Haupt, weil Cordelia erwürgt ward. Fluchen Sie dem Himmel, weil Brabantios Tochter starb. Doch verschwenden Sie Ihre Tränen nicht um Sibyl Vane. Sie war wirklich weniger als jene.«

Ein Schweigen entstand. Der Abend dunkelte im Zimmer. Still, auf silbernen Füßen, glitten die Schatten vom Garten herein. Müde verblaßten die Farben aller Dinge.

eigentlich umgebracht hat, weiß ich nicht mehr. Aber ich glaube, es
war ihr Vorschlag, eine ganze Welt zu opfern. Dergleichen ist
immer ein schrecklicher Augenblick. Es erfüllt einen mit Grauen
vor der Ewigkeit. Nun – ob Sie es glauben werden? – saß ich vor
einer Woche bei Lady Hampshire bei Tisch neben der betreffenden
Dame, und sie bestand darauf, alles noch einmal von vorn zu beginnen, die Vergangenheit aufzuwühlen und in der Zukunft her-
umzustöbern. Ich hatte meinen Roman in einem Asphodelengrab
bestattet. Sie zerrte ihn wieder heraus und behauptete, ich habe ihr
Leben zerstört. Ich muß nebenbei feststellen, daß sie einen kolossalen Appetit entwickelte, so daß mich keinerlei Reue packte. Doch
welchen Mangel an Takt ließ sie erkennen! Der einzige Reiz der
Vergangenheit liegt darin, daß sie eben vergangen ist. Aber die
Frauen wissen nie, wann der Vorhang gefallen ist. Sie verlangen
immer einen sechsten Akt, und gerade dann, wenn das Interesse am
Stück ganz und gar erloschen ist, schlagen sie vor, weiterzuspielen.
Wenn man ihnen den Willen ließe, so hätte jede Komödie ihren
tragischen Schluß, und jede Tragödie würde in einer Farce gipfeln.
Sie sind entzückend künstlich, aber ihnen fehlt jeder Sinn für die
Kunst. Sie sind glücklicher daran als ich. Seien Sie sicher, Dorian,
nicht eine der Frauen, die ich gekannt habe, hätte für mich getan,
was Sibyl Vane für Sie getan hat. Gewöhnliche Frauen trösten sich
stets. Manche tun es, indem sie sich in sentimentale Farben kleiden.
Trauen Sie nie einer Frau, die Mauve trägt, wie alt sie auch sein
mag, und nie einer Frau über fünfunddreißig, die auf rosa Bänder
versessen ist. Das bezeugt immer eine Vergangenheit. Andere wieder finden einen starken Trost darin, daß sie plötzlich die guten
Eigenschaften ihrer Gatten entdecken. Sie renommieren von ihrem
Eheglück, als sei es die brennendste der Sünden. Wieder andere trö-
stet die Religion. Ihre Mysterien haben alle den Reiz eines Flirts,
sagte mir einmal eine Frau; und das verstehe ich ganz gut. Außerdem macht nichts so eitel, als wenn man gesagt bekommt, man sei
ein Sünder. Das Gewissen macht uns alle zu Egoisten. Ja, es gibt
wirklich kein Ende der Tröstungen, die den Frauen im modernen
Leben winken. Und die wichtigste habe ich noch gar nicht genannt.«

»Welche ist das, Harry?« fragte Dorian zerstreut.

»Nun, die nächstliegende. Einer anderen den Verehrer nehmen,
wenn man den eigenen verloren hat. Das ist in der guten Gesellschaft
das beständige Vergnügungsmittel der Frauen. Aber wirklich,
Dorian, wie verschieden muß Sibyl Vane von allen anderen Frauen

Nach einer Weile blickte Dorian Gray auf. »Sie haben mich mir selbst klargemacht, Harry«, murmelte er mit einem Seufzer der Erleichterung. »Ich fühlte alles, was Sie mir gesagt haben, aber irgendwie fürchtete ich mich davor und konnte es mir nicht denken. Wie gut Sie mich doch kennen! Aber wir wollen nicht noch einmal von dem reden, was geschehen ist. Es war eine wunderbare Erfahrung. Das ist alles. Ich möchte wissen, ob das Leben noch etwas so Wunderbares für mich bereit hält.«

»Das Leben hält alles für Sie bereit, Dorian. Es gibt nichts, was Sie mit Ihrer außerordentlichen Schönheit nicht tun könnten.«

»Aber wenn ich hager und alt und runzlig würde, Harry? Was dann?«

»Ja, dann«, sagte Lord Henry und stand auf, um fortzugehen, »dann, mein lieber Dorian, würden Sie um Ihre Siege kämpfen müssen. Jetzt werden sie Ihnen entgegengebracht. Nein, Sie müssen sich Ihre Schönheit erhalten. Wir leben in einer Zeit, die zuviel liest, um weise zu sein, und die zuviel denkt, um schön zu sein. Wir können Sie nicht entbehren. Und jetzt täten Sie gut daran, sich anzuziehen und in den Klub zu fahren. Es ist sowieso schon etwas spät.«

»Ich glaube, wir treffen uns besser in der Oper, Harry. Ich fühle mich noch zu abgespannt zum Essen. Welche Nummer hat die Loge Ihrer Schwester?«

»Siebenundzwanzig, glaube ich. Im ersten Rang ist sie. Sie finden ihren Namen an der Tür. Aber es tut mir leid, daß Sie nicht mit mir essen wollen.«

»Ich fühle mich nicht wohl genug dazu«, sagte Dorian zerstreut. »Aber ich danke Ihnen wirklich sehr für alles, was Sie mir gesagt haben. Sie sind doch mein bester Freund. Niemand versteht mich so wie Sie.«

»Wir stehen erst am Anfang unserer Freundschaft, Dorian«, antwortete Lord Henry und schüttelte ihm die Hand. »Auf Wiedersehen! Hoffentlich vor halb zehn. Vergessen Sie nicht: die Patti singt.«

Als er die Tür hinter sich geschlossen hatte, klingelte Dorian Gray, und ein paar Minuten später kam Victor mit den Lampen und ließ die Vorhänge herunter. Er wartete ungeduldig, daß er wieder ginge. Der Mann schien sich zu allem unendlich viel Zeit zu nehmen.

Sobald der Diener hinaus war, stürzte er auf den Wandschirm und zog ihn zurück. Nein, das Bild hatte sich nicht weiter verändert. Es hatte die Nachricht von Sibyl Vanes Tod erhalten, bevor er selbst davon gewußt hatte.

Es wußte um die Vorgänge des Lebens, wie sie sich ereigneten. Der böse Zug der Grausamkeit, der die feinen Linien des Mundes verzerrte, war zweifellos in jenem Augenblick erschienen, da das Mädchen das Gift trank. Oder zeigte es sich gleichgültig gegen diese Wirkungen? Nahm es nur Kenntnis von dem, was in der Seele vorging? Er fragte sich danach und hoffte, eines Tages mit eigenen Augen die Verwandlung vor sich gehen zu sehen, und indem er es hoffte, schauderte er.

Die arme Sibyl! Welch ein Roman war das alles doch! Sie hatte oft den Tod auf der Bühne gespielt. Nun hatte der Tod selbst sie angerührt und sie mit sich gehen heißen. Wie mochte sie jene schreckliche letzte Szene gespielt haben? Hatte sie ihm geflucht, als sie starb? Nein; sie war aus Liebe zu ihm gestorben, und Liebe sollte von nun an ein Heiligtum für ihn sein. Sie hatte alles abgebüßt, als sie das Opfer ihres Lebens brachte. Er wollte nicht mehr daran denken, was er um ihretwillen in jener furchtbaren Nacht im Theater hatte durchmachen müssen. Wenn er ihrer gedachte, sollte sie als eine wundersam tragische Gestalt erscheinen, die auf die Bühne der Welt gesandt war, um die höchste Wirklichkeit der Liebe zu zeigen. Eine wundersam tragische Gestalt? Tränen kamen in seine Augen, als er sich ihrer Kinderblicke und ihrer lieblichen, phantasieerfüllten Art und ihrer scheuen, zitternden Anmut erinnerte. Er vertrieb sie hastig und blickte wieder auf das Bild.

Er fühlte, daß tatsächlich der Augenblick der Entscheidung gekommen war. Oder hatte er bereits gewählt? Ja, das Leben selbst hatte für ihn entschieden – das Leben und seine eigene unendliche Neugier auf das Leben.

Ewige Jugend, grenzenlose Leidenschaft, erlesene und geheimnisvolle Genüsse, wilde Freuden und wildere Sünden – das alles wartete seiner. Das Bild jedoch hatte die Last seiner Schande zu tragen: das war alles.

Ein Gefühl des Schmerzes überkam ihn, als er an die Entweihung dachte, die dem schönen Antlitz auf der Leinwand bestimmt war. Einmal hatte er in knabenhaftem Gespött auf Narkissos die gemalten Lippen geküßt; oder wenigstens hatte er so getan; jene Lippen, die ihn jetzt so grausam anlächelten. Morgen für Morgen hatte er vor dem Bild gesessen und die Schönheit angestaunt, fast in sie verliebt, wie es ihm manchmal schien.

Sollte es sich nun mit jeder Laune verändern, der er nachgab?

Sollte es ein scheußliches und ekelhaftes Ding werden, das in einem verschlossenen Raum versteckt werden mußte, ferngehalten dem Sonnenlicht, das so oft das wallende Wunder seines Haares noch goldener hatte aufleuchten lassen? Wie schade darum! Wie schade darum!

Einen Augenblick dachte er daran, zu beten, daß die schreckliche Beziehung, die zwischen ihm und dem Bilde bestand, aufhören möge. Die Verwandlung war die Antwort gewesen, als er darum gebetet hatte; vielleicht würde es unverändert bleiben, wenn er wieder betete. Und dennoch, wer, der um das Leben wußte, würde auf die Möglichkeit verzichten, ewig jung zu bleiben, mochte die Möglichkeit noch so phantastisch, mochte sie mit noch so verhängnisvollen Konsequenzen verbunden sein? Außerdem, stand es wirklich in seiner Macht? War es wirklich jene Bitte gewesen, die die Umwandlung hervorgerufen hatte? Konnte es nicht für das alles irgendeine seltsame wissenschaftliche Ursache geben? Wenn der Gedanke einen lebenden Organismus zu beeinflussen vermochte, konnte er da nicht auch über tote und anorganische Dinge Macht haben? Ja, konnten nicht ohne Gedanken oder bewußte Wünsche Dinge, die ganz außerhalb unser selbst sind, im Einklang mit unseren Launen und Leidenschaften erzittern, Atom mit Atom in geheimer Liebe oder seltsamer Verwandtschaft Zwiesprache führen? Doch die Ursache war am Ende bedeutungslos. Er wollte nie wieder durch Gebet eine schreckliche Macht versuchen. Wenn das Bildnis sich wandeln mußte, so sollte es sich wandeln. Das war es. Warum sich allzu tief in diese Dinge hineinversenken?

Denn es mußte wirklich Genuß darin liegen, das zu beobachten. Er würde fähig sein, seinem Geist auf den geheimsten Spuren zu folgen. Das Bildnis würde ihm der zauberhafteste aller Spiegel sein. So wie es ihm seinen Körper offenbart hatte, würde es ihm seine Seele offenbaren. Und wenn der Winter darüber kam, würde er immer noch vor jener Schwelle stehen, wo der Frühling in den Sommer hinüberzittert. Wenn das Blut aus dem Antlitz floh und eine kalkbleiche Maske mit bleiernen Augen zurückließ, dann würde er noch den Glanz der Knabenhaftigkeit bewahren. Keine einzige Blüte seiner Lieblichkeit sollte welken. Kein Pulsschlag seines Lebens sollte matter werden. Wie die Götter der Griechen würde er stark, behende und freudig sein. Was lag daran, was mit dem gemalten Bildnis auf der Leinwand geschah? Er würde sicher sein. Darauf kam alles an.

Er zog den Schirm an seinen vorigen Platz vor das Bild und lächelte dabei. Dann ging er in sein Schlafzimmer, wo der Diener schon auf ihn wartete. Eine Stunde später war er in der Oper, und Lord Henry lehnte sich über seinen Stuhl.

NEUNTES KAPITEL

Als er am nächsten Morgen beim Frühstück saß, wurde Basil Hallward hereingeführt.

»Ich bin so froh, daß ich Sie endlich habe, Dorian«, sagte er ernst. »Ich war gestern abend hier, und man sagte mir, Sie seien in der Oper. Natürlich wußte ich, daß das unmöglich war. Aber ich wollte, Sie hätten Nachricht zurückgelassen, wohin Sie in Wirklichkeit gegangen waren. Ich habe einen schrecklichen Abend verbracht und fürchtete halbwegs, eine Tragödie würde der andern folgen. Sie hätten mir telegraphieren können, meine ich, als Sie die Nachricht bekamen. Ich las es ganz zufällig in der Nachtausgabe des Globe, die mir im Klub in die Hände fiel. Ich kam dann gleich her und war unglücklich, als ich Sie nicht antraf. Ich kann Ihnen nicht sagen, wie die Sache mir das Herz abdrückt. Ich weiß, was Sie leiden müssen. Aber wo waren Sie? Haben Sie die Mutter des Mädchens aufgesucht? Einen Augenblick dachte ich daran, Ihnen dorthin zu folgen. Die Adresse stand in der Zeitung. Irgendwo am Euston Road, nicht wahr? Aber ich fürchtete, aufdringlich zu sein bei einem Schmerz, den ich ja doch nicht lindern konnte. Die arme Frau! In welch einem Zustande muß sie sein! Und dazu noch das einzige Kind! Was hat sie zu all dem gesagt?«

»Mein lieber Basil, wie soll ich das wissen?« murmelte Dorian Gray, nippte ein wenig blaßgelben Wein aus einem köstlichen, goldgeränderten Kelch aus venezianischem Glas und schaute gelangweilt drein. »Ich war in der Oper. Sie hätten auch hinkommen sollen. Ich habe Lady Gwendolen, Harrys Schwester, kennengelernt. Wir waren in ihrer Loge. Sie ist ganz reizend; und die Patti sang göttlich. Sprechen Sie nicht von diesen schrecklichen Dingen. Wenn man über etwas nicht spricht, ist es nicht geschehen. Nur indem wir sie ausdrücken, sagt Harry, verleihen wir den Dingen Wirklichkeit. Außerdem möchte ich bemerken, daß sie nicht das einzige Kind der Frau war. Es ist noch ein Sohn da, ein reizender Junge, glaube ich. Aber er ist nicht bei der Bühne. Er ist Matrose oder so etwas. Und jetzt erzählen Sie mir von sich. Was malen Sie jetzt eben?«

»Sie waren in der Oper?« fragte Hallward sehr langsam und mit einem verhaltenen Ton des Schmerzes in der Stimme. »Sie waren in der Oper, während Sibyl Vane tot in irgendeiner schmutzigen Mietswohnung dalag? Sie können mir sagen, andere Frauen seien reizend und die Patti habe göttlich gesungen, während das Mädchen, das Sie geliebt haben, noch nicht einmal die Ruhe des ewigen Schlafes im Grabe gefunden hat? Ja, Mann, warten ihres kleinen weißen Leichnams denn keine Schrecken?«

»Halt, Basil! Das will ich nicht hören!« rief Dorian und sprang auf. »Sie dürfen darüber nicht zu mir sprechen. Was geschehen ist, ist geschehen. Vergangen ist vergangen.«

»Nennen Sie gestern Vergangenheit?«

»Was hat die tatsächlich verstrichene Zeit damit zu schaffen? Nur die Flachen brauchen Jahre, um ein Gefühl loszuwerden. Jemand, der sich beherrscht, kann ein Leid so schnell enden wie eine neue Lust erfinden. Ich will nicht der Spielball meiner Gefühle sein. Ich will sie benutzen, genießen und beherrschen.«

»Dorian, das ist schrecklich! Irgend etwas hat Sie von Grund aus verändert. Sie haben noch genau das Aussehen jenes wundervollen Knaben, der Tag für Tag zu mir ins Atelier kam, um mir für sein Bild zu sitzen. Aber damals waren Sie einfach, natürlich und herzlich. Sie waren das unverdorbenste Wesen der Welt. Was jetzt über Sie gekommen ist, weiß ich nicht. Sie sprechen, als hätten Sie kein Herz, kein Mitleid in sich. Das alles ist Harrys Einfluß. Ich sehe es.«

Dorian wurde über und über rot, ging zum Fenster und sah einige Zeit auf den grünen, flimmernden, sonnenbestrahlten Garten hinaus. »Ich verdanke Harry sehr, sehr viel, Basil«, sagte er endlich, »mehr, als ich Ihnen verdanke. Sie haben mich bloß gelehrt, eitel zu sein.«

»Nun, dafür bin ich genug gestraft worden, Dorian – oder ich werde es eines Tages werden«, sagte der Künstler traurig.

»Basil«, sagte Dorian, ging zu ihm hinüber und legte ihm die Hand auf die Schulter, »Sie sind zu spät gekommen. Gestern, als ich hörte, daß Sibyl Vane sich getötet hat –«

»Sich getötet hat? Gott im Himmel! Ist das ganz sicher?« rief Hallward und sah ihn mit einem Ausdruck des Entsetzens an.

»Mein lieber Basil! Sie glauben doch nicht, daß es ein gewöhnlicher Unfall war? Natürlich hat sie sich getötet.«

Hallward barg das Gesicht in den Händen. »Wie fürchterlich«, flüsterte er, und ein Schauder durchrann ihn.

»Nein«, sagte Dorian Gray, »dabei ist gar nichts Fürchterliches. Es ist eine der großen romantischen Tragödien des Zeitalters. In der Regel führen Schauspieler das alltäglichste Leben. Sie sind gute Gatten oder treue Frauen oder sonst etwas Langweiliges. Sie wissen, was ich meine – Mittelstandstugend und was dergleichen mehr ist. Wie ganz anders war Sibyl! Sie lebte ihre schönste Tragödie. Sie war immer eine Heldin. Am letzten Abend, an dem sie auftrat – an jenem Abend, da Sie sie sahen –, spielte sie schlecht, weil sie die Wirklichkeit der Liebe erkannt hatte. Als sie ihre Unwirklichkeit erkannte, starb sie, wie Julia daran gestorben wäre. Sie trat wieder zurück in das Reich der Kunst. Es schwebt etwas Märtyrerhaftes um sie. Ihr Tod hat all die pathetische Nutzlosigkeit des Martyriums, all seine verschwendete Schönheit. Doch, wie ich schon sagte, Sie dürfen nicht glauben, ich hätte nicht gelitten. Wenn Sie gestern in einem gewissen Augenblick gekommen wären – so gegen halb sechs vielleicht, oder um dreiviertel sechs –, so würden Sie mich in Trauer gefunden habe. Selbst Harry, der hier war, um mir die Nachricht zu überbringen, hatte wirklich keine Vorstellung davon, was ich durchzumachen hatte. Ich habe unendlich gelitten. Dann ging es vorüber. Ich kann eine Empfindung nicht wiederholen. Niemand kann das außer sentimentalen Menschen. Und Sie sind gräßlich ungerecht, Basil. Sie kommen her und wollen mich trösten. Das ist reizend von Ihnen. Dann finden Sie mich getröstet und sind wütend. Das sieht einem mitleidigen Menschen ganz ähnlich! Sie erinnern mich an eine Geschichte, die Harry mir von einem gewissen Philanthropen erzählte, der zwanzig Jahre seines Lebens daransetzte, irgendein Unrecht gutzumachen oder irgendein ungerechtes Gesetz abzuändern – ich habe wirklich vergessen, was es eigentlich war. Schließlich hatte er Erfolg, und nichts konnte größer sein als seine Enttäuschung. Nun hatte er nämlich absolut nichts mehr zu tun, er starb fast vor Langerweile und wurde ein unerschütterlicher Menschenfeind. Und außerdem, mein lieber alter Basil, wenn Sie mich wirklich trösten wollen, so lehren Sie mich, das Geschehene zu vergessen oder es vom rein künstlerischen Standpunkt aus anzusehen. War es nicht Gautier, der über die ›Consolation des Arts‹ zu schreiben pflegte? Ich erinnere mich, daß ich eines Tages in Ihrem Atelier ein kleines, in Pergament gebundenes Buch fand und darin auf diesen entzückenden Satz stieß. Nun, ich bin nicht wie jener junge Mensch, von dem Sie mir erzählten, als wir zusammen nach Marlow fuhren, der zu sagen pflegte, gelber Atlas könne ihn für alles Elend des Lebens trösten. Ich liebe schöne Dinge, die man berühren und in die Hand nehmen kann. Alte Brokate, grüne Bronzen, Lackarbeiten, Elfenbeinschnitzereien, eine kostbare Umgebung, Luxus, Prunk, das alles vermag einem viel zu geben. Aber das künstlerische Temperament, das sie erzeugen oder jedenfalls offenbaren, bedeutet mir noch mehr. Der Zuschauer seines eigenen Lebens zu werden, wie Harry sagt, heißt: den Leiden des Lebens entrinnen. Ich weiß, Sie sind überrascht, mich so sprechen zu hören. Sie haben nicht bemerkt, wie ich mich entwickelt habe. Ich war ein Schuljunge, als Sie mich kennenlernten. Jetzt bin ich ein Mann. Ich habe neue Leidenschaften, neue Gedanken, neue Ideen. Ich habe mich geändert, aber Sie dürfen mich darum nicht weniger gern haben. Ich bin ein anderer, aber Sie müssen immer mein Freund sein. Natürlich habe ich Harry sehr gern. Doch ich weiß, daß Sie besser sind als er. Sie sind nicht stärker – dazu fürchten Sie sich viel zu sehr vor dem Leben –, aber Sie sind besser. Und wie glücklich wir miteinander waren! Lassen Sie mich nicht allein, Basil, und zanken Sie sich nicht mit mir. Ich bin, was ich bin. Darüber läßt sich nichts weiter sagen.«

Der Maler fühlte sich seltsam bewegt. Er hatte Dorian unendlich lieb, und seine Persönlichkeit war der große Wendepunkt für seine Kunst gewesen. Er konnte den Gedanken nicht ertragen, ihm noch mehr Vorwürfe zu machen. Schließlich war seine Gleichgültigkeit wohl nur eine Laune, die vorübergehen würde. So vieles in ihm war gut, so vieles in ihm war edel.

»Gut, Dorian«, sagte er endlich und lächelte traurig, »ich will von heute an nie wieder mit Ihnen über diese schreckliche Sache sprechen. Ich hoffe nur, daß Ihr Name nicht in Verbindung damit genannt werden wird. Die Untersuchung soll heute nachmittag stattfinden. Sind Sie vorgeladen worden?«

Dorian schüttelte den Kopf, und ein Ausdruck des Ärgers glitt über sein Gesicht, als er das Wort ›Untersuchung‹ vernahm. Es lag etwas so Rohes und Gemeines in diesen Dingen. »Man kennt meinen Namen nicht«, antwortete er.

»Aber sie kannte ihn sicher?«

»Nur meinen Vornamen, und ich bin sicher, daß sie ihn niemandem gegenüber erwähnt hat. Sie sagte mir einmal, sie seien alle sehr neugierig, zu erfahren, wer ich sei; und unweigerlich bekämen sie zur Antwort, ich hieße Märchenprinz. Das war hübsch von ihr. Sie müssen mir eine Zeichnung von Sibyl machen, Basil. Ich möchte etwas mehr von ihr haben als die Erinnerung an ein paar Küsse und ein paar abgerissene pathetische Worte.«

»Ich will es versuchen, Dorian, wenn Sie Freude daran haben. Aber Sie müssen wieder zu mir kommen und mir sitzen. Ich kann ohne Sie nicht weiterkommen.«

»Ich kann Ihnen nie wieder sitzen, Basil. Das ist unmöglich!« rief er aus und schrak zurück.

Der Maler starrte ihn an. »Mein lieber Junge, welch ein Unsinn!« rief er. »Wollen Sie damit sagen, daß Ihnen mein Bild nicht gefällt? Wo ist es? Warum haben Sie den Wandschirm davorgestellt? Lassen Sie es mich sehen. Es ist das Beste, was ich gemacht habe. Nehmen Sie den Schirm fort, Dorian. Es ist einfach schmählich von Ihrem Diener, daß er mein Werk so versteckt. Gleich beim Eintreten merkte ich, daß der Raum ganz verändert aussah.«

»Mein Diener hat damit nichts zu tun, Basil. Sie bilden sich doch nicht ein, daß ich ihn in meinem Zimmer herumkramen lasse? Höchstens stellt er mir manchmal Blumen hinein, das ist alles. Das Licht war zu stark für das Bild.«

»Zu stark? Ganz gewiß nicht, mein lieber Freund! Es hing prachtvoll. Lassen Sie mich sehen.« Und Hallward ging in die Zimmerecke.

Ein Schreckensschrei brach von Dorian Grays Lippen, und er sprang zwischen den Maler und den Schirm. »Basil«, sagte er mit ganz bleichem Gesicht, »Sie dürfen es nicht sehen. Ich will es nicht.«

»Mein eigenes Werk nicht sehen? Das ist Ihr Ernst nicht. Warum sollte ich es nicht sehen?« rief Hallward lachend.

»Wenn Sie versuchen, es anzusehen, Basil, auf mein Ehrenwort, so spreche ich nicht mehr mit Ihnen, solange ich lebe. Ich spreche in vollem Ernst. Ich gebe Ihnen keine Erklärung, und Sie sollen auch keine von mir verlangen. Aber bedenken Sie: wenn Sie diesen Schirm anrühren, dann ist alles zwischen uns aus.«

Hallward war wie vom Blitz getroffen. Er sah Dorian Gray völlig verdutzt an. Niemals zuvor hatte er ihn so gesehen. Der Junge war jetzt bleich vor Wut. Seine Hände waren geballt, und die Pupillen seiner Augen wie blaue Feuerscheiben. Er zitterte am ganzen Leibe.

»Dorian!«

»Still!!«

»Aber was ist denn nur? Natürlich will ich es nicht ansehen, wenn Sie etwas dagegen haben«, sagte er ziemlich kühl, wandte sich und ging zum Fenster hinüber. »Aber wirklich, es erscheint mir reichlich sonderbar, daß ich mein eigenes Werk nicht sehen soll, zumal ich es im Herbst in Paris ausstellen will. Wahrscheinlich werde ich es vorher noch einmal firnissen müssen, so daß ich es eines Tages doch sehen muß. Warum also nicht heute?«

»Es ausstellen? Sie wollen es ausstellen?« rief Dorian Gray, und ein seltsames Gefühl der Angst durchschauerte ihn. Sollte sein Geheimnis der Welt gezeigt werden? Sollte die Menge das Mysterium seines Lebens begaffen? Das war unmöglich. Irgend etwas – er wußte noch nicht was – hatte sogleich zu geschehen.

»Ja; ich glaube nicht, daß Sie etwas dagegen haben. Georges Petit will eine Sonderausstellung meiner besten Bilder in der Rue de Sèze veranstalten, die in der ersten Oktoberwoche eröffnet werden soll. Das Bild wird nur einen Monat drüben sein. Ich meine, so lange könnten Sie es leicht entbehren. Übrigens werden Sie sicherlich verreist sein. Und wenn Sie es immer hinter einem Schirm verstecken, kann Ihnen doch nicht viel daran gelegen sein.«

Dorian Gray fuhr sich mit der Hand über die Stirn. Schweißtropfen standen darauf. Er fühlte, daß er am Abgrund einer furchtbaren Gefahr stand. »Vor einem Monat sagten Sie, daß Sie es nie ausstellen würden«, rief er. »Warum haben Sie sich anders entschlossen? Ihr Leute tut, als wärt ihr konsequent, und habt genauso viel Launen wie andere. Der einzige Unterschied ist, daß eure Launen ziemlich sinnlos sind. Sie haben doch kaum vergessen, daß Sie mir die feierliche Versicherung gaben, nichts in der Welt könne Sie bewegen, das Bild auf eine Ausstellung zu schicken. Harry haben Sie ganz das gleiche gesagt.« Er hielt plötzlich inne, und seine Augen glühten auf. Es fiel ihm ein, daß Lord Henry ihm einmal halb im Ernst, halb im Scherz gesagt hatte: »Wenn Sie einmal eine merkwürdige Viertelstunde erleben wollen, dann veranlassen Sie Basil, Ihnen zu erzählen, warum er Ihr Bild nicht ausstellen will. Mir hat er gesagt, warum nicht, und es war für mich eine Offenbarung.« Ja, vielleicht hatte auch Basil sein Geheimnis. Er wollte ihn auf die Probe stellen und fragen.

»Basil«, sagte er, trat ganz dicht an ihn heran und sah ihm gerade ins Gesicht, »wir haben beide ein Geheimnis. Lassen Sie mich das Ihre wissen, und ich werde Ihnen das meine sagen. Was war der Grund Ihrer Weigerung, mein Bild auszustellen?«

Den Maler durchschauerte es wider Willen. »Dorian, wenn ich Ihnen das sagte, würden Sie mich wahrscheinlich weniger gern haben als jetzt, und ganz sicher würden Sie über mich lachen.

Keins von beiden würde ich ertragen können. Wenn Sie wünschen, daß ich Ihr Bildnis nie wieder ansehe, so bin ich zufrieden. Sie selbst kann ich ja immer ansehen. Wenn Sie wünschen, daß das beste Werk, das ich je geschaffen habe, der Welt verborgen bleiben soll, so finde ich mich damit ab. Ihre Freundschaft steht mir höher als irgendwelche Berühmtheit oder Anerkennung.«

»Nein, Basil, Sie müssen es mir sagen«, beharrte Dorian Gray, »ich meine, ich habe ein Recht darauf, es zu wissen.« Sein Schrekken war verflogen; Neugierde war an seine Stelle getreten. Er war entschlossen, Basil Hallwards Geheimnis zu ergründen.

»Wir wollen uns hinsetzen, Dorian«, sagte der Maler mit verstörtem Blick. »Wir wollen uns hinsetzen; und nun beantworten Sie mir nur eine Frage. Haben Sie an dem Bild irgend etwas Merkwürdiges bemerkt? – Etwas, das Ihnen zuerst wahrscheinlich nicht auffiel, das sich Ihnen jedoch dann plötzlich enthüllte?«

»Basil!« schrie Dorian, packte die Lehne seines Stuhles mit zitternden Händen und starrte ihn mit wilden, entsetzten Augen an.

»Ich sehe, Sie haben es bemerkt. Sagen Sie nichts. Warten Sie und hören Sie, was ich zu sagen habe. Dorian, von dem Augenblick unserer Bekanntschaft an hat Ihre Persönlichkeit einen ganz außerordentlichen Einfluß auf mich ausgeübt. Sie beherrschten mich; Seele, Gehirn, meine Schaffenskraft – all das stand unter Ihrer Macht. Sie wurden für mich die sichtbare Verkörperung jenes nie gesehenen Ideals, dessen zu gedenken für uns Künstler ist wie ein erlesener Traum. Ich vergötterte Sie. Ich wurde eifersüchtig auf jeden, mit dem Sie nur sprachen. Ich wollte Sie ganz für mich allein haben. Ich war nur glücklich, wenn ich bei Ihnen war. Wenn Sie fern von mir waren, so waren Sie doch noch gegenwärtig in meiner Kunst... Natürlich habe ich mir Ihnen gegenüber nie etwas davon anmerken lassen. Das wäre unmöglich gewesen. Sie würden es nicht verstanden haben. Ich selbst verstand es ja kaum. Ich wußte nur, daß ich die Vollkommenheit von Angesicht zu Angesicht gesehen hatte und daß die Welt in meinen Augen ein Wunder gewesen war – ein zu großes Wunder vielleicht; denn in solch wahnsinniger Anbetung liegt eine Gefahr: die Gefahr, Sie zu verlieren, nicht weniger als die Gefahr, Sie zu behalten... Woche um Woche verstrich, und ich ging immer mehr in Ihnen auf. Dann kam eine neue Entwicklung. Ich hatte Sie als Paris gezeichnet, in zierlicher Rüstung, und als Adonis im Jagdgewande mit glänzendem Eberspeer. Mit schweren Lotosblüten gekrönt, hatten Sie auf der Barke Hadrians gesessen und den Blick über den grünen, trüben

Nil schweifen lassen. Sie beugten sich über den schweigenden Weiher im griechischen Walde und sahen im stummen Silberspiegel des Wassers das Wunder Ihres eigenen Antlitzes. Und all das war gewesen, wie Kunst sein soll: unbewußt, ideal und fern. Eines Tages beschloß ich – und ich denke manchmal, es war ein verhängnisvoller Tag –, ein wundervolles Bildnis von Ihnen zu malen, so wie Sie wirklich sind, nicht im Gewande toter Zeiten, sondern in Ihrem eigenen und in Ihrer eigenen Zeit. War es nun die Technik des Realismus oder das reine Wunder Ihres Wesens, das so unmittelbar vor mir lag, unverschleiert, von keinem Nebel verhüllt? Ich kann es nicht sagen. Aber ich weiß, daß während der Arbeit jedes Fleckchen Farbe mir mein Geheimnis zu offenbaren schien. Ich fürchtete, andere möchten meine Vergötterung erkennen. Ich fühlte, Dorian, daß ich zuviel gesagt, daß ich zuviel von mir hineingelegt hatte. Damals war es, daß ich den Entschluß faßte, das Bild niemals ausstellen zu lassen. Sie waren etwas ärgerlich darüber; aber damals hatten Sie keinen Begriff davon, was es für mich bedeutete. Harry, dem ich davon erzählte, lachte mich aus. Aber das kümmerte mich nicht. Als das Bildnis fertig war und ich davorsaß, fühlte ich, daß ich recht hatte ... Nun, ein paar Tage später kam es aus meinem Atelier fort, und sobald ich befreit war von seiner mich unerträglich bedrückenden Gegenwart, schien mir, es sei närrisch von mir gewesen, mir einzubilden, ich hätte mehr darin gesehen, als daß Sie überaus schön sind und daß ich malen könne. Selbst jetzt stehe ich unter dem Gefühl, daß es ein Irrtum ist, zu meinen, die Leidenschaft, die man beim Schaffen spürt, komme im Geschaffenen tatsächlich zum Ausdruck. Die Kunst ist stets weit abstrakter, als wir glauben. Form und Farbe erzählen uns von Form und Farbe – nichts sonst. Oft scheint mir, daß die Kunst den Künstler weit mehr verbirgt als offenbart. So beschloß ich denn, Ihr Bildnis zum Mittelpunkt meiner Ausstellung zu machen, als ich jenes Anerbieten aus Paris erhielt. Niemals kam mir der Gedanke, daß Sie es nicht zugeben würden. Jetzt sehe ich, daß Sie recht haben. Das Bild kann nicht ausgestellt werden. Sie dürfen mir nicht böse sein, Dorian, um dessentwillen, was ich Ihnen gesagt habe. Wie ich einmal zu Harry sagte: Sie sind geschaffen, um angebetet zu werden.«

Dorian Gray holte tief Atem. Die Farbe kehrte in seine Wangen zurück, und ein Lächeln umspielte seine Lippen. Die Gefahr war vorüber. Für den Augenblick war er sicher. Doch das Gefühl eines unendlichen Mitleids mit dem Maler, der ihm eben diese seltsame

Beichte abgelegt hatte, drängte sich ihm auf, und er fragte sich, ob er selbst je in diesem Maße von der Persönlichkeit eines Freundes beherrscht werden könne. Lord Henry hatte den Reiz, sehr gefährlich zu sein. Doch das war alles. Er war zu klug und zu zynisch, als daß man ihn wirklich liebhaben konnte. Würde es je einen Menschen geben, der ihn zu einer so seltsamen Vergötterung hinreißen könnte? Gehörte dies zu den Dingen, die das Leben noch für ihn bereit hielt?

»Mir ist unfaßlich«, sagte Hallward, »daß Sie all das in dem Porträt gesehen haben, Dorian. Haben Sie es wirklich gesehen?«

»Ich habe etwas darin gesehen«, antwortete er, »etwas, das mir sehr seltsam schien.«

»Nun, und jetzt erlauben Sie mir doch, daß ich es ansehe?«

Dorian schüttelte den Kopf. »Das dürfen Sie nicht von mir verlangen, Basil. Ich kann nicht erlauben, daß Sie das Bild sehen.«

»Aber später einmal doch gewiß?«

»Nie.«

»Gut, vielleicht haben Sie recht. Und jetzt leben Sie wohl, Dorian. Sie sind der einzige Mensch gewesen, der wirklich einen Einfluß auf meine Kunst gehabt hat. Was ich an Gutem geschaffen habe, verdanke ich Ihnen. Ach, Sie ahnen ja nicht, was es mich kostete, daß ich Ihnen all das sagte, was ich Ihnen gesagt habe.«

»Mein lieber Basil«, antwortete Dorian, »was haben Sie mir denn gesagt? Doch nur, daß Sie die Empfindung hatten, mich zu sehr bewundert zu haben. Das ist nicht einmal ein Kompliment.«

»Es sollte auch kein Kompliment sein. Es war ein Bekenntnis. Jetzt, da ich es abgelegt habe, scheint es mir, als sei etwas von mir abgefallen. Vielleicht sollte man seine Verehrung niemals in Worte fassen.«

»Ihr Bekenntnis hat mich enttäuscht.«

»Wieso? Was haben Sie erwartet, Dorian? Weiter haben Sie doch nichts in dem Bild gesehen, nicht wahr? Weiter war doch nichts zu sehen?«

»Nein; es war nichts weiter zu sehen. Warum fragen Sie? Aber Sie dürfen nicht von Verehrung reden. Das ist töricht. Wir sind doch Freunde, Basil, und wir müssen es immer bleiben.«

»Jetzt ist ja Harry Ihr Freund«, sagte der Maler traurig.

»O Harry!« rief Dorian mit leichtem Lachen. »Harry verbringt seine Tage damit, Unglaubliches zu sagen, und seine Nächte, Unwahrscheinliches zu tun. Das ist genau das Leben, das ich gern führen möchte. Aber ich glaube doch nicht, daß ich zu

Harry gehen würde, wenn ich Sorgen hätte. Ich würde zu Ihnen gehen, Basil.«

»Und wollen Sie mir wieder sitzen?«

»Unmöglich!«

»Sie zerstören mein Dasein als Künstler, wenn Sie sich weigern, Dorian. Noch niemand traf auf zwei Ideale. Nur wenige auf eins.«

»Ich kann es Ihnen nicht erklären, Basil, aber ich darf Ihnen nie wieder sitzen. Ein Porträt hat etwas Verhängnisvolles. Es lebt sein eigenes Leben. Ich werde zum Tee zu Ihnen kommen. Das ist dann ebenso hübsch.«

»Wohl mehr für Sie, fürchte ich«, murmelte Hallward bekümmert. »Und nun leben Sie wohl. Es tut mir leid, daß Sie mich das Bild nicht noch einmal sehen lassen wollen. Aber das hilft nun mal nichts. Ihr Gefühl dabei verstehe ich vollkommen.«

Nachdem der Maler das Zimmer verlassen hatte, lächelte Dorian Gray vor sich hin. Der arme Basil! Wie wenig ahnte er die wahre Ursache! Und wie seltsam das war: anstatt zur Enthüllung seines eigenen Geheimnisses gezwungen worden zu sein, hatte er durch Zufall dem Freunde das seine entrissen! Wieviel erklärte ihm jenes seltsame Bekenntnis! Die absurden Eifersuchtsanfälle des Malers, seine wilde Verehrung, seine extravaganten Lobeshymnen, sein seltsames Verstummen – all das verstand er nun, und es tat ihm weh. Eine Freundschaft, die so von Romantik gefärbt war, schien irgendeine Tragik in sich einzuschließen.

Er seufzte und schellte. Um jeden Preis mußte das Bild versteckt werden. Er konnte sich der Gefahr einer Entdeckung nicht noch einmal aussetzen. Es war Wahnsinn gewesen, das Schreckliche auch nur für eine Stunde in einem Raum zu lassen, zu dem jeder seiner Freunde Zutritt hatte.

ZEHNTES KAPITEL

Als sein Diener eintrat, sah er ihn fest an und fragte sich, ob er wohl hinter den Wandschirm gesehen habe. Der Mann schien ganz gleichmütig und wartete seiner Befehle. Dorian zündete sich eine Zigarette an, ging zum Spiegel hinüber und blickte hinein. Er konnte den Widerschein von Victors Gesicht genau sehen: es war die bewegungslose Maske der Servilität. Von dieser Seite hatte er nichts zu befürchten. Dennoch hielt er es für das beste, auf seiner Hut zu sein.

Mit sehr langsamen Worten trug er ihm dann auf, der Haushälterin zu sagen, daß er sie zu sprechen wünsche, und dann solle er zu dem Rahmenmacher gehen und diesen bitten, sogleich zwei Leute herzuschicken. Ihm schien, als habe der Diener, als er das Zimmer verließ, seine Augen in die Richtung des Wandschirms schweifen lassen. Oder war das nur Einbildung?

Nach einigen Augenblicken hastete Mrs. Leaf in ihrem schwarzen Seidenkleid und mit altmodischen Zwirnhandschuhen an den runzligen Händen in die Bibliothek. Er bat sie um den Schlüssel zum Unterrichtszimmer.

»Zum alten Schulzimmer, Mr. Dorian?« rief sie aus. »Ach, das ist ja ganz staubig. Ich muß es erst herrichten und aufräumen lassen, ehe Sie hineingehen. In seinem jetzigen Zustand können Sie es wirklich nicht sehen, gnädiger Herr, wirklich nicht!«

»Es soll nicht aufgeräumt werden, Mrs. Leaf, ich will nur den Schlüssel.«

»Oh, gnädiger Herr, Sie werden sich voller Spinnweben machen, wenn Sie hineingehen. Seit fünf Jahren ist es ja nicht geöffnet worden, seit dem Tode Seiner Lordschaft.«

Bei der Erwähnung seines Großvaters fuhr er zusammen. Die Erinnerung an ihn war ihm widerwärtig. »Das tut nichts«, entgegnete er. »Ich will das Zimmer nur sehen – weiter nichts. Geben Sie mir den Schlüssel.«

»Also hier ist der Schlüssel, gnädiger Herr«, sagte die alte Dame und durchmusterte mit zitternden und unsicheren Händen ihren Schlüsselbund. »Hier ist der Schlüssel. Ich werde ihn gleich vom Bund gelöst haben. Aber Sie wollen doch nicht da oben wohnen, gnädiger Herr, wo Sie es doch hier so gemütlich haben?«

»Nein, nein«, rief er ungeduldig, »ich danke Ihnen, Mrs. Leaf. Es ist schon gut.«

Sie zögerte noch kurze Zeit und schwatzte über Kleinigkeiten des Haushalts. Er seufzte und sagte ihr, sie solle alles nach ihrem Gutdünken erledigen. Sie verließ das Zimmer, in Lächeln aufgelöst.

Als die Tür sich geschlossen hatte, steckte Dorian den Schlüssel in die Tasche und schaute sich im Zimmer um. Sein Auge fiel auf eine große purpurne Atlasdecke mit schweren Goldstickereien, ein prachtvolles Stück venezianischer Arbeit vom Ende des siebzehnten Jahrhunderts, das sein Großvater in einem Kloster bei Bologna gefunden hatte. Ja, damit würde das Schreckliche sich einhüllen lassen. Vielleicht hatte es oft als Bahrtuch für Tote gedient. Jetzt sollte es etwas verbergen, das eine eigene Art der Verwesung in sich trug, ärger noch als die Verwesung des Todes – etwas, das Schrekken gebären mußte und nie sterben würde. Was die Würmer für den Leichnam sind, das würden seine Sünden für das gemalte Bild auf der Leinwand sein. Sie würden seine Schönheit zerstören und seine Anmut wegfressen. Sie würden es schänden und zur Schmach machen. Und dennoch würde es weiterleben. Immer würde es am Leben bleiben.

Er zauderte, und einen Augenblick lang bedauerte er, daß er Basil nicht den wahren Grund gesagt hatte, warum er das Bild verborgen zu halten wünschte. Basil hätte ihm helfen können, Lord Henrys Einfluß zu widerstehen und den noch giftigeren Kräften, die aus seinem eigenen Temperament wirkten. Die Liebe, die Basil ihm entgegenbrachte – denn es war wirklich Liebe –, enthielt nichts, was nicht edel und geistig war. Es war nicht jene nur physische Bewunderung der Schönheit, die aus den Sinnen geboren ist und die stirbt, wenn die Sinne müde werden. Es war jene Liebe, die Michelangelo gekannt hatte und Montaigne und Winckelmann und Shakespeare selbst. Ja, Basil hätte ihn retten können. Doch jetzt war es zu spät. Die Vergangenheit konnte man stets vernichten. Reue, Verleugnung oder Vergessen vermochten das. Allein der Zukunft war nicht zu entrinnen. Es lagen Leidenschaften in ihm, die schrecklich zum Ausbruch kommen würden, Träume, die den Schatten ihres Bösen zur Wirklichkeit machen konnten. Er nahm das purpurgoldene Gewebe vom Sofa und trug es in seinen Händen hinter den Schirm. War das Antlitz auf der Leinwand häßlicher als zuvor? Es schien ihm unverändert, und doch war sein Ekel davor nur noch gewachsen. Das goldene Haar, die blauen Augen, die rosenroten Lippen, all das war da. Nur der Ausdruck hatte sich geändert. Er war schrecklich in seiner Grausamkeit. Wie schal waren Basils Vorwürfe Sibyl Vanes wegen, verglichen mit dem, was ihm an Tadel und Mahnung daraus entgegenblickte – wie schal und von wie geringem Belang! Seine Seele sah ihn aus der Leinwand an und rief ihn zu Gericht. Ein Ausdruck des Leidens trat in sein Gesicht, und er warf das kostbare Tuch über das Bild. Während er das tat, klopfte es an die Tür. Er kam hinter dem Schirm hervor, als sein Diener eintrat.

»Die Leute sind hier, Monsieur.«

Er fühlte, daß er seinen Diener sofort entfernen müsse. Er durfte nicht wissen, wohin das Bild gebracht werden sollte. Etwas Listiges lag in dem Manne, und er hatte nachdenkliche, verräterische Augen. Dorian setzte sich an den Schreibtisch und kritzelte ein paar Zeilen für Lord Henry, in denen er ihn bat, ihm etwas zum Lesen zu schicken, und ihn gleichzeitig erinnerte, daß sie sich am Abend um ein Viertel nach acht verabredet hatten.

»Warten Sie auf Antwort«, sagte er und reichte ihm den Brief hin, »und lassen Sie die Leute hereinkommen.«

Nach zwei oder drei Minuten klopfte es abermals, und Mr. Hubbard selbst, der berühmte Rahmenmacher aus der South Audley Street, trat mit einem etwas ungehobelt aussehenden jungen Gehilfen ein. Mr. Hubbard war ein blühender, rotbäckiger kleiner Mann, dessen Bewunderung für die Kunst beträchtlich vermindert worden war durch die eingewurzelte Zahlungsunfähigkeit der meisten Künstler, mit denen er zu tun hatte. Für gewöhnlich verließ er seinen Laden niemals. Er erwartete, daß die Leute zu ihm kamen. Bei Dorian Gray jedoch machte er stets eine Ausnahme. An Dorian war etwas, das jedermann entzückte. Es war eine Freude, ihn nur zu sehen.

»Was kann ich für Sie tun, Mr. Gray?« fragte er und rieb seine fetten sommersprossigen Hände. »Ich dachte, ich wollte mir die Ehre geben, persönlich herüberzukommen. Ich habe gerade ein Prachtstück von einem Rahmen bekommen. Bei einer Versteigerung ergattert. Alter Florentiner. Kam aus Fonthill, glaube ich. Wunderbar geeignet für irgend etwas Religiöses, Mr. Gray.«

»Es tut mir leid, daß Sie sich selbst die Mühe gemacht haben, herzukommen, Mr. Hubbard. Ich werde ganz bestimmt gelegentlich vorbeikommen und mir den Rahmen ansehen – wenn ich auch im Augenblick kein Interesse für religiöse Kunst habe –, aber heute möchte ich nur, daß mir ein Bild auf den Boden hinaufgebracht wird. Es ist ziemlich schwer, und darum wollte ich mir von einigen Ihrer Leute helfen lassen.«

»Macht gar keine Mühe, Mr. Gray. Ich freue mich, wenn ich Ihnen zu Diensten sein kann. Wo ist das Kunstwerk?«

»Hier«, erwiderte Dorian und schob den Wandschirm beiseite. »Können Sie es mit der Decke zusammen fortbringen, gerade so, wie es jetzt ist? Ich möchte nicht, daß es unterwegs beschädigt wird.«

»Das ist nicht schwierig, gnädiger Herr«, sagte der aufgeräumte Rahmenmacher und begann mit Unterstützung seines Gehilfen das Bild von den langen Messingketten zu lösen, an denen es aufgehängt war. »Und wohin sollen wir es jetzt tragen, Mr. Gray?«

»Ich will Ihnen den Weg zeigen, Mr. Hubbard, wenn Sie mir bitte folgen wollen. Oder vielleicht gehen Sie besser voran. Es tut mir leid, aber wir müssen ganz hinauf in den Giebel. Wir wollen die Haupttreppe benutzen, die ist breiter.«

Er hielt ihnen die Tür auf, sie traten in die Halle hinaus und begannen den Aufstieg. Der prunkvolle Rahmen hatte das Bild sehr umfangreich gemacht, und dann und wann legte Dorian mit Hand an, um zu helfen, trotz der untertänigen Proteste Mr. Hubbards, der die instinktive Abneigung des echten Handwerkers dagegen hatte, einen Gentleman etwas Nützliches tun zu sehen.

»Ein bißchen schwer war es doch«, stöhnte der kleine Mann, als sie auf dem Boden angelangt waren, und er trocknete seine glänzende Stirn ab.

»Ja, es ist schon schwer«, murmelte Dorian, als er die Tür aufschloß, die in den Raum führte, der das seltsame Geheimnis seines Lebens bewahren und seine Seele vor den Augen der Menschen verbergen sollte. Mehr als vier Jahre hatte er das Gemach nicht betreten – tatsächlich nicht, seit es ihm zuerst als Spielzimmer gedient hatte, solange er ein Kind war, und dann als Studierzimmer, als er etwas älter war. Es war ein großer Raum von guten Proportionen, den der verstorbene Lord Kelso eigens für den Gebrauch seines kleinen Enkels hatte einrichten lassen, den er wegen seiner merkwürdigen Ähnlichkeit mit seiner Mutter und aus noch anderen Gründen stets gehaßt und von sich fernzuhalten gewünscht hatte. Dorian schien es, als sei das Gemach nur wenig verändert. Da war der mächtige Cassone mit seinen phantastisch bemalten Füllungen und dem verblichenen Gold seiner Figuren, in dem er sich als Knabe so oft versteckt hatte. Dort stand der Bücherschrank aus poliertem Holz mit seinen Schulbüchern, die voll Eselsohren waren. An der Wand dahinter hing der zerrissene flämische Gobelin, auf dem ein König und eine Königin in einem Garten Schach spielten, während eine Schar von Falkenieren vorbeiritt, die auf ihren behandschuhten Händen verkappte Vögel trugen. Wie gut erinnerte er sich all dieser Dinge! Jeder Augenblick seiner einsamen Kindheit kam ihm ins Gedächtnis, als er um sich blickte. Er gedachte der fleckenlosen Reinheit seiner Knabenzeit, und es erschien ihm furchtbar, daß gerade hier das verhängnisvolle Bild verborgen werden sollte. Wie wenig hatte er in jenen entschwundenen Tagen an all das gedacht, was seiner harrte!

Aber es gab keinen anderen Raum im Hause, der vor Späheraugen so sicher war wie dieser. Er hatte den Schlüssel, und niemand sonst konnte hinein. Unter der purpurnen Decke konnte das gemalte Gesicht auf der Leinwand tierisch, gedunsen und schmutzig werden. Was lag daran? Es konnte ja niemand sehen. Warum sollte er die gräßliche Verwüstung seiner Seele beobachten? Er behielt seine Jugend – das war genug. Und außerdem, konnte sein Charakter sich nicht wieder bessern? Es gab keinen Grund, daß die Zukunft voll von Schmach sein mußte. Es konnte ja eine Liebe in sein Leben treten und ihn läutern und bewahren vor jenen Sünden, die sich bereits in Geist und Fleisch zu regen schienen – jene seltsamen, nie gemalten Sünden, deren äußerstes Geheimnis ihnen Feinheit und Reiz verlieh. Vielleicht würde eines Tages der grausame Zug des scharlachfarbenen, sinnlichen Mundes verschwunden sein, und dann konnte er der Welt Basil Hallwards Meisterwerk zeigen.

Nein, das war unmöglich. Stunde um Stunde und Woche um Woche wurde das Bild auf der Leinwand älter. Der Häßlichkeit der Sünde mochte es entgehen, aber die Häßlichkeit des Alters war ihm vorherbestimmt. Die Wangen würden einfallen und erschlaffen. Gelbe Krähenfüße würden um die stumpfen Augen kriechen und ihnen ein schauerliches Aussehen geben. Das Haar würde seinen Glanz verlieren, der Mund würde klaffen oder herunterfallen und blöde oder formlos sein, wie er bei alten Leuten wird. Dann würden ein zusammengeschrumpfter Hals, kalte Hände mit blauen Adern, ein zusammengekrümmter Körper zum Vorschein kommen, wie er sich's bei seinem Großvater erinnerte, der in seiner Jugend so streng gegen ihn gewesen war. Das Bild mußte verborgen werden. Es half nichts.

»Bitte, Mr. Hubbard, bringen Sie es hinein«, sagte er müde und wandte sich ab. »Entschuldigen Sie, daß ich Sie so lange warten ließ. Ich habe an etwas anderes gedacht.«

»Ich freue mich, daß ich mich ausruhen konnte, Mr. Gray«, antwortete der Rahmenmacher, der noch immer nach Luft schnappte. »Wohin sollen wir es denn stellen?«

»Oh, irgendwohin. Hierher: das wird gehen. Es braucht nicht aufgehängt zu werden. Stellen Sie es nur gegen die Wand. Danke schön.«

»Darf man das Kunstwerk ansehen?«

Dorian erschrak. »Es würde Sie kaum interessieren, Mr. Hubbard«, sagte er und blickte den Mann fest an. Er fühlte sich fähig, auf ihn loszustürzen und ihn niederzuschlagen, wenn er es wagen sollte, die prunkvolle Decke zu lüften, die das Geheimnis seines Lebens verbarg. »Jetzt will ich Sie nicht länger in Anspruch nehmen. Ich bin Ihnen sehr verbunden, daß Sie die Freundlichkeit hatten, herzukommen.«

»Keine Ursache, keine Ursache, Mr. Gray. Ich stehe immer zu Diensten, wenn ich Ihnen etwas besorgen kann.« Und Mr. Hubbard stampfte die Treppe hinunter, gefolgt von dem Gehilfen, der mit einem Ausdruck scheuer Verwunderung in seinem rauhen, häßlichen Gesicht auf Dorian zurückblickte. Niemals hatte er einen so schönen Menschen gesehen.

Als das Geräusch ihrer Schritte verhallt war, verschloß Dorian die Tür und steckte den Schlüssel in die Tasche. Jetzt fühlte er sich ganz sicher. Niemals würde jemand das Schreckliche sehen. Kein Auge außer dem seinen würde seine Schmach erblicken.

Als er wieder in die Bibliothek kam, sah er, daß es längst fünf Uhr vorüber und daß der Tee schon bereitgestellt war. Auf einem kleinen Tisch von dunklem, wohlriechendem, reich mit Perlmutter eingelegtem Holz, einem Geschenk von Lady Radley, der Gattin seines Vormunds, einer hübschen Kranken sozusagen von Beruf, die den letzten Winter in Kairo verlebt hatte, lag ein Billett von Lord Henry und daneben ein in gelbes Papier gebundenes Buch mit leicht abgenutztem Einband und beschmutzten Deckeln. Eine Nachmittagsausgabe der St. James's Gazette lag auf dem Teebrett. Augenscheinlich war Victor zurückgekehrt. Er fragte sich, ob er wohl den Leuten in der Halle begegnet sei, als sie das Haus verließen, und ob er sie ausgeforscht habe, was sie getan hätten. Sicherlich würde er das Bild vermissen. Zweifellos hatte er es bereits vermißt, während er den Teetisch herrichtete. Der Schirm war nicht wieder zurückgestellt worden, und an der Wand war eine freie Stelle sichtbar. Vielleicht würde er ihn einmal nachts erwischen, wie er die Treppe hinaufschlich und mit Gewalt die Tür jenes Zimmers zu öffnen versuchte. Es war schrecklich, einen Spion im eigenen Haus zu haben. Er hatte von reichen Leuten gehört, die ihr ganzes Leben hindurch unter den Erpressungen irgendeines Dieners zu leiden hatten, der einen Brief gelesen, ein Gespräch belauscht, einen Zettel mit einer Adresse aufgelesen oder unter einem Kissen eine welke Blume oder einen Fetzen zerknitterter Spitze gefunden hatte. Er seufzte, und nachdem er sich etwas Tee eingegossen hatte, öffnete er Lord Henrys Billett. Es stand nur darin, daß er ihm die Abendzeitung schicke und ein Buch, das ihn interessieren werde, und daß er um ein Viertel nach acht im Klub sein wolle. Er öffnete lässig die St. James's und überflog sie. Ein roter Strich auf der fünften Seite lenkte seine Blicke auf sich. Er machte auf folgende

Notiz aufmerksam: *»Leichenbeschau einer Schauspielerin.* – Heute morgen wurde in der Glockenschenke, Hoxton Road, von dem Leichenbeschauer Mr. Danby die Leiche Sibyl Vanes, einer jungen Schauspielerin, die zuletzt am Royal Theatre in Holborn engagiert war, untersucht. Es wurde auf Tod durch Unglücksfall erkannt. Reges Mitleid erweckte die Mutter der Verstorbenen, die während ihrer Vernehmung und während der des Dr. Birrell, der den eingetretenen Tod der Verstorbenen festgestellt hatte, sehr ergriffen war.«

Er runzelte die Stirn, zerriß die Zeitung, ging durchs Zimmer und warf die Stücke fort. Wie häßlich war das Leben! Und wie schauerlich wirklich machte die Häßlichkeit die Dinge! Er ärgerte sich ein wenig über Lord Henry, daß er ihm den Bericht geschickt hatte. Und es war geradezu albern von ihm, daß er ihn auch noch mit Rotstift angestrichen hatte. Victor konnte es gelesen haben. Der Mann verstand dazu mehr als genug Englisch.

Vielleicht hatte er es gelesen und schon Verdacht geschöpft. Und doch, kam es darauf an? Was hatte Dorian Gray mit dem Tode Sibyl Vanes zu tun? Es war nichts zu befürchten. Dorian Gray hatte sie nicht getötet.

Sein Blick fiel auf das gelbe Buch, das Lord Henry ihm geschickt hatte. Er fragte sich, was es sein möge. Er trat an den kleinen perlfarbenen, achteckigen Ständer, der ihm stets wie das Werk gewisser seltener ägyptischer Bienen vorkam, die in Silber bauten, nahm den Band zur Hand, warf sich in einen Lehnstuhl und begann ihn zu durchblättern. Nach einigen Minuten war er ganz in seinem Bann. Es war das merkwürdigste Buch, das er je gelesen hatte. Ihm schien, als zögen zum süßen Ton der Flöten die Sünden der Welt in köstlichen Gewändern als stummer Festzug an ihm vorüber. Dinge, von denen er dumpf geträumt hatte, wurden ihm plötzlich Wirklichkeit. Dinge, von denen er nie geträumt hatte, offenbarten sich ihm langsam.

Es war ein Roman ohne Handlung. Er enthielt nur eine Person und war eigentlich eine psychologische Studie über einen Pariser, der sein Leben über dem Versuch verbrachte, im neunzehnten Jahrhundert alle Leidenschaften und Wandlungen des Denkens in Wirklichkeit zu erleben, an denen jedes Jahrhundert mit Ausnahme des eigenen teilgehabt hatte, um so in sich selbst gleichsam die verschiedenartigen Stimmungen zusammenzufassen, die der Weltgeist durchlaufen hatte, wobei er jene Verzichte, die die Menschen unweise Tugend nannten, um ihrer Künstlichkeit willen ebenso liebte wie jene natürlichen Empörungen, die von den Weisen jetzt noch Sünde genannt werden. Der Stil, in dem es geschrieben war, war jener seltsam überladene – lebendig und dunkel zugleich, voll von Argot und Archaismen, technischen Ausdrücken und erlesenen Umschreibungen –, der die Werke einiger der feinsten Künstler der französischen Symbolistenschule auszeichnet. Das Buch enthielt Metaphern, unglaublich wie Orchideen und ebenso zart in der Farbe. Das Leben der Sinne wurde mit den Begriffen mystischer Philosophie beschrieben. Zuweilen wußte man kaum, ob man die geistigen Ekstasen eines mittelalterlichen Heiligen oder die morbiden Bekenntnisse eines modernen Sünders las. Es war ein Buch voller Gift. Der schwere Duft des Weihrauchs schien um seine Seiten zu schweben und das Gehirn zu verwirren. Schon der Klang der Sätze, die subtile Monotonie ihrer Musik, die erfüllt war von komplizierten Wiederholungen und kunstreich wiederkehrender Bewegung, erzeugten in Dorians Geist, wie er von Kapitel zu Kapitel vorrückte, eine Art Träumerei, eine Krankheit des Träumens, die ihn das Sinken des Tages und das Herankriechen der Schatten nicht wahrnehmen ließen. Wolkenlos und nur durchstoßen von einem einsamen Stern, glühte ein kupfergrüner Himmel durch die Fenster. Er las weiter bei dem erblassenden Licht, bis er nichts mehr sehen konnte. Erst nachdem sein Diener ihn mehrere Male erinnert hatte, daß es spät sei, stand er auf, ging ins Nebenzimmer, legte das Buch auf den kleinen Florentiner Tisch, der immer neben seinem Bett stand, und begann, sich zum Diner umzukleiden.

Es war fast neun Uhr, als er im Klub ankam, wo er Lord Henry traf, der allein und sehr gelangweilt im Lesezimmer saß.

»Es tut mir so leid, Harry«, sagte er, »aber es ist tatsächlich ganz und gar Ihre Schuld. Das Buch, das Sie mir schickten, hat mich so gefesselt, daß ich nicht merkte, wie die Zeit verstrich.«

»Ja, ich dachte mir, daß es Ihnen gefallen würde«, erwiderte sein Gegenüber und stand vom Stuhl auf.

»Ich habe nicht gesagt, daß es mir gefällt, Harry. Ich sagte, daß es mich gefesselt habe. Das ist ein großer Unterschied.«

»Ach, haben Sie das herausbekommen?« murmelte Lord Henry. Und sie gingen in den Speisesaal.

ELFTES KAPITEL

Jahrelang konnte sich Dorian Gray von dem Einfluß dieses Buches nicht frei machen, oder vielleicht wäre es richtiger zu sagen, daß er niemals versuchte, sich davon frei zu machen. Er ließ sich aus Paris nicht weniger als neun Luxusausgaben der ersten Auflage kommen, die er sich in verschiedenen Farben binden ließ, so daß sie seinen verschiedenen Launen und den wechselnden Einfällen seines Charakters entsprachen, über den er, wie ihm schien, zuweilen die Herrschaft völlig verloren hatte. Der Held, der wundervolle junge Pariser, in dem das romantische und das leidenschaftliche Element auf so seltsame Weise verschmolzen waren, wurde ihm zu einer Art vorausgeahnten Ideals seiner selbst. Und wirklich schien es ihm, als enthalte das ganze Buch die Geschichte seines Lebens, das hier aufgezeichnet worden war, noch ehe er selbst es gelebt hatte. In einer Beziehung jedoch war er glücklicher als der phantastische Held des Romans. Er kannte nie – er hatte ja auch nie eine Ursache dazu gehabt – jene etwas groteske Furcht vor Spiegeln, polierten Metallflächen und unbewegtem Wasser, die den jungen Pariser so früh im Leben überkam und die durch den plötzlichen Verfall einer Schönheit verursacht wurde, die zuvor anscheinend außerordentlich gewesen war. Mit einer fast grausamen Lust – und vielleicht liegt in jeder Lust, wie sicherlich in jedem Genuß, ein Stück Grausamkeit – pflegte er den zweiten Teil des Buches zu lesen, mit seinem wirklich tragischen, wenn auch ein wenig übertriebenen Bericht von den Leiden und Verzweiflungen eines Menschen, der verloren hatte, was er an andern und in der Welt am höchsten schätzte.

Denn die wunderbare Schönheit, die Basil Hallward und andere außer ihm so bezaubert hatte, schien ihn nie zu verlassen. Selbst diejenigen, welche die häßlichsten Dinge über ihn gehört hatten – und von Zeit zu Zeit schlichen seltsame Gerüchte über seine Lebensweise durch London und wurden zum Gespräch in den Klubs –, konnten nichts Unehrenhaftes von ihm glauben, wenn sie ihn sahen. Er sah immer aus wie jemand, der sich unberührt von der Welt erhalten hat. Wer gemeine Dinge redete, schwieg, wenn Dorian Gray ins Zimmer trat. In der Reinheit seines Gesichtes lag etwas, das ihn tadelte. Seine bloße Gegenwart schien ihnen allen die Erinnerung an die Unschuld wieder wachzurufen, die sie beschmutzt hatten. Man wunderte sich, daß ein so reizender und anmutiger Mensch wie er der Befleckung durch eine Zeit zu entrinnen vermocht hatte, die zugleich schmutzig und sinnlich war.

Oft, wenn er von einer jener geheimnisvollen und langen Abwesenheiten heimkam, die so seltsame Vermutungen unter seinen Freunden oder jenen hervorriefen, die sich dafür hielten, schlich er hinauf in das verschlossene Zimmer, öffnete die Tür mit dem Schlüssel, den er nun niemals mehr aus der Hand gab, stellte sich mit einem Spiegel vor das Bildnis, das Basil Hallward von ihm gemalt hatte, und sah abwechselnd auf das schändliche, alternde Gesicht auf der Leinwand und auf das schöne junge Antlitz, das ihm aus der glatten Fläche entgegenlächelte. Gerade das Grelle des Gegensatzes pflegte seinen Genuß zu erhöhen. Mehr und mehr verliebte er sich in seine eigene Schönheit, mehr und mehr gewann er Interesse an der Verderbnis der eigenen Seele. Mit peinlicher Aufmerksamkeit und zuweilen mit einem ungeheuerlichen und schrecklichen Entzücken beobachtete er die häßlichen Linien, die die runzlige Stirn durchfurchten oder um den stark sinnlichen Mund krochen, und er fragte sich zuweilen, welche Zeichen wohl die schrecklicheren seien, die der Sünde oder die des Alters. Er legte seine weißen Hände neben die rohen, geschwollenen auf dem Bild und lächelte. Er verhöhnte den verunstalteten Körper und die welkenden Glieder.

Aber es gab auch Augenblicke, wenn er schlaflos in seinem von köstlichen Düften erfüllten Zimmer oder in dem schmutzigen Hinterzimmer der kleinen berüchtigten Kneipe bei den Docks lag, die er häufig unter einem angenommenen Namen und verkleidet zu besuchen pflegte, daß er des Verderbens gedachte, das er über seine Seele gebracht hatte, mit einem Mitleid, das um so mehr peinigte, als es ganz selbstsüchtig war. Aber Augenblicke dieser Art waren selten. Jene Neugierde am Leben, die Lord Henry zuerst in ihm erregt hatte, als sie im Garten ihres Freundes beieinandersaßen, schien mit der Befriedigung nur noch zu wachsen. Je mehr er wußte, je mehr begehrte er zu wissen. Er empfand ein wahnsinniges Hungergefühl, das um so gieriger wurde, je mehr er es stillte. Doch war er durchaus nicht unbedacht, wenigstens nicht in seinen Beziehungen zur Gesellschaft. Ein- oder zweimal in jedem Monat während des Winters und an jedem Mittwochabend während der Saison öffnete er sein schönes Haus für die Welt und sorgte dafür, daß die berühmtesten Musiker der Zeit seine Gäste mit den Wundern ihrer Kunst erfreuten. Seine kleinen Dinners, bei deren Zusammenstellung Lord Henry ihm stets behilflich war, waren ebensosehr wegen der sorgfältigen Auswahl und Sitzanordnung der Eingeladenen berühmt wie wegen des erlesenen Geschmacks, der sich in der Tafeldekoration mit ihrer feinen symphonischen Anordnung exotischer Blumen, bestickter Stoffe und alten Gold- und Silbergeschirrs offenbarte. In der Tat gab es viele, besonders unter der Jugend, die in Dorian Gray die wahre Verkörperung eines Typus sahen oder zu sehen glaubten, von dem sie oft in Eton oder Oxford geträumt hatten, eines Typus, der etwas von der Kultur des Gelehrten mit der ganzen Anmut, Vornehmheit und den vollkommenen Manieren eines Weltmannes verschmolz. Ihnen erschien er als einer aus der Schar jener, die Dante als diejenigen schildert, die »sich vollkommen zu machen suchen durch Anbetung der Schönheit«. Wie Gautier war er einer von denen, für die »die sichtbare Welt existierte«.

Und sicherlich war für ihn das Leben die erste, größte der Künste, und alle übrigen schienen ihm nur eine Vorbereitung dafür zu sein. Die Mode, durch die das wirklich Phantastische für einen Augenblick Allgemeingut wird, und das Dandytum, das in seiner Art einen Versuch darstellt, die absolute Modernität der Schönheit zu bezeugen, schlugen natürlich ihren Zauber um ihn. Seine Art, sich zu kleiden, und die besonderen Stile, die er von Zeit zu Zeit annahm, übten einen ausgesprochenen Einfluß auf die Elegants der Mayfair-Bälle und die Fenster des Pall-Mall-Klubs aus, die ihn in allem, was er tat, kopierten und den durch den Zufall geschaffenen Reiz seiner anmutvollen und ihm dennoch nur zur Hälfte ernsthaften Exzentrizitäten zu wiederholen suchten.

Während er jedoch nur zu bereit war, die Stellung, die ihm fast unmittelbar nach seiner Mündigsprechung angeboten wurde, anzunehmen, und während er in der Tat einen feinen Genuß in dem Gedanken empfand, für das London seiner Zeit wirklich das zu werden, was für das kaiserliche Rom Neros einmal der Verfasser des ›Satyrikon‹ gewesen war, wünschte er dennoch im Innersten seines Herzens etwas mehr zu bedeuten als ein bloßer ›arbiter elegantiarum‹, den man über das Tragen eines Schmuckstückes, über das Binden einer Krawatte oder die Haltung eines Stocks befragte. Er suchte ein neues Lebensschema auszuarbeiten, das seine vernünftige Philosophie und seine geordneten Prinzipien hatte, dem in der Vergeistigung der Sinne sein höchstes Ziel gesteckt sein sollte.

Die Verehrung der Sinne ist oft und mit sehr viel Recht geschmäht worden, da die Menschen instinktiv ein natürliches Angstgefühl vor Leidenschaften und Empfindungen haben, die ihnen stärker erscheinen, als sie selber sind, und die sie mit den weniger hoch organisierten Daseinsformen zu teilen sich bewußt sind. Jedoch erschien es Dorian Gray, daß die wahre Natur der Sinne niemals verstanden worden sei und daß sie nur darum wild und tierisch blieben, weil die Welt nur immer strebte, sie durch Unterdrückung zu brechen oder durch Schmerzen abzutöten, anstatt danach zu trachten, sie zu den Elementen einer neuen Vergeistigung zu erheben, deren vorherrschender Charakterzug ein neuer Sinn für die Schönheit sein sollte. Wenn er auf den Gang des Menschen durch die Weltgeschichte zurücksah, ergriff ihn ein Gefühl des Verlustes. Soviel war geändert worden! Und zu solch kleinem Zweck! Es hatte wahnsinnige, willkürliche Entsagungen, ungeheuerliche Formen der Selbstpeinigung und Selbstverleugnung gegeben, deren Ursprung nur Furcht und deren Ergebnis eine unendlich viel schrecklichere Erniedrigung war als jene nur in der Einbildung bestehende Erniedrigung, vor der die Menschheit in ihrer Unwissenheit flüchten wollte, während die Natur in ihrer wundervollen Ironie den Anachoreten in die Wüste treibt, damit er dort mit ihren Kreaturen weide, und dem Einsiedler die Tiere des Feldes zu Gefährten gibt.

Ja, wie Lord Henry prophezeit hatte: ein neuer Hedonismus mußte kommen, der das Leben neu erschuf und vor jenem strengen, häßlichen Puritanertum errettete, das in unsern Tagen seine sonderbare Auferstehung erlebt. Sicherlich sollte auch dem Verstande darin sein Gottesdienst werden, aber niemals sollte eine Theorie oder ein System angenommen werden, das die Aufopferung irgendeiner Art leidenschaftlichen Erlebens in sich schloß. Das Ziel dieses Hedonismus sollte vielmehr die Erfahrung selbst sein, nicht die Frucht der Erfahrung, mochte sie nun süß sein oder bitter. Von dem Asketismus, der die Sinne abtötet, wie auch von der gemeinen Verworfenheit, die sie abstumpft, sollte er nichts enthalten. Doch er sollte die Menschheit lehren, sich auf die großen Augenblicke eines Lebens zu konzentrieren, das selbst nur ein Augenblick ist.

Nur wenige unter uns gibt es, die nicht zuweilen erwacht sind, ehe es dämmert, entweder nach einer jener traumlosen Nächte, die uns fast den Tod lieben lassen, oder einer jener Nächte des Schrekkens und der ungestalten Lust, wenn durch die Kammern des Gehirns Phantome flattern, die schrecklicher sind als die Wirklichkeit selbst und erfüllt von jenem pochenden Leben, das in allem Grotesken lauert und das der gotischen Kunst ihre ewige Lebenskraft verleiht, wie denn gerade diese Kunst, so möchte man meinen, besonders die Kunst jener ist, deren Seelen getrübt sind von der Krank-

heit des Träumens. Bleiche Finger schleichen allmählich durch die
Vorhänge und scheinen zu zittern. In schwarzen, phantastischen
Formen kriechen trübe Schatten in die Zimmerwinkel und kauern
dort nieder. Draußen rascheln die Vögel im Laub, oder man hört
den Schritt von Menschen, die zur Arbeit gehen, oder das Seufzen
und Stöhnen des Windes, der von den Hügeln herniederfährt und
um das schweigende Haus wandert, als habe er Furcht, die Schläfer
zu erwecken, und sei dennoch gezwungen, den Schlaf aus seiner
purpurnen Höhle hervorzurufen. Schleier auf Schleier von dünner
dunkler Gaze heben sich, und allmählich werden den Dingen ihre
Farben wiedergegeben, und wir sehen, wie die Dämmerung der
Welt wieder ihre alte Gestalt verleiht. Die blassen Spiegel erhalten
ihre Kraft der Nachahmung zurück. Die flammenlosen Kerzen stehen, wo wir sie ließen, und neben ihnen liegt das halbaufgeschnit-
tene Buch, in dem wir gelesen, oder die auf Draht gebundene
Blume, die wir auf dem Ball getragen, oder der Brief, den zu lesen
wir uns gefürchtet oder den wir zu oft gelesen haben. Nichts
scheint verändert. Aus den unwirklichen Schatten der Nacht steigt
das wirkliche Leben hervor, das wir gekannt haben. Wir müssen es
wiederaufnehmen, wo wir es abgebrochen hatten, und es be-
schleicht uns ein schreckliches Gefühl für die Notwendigkeit, in
dem gleichen ermüdenden Kreise stereotyper Gewohnheiten die
Kräfte weiter zu verbrauchen, oder vielleicht eine wilde Sehnsucht,
unsere Augenlider möchten sich eines Morgens öffnen auf eine
Welt, die in der Dunkelheit zu unserer Lust neu geschaffen wurde
– eine Welt, in der die Dinge neue Farben und Formen hätten, verändert wären oder andere Geheimnisse bergen, eine Welt, in der die
Vergangenheit wenig oder gar keinen Raum einnehmen dürfte oder
doch wenigstens in keiner bewußten Form der Verpflichtung oder
Reue weiterlebte, da doch selbst die Erinnerung an eine Freude ihre
Bitterkeit hat, das Zurückdenken an einen Genuß seinen Schmerz.

Die Erschaffung solcher Welten schien Dorian Gray den eigentlichen Inhalt seines Lebens zu bedeuten oder zumindest zu seinen
eigentlichen Inhalten zu gehören; und in seinem Suchen nach Sensationen, die zugleich neu und köstlich sein und jenes Element des
Sonderbaren besitzen sollten, das der Romantik so wesentlich ist,
pflegte er häufig in gewisse Denkweisen hineinzuschlüpfen, von
denen er wußte, daß sie in Wirklichkeit seiner Natur fremd waren; er gab sich ihren feinen Einflüssen hin und ließ sie dann,
wenn er sozusagen ihre Farbe aufgesogen und seine intellektuelle
Neugierde befriedigt hatte, mit jener sonderbaren Gleichgültigkeit

wieder fallen, die mit einer wirklichen Glut des Temperaments nicht unvereinbar und in der Tat nach der Ansicht gewisser moderner Psychologen oft eine Bedingung für sie ist.

Einmal lief das Gerücht um, er wolle zum römisch-katholischen Glauben übertreten; und gewiß besaß das katholische Ritual stets eine große Anziehungskraft für ihn. Das tägliche Opfer, grauenhafter als alle Opfer der alten Welt, regte ihn ebensosehr auf durch seine stolze Vernichtung der Sinnfälligkeit wie durch die primitive Einfachheit seiner Elemente und das ewige Pathos der menschlichen Tragödie, die es zu symbolisieren suchte. Er liebte es, auf den kalten Marmorfliesen niederzuknien und den Priester zu beobachten, wie er in seiner steifen, blumengeschmückten Stola langsam und mit weißen Händen den Vorhang des Tabernakels auf die Seite schob oder die edelsteingeschmückte, laternenförmige Monstranz mit jener bleichen Hostie in die Höhe hob, die bisweilen, wie man fast denken möchte, wirklich das panis coelestis, das Brot der Engel, ist, oder, in die Gewänder der Passion Christi gekleidet, die Hostie in den Kelch brach und sich um seiner Sünden willen an die Brust schlug. Die rauchenden Weihrauchfässer, die ernste Knaben in Spitzen und Scharlach wie große vergoldete Blumen durch die Luft schwangen, übten eine tiefe Bezauberung auf ihn aus. Beim Hinausgehen pflegte er staunend die schwarzen Beichtstühle anzusehen und sich zu sehnen, in ihrem dunklen Schatten zu sitzen und den Männern und Frauen zu lauschen, die durch das abgegriffene Gitter die wahre Geschichte ihres Lebens erzählten.

Aber er verfiel nie in den Irrtum, seine intellektuelle Entwicklung durch die förmliche Annahme irgendeines Bekenntnisses oder Systems zu hemmen oder ein Haus, in dem man leben konnte, mit einer Herberge zu verwechseln, die nur für den Aufenthalt einer Nacht taugt oder für wenige Stunden einer Nacht, wenn kein Stern leuchtet und der Mond sich verbirgt. Die Mystiker mit ihrer wunderbaren Macht, uns gewöhnliche Dinge seltsam zu machen, und der geheime Antinomismus, der sie stets zu begleiten scheint, beschäftigten ihn eine Saison lang, und eine Saison lang hatte er eine Neigung für die materialistischen Lehren der deutschen darwinistischen Bewegung und fand einen merkwürdigen Genuß daran, menschliche Gedanken und Leidenschaften auf irgendeine perlgroße Zelle im Gehirn zurückzuleiten oder auf irgendeinen weißen Nerv im Körper, wobei es ihn entzückte, sich die absolute Abhängigkeit des Geistes von gewissen physischen Bedingungen vorzustellen, mochten diese nun krankhaft sein oder gesund, normal oder verkrüppelt. Doch wie schon zuvor von ihm gesagt wurde: keine Theorie des Lebens schien ihm von irgendeiner Bedeutung im Vergleich zum Leben selbst. Er war sich der Unfruchtbarkeit aller geistigen Spekulation klar bewußt, wenn diese von Handlung und Experiment abgetrennt gehalten wird. Er wußte, daß die Sinne nicht weniger als die Seele geistige Geheimnisse zu offenbaren vermögen. Und so widmete er sich jetzt dem Studium der Gerüche und den Geheimnissen ihrer Herstellung. Er destillierte schwerduftende Öle und verbrannte wohlriechenden Gummi aus dem Osten. Er erkannte, daß es keine Stimmung des Geistes gab, die nicht ihr Gegenspiel im Leben der Sinne hatte, und er verlegte sich darauf, ihre wahren gegenseitigen Beziehungen zu entdecken, und fragte sich, was den Menschen im Weihrauch in mystische Fremdheit versetze und warum Ambra die Leidenschaft aufwühle und warum der Veilchenduft die Erinnerung an gestorbene Romane erwecke, der Moschus das Gehirn verwirre, der Tschampak die Phantasie beflecke. Und er versuchte häufig, eine exakte Psychologie der Gerüche auszuarbeiten und die verschiedenen Wirkungen süßschmeckender Wurzeln, starkriechender, pollenbeladener Blüten oder aromatischer Balsame und dunkler duftender Hölzer zu bestimmen: der Narde, die krank macht, der Hovenie, die wahnsinnig macht, und der Aloe, von der man sagt, daß sie aus der Seele die Schwermut zu vertreiben vermöge.

Zu einer anderen Zeit widmete er sich ganz der Musik und pflegte in einem langen, getäfelten Raum, dessen Decke rotgolden und dessen Wände mit einem olivgrünen Lack bemalt waren, seltsame Konzerte zu geben, bei denen tolle Zigeunermädchen eine wilde Musik aus kleinen Zithern lockten oder ernste Tunesier mit gelben Schals die gespannten Saiten ungeheurer Lauten zupften, während grinsende Neger mit einfachem Takt auf kupferne Trommeln schlugen und schlanke turbanbedeckte Inder, die auf scharlachroten Matten kauerten, durch lange Rohr- oder Messingpfeifen bliesen und große Brillenschlangen und furchtbare Hornvipern bezauberten oder zu bezaubern schienen. Die grellen Intervalle und die schrillen Dissonanzen barbarischer Musik reizten ihn zu Zeiten, wo Schuberts Anmut, Chopins süße Melancholie und sogar die mächtigen Harmonien Beethovens unbeachtet an sein Ohr rührten. Er sammelte aus allen Teilen der Welt die seltsamsten Instrumente, die sich finden ließen, in den Gräbern toter Völker oder unter den wenigen wilden Stämmen, welche die Berührung mit westlicher Kultur überdauert haben, und er liebte es, sie zu berühren und zu

versuchen. Er besaß das geheimnisvolle Juruparis der Rio-Negro-
Indianer, das die Frauen nicht anblicken und das sogar Jünglinge
erst dann sehen dürfen, wenn sie sich Fasten und Geißelungen un-
terworfen haben, und die irdenen Knarren der Peruaner, die wie
schrille Vogelschreie tönen, und Flöten aus Menschenknochen, wie
sie Alfonso de Ovalle in Chile hörte, und die klingenden grünen
Jaspissteine, die bei Cuzco gefunden werden und die einen Ton von
seltsamer Süße hervorbringen. Er hatte bemalte Kürbisse, die mit
Kieselsteinen gefüllt waren und rasselten, wenn sie geschüttelt wurden; die lange Zinke der Mexikaner, durch die man nicht bläst,
sondern die Luft einzieht; die rauhe Ture der Amazonasstämme,
die von Wachen geblasen wird, welche den ganzen Tag in hohen
Bäumen sitzen, und die, wie man sagt, auf eine Entfernung von drei
Meilen gehört werden kann; das Teponaztli, das zwei vibrierende
Zungen aus Holz hat und das mit Stöcken geschlagen wird, die mit
Kautschuk bestrichen sind; die Yotl-Glocken der Azteken, die in
Büscheln hängen wie Weintrauben, und eine mächtige zylindrische
Trommel, bespannt mit den Häuten großer Schlangen, derjenigen
gleich, die Bernal Diaz sah, als er mit Cortez in den mexikanischen
Tempel trat, und von deren wehklagendem Ton er uns eine so
lebendige Schilderung hinterlassen hat. Der phantastische Charakter dieser Instrumente bezauberte ihn, und er empfand einen merkwürdigen Genuß, wenn er daran dachte, daß die Kunst ihre Ungeheuer hat wie die Natur, Dinge von tierischer Form und mit gräßlichen Stimmen. Bald jedoch wurde er ihrer müde und saß wieder
in seiner Loge in der Oper, entweder allein oder mit Lord Henry,
und hörte in verzückter Lust den ›Tannhäuser‹ und erblickte in der
Ouvertüre dieses großen Kunstwerks eine Darstellung der Tragödie
seiner eigenen Seele.

Bei einer anderen Gelegenheit warf er sich auf das Studium der
Edelsteine, und bei einem Kostümball erschien er als Anne de Joyeuse, Admiral von Frankreich, in einem Gewand, das mit fünfhun-
dertsechzig Perlen bedeckt war. Diese Neigung fesselte ihn jahrelang; ja, man kann sogar sagen, daß sie ihn niemals verlassen hat.
Oft verbrachte er einen ganzen Tag damit, die verschiedenen
Steine seiner Sammlung aus ihren Schachteln herauszunehmen und
sie wieder zurückzulegen: den olivgrünen Chrysoberyll, der bei
Lampenlicht rot wird, den Cymophan mit den drahtähnlichen Silberlinien, den pistazienfarbenen Peridot, rosenrote und weingelbe
Topase, Karfunkelsteine in feurigem Scharlach mit zitternden vierstrahligen Sternen, flammenrote Zimtsteine, orangene und violette

Spinelle und Amethyste mit ihren wechselnden Schichten von Rubin und Saphir. Er liebte das rote Gold des Sonnensteins und des Mondsteins perlfarbene Weiße und den gebrochenen Regenbogen des milchigen Opals. Aus Amsterdam verschaffte er sich drei Smaragde von außerordentlicher Größe und reichster Farbe. Und er besaß einen Türkis de la vieille roche, um den ihn alle Kenner beneideten.

Er fand auch wundervolle Geschichten über Juwelen auf. In Alphonsos ›Clericalis Disciplina‹ war eine Schlange erwähnt, deren Augen aus zwei echten Hyazinthsteinen bestanden, und in der romantischen Geschichte Alexanders, des Eroberers von Emathia, hieß es, er habe im Jordantal Schlangen gefunden, »mit Ringen aus echten Smaragden, die ihnen auf dem Rücken wuchsen«. Im Gehirn des Drachen sei ein Edelstein, erzählt uns Philostratus, und durch »den Anblick goldener Lettern und eines scharlachroten Kleides« konnte das Ungeheuer in einen magischen Schlaf versetzt und getötet werden. Nach der Ansicht des großen Alchimisten Pierre de Boniface machte der Diamant unsichtbar und der indische Achat beredt. Der Karneol beschwichtigte den Zorn, der Hyazinth rief den Schlaf herbei, und der Amethyst trieb die Dünste des Weins hinweg. Der Granat verscheuchte Dämonen, und der Hydropicus beraubte den Mond seiner Farbe. Der Selenit nahm zu und schwand hin mit dem Monde, und der Melokeus, der die Diebe entdeckt, wurde nur vom Blute junger Ziegen angegriffen. Leonardus Camillus hatte einen weißen Stein gesehen, der dem Gehirn einer eben getöteten Kröte entnommen worden und der ein sicheres Mittel gegen Gift war. Der Bezoar, der im Herzen des arabischen Hirsches gefunden wurde, war ein Zauber, der die Pest zu heilen vermochte. In den Nestern arabischer Vögel lag der Aspilat, der nach Demokrit seinen Träger vor jeglicher Feuersgefahr schützt.

Der König von Ceilan ritt durch seine Hauptstadt mit einem großen Rubin in der Hand, wie zur Feier seiner Krönung. Die Tore zum Palaste Johannes des Priesters waren gebildet »aus Karneol, in den das Horn der Hornviper geschnitten war, so daß niemand Gift hineinzubringen vermochte«. Über dem Giebel waren »zwei goldene Äpfel mit zwei Karfunkelsteinen darin«, so daß das Gold am Tage glänzte und die Karfunkelsteine in der Nacht. In Lodges seltsamem Roman »Eine amerikanische Perle« stand, daß man im Schlafzimmer der Königin sehen konnte »alle keuschen Frauen der Welt, in Silber getrieben, wie sie in schöne Spiegel aus Chrysolith, Karfunkelsteinen, Saphiren und grünen Smaragden blickten«.

Marco Polo hatte gesehen, daß die Einwohner von Zipangu in den Mund der Toten rosafarbene Perlen steckten. Ein Seeungeheuer war in die Perle verliebt, die der Taucher dem König Perozes brachte, hatte den Dieb erschlagen und sieben Monate über den Verlust der Perle getrauert. Als die Hunnen den König in eine große Grube lockten, warf er sie weg – Prokopius erzählt die Geschichte –, und sie wurde nie wieder gefunden, obwohl der Kaiser Anastasius fünfhundert Goldstücke dafür bot. Der König von Malabar hatte einmal einem Venezianer einen Rosenkranz aus dreihundertvier Perlen gezeigt, eine Perle für jeden Götzen, den er anbetete.

Als der Herzog von Valentinois, der Sohn Alexanders VI., Ludwig XII. von Frankreich besuchte, war sein Pferd mit Goldblättern bedeckt, wie Brantôme berichtet, und sein Barett trug Doppelreihen von Rubinen, die einen starken Schein ausstrahlten. Karl von England war in Steigbügeln geritten, die mit vierhunderteinundzwanzig Diamanten besetzt waren. Richard II. hatte ein Gewand, dessen Wert man auf dreißigtausend Mark schätzte, da es über und über mit Balasrubinen bedeckt war. Hall beschrieb Heinrich VIII. auf seinem Weg zum Tower vor seiner Krönung: er trug »ein Wams mit Goldauflagen, dessen Brust mit Diamanten und andern edlen Steinen bestickt war, und um den Hals ein großes Gehänge von schweren Rubinen«. Die Günstlinge Jakobs I. trugen als Ohrringe Smaragde, in Goldfiligran gefaßt. Eduard II. gab dem Piers Gaveston eine Rüstung aus rotem Gold mit eingelegten Hyazinthsteinen, einen Halsschutz aus Goldrosen, denen Türkise eingefügt waren, und eine mit Perlen »übersäte« Sturmhaube. Heinrich II. trug juwelenbesetzte Handschuhe, die bis zum Ellbogen reichten, und besaß für die Falkenbeize einen Fausthandschuh mit zwölf Rubinen und zweiundfünfzig eingenähten großen Perlen. Der Herzogshut Karls des Kühnen, des letzten Herzogs von Burgund, war mit birnenförmigen Perlen behangen und mit Saphiren bestreut.

Wie erlesen war einst das Leben gewesen! Wie herrlich in seinem Prunk und seinem Schmuck! Allein von dem verschwenderischen Reichtum der Toten zu lesen war wundervoll.

Dann wandte er seine Aufmerksamkeit den Stickereien und Gobelins zu, die in den kalten Räumen der nördlichen Völker Europas die Stelle von Fresken einnahmen.

Als er sich in diesen Gegenstand vertiefte – und er war stets einer außerordentlichen Fähigkeit teilhaftig, völlig aufzugehen in dem, womit er sich gerade beschäftigte –, ergriff ihn fast Trauer, wenn er des Verderbens gedachte, das die Zeit schönen und wunderbaren Dingen bereitete. Er wenigstens war dem entronnen. Sommer folgte auf Sommer, und die gelben Narzissen blühten und welkten viele Male, und Nächte des Schreckens wiederholten die Geschichte ihrer Schmach; er aber blieb unverändert. Kein Winter zerstörte sein Antlitz oder befleckte seine blütenhafte Schönheit. Wie anders war es mit materiellen Dingen! Wohin waren sie entschwunden? Wo war das große krokusfarbene Gewand, auf dem die Götter gegen die Giganten kämpften, das von braunen Mädchen zur Freude der Athena gewirkt worden war? Wo das gewaltige Velarium, das Nero über das Kolosseum in Rom hatte breiten lassen, jenes titanische Purpursegel, auf dem der Sternenhimmel und Apollo als Lenker eines Wagens dargestellt waren, den weiße Hengste mit goldenen Zügeln zogen? Er sehnte sich, die seltsamen Tischdecken zu sehen, die für die Sonnenpriester gewebt und auf denen alle Lekkerbissen an Speisen ausgebreitet waren, die für ein Fest verlangt werden können; oder das Bahrtuch König Chilperichs mit den dreihundert goldenen Bienen; die phantastischen Gewänder, die den Unwillen des Bischofs von Pontus erregten und auf denen »Löwen, Panther, Bären, Hunde, Wälder, Felsen, Jäger – kurz alles, was ein Maler der Natur nachbilden kann« abgebildet waren; und den Rock, den Karl von Orléans einst getragen hatte, auf dessen Ärmel die Verse eines Liedes gestickt waren, das begann: »Madame, je suis tout joyeux«, während die Noten der Musik zu den Worten in goldenen Fäden eingewirkt waren und jede Note, viereckig, wie üblich in jenen Tagen, aus vier Perlen gebildet war. Er las von dem Gemach, das man im Palast von Reims für die Königin Johanna von Burgund eingerichtet hatte und das ausgeschmückt war mit »dreizehnhunderteinundzwanzig Papageien, in Stickerei gearbeitet, in die das Wappen des Königs hineingewirkt war, und mit fünfhunderteinundsechzig Schmetterlingen, deren Flügel in ähnlicher Weise mit dem Wappen der Königin geschmückt waren, das Ganze in Gold gearbeitet«. Katharina von Medici hatte sich ein Trauerbett aus schwarzem Samt machen lassen, über das Mondsicheln und Sonnenscheiben gestreut waren. Seine Vorhänge bestanden aus Damast mit Blattgewinden und Girlanden auf goldenem und silbernem Grunde, die Ränder umsäumt mit Perlenstickereien, und es stand in einem Zimmer, um das sich die Devisen der Königin, in schwarzem Samt ausgeschnitten, auf Silbertuch herumzogen. Ludwig XIV. hatte in seinem Gemach goldgestickte Karyatiden, fünfzehn Fuß hoch. Das Prunkbett Sobieskis, des Polenkönigs, war aus Goldbrokat aus Smyrna, und mit Türkisen waren Verse aus dem Koran hineingestickt. Die Pfosten waren aus vergoldetem Silber und verschwenderisch beladen mit Medaillons aus Emaille und Edelsteinen.

Es war eine Beute aus dem Türkenlager bei der Entsetzung Wiens, und unter dem zitternden Gold seines Baldachins hatte Mohammeds Fahne gestanden.

Und so suchte er während eines ganzen Jahres die kostbarsten Beispiele zusammen, die er an Webereien und Stickereien auftreiben konnte; er erwarb zarte Musseline aus Delhi, zierlich bestickt mit goldenen Palmblättern und benäht mit irisierenden Käferflügeln; Gaze aus Dakka, die wegen ihrer Durchsichtigkeit im Osten »gewebte Luft«, »rinnendes Wasser« und »Abendtau« genannt wird; seltsam gemusterte Gewänder aus Java; köstliche chinesische Gehänge; Bücher in Einbänden von lohfarbenem Atlas oder hellblauer Seide, in die fleurs de lys, Vögel und Bilder hineingewirkt waren; Schleier und Spitzen aus Ungarn, sizilianische Brokate und steife spanische Samte; georgische Arbeit mit goldenen Ecken und japanische Foukousas mit ihrem grünlichen Goldton und ihren wundervoll gefiederten Vögeln.

Er besaß auch eine besondere Leidenschaft für kirchliche Gewänder, wie überhaupt für alles, was mit dem Gottesdienst verknüpft war. In den langen Kästen aus Zedernholz, die in der westlichen Galerie seines Hauses aufgestellt waren, hatte er viele seltene und schöne Beispiele dessen aufgehäuft, was wirklich die Gewandung der Braut Christi ist, die sich in Purpur und Edelsteine und feines Leinen hüllen muß, damit sie den bleichen abgezehrten Leib verberge, der geschlagen ist von dem Leiden, nach dem sie verlangt, und verwundet von selbstgeschaffenem Schmerze. Er besaß einen prunkvollen Chorrock aus karminroter Seide und goldgesticktem Damast, geziert mit einem wiederkehrenden Muster goldener Granatäpfel, die in sechsblättrige, stilisierte Blütenkelche gestellt waren, daneben zu beiden Seiten das Fruchtzapfenmotiv, in Sonnenperlen hineingewirkt. Die Stolen waren in Felder geteilt mit Darstellungen aus dem Leben der Heiligen Jungfrau, und die Krönung der Jungfrau war in farbiger Seide auf der Kappe geschildert.

Dieses war eine italienische Arbeit aus dem fünfzehnten Jahrhundert. Ein anderer Chorrock war aus grünem Samt, mit herzförmigen Lagen von Akanthusblättern bestickt, aus denen langstielige weiße Blüten sprossen, deren Einzelheiten in Silberfäden und farbigen Kristallen ausgeführt waren. Die Schließe trug den Kopf eines Seraphs in Goldfiligran. Die Stolen waren in roter und goldener Farbe auf buntblumiges Tuch gewoben und mit Medaillons von vielen Heiligen und Märtyrern besternt, darunter der heilige Sebastian. Ferner besaß er Meßgewänder aus bernsteinfarbener Seide und blauer Seide und Goldbrokat, aus gelbem Seidendamast und Goldstoff, mit Darstellungen aus der Passion und der Kreuzigung Christi, bestickt mit Löwen und Pfauen und andern Symbolen; Dalmatiken aus weißem Atlas und rosa Seidendamast mit Tulpen und Rittersporn und fleurs de lys; Altardecken aus karminrotem Samt und blauem Leinen und viele Meßdecken, Kelchhüllen und Schweißtücher. In den mystischen Diensten, zu denen solche Dinge verwandt wurden, lag etwas, das seine Einbildungskraft befeuerte.

Denn diese Schätze und alles, was er in seinem schönen Hause gesammelt hatte, sollten ihm ein Mittel zum Vergessen sein, mittels derer er für eine Weile der Furcht entgehen konnte, die ihn häufig eine fast zu große Last dünkte. An der Wand des einsamen verschlossenen Zimmers, in dem er einen so großen Teil seiner Knabenjahre verbrachte, hatte er mit eigenen Händen das schreckliche Bildnis aufgehängt, dessen sich wandelnde Züge ihm die Erniedrigung seines Lebens zeigten. Und davor hatte er als Vorhang die purpurne und goldene Decke drapiert. Wochenlang ging er nicht hinauf; er wollte das gräßliche Bildwerk vergessen und sein Herz wieder leicht spüren, in wundervoller Freudigkeit und in leidenschaftlichem Vertieftsein das Dasein genießen. Dann plötzlich schlich er nachts aus dem Hause fort, ging an fürchterliche Orte bei Blue Gate Fields und blieb dort Tag für Tag, bis man ihn forttrieb. Bei seiner Rückkehr saß er dann dem Bild gegenüber, bisweilen voll Ekel davor und vor sich selbst, ein andermal aber wiederum erfüllt von jenem Stolz auf die eigene Individualität, der allein schon die Hälfte des Zaubers der Sünde ausmacht, und er lächelte mit geheimer Freude über den mißgestalten Schatten, der die Bürde zu tragen hatte, die seine eigene hätte sein sollen.

Nach einigen Jahren konnte er es nicht mehr ertragen, längere Zeit von England entfernt zu sein, und er gab das Landhaus auf, das er sich mit Lord Henry in Trouville hatte bauen lassen, und ebenso das kleine Haus mit den weißen Mauern in Algier, wo sie mehr als einmal den Winter verbracht hatten. Er haßte es, von dem Bildnis getrennt zu sein, das solch einen bedeutenden Teil seines Lebens ausmachte. Auch fürchtete er, daß während seiner Abwesenheit jemand in das Zimmer eindringen könne, trotz der vortrefflichen Riegel, mit denen er die Tür hatte versehen lassen.

Er war sich vollkommen bewußt, daß ihn nichts verraten würde. Zwar bewahrte das Bild unter all der Verderbnis und Häßlichkeit des Antlitzes noch eine ausgeprägte Ähnlichkeit mit ihm selbst; aber was konnte daraus ersehen werden? Er würde jeden auslachen, der versuchte, ihn zu höhnen. Er hatte es nicht gemalt. Was ging es ihn an, wie gemein und schändlich es aussah? Und selbst, wenn er es ihnen erklärte, würden sie es glauben? Dennoch hatte er Furcht. Zuweilen, wenn er in seinem großen Hause in Nottinghamshire war und die eleganten jungen Leute seines Standes, die seine hauptsächliche Gesellschaft bildeten, bei sich eingeladen hatte und die Grafschaft durch den üppigen Luxus und den verschwenderischen Glanz seiner Lebensweise in Erstaunen setzte, verließ er plötzlich seine Gäste und eilte zurück nach London, um zu sehen, ob die Türe noch unberührt und das Bild noch dort sei. Wenn man es gestohlen hätte? Der bloße Gedanke ließ ihn erstarren vor Schrecken. Dann würde sicherlich der Welt sein Geheimnis bekannt werden. Vielleicht ahnte die Welt es bereits.

Denn während er viele bezauberte, gab es nicht wenige, die ihm mißtrauten. Um ein Haar wäre er in einem Westend-Klub, zu dessen Gesellschaft ihn seine Geburt und seine soziale Stellung vollauf berechtigten, schwarz ballotiert worden, und man erzählte, daß einmal, als er von einem Freund in das Rauchzimmer des Churchill-Klubs mitgebracht wurde, der Herzog von Berwick und ein anderer Herr auf eine nicht mißzuverstehende Weise aufgestanden und hinausgegangen seien. Sonderbare Geschichten waren über ihn im Umlauf, nachdem er sein fünfundzwanzigstes Jahr vollendet hatte. Man erzählte, daß er sich in einer gemeinen Kneipe im entlegensten Whitechapel mit fremden Matrosen herumtreibe und daß er mit Dieben und Falschmünzern Umgang pflege und die Geheimnisse ihres Gewerbes kenne. Sein ungewöhnliches Verschwinden wurde notorisch, und wenn er dann wieder in der Gesellschaft auftauchte, wurden in allen Ecken Bemerkungen geflüstert, oder man ging mit spöttischem Lächeln an ihm vorbei oder sah ihn mit kalten forschenden Augen an, als sei man entschlossen, sein Geheimnis zu entdecken. Er schenkte solchen Belästigungen und versuchten Beleidigungen natürlich keine Beachtung, und für das Gefühl der meisten Leute war sein freies, heiteres Wesen, sein reizendes knabenhaftes Lächeln und die unendliche Anmut jener wundervollen Jugend, die nie von ihm zu weichen schien, eine hinreichende Antwort auf die Verleumdungen, die über ihn in Umlauf gesetzt waren, denn so bezeichnete man es. Indessen wurde bemerkt, daß einige von denen, die am intimsten mit ihm verkehrt hatten, ihn nach einer Weile zu meiden schienen. Frauen, die ihn leidenschaftlich geliebt, die um seinetwillen jedem gesellschaftlichen Tadel getrotzt hatten, konnte man vor Scham oder Schrecken erbleichen sehen, wenn Dorian Gray ins Zimmer trat.

Doch diese halblaut erzählten Skandale vergrößerten in den Augen vieler seinen seltsamen und gefährlichen Reiz. Sein großer Reichtum war ein gewisses Sicherheitsmoment. Die Gesellschaft, zumindest die kultivierte Gesellschaft, findet sich nie gern bereit, etwas Nachteiliges von jemandem zu glauben, der sowohl reich als auch entzückend ist. Sie fühlt instinktiv, daß Manieren wichtiger sind als Moral, und nach ihrer Meinung ist die höchste Ehrbarkeit von weniger großem Wert als der Besitz eines guten Küchenchefs. Und schließlich ist es ein armer Trost, wenn einem erzählt wird, derjenige, bei dem es ein schlechtes Diner oder einen erbärmlichen Wein gegeben habe, sei in seinem Privatleben unantastbar. Selbst die Kardinaltugenden können nicht für lauwarme Entrées entschädigen, wie Lord Henry einmal gelegentlich einer Diskussion über diesen Gegenstand bemerkte; und zugunsten seiner Ansicht läßt sich wahrscheinlich sehr viel vorbringen, denn die Gesetze der guten Gesellschaft sind oder sollten die gleichen sein wie die Gesetze der Kunst. Form ist absolut wesentlich für sie. Sie sollten die Würde einer Zeremonie haben und ebenso deren Unwirklichkeit; sie sollten den unaufrichtigen Charakter eines romantischen Spiels mit dem Witz und der Schönheit verbinden, die uns Spiele dieser Art als Genuß erscheinen lassen. Ist Unaufrichtigkeit wirklich so etwas Schreckliches? Ich glaube nicht. Sie ist nur eine Methode, durch die wir unsere Persönlichkeit vervielfältigen können.

Das wenigstens war Dorian Grays Meinung. Er pflegte sich über die flache Psychologie derer zu wundern, die das Subjekt des Menschen als etwas Einfaches, Beständiges, Verläßliches und seinem Wesen nach Einheitliches auffassen. Für ihn war der Mensch ein Wesen mit Myriaden Leben und Myriaden Empfindungen, ein zusammengesetztes, vielfältiges Geschöpf, das seltsame Erbschaften des Denkens und der Leidenschaft in sich barg und dessen Fleisch sogar von den ungeheuerlichen Krankheiten der Toten befleckt war. Er liebte es, durch die kahle kalte Galerie seines Landhauses zu gehen und die verschiedenen Porträts derer zu betrachten, deren Blut in seinen Adern floß. Hier war Philipp Herbert, den Francis

Osborne in seinen »Memoiren über die Regierung der Königin Elisabeth und des Königs Jakob« als einen beschreibt, der »verhätschelt wurde vom Hof seines hübschen Gesichtes wegen, das ihm jedoch nicht lange blieb«. War es das Leben des jungen Herbert, das er manchmal führte? War irgendein seltsamer Giftkeim von Körper zu Körper geschlichen, bis er den seinen erreicht hatte? Hatte ihn irgendein dumpfes Gefühl jener zerstörten Anmut so plötzlich und ohne Grund in Basil Hallwards Atelier bewogen, jene wahnsinnige Bitte auszusprechen, die sein Leben so verändert hatte?

Hier stand in goldgesticktem rotem Wams, in einem mit Edelsteinen besetzten Überrock mit goldgefranster Krause und Ärmelaufschlägen Sir Anthony Sherard, mit der silbernen und schwarzen Rüstung zu seinen Füßen. Was hatte er von diesem geerbt? Hatte ihm der Geliebte der Johanna von Neapel eine Hinterlassenschaft von Sünde und Schande vermacht? Waren seine Handlungen nur die Träume, die der Tote nicht zu verwirklichen gewagt hatte? Hier lächelte von der verblaßten Leinwand Lady Elizabeth Devereux in ihrer Gazehaube, ihrem perlenbesetzten Brusttuch und ihren roten Schlitzärmeln. Ihre Rechte hielt eine Blume, und ihre Linke umklammerte ein emailliertes Halsband aus weißen und Damaszener Rosen. Auf einem Tisch neben ihr lagen eine Mandoline und ein Apfel. Große grüne Rosetten waren auf ihren kleinen Spitzenschuhen. Er kannte ihr Leben und die seltsamen Geschichten, die man über ihre Geliebten erzählte. Hatte er etwas von ihrem Charakter? Jene ovalen Augen mit den schweren Lidern schienen ihn neugierig anzublicken. Was hatte ihm George Willoughby mit seinen gepuderten Haaren und seinen phantastischen Schönheitspflästerchen vermacht? Wie böse er aussah! Das Gesicht war verdrossen und geschwärzt, und die sinnlichen Lippen schienen zusammengekniffen vor Verachtung. Feine Spitzenmanschetten fielen über die mageren gelben Hände, die mit Ringen überladen waren. Er war ein Dandy des achtzehnten Jahrhunderts und in seiner Jugend der Freund Lord Ferrars' gewesen. Und der zweite Lord Beckenham, der Gefährte des Prinzregenten in seiner wildesten Zeit und einer der Zeugen bei seiner heimlichen Heirat mit Mrs. Fitzherbert, wie stolz und hübsch war er mit seinen kastanienbraunen Locken und seiner herausfordernden Haltung! Welche Leidenschaften hatte er ihm vererbt? Die Welt betrachtete ihn als infam. Er hatte die Orgien im Carlton House geleitet. Der Stern des Hosenbandordens glitzerte auf seiner Brust. Neben ihm hing das

Bild seiner Gemahlin, einer bleichen Dame in Schwarz mit dünnen Lippen. Auch ihr Blut wühlte in ihm. Wie seltsam ihm das alles erschien! Und seine Mutter mit ihrem Lady-Hamilton-Gesicht und ihren feuchten weinbenetzten Lippen – er wußte, was er von ihr erworben hatte. Ihr verdankte er seine Schönheit und die Leidenschaft für die Schönheit anderer. Sie lachte ihn an in ihrem losen Bacchantinnenkleide. In ihrem Haar war Weinlaub, und purpurner Schaum quoll aus dem Becher, den sie hielt. Die Fleischtöne des Gemäldes waren verblaßt, doch die Augen waren noch wundervoll in ihrer Tiefe und dem Glanz ihrer Farbe. Sie schienen ihm überallhin zu folgen, wohin er auch ging.

Doch man hatte auch Vorgänger in der Literatur, ebenso wie in seinem Geschlechte. Und vielleicht standen ihm viele von diesen näher an Typus und Charakter, und gewiß besaßen sie einen Einfluß, der einem noch klarer bewußt wurde. Es gab Zeiten, in denen es Dorian Gray schien, als sei die ganze Geschichte nur der Bericht seines eigenen Lebens, nicht wie er es wirkend in Taten und Umständen gelebt hatte, sondern wie seine Phantasie es ihm erschaffen hatte, wie es in seinem Gehirn und in seinen Leidenschaften gewesen war. Er fühlte, daß er sie alle gekannt hatte, diese seltsamen, schrecklichen Gestalten, die über die Bühne der Welt geschritten waren und der Sünde einen so wunderbaren Schein und dem Bösen solchen Reichtum an Reiz und Feinheit gegeben hatten. Ihm schien, als sei auf irgendeine geheimnisvolle Weise ihr Leben auch das seine gewesen.

Dem Helden des wunderbaren Romans, der sein Leben so sehr beeinflußt hatte, war dieses wunderliche Spiel der Phantasie gleichfalls bekannt gewesen. Im siebenten Kapitel erzählt er, wie er, mit Lorbeer gekrönt, damit der Blitz ihn nicht träfe, wie Tiberius in einem Garten zu Capri gesessen und die schmachvollen Bücher von Elephantis gelesen habe, während Zwerge und Pfauen um ihn herumspazierten und der Flötenbläser den Weihrauchschwinger verspottete; wie er mit den grünröckigen Jockeys in ihren Ställen gezecht habe wie Caligula und aus einer elfenbeinernen Krippe gemeinsam mit einem Pferde gegessen habe, dessen Stirnband voller Edelsteine gewesen sei; wie er durch einen Korridor mit Marmorspiegeln gegangen sei wie Domitian und mit scheuen Falkenaugen um sich geschaut habe nach dem Widerschein des Dolches, der seine Tage enden sollte, und krank war an jener Langeweile, jenem schrecklichen taedium vitae, das über alle kommt, denen das Leben nichts versagt; und wie er durch einen klaren Smaragd auf die blutigen Schlächtereien des Zirkus geblickt habe und dann in einem perlen- und purpurgeschmückten Wagen mit silberbeschlagenen Maultieren durch die Granatapfelstraße zum goldenen Hause gefahren sei und dabei gehört habe, wie die Leute Nero Caesar riefen, als er vorüberfuhr; und wie er sich das Gesicht geschminkt habe wie Elagabal und unter den Webern die Spindel gedreht und von Karthago den Mond habe holen lassen, den er zu mystischer Ehe der Sonne vermählte.

Wieder und wieder las Dorian dieses phantastische Kapitel, und auch die beiden andern, die diesem unmittelbar folgten, in denen wie auf seltsamen Gobelins oder auf kunstvoll gearbeiteten Emaillen die furchtbar schönen Gestalten derer dargestellt waren, die Laster und Blut und Trägheit zu Scheusalen oder Wahnsinnigen gemacht hatten: Filippo, der Herzog von Mailand, der sein Weib erschlagen und ihre Lippen mit einem scharlachroten Gift gefärbt hatte, damit sich ihr Geliebter von der Toten, wenn er sie liebkose, den Tod sauge; der Venezianer Pietro Barbi, bekannt als Paul II., der in seiner Eitelkeit den Titel Formosus annehmen wollte und dessen Tiara, deren Wert zweihunderttausend Gulden betrug, um den Preis einer schrecklichen Sünde erkauft war; Gian Maria Visconti, der mit Hunden auf lebende Menschen jagte und dessen Leichnam von einer Dirne, die ihn geliebt hatte, mit Rosen bedeckt wurde; der Borgia auf seinem weißen Roß, den Brudermörder neben sich im Sattel und den Mantel befleckt vom Blute Perottos; Pietro Riario, der junge Kardinal-Erzbischof von Florenz, das Kind und der Lustknabe Sixtus' IV., mit dessen Schönheit nur seine Lasterhaftigkeit wetteifern konnte und der Leonora von Aragon in einem Zelt aus weißer und roter Seide empfing, voller Nymphen und Zentauren, und der einen Knaben in Gold hüllte, damit er beim Fest als Ganymed oder Hylas aufwarte; Ezzelino, dessen Schwermut nur durch den Anblick des Todes geheilt wurde und der eine Leidenschaft für rotes Blut hegte wie andere Menschen für roten Wein – der Sohn des Teufels, wie er genannt wurde, der seinen Vater beim Würfeln betrogen hatte, als er mit ihm um seine eigene Seele spielte; Giambattista Cibo, der aus Hohn den Namen Innozenz annahm und in dessen erstarrte Adern ein jüdischer Arzt das Blut von drei Jünglingen einspritzte; Sigismondo Malatesta, der Geliebte der Isotta, Herr von Rimini, dessen Bildnis in Rom verbrannt wurde als eines Feindes Gottes und der Menschen, der in einem Smaragdbecher der Ginevra d'Este Gift reichte und, um eine schändliche Leidenschaft zu ehren, einen heidnischen Tempel erbaute, in dem die Christen Gottesdienst halten sollten; Karl VI., der seines Bruders Gattin so toll liebte, daß ihn ein Aussätziger vor dem Wahnsinn warnte, der über ihn kommen würde, und der, als sein Geist krank und fremd geworden war, nur durch sarazenische Karten beruhigt werden konnte, auf denen die Bildnisse der Liebe, des Todes und des Wahnsinns waren; und in seiner geputzten Jacke, dem edelsteinbesetzten Barett und den akanthusgleichen Locken Grifonetto Baglioni, der Astorre mit seiner Braut und Simonetto mit seinem Pagen erschlug und dessen Schönheit so groß war, daß, als er sterbend auf dem gelben Platze zu Perugia lag, jene, die ihn gehaßt hatten, weinen mußten und daß Atalanta, die ihn verflucht hatte, ihn segnete.

Ein schrecklicher Zauber lag über ihnen allen. Er sah sie zur Nacht, und während des Tages verwirrten sie seine Phantasie. Die Renaissance kannte seltsame Arten zu vergiften – zu vergiften durch einen Helm oder eine angezündete Fackel oder durch einen gestickten Handschuh oder einen edelsteinbesetzten Fächer, durch ein vergoldetes Riechfläschchen oder eine Bernsteinkette. Dorian Gray war durch ein Buch vergiftet worden. Es gab Augenblicke, in denen er die Sünde bloß als ein Mittel ansah, mit dem er seinen Begriff vom Schönen verwirklichen konnte.

ZWÖLFTES KAPITEL

Es war am neunten November, am Vorabend seines achtunddreißigsten Geburtstages, wie er sich später oft erinnerte.

Er ging gegen elf Uhr von Lord Henry, bei dem er gespeist hatte, nach Hause und war in einen schweren Pelz gehüllt, denn die Nacht war kalt und neblig. An der Ecke vom Grosvenor Square und der South Audley Street ging ein Mann im Nebel an ihm vorüber, der mit großen Schritten vorwärts eilte und den Kragen seines grauen Ulsters aufgeschlagen hatte. Er trug eine Reisetasche in der Hand. Dorian erkannte ihn. Es war Basil Hallward. Ein seltsames Gefühl der Furcht, von dem er sich nicht Rechenschaft zu geben vermochte, kam über ihn. Er ließ nicht merken, daß er ihn erkannt hatte, und ging schnell in der Richtung seines Hauses weiter.

Aber Hallward hatte ihn gesehen. Dorian hörte, wie er auf dem

Bürgersteig stehenblieb und ihm dann schnell folgte. Nach wenigen Augenblicken legte sich seine Hand auf seinen Arm.

»Dorian! Welch außerordentlich glücklicher Zufall! Seit neun Uhr habe ich in Ihrer Bibliothek auf Sie gewartet. Schließlich tat mir Ihr müder Diener leid, und ich schickte ihn zu Bett, als er mich hinausließ. Ich fahre mit dem Mitternachtszug nach Paris, und es lag mir ganz besonders daran, Sie vor meiner Abreise noch zu sehen. Ich erkannte Sie oder vielmehr Ihren Pelz, als Sie vorübergingen, aber ich war nicht ganz sicher. Erkannten Sie mich denn nicht?«

»In diesem Nebel, mein lieber Basil? Ich kann nicht einmal den Grosvenor Square erkennen. Ich glaube, mein Haus ist hier irgendwo in der Nähe, aber ich bin dessen ganz und gar nicht sicher. Es tut mir leid, daß Sie fortreisen, denn ich habe Sie ja eine Ewigkeit nicht mehr gesehen. Sie werden doch aber vermutlich bald wiederkommen?«

»Nein, ich bleibe ein halbes Jahr von England fort. Ich will mir in Paris ein Atelier mieten und mich so lange dort einschließen, bis ich ein großes Bild vollendet habe, das mir vorschwebt. Aber nicht über mich wünsche ich mit Ihnen zu sprechen. Hier sind wir an Ihrer Tür. Lassen Sie mich einen Augenblick mit hineinkommen. Ich muß Ihnen etwas sagen.«

»Ich freue mich, aber werden Sie auch Ihren Zug nicht verpassen?« sagte Dorian Gray nachlässig, während er die Treppe hinaufging und mit seinem Schlüssel die Tür öffnete.

Das Lampenlicht durchdrang mit Mühe den Nebel, und Hallward sah auf seine Uhr. »Ich habe reichlich Zeit«, antwortete er. »Der Zug geht erst zwölf Uhr fünfzehn, und jetzt ist es elf. Wirklich, ich war gerade auf dem Weg zum Klub, um Sie zu suchen, als ich Sie traf. Wie Sie sehen, werde ich mit dem Gepäck keinerlei Beschwerden haben; meine schweren Sachen habe ich vorausgeschickt. In dieser Handtasche ist alles, was ich mitnehme, und den Victoria-Bahnhof kann ich leicht in zwanzig Minuten erreichen.«

Dorian sah ihn an und lächelte. »Welch merkwürdige Art für einen fashionablen Maler zu reisen! Mit Reisetasche und Ulster! Kommen Sie herein, sonst dringt der Nebel ins Haus. Und denken Sie daran: über Ernsthaftes wird nicht gesprochen. Nichts ist heutzutage ernst, oder wenigstens nichts sollte es sein.«

Hallward schüttelte den Kopf, während er eintrat, und folgte Dorian in die Bibliothek. Dort brannte ein helles Holzfeuer in dem großen offenen Kamin, und die Lampen waren angezündet, und ein offener holländischer silberner Likörkasten stand mit ein paar Sodawasserflaschen und großen geschliffenen Gläsern auf einem kleinen eingelegten Tisch.

»Wie Sie sehen, hat Ihr Diener sehr schön für mich gesorgt, Dorian. Er brachte mir alles, was ich brauchte, Ihre besten Zigaretten nicht ausgenommen. Er ist ein sehr gastfreundliches Wesen, ich habe ihn viel lieber als den Franzosen, der früher bei Ihnen war. Nebenbei gesagt, was ist übrigens aus dem Franzosen geworden?«

Dorian zuckte die Achseln. »Ich glaube, er hat das Kammermädchen von Lady Radley geheiratet und sie in Paris als englische Schneiderin etabliert. Anglomanie ist augenblicklich Mode dort drüben, wie ich höre. Das erscheint einem recht einfältig von den Franzosen, nicht wahr? Aber – wissen Sie – er war durchaus kein schlechter Diener. Leiden mochte ich ihn nie, aber ich hatte mich nie über etwas zu beklagen. Man bildet sich oft Dinge ein, die ganz absurd sind. Er war wirklich recht anhänglich und schien ganz traurig, als er fort mußte. Wollen Sie noch einen Brandy mit Soda? Oder lieber Wein mit Selterswasser? Ich trinke immer Wein mit Selterswasser. Sicherlich ist welches nebenan.«

»Danke, ich möchte nichts mehr trinken«, sagte der Maler, nahm Mantel und Mütze ab und warf sie über die Tasche, die er in die Ecke gestellt hatte. »Und jetzt, mein lieber Freund, möchte ich ernsthaft mit Ihnen sprechen. Machen Sie kein so böses Gesicht. Sie machen es mir nur noch viel schwerer.«

»Was soll das heißen?« rief Dorian in seiner heftigen Art und warf sich aufs Sofa nieder. »Hoffentlich handelt es sich nicht um mich. Ich bin meiner selbst heute nacht sehr müde. Ich wollte, ich wäre jemand anders.«

»Es handelt sich um Sie«, antwortete Hallward mit seiner ernsten, tiefen Stimme. »Und ich muß es Ihnen sagen. Ich werde Sie nur eine halbe Stunde aufhalten.« Dorian seufzte und zündete eine Zigarette an. »Eine halbe Stunde«, murmelte er.

»Das ist nicht zuviel von Ihnen verlangt, Dorian. Und es ist lediglich Ihr Nutzen, wenn ich spreche. Ich halte es für richtig, daß Sie endlich erfahren, daß über Sie in London die schrecklichsten Dinge erzählt werden.«

»Ich wünsche nicht das mindeste davon zu wissen. Klatsch über andere Leute habe ich sehr gern, aber Klatsch über mich selbst interessiert mich nicht. Dem fehlt der Reiz der Neuheit.«

»Es muß Sie interessieren, Dorian. Jeder Gentleman ist interessiert an seinem guten Namen. Sie können nicht wünschen, daß die

Leute von Ihnen als etwas Gemeinem und Verworfenem reden. Natürlich haben Sie Ihre Stellung, Ihren Reichtum und was dergleichen mehr ist. Aber Stellung und Reichtum bedeuten nicht alles. Geben Sie acht, ich glaube diesen Gerüchten durchaus nicht. Wenigstens kann ich Ihnen nicht glauben, wenn ich Sie sehe. Die Sünde ist etwas, das sich einem Menschen ins Gesicht schreibt. Sie läßt sich nicht verbergen. Die Leute schwatzen oft von geheimen Lastern. So etwas gibt es nicht. Wenn ein Elender ein Laster hat, zeigt es sich in den Linien seines Mundes, in seinen herabhängenden Augenlidern, an der Form seiner Hände sogar. Irgend jemand – ich will seinen Namen nicht nennen, aber Sie kennen ihn – kam im vergangenen Jahr zu mir, um sich malen zu lassen. Ich hatte ihn niemals zuvor gesehen und niemals bis zu diesem Augenblick das geringste von ihm gehört; aber seitdem habe ich freilich eine Menge über ihn erfahren. Er bot eine außerordentliche Summe. Ich wies ihn ab. Es war etwas an der Form seiner Finger, das ich haßte. Jetzt weiß ich, daß ich ganz recht hatte in dem, was ich über ihn dachte. Sein Leben ist fürchterlich. Aber von Ihnen, Dorian, mit Ihrem reinen, hellen, unschuldigen Gesicht und Ihrer wundervollen ungestörten Jugend – von Ihnen kann ich nichts Schlimmes glauben, und doch sehe ich Sie so sehr selten. Sie kommen nie mehr zu mir ins Atelier. Und wenn ich Sie nicht sehe und all die gräßlichen Dinge höre, die man sich über Sie zuflüstert, weiß ich nie, was ich sagen soll. Wie kommt es, Dorian, daß ein Mann wie der Herzog von Berwick das Klubzimmer verläßt, wenn Sie eintreten? Warum wollen so viele Gentlemen in London weder zu Ihnen kommen noch Sie zu sich einladen? Sie waren früher mit Lord Staveley befreundet. Ich traf ihn vorige Woche bei einem Dinner. Ihr Name wurde im Gespräch erwähnt, in Verbindung mit den Miniaturen, die Sie für die Dudley-Ausstellung geliehen haben. Staveley zog die Lippen zusammen und sagte, Sie möchten zwar einen außerordentlichen künstlerischen Geschmack haben, aber Sie seien ein Mann, den kein reines Mädchen kennen und mit dem keine anständige Frau in einem Zimmer sein dürfe. Ich erinnerte ihn daran, daß ich Ihr Freund sei, und fragte ihn, was er meine. Er sagte es mir. Er sagte es mir vor allen Leuten geradeheraus. Es war schrecklich! Warum ist Ihre Freundschaft jungen Leuten so verhängnisvoll? Da war der unglückliche Bursch bei der Garde, der Selbstmord beging. Sie waren sein bester Freund. Da war Sir Henry Ashton, der England mit einem befleckten Namen verlassen mußte. Sie und er waren unzertrennlich. Was war es mit Adrian Singleton und seinem furchtba-

ren Ende? Was mit dem einzigen Sohn Lord Kents und seiner Zukunft? Ich traf seinen Vater gestern in der St. James's Street. Er
schien gebrochen vor Scham und Kummer. Was war mit dem jungen Herzog von Perth? Was für ein Leben führt er jetzt? Welcher
Gentleman will noch mit ihm verkehren?«

»Still, Basil. Sie reden über Dinge, von denen Sie nichts wissen«,
sagte Dorian Gray und biß sich auf die Lippen: ein Ton unendlicher Verachtung lag in seiner Stimme. »Sie fragen mich, warum
Berwick das Zimmer verläßt, wenn ich eintrete? Das tut er, weil
ich alles aus seinem Leben kenne, nicht, weil er irgend etwas aus
dem meinen weiß. Wie könnte bei dem Blut, das er in den Adern
hat, seine Nachrede rein sein? Sie fragen mich nach Henry Ashton
und dem jungen Perth. Habe ich den einen seine Laster und den
andern seine Ausschweifungen gelehrt? Wenn Kents alberner Sohn
sich eine Frau von der Straße aufliest, was geht mich das an? Wenn
Adrian Singleton den Namen seines Freundes auf einen Wechsel
schreibt, bin ich sein Hüter? Ich weiß, wie man in England
schwatzt. Die Mittelklassen machen bei ihren plumpen Mahlzeiten
ihren moralischen Vorurteilen Luft und reden über das, was sie die
Verworfenheiten der Vornehmen nennen, um sich aufzuspielen und
den Glauben zu erwecken, sie ständen auf vertrautem Fuß mit den
Leuten, die sie verleumden. In diesem Lande genügt es, daß jemand
vornehm ist und Geist hat, um jede gemeine Zunge gegen ihn zu
richten. Und was für eine Art Leben führen diese Leute, die sich als
die Moraltrompeter aufspielen, selbst? Mein lieber Freund, Sie vergessen, daß wir im Heimatland der Heuchler sind.«

»Dorian«, rief Hallward, »nicht darum handelt es sich. England
ist schlecht genug, das weiß ich. Aber gerade deshalb will ich, daß
Sie rein sind. Sie sind es nicht gewesen. Man hat ein Recht darauf,
jemanden zu beurteilen nach der Wirkung, die er auf seine Freunde
ausübt. Die Ihrigen scheinen alles Gefühl für Ehre, für Güte und
für Reinheit zu verlieren. Sie haben sie mit einer wahnsinnigen Genußsucht erfüllt. Sie sind in die Tiefe gesunken. Sie haben sie dahin
gebracht. Ja: Sie haben sie dahin gebracht, und dennoch können
Sie lächeln, wie Sie jetzt lächeln. Und es gibt noch Schlimmeres.
Ich weiß, daß Harry und Sie unzertrennlich sind. Einzig aus diesem Grunde, wenn nicht aus einem andern, hätten Sie den Namen
seiner Schwester nicht zum Schimpfwort machen dürfen.«

»Sehen Sie sich vor, Basil, Sie gehen zu weit.«

»Ich muß sprechen, und Sie müssen zuhören. Sie sollen zuhören.
Als Sie Lady Gwendolen kennenlernten, hatte sich nicht der leiseste

Hauch eines Gerüchtes an sie gewagt. Gibt es jetzt eine einzige anständige Dame in London, die mit ihr in den Park fahren würde? Ja, nicht einmal ihre Kinder darf sie bei sich haben. Dann wird noch anderes erzählt – Gerüchte, daß man Sie in der Morgendämmerung aus schrecklichen Häusern herausschleichen sah, daß Sie sich verkleidet in den schmutzigsten Lasterhöhlen Londons herumtreiben. Ist das wahr? Kann das wahr sein? Als ich es zuerst hörte, lachte ich. Und wenn ich es jetzt höre, läßt es mich schaudern. Was für ein Leben führen Sie auf Ihrem Landgut? Dorian, Sie wissen nicht, was über Sie gesprochen wird. Ich will Ihnen nicht sagen, daß es nicht meine Absicht sei, Ihnen etwas vorzupredigen. Harry sagte einmal, wie ich mich erinnere, daß jeder Mensch, der im nächsten Augenblick den Pfaffen spielen wolle, mit der Behauptung anfange, er wolle es nicht tun, und dann breche er gleich sein Wort. Ich will Ihnen etwas vorpredigen. Ich möchte, daß Sie ein Leben führen, das Ihnen die Achtung der Welt sichert. Ich will, daß Sie einen reinen Namen und einen guten Ruf haben. Ich will, daß Sie sich von den fürchterlichen Menschen lösen, mit denen Sie jetzt umgehen. Zucken Sie nicht so mit den Achseln. Seien Sie nicht so gleichgültig. Sie haben einen seltsamen Einfluß. Lassen Sie ihn zum Guten wirken, nicht zum Bösen. Man sagt, daß Sie jeden verdürben, mit dem Sie vertraut werden, und es genüge schon, daß Sie ein Haus beträten, um dort eine Schande irgendwelcher Art hervorzurufen. Ob das zutrifft oder nicht, weiß ich nicht. Wie sollte ich es auch wissen? Aber man sagt es von Ihnen. Man erzählt mir Dinge, die unmöglich bezweifelt werden können. Lord Gloucester war einer meiner besten Freunde in Oxford. Er zeigte mir jenen Brief, den seine Frau ihm schrieb, als sie einsam in ihrer Villa in Mentone starb. Ihr Name war in die schrecklichste Beichte verknüpft, die ich je gelesen habe. Ich sagte ihm, es sei absurd – ich kenne Sie durch und durch, und Sie seien einer solchen Handlungsweise unfähig. Ich Sie kennen? Ich frage mich, ob ich Sie kenne? Bevor ich darauf antworten kann, müßte ich Ihre Seele sehen.«

»Meine Seele sehen!« murmelte Dorian Gray. Er sprang vom Sofa auf und wurde fast weiß vor Schrecken.

»Ja«, antwortete Hallward ernst und mit einem tiefschmerzlichen Ton in seiner Stimme, »Ihre Seele sehen, aber das kann nur Gott.«

Ein bitteres Hohngelächter brach von den Lippen des Jüngeren. »Sie sollen sie sehen, diese Nacht noch!« rief er und nahm eine Lampe vom Tisch. »Kommen Sie; es ist das Werk Ihrer eigenen

Hände. Warum sollten Sie es nicht sehen? Nachher können Sie aller Welt davon erzählen. Niemand würde Ihnen glauben. Und wenn man Ihnen glaubte, so würde man mich deswegen nur um so mehr lieben. Ich kenne unser Zeitalter besser als Sie, obwohl Sie so langweilig darüber reden. Kommen und sehen Sie. Sie haben genug über Verderbnis geredet. Jetzt sollen Sie sie von Angesicht zu Angesicht sehen.«

Ein wahnsinniger Stolz klang aus jedem Wort, das er hervorstieß. Er stampfte in seiner knabenhaft arroganten Art mit dem Fuß auf. Er empfand eine schreckliche Lust bei dem Gedanken, daß ein anderer sein Geheimnis teilen sollte und daß der Maler des Bildnisses, das der Urheber aller seiner Schmach gewesen war, bis an das Ende seines Lebens die Last der gräßlichen Erinnerung dessen, was er getan hatte, tragen werde.

»Ja«, fuhr er fort, indem er näher an ihn herantrat und ihm fest in die Augen sah, »ich werde Ihnen meine Seele zeigen. Sie sollen sehen, was, wie Sie glauben, Gott allein sehen kann.«

Hallward schrak zurück. »Das ist Blasphemie, Dorian!« rief er. »Solche Dinge dürfen Sie nicht aussprechen. Es ist schauerlich und sinnlos.«

»Meinen Sie?« Er lachte wieder.

»Ich weiß es. Was ich Ihnen heute abend gesagt habe, habe ich zu Ihrem Besten gesagt. Sie wissen, daß ich immer Ihr Freund war.«

»Rühren Sie mich nicht an. Sagen Sie ganz, was Sie zu sagen haben.«

Ein jäher Schmerz zuckte über das Gesicht des Malers. Er hielt eine Augenblick inne, und ein wildes Mitleid kam über ihn. Welches Recht hatte er im Grunde, sich in Dorian Grays Leben zu mischen? Wenn er auch nur den zehnten Teil getan hatte von dem, was über ihn gesprochen wurde, wie sehr mußte er dann gelitten haben! Dann richtete er sich auf, trat an den Kamin und stand dort und starrte in die brennenden Scheite mit der schneeigen Asche und den zuckenden Flammenherzen.

»Ich warte, Basil«, sagte er mit harter, klarer Stimme.

Er wandte sich um. »Was ich zu sagen habe, ist dieses«, rief er. »Sie müssen mir eine Antwort geben auf jene fürchterlichen Anklagen, die gegen Sie erhoben werden. Wenn Sie mir sagen, daß sie völlig unwahr sind von Anfang bis zu Ende, dann werde ich Ihnen glauben. Leugnen Sie alles, Dorian, leugnen Sie alles! Können Sie denn nicht sehen, was ich durchmache? Mein Gott! Sagen Sie mir nicht, daß Sie schlecht, verderbt und schändlich sind.«

Dorian Gray lächelte. Ein Zug der Verachtung war um seine Lippen. »Kommen Sie mit hinauf, Basil«, sagte er ruhig. »Ich führe ein Tagebuch meines Lebens von Tag zu Tag, und es verläßt niemals das Zimmer, in dem es geschrieben wird. Ich werde es Ihnen zeigen, wenn Sie mit mir kommen.«

»Ich werde mit Ihnen kommen, Dorian, wenn Sie es wollen. Meinen Zug habe ich nun doch versäumt, wie ich sehe. Es tut nichts. Ich kann morgen fahren. Aber verlangen Sie nicht, daß ich heute nacht noch irgend etwas lese. Ich will nur eine klare Antwort auf meine Frage.«

»Ich werde sie Ihnen oben geben. Hier könnte ich das nicht. Sie werden nicht lange zu lesen haben.«

DREIZEHNTES KAPITEL

Er verließ das Zimmer und begann die Treppe hinaufzusteigen. Basil Hallward ging dicht hinter ihm. Sie traten leise auf, wie man es instinktiv bei Nacht tut. Die Lampe warf phantastische Schatten auf Wand und Treppe. Ein Windstoß ließ einige der Fenster klappern.

Als sie den obersten Absatz erreichten, stellte Dorian die Lampe zu Boden, holte den Schlüssel hervor und drehte ihn im Schloß. »Sie bestehen darauf, es zu erfahren, Basil?« fragte er mit leiser Stimme.

»Ja.«

»Ich bin entzückt«, antwortete er lächelnd. Dann fügte er ziemlich rauh hinzu: »Sie sind der einzige Mensch auf der Welt, der berechtigt ist, alles über mich zu wissen. Sie haben mehr mit meinem Leben zu schaffen gehabt, als Sie glauben.«

Er nahm die Lampe wieder auf, öffnete die Tür und ging hinein. Ein kalter Luftzug strich an ihnen vorüber, und das Licht zuckte einen Augenblick in einer düsteren, orangefarbenen Flamme auf. Ihn schauderte. »Schließen Sie die Tür hinter sich«, flüsterte er, während er die Lampe auf den Tisch stellte.

Hallward schaute verwirrt um sich. Das Zimmer sah aus, als sei es seit Jahren nicht bewohnt worden. Ein verblaßter flämischer Gobelin, ein verhangenes Bild, ein alter italienischer Cassone und ein fast leerer Bücherschrank – das war anscheinend außer einem Tisch und einem Stuhl die ganze Einrichtung.

Als Dorian Gray eine halbniedergebrannte Kerze, die auf dem Sims des Kamins stand, angezündet hatte, sah er, daß der ganze Raum mit Staub bedeckt und daß der Teppich durchlöchert war. Eine Maus lief raschelnd hinter dem Wandgetäfel. Dumpfer, stickiger Geruch herrschte.

»Sie glauben also, Gott allein könne die Seele sehen, Basil? Ziehen Sie jenen Vorhang weg, und Sie werden die meine sehen.«

Die Stimme, die so sprach, war kalt und grausam.

»Sie sind wahnsinnig, Dorian, oder Sie spielen Komödie«, murmelte Hallward und runzelte die Stirn.

»Sie wollen nicht? Dann muß ich es selbst tun«, sagte der junge Mann; und er riß den Vorhang von der Stange und schleuderte ihn zu Boden.

Ein Schrei des Entsetzens brach von den Lippen des Malers, als er in dem düsteren Licht das scheußliche Gesicht auf der Leinwand grinsen sah. In seinem Ausdruck lag etwas, was ihn mit Ekel und Abscheu erfüllte. Gott im Himmel! Es war Dorian Grays Antlitz, das er sah! Das Schreckliche, was es auch sein mochte, hatte jene wundersame Schönheit noch nicht ganz zerstört. Noch lag etwas Gold auf dem schwindenden Haar und etwas Scharlachrot auf dem sinnlichen Mund. Die verquollenen Augen hatten noch etwas von ihrem köstlichen Blau behalten, die edlen Linien der geschwungenen Nasenflügel und des schöngebildeten Halses waren noch nicht völlig verschwunden. Ja, es war Dorian selbst. Aber wer hatte es gemalt? Er vermeinte, den Strich seines eigenen Pinsels wiederzuerkennen, und der Rahmen war von ihm selbst entworfen. Der Gedanke war ungeheuerlich und machte ihn erschrecken. Er ergriff die brennende Kerze und hielt sie vor das Bild. In der linken Ecke stand sein eigener Name, in langen hellroten Lettern.

Es war eine wahnsinnige Parodie, eine infame, gemeine Satire. Er hatte das niemals gemalt. Und dennoch: es war sein Bild. Er wußte es, und ihm, als ob sein Blut sich in einem Augenblick aus Feuer in zähes Eis verwandelt hätte. Sein Bild! Was bedeutete das? Warum hatte es sich verändert? Er wandte sich und blickte Dorian Gray mit den Augen eines Kranken an. Sein Mund zuckte, und seine Zunge schien ihm unfähig, einen Laut hervorzubringen. Er strich sich mit der Hand über die Stirn. Sie war klebrig von feuchtem Schweiß.

Dorian lehnte am Kaminsims und beobachtete ihn mit jenem merkwürdigen Ausdruck, den man im Gesicht von Leuten sieht, die ganz im Banne des Spiels eines großen Künstlers sind. Weder wirklicher Schmerz noch wirkliche Lust lag darin. Es war nur die Leidenschaft des Zuschauers und dazu vielleicht noch das Blitzen des Triumphes in den Augen. Er hatte die Blume aus seinem Knopfloch genommen und roch daran, oder wenigstens tat er so.

»Was bedeutet das?« rief Hallward schließlich. Seine eigene Stimme klang ihm schrill und seltsam.

»Vor langen Jahren, als ich noch ein Knabe war«, sagte Dorian Gray, während er die Blume in seiner Hand zerdrückte, »haben Sie mich kennengelernt, mir geschmeichelt und mich gelehrt, auf meine Schönheit eitel zu sein. Eines Tages stellten Sie mich einem Ihrer Freunde vor, der mir das Wunder der Jugend erklärte, und zugleich vollendeten Sie ein Bild von mir, das mir das Wunder der Schönheit offenbarte. In einem Augenblick des Wahnsinns, von dem ich heute noch nicht weiß, ob ich ihn bedauern soll oder nicht, sprach ich einen Wunsch aus. Sie würden ihn vielleicht ein Gebet nennen . . .«

»Ich erinnere mich! Oh, wie gut erinnere ich mich! Nein! Das ist unmöglich. Das Zimmer ist feucht, die Leinwand ist vermodert. Die Farben, die ich benutzte, enthielten irgendein elendes mineralisches Gift. Ich sage Ihnen, dergleichen ist unmöglich.«

»Ach, was ist unmöglich?« murmelte Dorian, ging zum Fenster und preßte seine Stirn gegen die kalte, vom Nebel feuchte Scheibe.

»Sie sagten mir, Sie hätten es vernichtet.«

»Das ist nicht wahr. Es hat mich vernichtet.«

»Ich glaube nicht, daß es mein Bild ist.«

»Erkennen Sie nicht Ihr Ideal darin?« sagte Dorian bitter.

»Mein Ideal, wie Sie es nennen . . .«

»Wie Sie es nannten.«

»Darin lag nichts Böses, nichts Schimpfliches. Sie waren mir ein Ideal, wie ich nie wieder einem begegnen werde. Dieses ist das Gesicht eines Satyrs.«

»Es ist das Gesicht meiner Seele.«

»Christus! Was muß ich angebetet haben. Es hat die Augen eines Teufels.«

»Wir alle tragen Himmel und Hölle in uns, Basil«, rief Dorian mit einer wilden Geste der Verzweiflung.

Hallward wandte sich wieder dem Bildnis zu und starrte es an.

»Mein Gott! Wenn es wahr ist«, rief er aus. »Wenn Sie das aus
Ihrem Leben gemacht haben, dann müssen Sie noch viel schlechter
sein, als die glauben, die gegen Sie sprechen!«

Er hielt das Licht hoch gegen die Leinwand und prüfte sie. Die
Oberfläche schien ganz unberührt, so wie er sie zuletzt gesehen
hatte. Also waren die Fäulnis und das Gräßliche wahrscheinlich von
innen gekommen. In einer seltsamen Beschleunigung des inneren
Lebens fraß der Aussatz der Sünde das Bild langsam weg. Die Verwesung eines Leichnams in einer triefenden Gruft war nicht so
schauerlich.

Seine Hand zitterte, und die Kerze fiel aus dem Leuchter zu
Boden und lag flackernd da. Er trat mit dem Fuß darauf und
löschte sie aus. Dann warf er sich in den morschen Stuhl, der neben
dem Tisch stand, und verbarg das Gesicht in den Händen.

»Großer Gott, Dorian, welch eine Lehre! Welch eine schreckliche
Lehre!« Es kam keine Antwort, aber er konnte Dorian am Fenster
schluchzen hören. »Beten Sie, Dorian. Beten Sie«, murmelte er.
»Wie hat man uns in unserer Kindheit gelehrt? ›Führe uns nicht in
Versuchung, vergib uns unsere Schuld. Wasch unser Unrecht von
uns ab.‹ Das wollen wir zusammen sagen. Das Gebet Ihres Stolzes
ist erhört worden. Das Gebet Ihrer Reue wird auch erhört werden.
Ich habe zu sehr zu Ihnen aufgeblickt. Ich bin dafür gestraft worden. Sie selbst haben zu sehr zu sich aufgeblickt. Wir sind beide gestraft worden.«

Dorian wandte sich langsam um und sah ihn mit tränendunklen
Augen an.

»Es ist zu spät, Basil«, stammelte er.

»Es ist nie zu spät, Dorian. Wir wollen niederknien und versuchen, ob wir uns nicht an irgendein Gebet erinnern. Steht nicht
irgendwo ein Vers: ›Und wenn Deine Sünde wie Scharlach wär',
ich will sie weiß machen wie Schnee‹?«

»Diese Worte haben für mich jetzt keinen Sinn mehr.«

»Still! Sagen Sie das nicht. Sie haben genug Böses in Ihrem
Leben getan. Mein Gott, sehen Sie nicht, wie uns das fluchbeladene
Ding anschielt?«

Dorian Gray starrte auf das Bild, und plötzlich überkam ihn ein
zügelloses Gefühl des Hasses gegen Basil Hallward, als sei er ihm
von dem Bild auf der Leinwand eingegeben worden, als hätten ihn
jene grinsenden Lippen ihm ins Ohr geflüstert. Die wahnsinnige Leidenschaft eines gehetzten Tieres wühlte in ihm, und er verabscheute
den Mann, der vor ihm am Tische saß, mehr, als er je in seinem

Leben etwas verabscheut hatte. Er blickte wild um sich. Oben auf dem bemalten Kasten, der ihm gegenüberstand, glitzerte etwas. Er blickte darauf. Er wußte, was es war. Es war ein Messer, das er vor einigen Tagen mit heraufgebracht hatte, um ein Stück Schnur abzuschneiden, und das er wieder mitzunehmen vergessen hatte. Er ging langsam darauf zu, an Hallward vorüber. Als er hinter ihm stand, ergriff er das Messer und wandte sich um. Hallward bewegte sich in seinem Stuhl, als ob er aufstehen wollte. Er stürzte sich auf ihn, bohrte ihm das Messer in die große Ader hinter dem Ohr und preßte den Kopf des Mannes auf den Tisch, wobei er immer wieder zustieß.

Ein gurgelndes Stöhnen wurde hörbar und das fürchterliche Würgen eines in seinem Blute erstickenden Menschen. Dreimal fuhren die ausgestreckten Arme zuckend empor, fegten groteske, steiffingerige Hände in die Luft. Er stieß noch zweimal zu, aber der Mann rührte sich nicht mehr; etwas begann auf den Boden zu tröpfeln. Er wartete einen Augenblick und hielt noch immer den Kopf niedergedrückt. Dann warf er das Messer auf den Tisch und horchte. Er konnte nichts hören als das eintönige Tröpfeln auf den fadenscheinigen Teppich. Er öffnete die Tür und trat auf den Flur hinaus. Das Haus war völlig ruhig. Niemand war wach. Für einige Sekunden stand er da, über das Geländer gebeugt, und starrte hinab in den schwarzen, brütenden Schlund der Dunkelheit. Dann nahm er den Schlüssel heraus, kehrte in das Zimmer zurück und schloß sich ein. Das Etwas saß noch immer in dem Stuhl, mit gesenktem Kopf über den Tisch geneigt, mit gekrümmtem Rücken und langen, phantastischen Armen. Wäre nicht der rote, klaffende Riß im Nakken gewesen und die schwarze zähe Lache, die sich langsam auf dem Tisch ausbreitete, so hätte man meinen können, er schlafe nur.

Wie schnell war das alles geschehen! Er fühlte sich seltsam ruhig, ging zum Fenster, öffnete es und trat auf den Balkon hinaus. Der Wind hatte den Nebel fortgeblasen, und der Himmel war wie ein ungeheurer Pfauenschweif mit Myriaden goldener Augen. Er schaute hinab und sah den Polizisten, der seine Runde machte und den langen Lichtstrahl seiner Laterne über die Türen der schweigenden Häuser gleiten ließ. Das rote Licht einer vorbeifahrenden Droschke glomm an einer Straßenecke auf und verschwand wieder. Eine Frau mit flatterndem Schal schlich langsam an den Gittern entlang und taumelte im Gehen. Dann und wann stand sie still und blickte zurück. Einmal begann sie mit heiserer Stimme zu singen.

Der Polizist kam herüber und sagte etwas zu ihr, sie stolperte weiter und lachte. Eine scharfe Luft wehte über den Platz. Die Gasflammen zuckten und wurden bläulich, und die entblätterten Bäume schüttelten ihre eisenschwarzen Äste hin und her. Er schauderte, trat zurück und schloß das Fenster hinter sich. Als er an der Tür war, drehte er den Schlüssel um und öffnete sie. Er warf keinen Blick mehr auf den Ermordeten. Er fühlte, daß das Geheimnis der ganzen Angelegenheit war, sich der Wirklichkeit der Lage nicht bewußt zu werden. Der Freund, der das verhängnisvolle Bild gemalt, dem er all sein Leid zu verdanken hatte, war aus seinem Leben verschwunden. Das war genug.

Dann fiel ihm die Lampe ein. Es war ein recht merkwürdiges Stück maurischer Arbeit aus mattem Silber, mit eingelegten Arabesken aus poliertem Stahl, besetzt mit ungeschliffenen Türkisen. Vielleicht konnte der Diener sie vermissen, und womöglich würde danach gefragt werden. Einen Augenblick zögerte er. Dann ging er zurück und nahm sie vom Tisch. Er konnte nicht umhin, den Toten anzusehen. Wie ruhig er war! Wie schrecklich weiß die langen Hände aussahen! Er war wie eine gräßliche Wachsfigur.

Nachdem er die Tür hinter sich verschlossen hatte, schlich er leise die Treppe hinunter. Die Holzstufen knarrten und schienen aufzuschreien wie im Schmerz. Er blieb mehrmals stehen und wartete. Nein, alles war still. Es war bloß das Geräusch seiner eigenen Schritte. Als er in die Bibliothek kam, sah er die Tasche und den Mantel in der Ecke. Sie mußten irgendwo verborgen werden. Er öffnete ein geheimes Fach in der Wandtäfelung, ein Fach, in welchem er seine merkwürdigen Verkleidungen aufzubewahren pflegte, und stellte sie hinein. Später konnte er sie leicht verbrennen. Dann zog er seine Uhr. Es war zwanzig Minuten vor zwei.

Er setzte sich und begann nachzudenken.

Jedes Jahr – fast jeden Monat – wurden in England Leute für das, was er getan hatte, gehängt. Es lag ein mörderischer Wahnsinn in der Luft. Irgendein roter Stern war der Erde zu nahe gekommen ... Und dennoch, welcher Beweis lag gegen ihn vor? Basil Hallward hatte das Haus um elf Uhr verlassen. Niemand hatte ihn wieder hereinkommen sehen. Die meisten Diener waren in Selby Royal. Sein Kammerdiener war schon zu Bett gegangen ...

Paris! Ja. Nach Paris war Basil gefahren, und zwar mit dem Mitternachtszuge, wie es seine Absicht gewesen war. Bei seinen merkwürdigen reservierten Gewohnheiten würde es Monate dauern, bevor irgendein Argwohn wach wurde, Monate! Vorher konnte alles lange zerstört sein.

Ein plötzlicher Gedanke durchfuhr ihn. Er zog seinen Pelz an, setzte den Hut auf und trat in die Halle hinaus. Dort blieb er stehen, lauschte dem langsamen schweren Schritt des Polizisten auf dem Pflaster draußen und sah, wie sich das Flackern der Laterne im Fenster widerspiegelte.

Er wartete und hielt den Atem an. Nach einer Weile zog er den Riegel zurück, schlüpfte hinaus und schloß die Tür ganz vorsichtig hinter sich. Dann schellte er. Nach ungefähr fünf Minuten erschien sein Kammerdiener, halb angekleidet und sehr verschlafen.

»Es tut mir leid, daß ich Sie habe wecken müssen, Francis«, sagte er und trat ein, »aber ich habe meinen Hausschlüssel vergessen. Wie spät ist es?«

»Zehn Minuten nach zwei, gnädiger Herr«, antwortete der Diener und schaute blinzelnd auf die Uhr.

»Zehn Minuten nach zwei? Wie schrecklich spät! Sie müssen mich morgen früh um neun Uhr wecken. Ich habe etwas zu tun.«

»Jawohl, gnädiger Herr.«

»War heute abend jemand hier?«

»Mr. Hallward, gnädiger Herr. Er hat hier bis elf Uhr gewartet und ging dann fort, zu seinem Zuge.«

»Oh! Wie schade, daß ich ihn nicht getroffen habe. Hat er etwas bestellt?«

»Nein, gnädiger Herr. Nur, daß er von Paris aus schreiben wolle, wenn er Sie nicht im Klub träfe.«

»Schön, Francis. Vergessen Sie nicht, mich morgen um neun zu wecken.«

»Nein, gnädiger Herr.«

Der Diener schlurfte in seinen Pantoffeln davon.

Dorian Gray warf Hut und Mantel auf den Tisch und trat in die Bibliothek. Eine halbe Stunde lang ging er auf und ab und preßte nachdenklich die Lippen zusammen. Dann nahm er das Blaubuch von einem Regal und begann die Seiten umzublättern. »Alan Campbell, Mayfair, Hertford Street 152.« Ja, den brauchte er.

VIERZEHNTES KAPITEL

Um neun Uhr am andern Morgen kam sein Diener mit einer Tasse Schokolade auf einem Tablett herein und öffnete die Fensterläden. Dorian schlief ganz friedlich; er lag auf der rechten Seite und hielt eine Hand unter seiner Wange. Er sah aus wie ein Knabe, der vom Spiel oder vom Lernen ermüdet ist.

Der Diener mußte ihn zweimal an der Schulter berühren, ehe er aufwachte. Und als er die Augen öffnete, ging ein leises Lächeln über seine Lippen, als ob ein köstlicher Traum ihn umfange. Doch er hatte gar nicht geträumt. Die Nacht war weder durch Bilder des Schmerzes noch durch Bilder der Lust gestört worden. Aber die Jugend lächelt auch ohne Grund. Das ist immer ihr Hauptreiz. Er wandte sich um, stützte sich auf den Ellbogen und begann seine Schokolade zu trinken. Die weiche Novembersonne strömte ins Zimmer. Der Himmel war klar, und eine heitere Wärme lag in der Luft. Es war fast wie ein Maimorgen. Allmählich schlichen mit schweigenden, blutbefleckten Füßen die Ereignisse der vergangenen Nacht in sein Gehirn zurück und bauten sich dort mit furchtbarer Deutlichkeit auf. Er zuckte zusammen, als er an all das dachte, was er gelitten hatte, und für einen Augenblick kehrte dasselbe merkwürdige Gefühl des Abscheus gegen Basil Hallward zurück, das ihn veranlaßt hatte, ihn zu töten, als er auf dem Stuhl saß; und er fröstelte vor Leidenschaft. Der Tote saß noch dort oben, und noch dazu im Sonnenlicht. Wie furchtbar war das! Solch gräßlichen Dingen gebührte Dunkelheit, nicht der Tag. Er fühlte, daß, wenn er nachgrübelte über alles, was er durchgemacht hatte, er krank oder wahnsinnig werden würde. Es gibt Sünden, deren Zwang mehr in der Erinnerung liegt als im Vollbringen, seltsame Triumphe, die dem Stolz mehr schmeicheln als der Leidenschaft und die dem Geist ein erhöhtes Lustgefühl geben, stärker als das von allen andern Lüsten den Sinnen mitgeteilte. Dieses jedoch war keines davon. Es war etwas, das dem Geiste ausgetrieben werden, das mit Mohnsaft vergiftet, das erstickt werden mußte, sonst konnte es leicht geschehen, daß es ihn selbst erstickte.

Als die halbe Stunde schlug, fuhr er mit der Hand über die Stirn, stand dann rasch auf und kleidete sich mit noch größerer Sorgfalt an als gewöhnlich, wobei er seine Krawatte und Nadel aufmerksam auswählte und seine Ringe mehrmals wechselte. Er verbrachte lange Zeit bei seinem Frühstück, kostete von den verschiedenen Gerichten, sprach mit seinem Diener über einige neue Livreen, die er seinen Leuten in Selby machen lassen wollte, und sah seine Post durch. Bei einigen Briefen lächelte er. Drei ärgerten ihn. Einen las er mehrere Male und zerriß ihn dann, wobei ein leichter Ärger auf seinem Gesicht stand. »Es ist doch etwas Schreckliches um das Gedächtnis einer Frau«; das hatte Lord Henry einmal gesagt.

Nachdem er eine Tasse schwarzen Kaffees getrunken hatte, trocknete er sich die Lippen langsam mit einer Serviette ab, winkte dem Diener zu warten, ging zum Schreibtisch hinüber und schrieb zwei Briefe. Einen steckte er in die Tasche, den andern händigte er dem Diener ein.

»Bringen Sie diesen nach Hertford Street 152, Francis, und wenn Mr. Campbell nicht in der Stadt ist, lassen Sie sich seine Adresse geben.«

Sobald er allein war, zündete er eine Zigarette an und begann, auf ein Stück Papier zu kritzeln. Zuerst zeichnete er Blumen, dann Architekturteile, schließlich menschliche Gesichter. Plötzlich bemerkte er, daß jedes Gesicht, das er zeichnete, eine phantastische Ähnlichkeit mit Basil Hallward zu haben schien. Er runzelte die Stirn, stand auf, ging zum Bücherschrank und nahm aufs Geratewohl einen Band heraus. Er war entschlossen, an das Geschehene nicht eher zu denken, als bis es unbedingt erforderlich sei.

Als er sich auf dem Sofa ausgestreckt hatte, sah er auf das Titelblatt des Buches. Es waren Gautiers »Emaux et Camées« in der Charpentierschen Ausgabe auf Japanpapier, mit Radierungen von Jacquemart. Es war in zitronengrünes Leder gebunden, mit einem Gittermuster und Granatapfelintarsien in Goldpressung. Adrian Singleton hatte es ihm geschenkt. Als er die Seiten umschlug, fiel sein Blick auf das Gedicht über die Hand Lacenaires, jene kalte, gelbe Hand »du supplice encore mal lavée«, mit dem roten Flaumhaar und den »doigts de faune«. Er sah auf seine eigenen weißen, schlanken Finger und zitterte leicht, obwohl er sich dagegen sträubte. Dann blätterte er weiter, bis er zu jenen lieblichen Versen auf Venedig kam:

> »Sur une gamme chromatique,
> Le sein de perles ruisselant,
> La Vénus de l'Adriatique
> Sort de l'eau son corps rose et blanc.
>
> Les dômes, sur l'azur des ondes
> Suivant la phrase au pur contour,

> S'enflent comme des gorges rondes
> Que soulève un soupir d'amour.
>
> L'esquif aborde et me dépose,
> Jetant son amarre au pilier,
> Devant une façade rose,
> Sur le marbre d'un escalier.«

Wie herrlich sie waren! Wenn man sie las, glaubte man, durch die grünen Wasserstraßen der roten und perlenfarbenen Stadt zu gleiten, in einer schwarzen Gondel mit silbernem Schnabel und schleifenden Vorhängen. Die Zeilen allein schon kamen ihm vor wie jene geraden türkisblauen Linien, die dem Boote folgten, wenn man hinaus zum Lido fährt. Die plötzlichen Farbenblitze erinnerten ihn an den Glanz der opal- und irisfarbenen Hälse der Vögel, die um den schlanken Campanile flatterten, dessen Mauern Honigwaben glichen, oder die mit würdiger Grandezza durch die düsteren, staubbedeckten Arkaden promenierten. Er lehnte sich mit halbgeschlossenen Augen zurück und sagte immer wieder vor sich hin:

> »Devant une façade rose,
> Sur le marbre d'un escalier.«

Das ganze Venedig lag in diesen beiden Zeilen. Er gedachte des Herbstes, den er dort verlebt, und einer wundervollen Liebe, die ihn zu seltsamen, köstlichen Torheiten getrieben hatte. Jeder Ort hatte seine Romantik. Doch Venedig hatte wie Oxford den Hintergrund für Romantik bewahrt, und für wahre Romantik bedeutete der Hintergrund alles oder fast alles. Basil hatte einen Teil jener Zeit mit ihm verbracht und war ganz wild geworden über Tintoretto! Der arme Basil! Welch eine schreckliche Art für einen Menschen zu sterben.

Er seufzte, nahm aufs neue den Band vor und suchte zu vergessen. Er las von den Schwalben, die in dem kleinen Café von Smyrna aus- und einfliegen, wo die Hadschis sitzen und ihre Bernsteinperlen zählen, wo die Kaufleute im Turban ihre langen, mit Quasten behangenen Pfeifen rauchen und ernsthaft miteinander reden.

Er las von dem Obelisken auf dem Place de la Concorde, der in seinem einsamen, sonnenlosen Exil granitne Tränen weint und sich heimsehnt nach dem heißen, lotosbedeckten Nil, wo es Sphinxe gibt, rosenrote Ibisse und weiße Geier mit goldenen Klauen und Krokodile mit kleinen Beryll-Augen, die durch den grünen, dampfenden Schlamm kriechen; er begann zu träumen über jene Verse, die dem geküßten Marmor Musik entlocken und von jener seltsamen Statue sagen, die Gautier einer Altstimme vergleicht, dem ›monstre charmant‹, das im Porphyrsaal des Louvre liegt. Nach einiger Zeit jedoch entglitt das Buch seinen Händen. Er wurde nervös, und ein gräßlicher Angstanfall kam über ihn. Wenn er Alan Campbell nicht in England war? Tage würden darüber hingehen, ehe er zurücksein konnte. Möglicherweise weigerte er sich auch zu kommen. Was sollte dann geschehen? Jeder Augenblick war wichtig für Leben oder Tod.

Sie waren einmal sehr befreundet gewesen, vor fünf Jahren – wirklich fast unzertrennlich. Doch dann hatte das Vertrautsein plötzlich geendet. Wenn sie sich jetzt in einer Gesellschaft trafen, so lächelte nur Dorian Gray; Alan Campbell niemals.

Er war ein außerordentlich kluger junger Mensch, obwohl er die bildenden Künste nicht sehr schätzte, wie denn auch sein ziemlich bescheidenes Verständnis für die Dichtkunst ganz und gar von Dorian stammte. Die ihn beherrschende geistige Leidenschaft gehörte der Wissenschaft. In Cambridge hatte er den größten Teil seiner Zeit mit Arbeiten im Laboratorium verbracht und war mit einem guten Examen in den Naturwissenschaften abgegangen. Er beschäftigte sich noch immer mit dem Studium der Chemie und besaß ein eigenes Laboratorium, in das er sich den ganzen Tag einzuschließen pflegte, zum größten Verdruß seiner Mutter, die von Herzen gewünscht hatte, er möge ins Parlament kommen, und sich mit der dunklen Vorstellung trug, ein Chemiker sei ein Mensch, der Rezepte mache. Außerdem war er jedoch ein ausgezeichneter Musiker und spielte sowohl Violine als auch Klavier besser denn die meisten Dilettanten. In der Tat war es die Musik gewesen, die ihn und Dorian zusammengeführt hatte – die Musik und jene unerklärliche Anziehungskraft, die Dorian ausüben konnte, wenn er wollte, und die er auch häufig ausübte, ohne sich dessen bewußt zu sein. Sie hatten sich eines Abends bei Lady Berkshire kennengelernt, als Rubinstein dort spielte, und späterhin sah man sie immer gemeinsam in der Oper und überall dort, wo es gute Musik gab. Achtzehn Monate dauerte ihre Freundschaft. Campbell war stets entweder auf Selby Royal oder am Grosvenor Square. Für ihn wie für viele andere war Dorian die Verkörperung alles dessen, was bezaubernd und reizvoll im Leben ist. Ob es einen Streit zwischen ihnen gab oder nicht, das erfuhr niemand. Aber plötzlich wurde bemerkt, daß

sie kaum miteinander sprachen, wenn sie sich trafen, und daß
Campbell früh aus jeder Gesellschaft fortzugehen schien, bei der
Dorian Gray anwesend war. Er hatte sich auch geändert – war bisweilen merkwürdig melancholisch, schien es fast zu hassen, Musik
zu hören, und wollte niemals selbst spielen; wenn er dazu aufgefor-
dert wurde, entschuldigte er sich, er sei so sehr von der Wissenschaft in Anspruch genommen, daß er keine Zeit mehr zum Üben
habe. Und das war wohl auch wahr. Mit jedem Tage schien er grö-
ßeres Interesse an der Biologie zu bekommen, und sein Name erschien ein- oder zweimal in wissenschaftlichen Zeitschriften in
Verbindung mit gewissen merkwürdigen Experimenten.

Auf ihn also wartete Dorian Gray. Jede Sekunde blickte er auf
die Uhr. Als die Minuten hingingen, wurde er furchtbar erregt.
Schließlich stand er auf und begann im Zimmer auf und ab zu gehen, wobei er aussah wie ein schönes gefangenes Tier. Seine
Schritte waren weit und zaghaft, seine Hände merkwürdig kalt.

Das Warten wurde unerträglich. Die Zeit schien ihm auf bleiernen Füßen zu schleichen, während er von ungeheuren Winden dem
gezackten Rand eines schwarzen Schlundes oder Abgrundes entge-
gengetrieben wurde. Was dort seiner harrte, wußte er. Er sah es
wahrhaftig, und zitternd preßte er die feuchten Hände auf seine
brennenden Lider, als ob er seinem Gehirn die Sehkraft rauben und
die Augensterne in ihre Höhlen hineinstoßen wolle. Es war nutzlos.
Das Gehirn hatte seine eigene Nahrung, mit der es sich mästete,
und die Einbildungskraft, welche die Angst grotesk machte,
krümmte und wand sich wie ein vom Schmerz zerrissenes Tier,
tanzte wie eine elende Puppe auf einem Schaugerüst und grinste
durch wechselnde Masken. Dann plötzlich stand die Zeit für ihn
still. Ja, jenes blinde, langsam atmende Wesen kroch nicht mehr,
und nun die Zeit tot war, sprangen schauerliche Gedanken schnell
in den Vordergrund und zerrten eine gräßliche Zukunft aus dem
Grab und zeigten sie ihm. Er starrte darauf. Der Schrecken verstei-
nerte ihn.

Endlich ging die Tür auf, und der Diener trat ein. Dorian blickte
ihn mit gläsernen Augen an.

»Mr. Campbell, gnädiger Herr«, sagte der Diener.

Ein Seufzer der Erleichterung kam von seinen trockenen Lippen,
und die Farbe kehrte in seine Wangen zurück.

»Bitten Sie ihn sogleich herein, Francis.« Er fühlte, daß er wieder er selbst war. Der Anfall von Feigheit war vorübergegangen.

Der Diener verbeugte sich und ging. Wenige Augenblicke später trat Alan Campbell ein. Er sah sehr ernst und ziemlich bleich aus, und seine Blässe wurde noch verstärkt durch sein kohlschwarzes Haar und seine dunklen Augenbrauen.

»Alan! Das ist sehr freundlich von Ihnen. Ich danke Ihnen, daß Sie gekommen sind.«

»Ich war entschlossen, Ihr Haus nie wieder zu betreten, Gray. Aber Sie schrieben, es ginge um Leben und Tod.« Seine Stimme war hart und kalt. Er sprach langsam und überlegt. Ein Zug von Verachtung lag in dem festen, forschenden Gesicht, mit dem er Dorian Gray betrachtete. Er hielt die Hände in den Taschen seines Astrachanmantels und schien die Geste, mit der er begrüßt worden war, nicht bemerkt zu haben.

»Ja, es geht um Leben und Tod, Alan, und für mehr als einen. Setzen Sie sich.«

Campbell nahm einen Stuhl am Tisch, und Dorian setzte sich ihm gegenüber. Ihrer beiden Augen trafen sich. In denen Dorians lag unendliches Mitleid. Er wußte, daß das, was er zu tun sich anschickte, furchtbar war.

Nach einem peinlichen Schweigen beugte er sich vor und sagte sehr ruhig, aber die Wirkung jedes Wortes auf dem Gesicht des Mannes beobachtend, nach dem er geschickt hatte: »Alan, in einem verschlossenen Raum auf dem Boden dieses Hauses, einem Raum, zu dem niemand außer mir Zutritt hat, sitzt ein Toter an einem Tisch. Er ist jetzt zehn Stunden tot. Rühren Sie sich nicht und sehen Sie mich nicht so an. Wer der Mann ist, warum er starb, wie er starb, das sind Dinge, die Sie nichts angehen. Was Sie zu tun haben, ist ...«

»Hören Sie auf, Gray. Ich will nichts weiter wissen. Ob, was Sie mir gesagt haben, wahr ist oder nicht, geht mich nichts an. Ich lehne es vollkommen ab, in Ihr Leben verwickelt zu werden. Behalten Sie Ihre fürchterlichen Geheimnisse für sich. Ich habe nicht das geringste Interesse mehr daran.«

»Alan, Sie werden das aber müssen. Diese Sache muß Sie interessieren. Es tut mir sehr leid um Sie, Alan. Aber ich kann mir nicht helfen. Sie sind der einzige Mensch, der mich zu retten vermag. Ich bin gezwungen, Sie in diese Sache zu ziehen. Ich habe keine Wahl. Alan, Sie sind Wissenschaftler. Sie verstehen etwas von Chemie und dergleichen. Sie haben Experimente gemacht. Was Sie zu tun haben, ist, das Wesen dort oben zu zerstören – und so zu zerstören, daß keine Spur davon übrigbleibt. Niemand hat den Betreffenden ins Haus kommen sehen. Ja, im gegenwärtigen Augenblick wird angenommen, er befinde sich in Paris. Monatelang wird er nicht vermißt werden. Wenn er aber vermißt wird, darf hier keine Spur von ihm gefunden werden. Sie, Alan, müssen ihn und alles, was zu ihm gehört, verwandeln, in eine Handvoll Asche, die ich in die Luft streuen kann.«

»Sie sind wahnsinnig, Dorian.«

»Ach! Wie habe ich darauf gewartet, daß Sie mich wieder Dorian nennen.«

»Sie sind wahnsinnig, sage ich Ihnen. Wahnsinnig, daß Sie glauben, ich würde auch nur einen Finger rühren, um Ihnen zu helfen. Wahnsinnig, daß Sie mir dieses ungeheure Geständnis machten. Ich will nichts damit zu tun haben, was es auch ist. Meinen Sie, ich würde meine Ehre für Sie aufs Spiel setzen? Was geht es mich an, was für ein Teufelswerk Sie anstellen?«

»Es war Selbstmord, Alan.«

»Das freut mich; aber wer hat ihn dazu getrieben? Vermutlich Sie doch!«

»Weigern Sie sich noch immer, es für mich zu tun?«

»Natürlich weigere ich mich. Ich will absolut nichts damit zu tun haben. Ich kümmere mich nicht darum, welche Schande über Sie kommt. Sie verdienen es. Es würde mir nicht leid tun, Sie entehrt, öffentlich entehrt zu sehen. Wie können Sie es wagen, von allen Menschen auf der Welt mich, ausgerechnet mich in diese grauenvollen Dinge mischen zu wollen? Ich hätte geglaubt, Sie würden sich im Charakter der Menschen besser auskennen. Ihr Freund Lord Henry Wotton kann Sie nicht viel Psychologie gelehrt haben, was er Sie auch sonst gelehrt haben mag. Nichts wird mich veranlassen, auch nur einen Schritt zu Ihrer Hilfe zu tun. Sie sind an den Unrechten gekommen. Gehen Sie zu Ihren Freunden. Aber nicht zu mir.«

»Alan, es war Mord. Ich habe ihn gemordet. Sie wissen nicht, was ich durch ihn habe leiden müssen. Was auch mein Leben ist, er hat mehr damit zu tun gehabt, wie es wurde oder wodurch es zerstört wurde, als der arme Harry. Er mag es nicht gewollt haben. Das Ergebnis war das gleiche.«

»Mord! Guter Gott, Dorian. Dahin sind Sie gekommen? Ich werde Sie nicht anzeigen. Das ist nicht mein Geschäft. Übrigens werden Sie, auch ohne daß ich mich hineinmische, ganz sicher gefaßt werden. Niemand begeht ein Verbrechen, ohne zugleich eine Dummheit zu begehen. Aber ich will nichts damit zu tun haben.«

»Sie müssen etwas damit zu tun haben. Warten Sie, warten Sie noch einen Augenblick; hören Sie mich an. Nur anhören, Alan. Alles, was ich von Ihnen verlange, ist ja nur die Ausführung eines wissenschaftlichen Experimentes. Sie gehen in Spitäler und Leichenhäuser, und die schrecklichen Dinge, die Sie dort tun, berühren Sie nicht. Wenn Sie in irgendeinem scheußlichen Seziersaal oder in einem stinkenden Laboratorium diesen Mann auf einem Metalltisch liegen sähen, von dem rote Röhren auslaufen, durch die das Blut abfließt, würden Sie ihn einfach als ein prachtvolles Objekt betrachten. Kein Haar würde sich Ihnen bewegen. Sie würden nicht glauben, irgend etwas Unrechtes zu tun. Im Gegenteil, wahrscheinlich würden Sie der Ansicht sein, der Menschheit einen Dienst zu erweisen oder die Summe des Wissens in der Welt zu vergrößern oder den intellektuellen Wissensdrang zu befriedigen oder was dergleichen mehr ist. Ich verlange von Ihnen ja nur, was Sie schon so oft getan haben. In Wirklichkeit muß es weit weniger schrecklich sein, einen Leichnam zu vernichten, als das, womit Sie sich gewöhnlich beschäftigen. Und bedenken Sie, er ist das einzige Beweisstück gegen mich. Wenn er entdeckt wird, bin ich verloren, und er wird ganz sicher entdeckt, wenn Sie mir nicht helfen.«

»Ich habe kein Verlangen, Ihnen zu helfen. Das vergessen Sie. Ich stehe der ganzen Sache gleichgültig gegenüber. Sie hat nichts mit mir zu schaffen.«

»Alan, ich beschwöre Sie. Denken Sie an die Lage, in der ich mich befinde. Gerade bevor Sie gekommen sind, war ich fast ohnmächtig vor Furcht. Sie selbst könnten eines Tages die Furcht kennenlernen. Nein! Denken Sie nicht daran. Betrachten Sie die Sache nur rein vom wissenschaftlichen Standpunkt. Sie forschen sonst nicht nach, woher die Toten kommen, mit denen Sie experimentieren. Forschen Sie auch jetzt nicht nach. Ich habe Ihnen schon zuviel gesagt. Aber ich bitte Sie, tun Sie es. Wir waren einmal Freunde, Alan.«

»Sprechen Sie nicht von jenen Tagen, Dorian. Sie sind tot.«

»Die Toten zögern manchmal. Der Mann da oben geht nicht fort. Er sitzt am Tisch mit geneigtem Kopf und ausgestreckten Armen. Alan! Alan! Wenn Sie mir nicht helfen, bin ich verloren. Oh, ich werde aufgehängt werden, Alan. Begreifen Sie denn nicht? Ich werde aufgehängt werden für das, was ich getan habe.«

»Es hat keinen Zweck, diese Szene zu verlängern. Ich lehne es durchaus ab, etwas in dieser Angelegenheit zu tun. Es ist Wahnsinn von Ihnen, mich darum zu bitten.«

»Sie weigern sich also?«

»Ja.«

»Ich beschwöre Sie, Alan.«

»Es ist zwecklos.«

Der mitleidige Ausdruck kam wieder in Dorian Grays Augen. Dann streckte er die Hand aus, nahm ein Stück Papier und schrieb etwas darauf. Er überlas es zweimal, faltete es sorgfältig und schob es über den Tisch. Nachdem er das getan hatte, stand er auf und trat ans Fenster.

Campbell sah ihn erstaunt an, nahm dann das Papier und faltete es auseinander. Als er las, wurde sein Gesicht gespensterhaft bleich, und er sank in seinen Stuhl zurück. Ein schreckliches Gefühl der Mattigkeit überkam ihn. Ihm war, als ob sich sein Herz in einer leeren Höhlung zu Tode schlüge.

Nach zwei oder drei Minuten schrecklichen Schweigens wandte sich Dorian um, trat zu ihm hin, stellte sich hinter ihn und legte ihm die Hand auf die Schulter.

»Es tut mir so leid für Sie, Alan«, murmelte er. »Aber Sie lassen mir keine Wahl. Ich habe schon einen Brief geschrieben. Hier ist er. Sie sehen die Adresse. Wenn Sie mir nicht helfen, muß ich ihn absenden. Sie wissen, was dann geschehen wird. Aber Sie werden mir ja auch helfen. Es ist ja jetzt unmöglich für Sie, sich zu weigern. Ich habe versucht, es Ihnen zu ersparen. Sie werden gerecht genug sein, mir das zuzugeben. Sie waren hart, scharf, beleidigend. Sie behandelten mich, wie kein Mensch je mich zu behandeln gewagt hat; wenigstens kein lebender Mensch. Das alles habe ich ertragen. Jetzt ist es an mir, Bedingungen zu diktieren.«

Campbell begrub sein Gesicht in den Händen, und ein Schauder durchrann ihn.

»Ja, jetzt ist es an mir, Bedingungen zu stellen, Alan. Sie kennen sie. Die Sache ist ganz einfach. Kommen Sie, regen Sie sich nicht auf. Es muß etwas getan werden. Sehen Sie der Sache ins Gesicht und tun Sie sie.«

Ein Stöhnen kam von Campbells Lippen, und er zitterte am ganzen Leibe. Das Ticken der Uhr auf dem Kaminsims schien ihm die Zeit in einzelne Atome des Todeskampfes zu zerlegen, von denen jedes zu schrecklich war, als daß man es hätte ertragen können. Er hatte das Gefühl, als würde ein eiserner Ring langsam um seine Stirn zusammengeschraubt, als ob die Schande, die ihm drohte, schon auf ihm läge. Die Hand auf seiner Schulter wog schwer wie eine Hand aus Blei. Sie war unerträglich. Sie schien ihn zu erdrükken.

»Kommen Sie, Alan. Sie müssen sich jetzt entscheiden.«

»Ich kann es nicht tun«, sagte er mechanisch, als könnten Worte die Dinge ändern.

»Sie müssen. Sie haben keine Wahl. Zögern Sie nicht.«

Er wartete einen Augenblick. »Gibt es Feuer in dem Zimmer oben?«

»Ja, es steht ein Gasofen mit Asbest da.«

»Ich muß nach Hause gehen und einiges aus dem Laboratorium holen.«

»Nein, Alan, Sie dürfen das Haus nicht verlassen. Schreiben Sie auf ein Blatt Papier, was Sie brauchen. Mein Diener wird dann einen Wagen nehmen und die Sachen herholen.«

Campbell kritzelte ein paar Zeilen, löschte sie ab und adressierte einen Umschlag an seinen Assistenten. Dorian nahm das Billett und las es sorgfältig durch. Dann schellte er und gab es dem Diener mit dem Befehl, so schnell wie möglich zurückzukommen und die Sachen mitzubringen. Als die Haustür ins Schloß fiel, zuckte Campbell nervös zusammen. Dann stand er vom Stuhl auf und trat an den Kamin. Er zitterte in einer Art Schüttelfrost. Nahezu zwanzig Minuten sprach keiner der beiden Männer. Eine Fliege summte geräuschvoll durch das Zimmer, und das Ticken der Uhr klang hell wie Hammerschläge. Als es eins schlug, wandte sich Campbell um, blickte auf Dorian Gray und sah, daß dessen Augen voll Tränen waren. In der Reinheit und in dem Adel seines traurigen Gesichts lag etwas, das ihn wütend machte. »Sie sind infam, ganz infam!« flüsterte er.

»Still, Alan, Sie haben mir das Leben gerettet«, sagte Dorian.

»Ihr Leben? Gott im Himmel! Was für ein Leben ist das? Sie sind von Verderbnis zu Verderbnis geschritten, und jetzt haben Sie den Gipfel des Verbrecherischen erreicht. Wenn ich tue, was ich jetzt tun werde, was zu tun Sie mich zwingen, dann ist es gewiß nicht Ihr Leben, an das ich denke.«

»Ach, Alan«, murmelte Dorian und seufzte, »ich wollte, Sie hätten den tausendsten Teil des Mitleids für mich, das ich für Sie habe.« Er wandte sich ab, als er das sagte, und schaute hinaus in den Garten.

Campbell gab keine Antwort.

Nach etwa zehn Minuten klopfte es, und der Diener trat ein. Er trug einen großen Mahagonikasten mit Chemikalien, eine lange

Rolle Platindraht und zwei merkwürdig geformte Eisenklammern.

»Soll ich die Sachen hier lassen, gnädiger Herr?« fragte er Campbell.

»Ja«, sagte Dorian, »und es tut mir leid, Francis, aber ich habe noch einen andern Auftrag für Sie. Wie heißt doch der Mann in Richmond, der die Orchideen für Selby liefert?«

»Harden, gnädiger Herr.«

»Ja – Harden. Sie müssen gleich nach Richmond fahren und sich an Harden selbst wenden. Sagen Sie ihm, er solle doppelt soviel Orchideen schicken, als ich bestellt habe, und so wenig weiße wie möglich. Eigentlich möchte ich überhaupt keine weißen. Es ist schönes Wetter, Francis, und Richmond ist ein hübscher Ort. Sonst würde ich Ihnen nicht damit kommen.«

»Hat nichts zu sagen, gnädiger Herr. Wann soll ich wieder zurück sein?«

Dorian blickte Campbell an. »Wie lange wird Ihr Experiment dauern, Alan?« fragte er mit ruhiger, gleichgültiger Stimme. Die Gegenwart eines Dritten im Zimmer schien ihm außerordentlich Mut zu geben. Campbell runzelte die Stirn und biß sich auf die Lippen. »Es wird ungefähr fünf Stunden beanspruchen«, antwortete er.

»Dann ist es früh genug, wenn Sie um halb acht zurück sind, Francis. Oder warten Sie: legen Sie mir nur meine Garderobe zurecht. Sie können den Abend für sich haben. Ich esse nicht zu Hause. Ich brauche Sie daher nicht.«

»Besten Dank, gnädiger Herr«, sagte der Diener und verließ das Zimmer.

»Jetzt, Alan, ist kein Augenblick zu verlieren. Wie schwer der Kasten ist! Ich will ihn für Sie tragen. Nehmen Sie die andren Sachen.« Er sprach rasch und befehlend. Campbell fühlte sich in seiner Gewalt. Sie verließen das Zimmer zusammen.

Als sie auf dem Boden angelangt waren, zog Dorian den Schlüssel hervor und drehte ihn im Schloß. Dann blieb er stehen, und seine Augen blickten verwirrt. Er bebte. »Ich glaube, ich kann nicht hineingehen«, murmelte er.

»Das ist mir gleich, ich brauche Sie nicht«, sagte Campbell kalt.

Dorian öffnete halb die Tür. Dabei sah er, wie ihn das Gesicht des Bildnisses im Sonnenlicht anschielte. Davor lag auf dem Boden der niedergerissene Vorhang. Er erinnerte sich, daß er in der vergangenen Nacht zum ersten Male in seinem Leben vergessen hatte, die verhängnisvolle Leinwand zu verhüllen. Und er wollte schon vorwärts stürzen, als er zitternd zurückfuhr.

Was war dieses Ekelhafte, Rote, Feuchte, das naß und glänzend auf einer der Hände schimmerte, als hätte die Leinwand Blut geschwitzt? Wie furchtbar war das! – Furchtbarer noch, wie ihm im Augenblick schien, als das stille Wesen, das, wie er wußte, über den Tisch hing. Das Wesen, dessen grotesker, ungestalter Schatten auf dem fleckigen Teppich ihm zeigte, daß es sich nicht gerührt, sondern noch dasaß, wie er es verlassen hatte.

Er holte tief Atem, öffnete die Tür ein wenig weiter und ging mit halbgeschlossenen Augen und abgewandtem Kopf schnell hinein, entschlossen, auch nicht einen einzigen Blick auf den Toten zu werfen. Er bückte sich, nahm die goldene und purpurne Decke und warf sie über das Bild.

Dann blieb er stehen und fühlte Furcht, sich umzudrehen. Seine Augen starrten auf die Verschlingungen des Tapetenmusters. Er hörte, wie Campbell den schweren Kasten, die Eisenklammern und die andern Sachen hereinbrachte, die er zu seiner schrecklichen Arbeit brauchte. Er fragte sich, ob er und Basil Hallward einander je begegnet waren und was sie in diesem Falle wohl voneinander gedacht hatten.

»Lassen Sie mich jetzt allein«, sagte eine harte Stimme hinter ihm. Er wandte sich um, eilte hinaus und gewahrte gerade noch, daß der Tote in seinem Stuhl zurückgelehnt worden war und daß Campbell in ein glänzendes gelbes Gesicht starrte. Als er hinunterging, hörte er, wie der Schlüssel im Schloß herumgedreht wurde.

Es war lange nach sieben, als Campbell wieder in die Bibliothek kam. Er war bleich, aber ganz ruhig. »Ich habe getan, was Sie von mir verlangt haben«, murmelte er, »und nun leben Sie wohl. Wir wollen uns nie wiedersehen.«

»Sie haben mich vorm Untergang gerettet, Alan. Ich kann das nicht vergessen«, sagte Dorian schlicht.

Sobald Campbell gegangen war, ging er hinauf. Ein fürchterlicher Geruch von Salpetersäure war im Zimmer. Aber das Wesen, das am Tisch gesessen hatte, war fort.

FÜNFZEHNTES KAPITEL

Am gleichen Abend um halb neun wurde Dorian Gray, der äußerst sorgfältig gekleidet war und im Knopfloch einen großen Strauß Parmaveilchen trug, von sich verneigenden Dienern in den Salon Lady Narboroughs geführt.

In seiner Stirn pochten die wahnsinnig gereizten Nerven, und er war wild erregt. Doch als er sich über die Hand der Gastgeberin beugte, waren seine Bewegungen so leicht und anmutig wie stets. Vielleicht erscheint man niemals ungezwungener und gelassener, als wenn man eine Rolle zu spielen gezwungen ist. Sicherlich hätte niemand, der Dorian Gray an diesem Abend beobachtete, geglaubt, daß er eine Tragödie durchgemacht habe, so furchtbar wie nur eine Tragödie unserer Zeit. Jene feingeformten Finger konnten nie ein Messer um einer Sünde willen umklammert haben, noch konnten jene lächelnden Lippen Gott und allem Guten geflucht haben. Er selbst mußte sich über die Ruhe seines Benehmens wundern, und für einen Augenblick empfand er heftig den furchtbaren Genuß des Doppellebens.

Es war eine kleine Gesellschaft, die von Lady Narborough in aller Eile zusammengebracht worden war. Sie war eine außerordentlich kluge Frau, mit Resten einer wirklich erlesenen Häßlichkeit, wie Lord Henry es zu bezeichnen pflegte. Sie hatte sich einem unserer langweiligsten Gesandten als ausgezeichnete Gattin erwiesen, und nachdem sie ihren Gemahl, wie es sich geziemte, in einem marmornen Mausoleum, das sie selbst entworfen hatte, begraben und ihre Töchter an ein paar wohlhabende, etwas ältliche Herren verheiratet hatte, widmete sie sich jetzt den Genüssen französischer Dichtkunst, französischer Kochkunst und, wenn sie ihn bekommen konnte, französischen Geistes.

Dorian gehörte zu ihren besonderen Lieblingen; und sie pflegte ihm immerfort zu sagen, wie außerordentlich froh sie darüber sei, daß sie ihn nicht in ihrer Jugend kennengelernt habe. »Ich weiß, mein Lieber, ich hätte mich wahnsinnig in Sie verliebt«, sagte sie stets, »und ich hätte meine Haube um Ihretwillen schlankweg über die Windmühlen gehen lassen. Es ist wirklich ein großes Glück, daß man damals noch nicht an Sie dachte. Aber wie die Dinge zu jener Zeit lagen, waren unsere Hauben so unpassend, und die Mühlen waren so damit beschäftigt, den Wind aufzufangen, daß ich nicht einmal mit jemandem geflirtet habe. Schuld daran trug aber einzig

Narborough. Er war schrecklich kurzsichtig, und es ist wirklich kein Vergnügen, einen Mann zu haben, der nie etwas sieht.«

Ihre Gäste an jenem Abend waren ziemlich langweilig. Die Sache war so, wie sie Dorian hinter einem recht schäbigen Fächer erklärte, daß eine ihrer verheirateten Töchter ganz plötzlich zu Besuch gekommen war und, was die Geschichte noch schlimmer machte, tatsächlich ihren Mann mitgebracht hatte. »Ich halte das für gar nicht nett von ihr, mein Lieber«, flüsterte sie. »Ich besuche sie natürlich jeden Sommer, wenn ich von Homburg zurückkomme, aber dann muß eine alte Frau wie ich manchmal frische Luft haben, und außerdem rege ich die beiden dann immer an. Sie können sich gar nicht vorstellen, was für ein Leben sie da unten führen. Wirklich ganz reines, unverfälschtes Landleben. Sie stehen früh auf, weil sie so viel zu tun haben, und sie gehen früh zu Bett, weil sie wenig zu denken haben. Seit den Zeiten der Königin Elisabeth hat es in der ganzen Nachbarschaft keinen einzigen Skandal gegeben, und infolgedessen schlafen sie nach Tisch alle ein. Sie sollen neben keinem von beiden sitzen. Sie sollen neben mir sitzen und mich amüsieren.«

Dorian murmelte ein anmutiges Kompliment und sah sich im Raume um. Ja, es war allerdings eine langweilige Gesellschaft. Zwei dieser Leute hatte er niemals zuvor gesehen, und die andern waren Ernest Harrowden, eine jener Mittelmäßigkeiten mittleren Alters, deren die Londoner Klubs so viele aufweisen, die zwar keine Feinde haben, aber bei ihren Freunden außerordentlich unbeliebt sind; Lady Ruxton, eine übertrieben geputzte hakennasige Dame von siebenundvierzig Jahren, die immerfort versuchte, sich selbst zu kompromittieren, aber so merkwürdig häßlich war, daß zu ihrer größten Enttäuschung nie jemand etwas Schlechtes von ihr glauben wollte; Mrs. Erlynne, eine aufdringliche Unbedeutendheit mit entzückendem Lispeln und venezianisch-rotem Haar; Lady Alice Chapman, die Tochter der Gastgeberin, ein schlampiges, schwerfälliges Mädchen mit einem jener charakteristischen britischen Gesichter, deren man sich nie mehr erinnert, wenn man sie einmal gesehen hat, und deren Gatte, ein rotbäckiger Mensch, der, wie so viele seiner Klasse, unter dem Eindruck stand, maßlose Jovialität könne für den vollständigen Mangel an Gedanken entschädigen.

Es tat ihm schrecklich leid, daß er gekommen war, bis Lady Narborough, die auf die große vergoldete Uhr blickte, deren prunkende Kurven sich auf dem mit Mauve drapierten Kaminsims spreizten, ausrief: »Wie häßlich, daß Lord Henry Wotton so spät kommt! Heute früh schickte ich auf gut Glück zu ihm hinüber, und er hat fest zugesichert, mich nicht zu enttäuschen.«

Es war wenigstens tröstlich, daß Harry kommen würde, und als sich die Tür öffnete und er seine langsame musikalische Stimme hörte, die irgendeiner unwahren Entschuldigung ihren Zauber lieh, fühlte er sich nicht mehr gelangweilt.

Bei Tisch konnte er jedoch nichts essen. Platte auf Platte glitt unberührt an ihm vorüber. Lady Narborough schalt ihn unaufhörlich, weil er damit, wie sie es nannte, »den armen Adolphe beleidigte, der das Menü einzig für ihn zusammengestellt habe«, und dann und wann blickte Lord Henry zu ihm hin und war erstaunt über seine Schweigsamkeit und sein zerstreutes Wesen. Von Zeit zu Zeit füllte der Diener sein Glas mit Champagner. Er trank hastig, und sein Durst schien zu wachsen.

»Dorian«, sagte Lord Henry schließlich, als das Chaudfroid gereicht wurde, »was ist eigentlich heute abend mit Ihnen los? Sie sind ganz verstimmt.«

»Ich glaube, er ist verliebt«, rief Lady Narborough, »und er hat Angst, es mir zu sagen, weil er glaubt, ich würde eifersüchtig werden. Er hat ganz recht, ich würde es gewiß.«

»Liebe Lady Narborough«, flüsterte Dorian lächelnd, »ich bin seit einer ganzen Woche nicht verliebt gewesen, genauer gesagt: nicht, seit Madame de Ferrol weg ist.«

»Wie könnt ihr Männer euch in diese Frau verlieben?« rief die alte Dame aus. »Das kann ich wirklich nicht verstehen.«

»Das tun Sie nur darum nicht, weil sie Sie als kleines Mädchen gekannt hat, Lady Narborough«, sagte Lord Henry. »Sie ist die einzige Verbindung zwischen uns und Ihren kurzen Kleidern.«

»Sie hat mich ganz und gar nicht in kurzen Kleidern gekannt, Lord Henry. Aber ich erinnere mich sehr gut an sie in Wien vor dreißig Jahren, und wie schrecklich dekolletiert sie damals war.«

»Sie ist noch immer dekolletiert«, antwortete er und nahm mit seinen schlanken Fingern eine Olive. »Und wenn sie ein sehr elegantes Kleid trägt, sieht sie aus wie eine édition de luxe eines schlechten französischen Romans. Sie ist ganz wunderbar und voller Überraschungen. Ihre Begabung für Familienanhänglichkeit ist ganz außerordentlich. Als ihr dritter Mann starb, wurde ihr Haar vor Gram ganz golden.«

»Wie können Sie das sagen, Harry!« rief Dorian.

»Das ist eine überaus romantische Erklärung«, lachte die Gastgeberin. »Aber ihr dritter Gatte, Lord Henry! Sie wollen mir doch nicht sagen, Ferrol sei nun der vierte?«

»Aber gewiß doch, Lady Narborough.«

»Ich glaube kein Wort davon.«

»Gut, dann fragen Sie Mr. Gray. Er ist einer ihrer vertrautesten Freunde.«

»Ist es wirklich wahr, Mr. Gray?«

»Sie hat es mir versichert, Lady Narborough«, sagte Dorian. »Ich fragte sie, ob sie wie Margarete von Navarra ihre Herzen einbalsamiert am Gürtel trüge. Sie sagte mir, das tue sie nicht, denn keiner ihrer Männer habe überhaupt ein Herz gehabt.«

»Vier Männer! Auf mein Wort, das ist trop de zèle.«

»Trop d'audace habe ich ihr gesagt«, antwortete Dorian.

»Oh, sie ist kühn genug für alles, mein Lieber. Und wie ist Ferrol? Ich kenne ihn nicht.«

»Die Männer sehr schöner Frauen gehören zur Verbrecherklasse«, sagte Lord Henry und nippte von seinem Wein.

Lady Narborough schlug mit dem Fächer nach ihm. »Lord Henry, ich wundere mich ganz und gar nicht, daß alle Welt sagt, Sie seien außerordentlich böse.«

»Aber welche Welt sagt denn das?« fragte Lord Henry und zog seine Augenbrauen in die Höhe. »Das kann nur die andere Welt sein. Diese Welt und ich, wir vertragen uns ganz ausgezeichnet.«

»Alle meine Bekannten sagen, Sie seien sehr böse«, rief die alte Dame und schüttelte den Kopf.

Lord Henry machte für einen Augenblick ein ernstes Gesicht. »Es ist ganz abscheulich«, sagte er schließlich, »wie die Leute heutzutage herumgehen und hinter unserm Rücken Dinge über uns sagen, die absolut wahr sind.«

»Ist er nicht unverbesserlich?« rief Dorian und beugte sich in seinem Stuhl vor.

»Hoffentlich«, sagte die Gastgeberin und lachte. »Aber wenn Sie alle wirklich Madame de Ferrol auf diese lächerliche Weise anbeten, dann werde ich mich wieder verheiraten müssen, um in der Mode zu bleiben.«

»Sie werden sich nie wieder verheiraten, Lady Narborough«, fiel Lord Henry ein. »Sie waren viel zu glücklich. Wenn eine Frau zum zweiten Male heiratet, so geschieht das, weil sie ihren ersten Mann haßte; wenn ein Mann zum zweiten Male heiratet, so geschieht das, weil er seine Frau vergötterte. Die Frauen versuchen ihr Glück; die Männer setzen das ihrige aufs Spiel.«

»Narborough hatte auch seine Fehler«, rief die alte Dame.

»Hätte er keine gehabt, so würden Sie ihn nicht geliebt haben, verehrte gnädige Frau«, war die Antwort. »Die Frauen lieben uns um unserer Fehler willen. Wenn wir genug davon haben, vergeben sie uns alles, sogar unsern Geist. Sie werden mich sicher niemals wieder zum Essen einladen, weil ich das gesagt habe, Lady Narborough; aber deshalb stimmt es doch.«

»Natürlich stimmt es, Lord Henry. Wenn wir Frauen euch nicht um eurer Fehler willen liebten, was würde dann aus euch werden? Kein einziger von euch würde jemals verheiratet sein. Ihr wäret einfach eine Gesellschaft unglücklicher Junggesellen. Aber das würde wenig an euch ändern. Heutzutage leben alle Ehemänner wie Junggesellen und alle Junggesellen wie Ehemänner.«

»Fin de siècle«, murmelte Lord Henry.

»Fin du globe«, antwortete die Gastgeberin.

»Ich wollte, es wäre fin du globe«, sagte Dorian und seufzte. »Das Leben ist eine große Enttäuschung.«

»Oh, mein Lieber«, rief Lady Narborough und zog ihre Handschuhe an, »sagen Sie mir nicht, daß Sie das Leben erschöpft hätten. Wenn jemand das sagt, weiß man, daß das Leben ihn erschöpft hat. Lord Henry ist sehr böse, und manchmal wünsche ich, ich wäre es auch gewesen; aber Sie sind geschaffen, um gut zu sein – Sie sehen so gut aus. Ich muß eine hübsche Frau für Sie ausfindig machen. Meinen Sie nicht, Lord Henry, daß Mr. Gray heiraten sollte?«

»Ich sage es ihm immerfort, Lady Narborough«, sagte Lord Henry mit einer Verbeugung.

»Schön, dann müssen wir uns nach einer passenden Partie für ihn umsehen. Ich werde heute nacht einmal den Debrett ganz genau durchsehen und eine Liste aller in Betracht kommenden jungen Damen ausziehen.«

»Mit Altersangaben, Lady Narborough?« fragte Dorian.

»Natürlich mit Altersangaben, mit leicht aufgefrischten. Aber man soll nichts überstürzen. Ich möchte, daß es das wird, was die Morning Post eine passende Verbindung nennt, und sie sollen beide glücklich sein.«

»Welch einen Unsinn reden doch die Menschen über glückliche Ehen!« rief Lord Henry aus. »Man kann doch mit jeder Frau glücklich sein, solange man sie nicht liebt.«

»Oh, was für ein Zyniker Sie sind«, rief die alte Dame, schob ihren Stuhl zurück und nickte Lady Ruxton zu. »Sie müssen bald wieder bei mir speisen. Sie sind wirklich ein wunderbares Stärkungsmittel, viel besser als das, welches Sir Andrew mir verschreibt. Aber Sie müssen mir sagen, wen ich einladen soll. Es muß eine entzückende Gesellschaft werden.«

»Ich liebe Männer, die eine Zukunft, und Frauen, die eine Vergangenheit haben«, antwortete er. »Oder meinen Sie, das würde eine Versammlung von Unterröcken geben?«

»Das fürchte ich fast«, sagte sie lachend und stand auf.

»Ich bitte vielmals um Entschuldigung, meine liebe Lady Ruxton«, fügte sie hinzu, »ich hatte nicht gesehen, daß Sie noch Ihre Zigarette rauchen.«

»Es schadet nichts, Lady Narborough. Ich rauche viel zuviel. In Zukunft werde ich mich damit einschränken.«

»Bitte, tun Sie das nicht, Lady Ruxton«, sagte Lord Henry. »Mäßigung ist eine fatale Sache. Genug ist so schlecht wie ein Mahl. Mehr als genug ist so gut wie ein Fest.«

Lady Ruxton blickte ihn neugierig an.

»Sie müssen einmal nachmittags zu mir kommen und mir das erklären, Lord Henry. Es klingt wie eine bezaubernde Theorie«, murmelte sie und rauschte aus dem Zimmer.

»Nun bleiben Sie bitte nicht zu lange bei Ihrer Politik und bei Ihrem Klatsch sitzen«, rief Lady Narborough von der Tür aus, »sonst bekommen wir oben sicherlich Zank miteinander.«

Die Herren lachten, und Mr. Chapman stand feierlich vom Ende der Tafel auf und setzte sich obenan. Dorian Gray wechselte seinen Platz und setzte sich neben Lord Henry.

Mr. Chapman begann mit lauter Stimme über die Lage im Unterhaus zu reden. Er schäumte über seine Gegner. Das Wort doktrinär – ein Wort voller Schrecken für den britischen Geist – tauchte von Zeit zu Zeit zwischen seinen Wutausbrüchen auf. Eine alliterierende Vorsilbe diente ihm als Schmuck der Rede. Er flaggte den Union Jack auf den Zinnen des Denkens. Die angestammte Rassedummheit – er nannte es jovial den gesunden englischen Menschenverstand – wurde als das eigentliche Bollwerk der Gesellschaft vorgezeigt.

Ein Lächeln kräuselte die Lippen Lord Henrys. Er wandte sich um und sah Dorian Gray an.

»Geht es Ihnen besser, mein lieber Freund?« fragte er. »Sie schienen bei Tisch nicht ganz obenauf zu sein.«

»Mir ist ganz wohl, Harry. Ich bin nur müde. Das ist alles.«

»Gestern abend waren Sie bezaubernd. Die kleine Herzogin ist ganz eingenommen für Sie. Sie erzählte mir, daß sie nach Selby kommt.«

»Sie hat mir versprochen, am zwanzigsten zu kommen.«

»Wird Monmouth auch da sein?«

»O ja, Harry.«

»Er langweilt mich schrecklich, fast so sehr, wie er sie langweilt. Sie ist sehr klug, eigentlich zu klug für eine Frau. Der undefinierbare Reiz der Schwäche fehlt ihr. Die tönernen Füße sind es, die das Gold des Götzenbildes kostbar machen. Ihre Füße sind sehr hübsch, aber sie sind nicht gerade tönern. Weiße Porzellanfüße, wenn Sie wollen. Sie sind durchs Feuer gegangen; und was das Feuer nicht zerstört, macht es hart. Sie hat Erfahrungen gesammelt.«

»Wie lange ist sie eigentlich verheiratet?« fragte Dorian.

»Eine Ewigkeit, sagt sie. Nach dem Adelskalender sind es, glaube ich, zehn Jahre. Aber zehn Jahre mit Monmouth müssen wie eine Ewigkeit gewesen sein, die Zeit noch außerdem dazugenommen. Wer kommt sonst noch?«

»Oh, die Willoughbys, Lord Rugby und Frau, unsere Gastgeberin von heute abend, Geoffrey Clouston, die üblichen also. Ich habe auch Lord Grotrian gebeten.«

»Den mag ich gern«, sagte Lord Henry. »Viele Leute mögen ihn nicht, aber ich finde ihn reizend. Er ist manchmal etwas übertrieben angezogen, aber dafür entschädigt, daß er absolut überkultiviert ist. Er ist ein überaus moderner Typus.«

»Ich weiß nicht, ob er wird kommen können, Harry. Möglicherweise muß er mit seinem Vater nach Monte Carlo fahren.«

»Ach, welche Last doch die Verwandten sind! Versuchen Sie doch, ihn zum Kommen zu bewegen. Nebenbei gesagt, Dorian, Sie gingen gestern abend sehr früh fort. Sie verließen uns vor elf. Was haben Sie nachher angefangen? Sind Sie gleich nach Hause gegangen?«

Dorian warf einen hastigen Blick auf ihn und runzelte die Stirn.

»Nein, Harry«, sagte er schließlich. »Ich kam erst kurz vor drei nach Haus.«

»Waren Sie im Klub?«

»Ja«, antwortete er. Dann biß er sich auf die Lippen. »Nein, nicht. Ich war nicht im Klub. Ich bin spazierengegangen. Ich habe vergessen, was ich getan habe ... Wie inquisitorisch Sie fragen, Harry! Sie müssen immer wissen, was man getan hat. Ich will immer vergessen, was ich getan habe. Ich bin um halb drei nach

Hause gekommen, wenn Sie die genaue Zeit wissen wollen. Ich hatte den Schlüssel vergessen, und mein Diener machte mir auf. Wenn Sie eine unwiderlegliche Aussage darüber haben wollen, können Sie ihn fragen.«

Lord Henry zuckte die Achseln. »Mein lieber Freund, was hätte ich davon! Wir wollen in den Salon hinaufgehen. Keinen Sherry, danke sehr, Mr. Chapman. Irgend etwas ist mit Ihnen vorgefallen, Dorian. Sagen Sie mir, was es ist. Sie sind heute abend nicht Sie selbst.«

»Kümmern Sie sich nicht um mich, Harry. Ich bin gereizt und habe schlechte Laune. Ich werde morgen oder übermorgen bei Ihnen vorsprechen. Entschuldigen Sie mich bei Lady Narborough. Ich gehe nicht mehr hinauf. Ich muß nach Haus.«

»Gut, Dorian. Hoffentlich sehe ich Sie morgen zum Tee. Die Herzogin kommt.«

»Ich will versuchen, ob ich kommen kann, Harry«, sagte er und ging hinaus. Als er nach Haus fuhr, wurde er sich bewußt, daß das Angstgefühl, das er erstickt zu haben glaubte, wiedergekommen war. Lord Henrys zufällige Fragen hatten ihn für einen Augenblick ganz aus der Fassung gebracht, und er brauchte seine Nerven noch. Dinge, die gefährlich waren, mußten vernichtet werden. Ein Schauder überlief ihn. Er haßte den Gedanken, sie zu berühren.

Dennoch mußte es getan werden. Er wurde sich klar darüber, und als er die Tür der Bibliothek verschlossen hatte, öffnete er das geheime Wandfach, in das er Basil Hallwards Mantel und Tasche geworfen hatte. Ein mächtiges Feuer brannte. Er warf noch ein Scheit hinein. Der Geruch der sengenden Kleider und des brennenden Leders war fürchterlich. Es dauerte dreiviertel Stunden, bis alles vernichtet war. Am Schluß fühlte er sich schwach und krank, und nachdem er in einer durchbrochenen Kupferpfanne ein paar algerische Räucherkerzen angezündet hatte, wusch er sich Gesicht und Hände in einem kühlen moschusduftenden Essig.

Plötzlich schreckte er auf, seine Augen wurden sonderbar hell, und er nagte nervös an der Unterlippe. Zwischen zweien der Fenster stand ein großer florentinischer Ebenholzschrank mit Elfenbein- und Lapislazuli-Einlagen. Er betrachtete ihn, als ob er gleichzeitig etwas Bezauberndes und Furchteinflößendes sei, als ob er etwas einschließe, das er zugleich mit allen Fibern begehrte und dennoch fast verabscheute. Sein Atem ging schnell. Eine wahnsinnige Sucht überkam ihn. Er zündete eine Zigarette an und warf sie gleich wieder fort. Seine Augenlider senkten sich, so daß die langen

Wimpern fast die Wange berührten. Und immerfort sah er den Schrank an. Schließlich sprang er vom Sofa auf, auf dem er gelegen hatte, ging hinüber, schloß ihn auf und drückte auf eine verborgene Feder. Langsam öffnete sich ein dreieckiges Fach. Seine Finger bewegten sich instinktiv darauf zu, griffen hinein und umfaßten etwas. Es war eine kleine chinesische Büchse aus schwarzem Lack mit Goldstaub, ein herrliches Stück; die Seiten trugen ein Muster von gekrümmten Wellenlinien, und an seidenen Fäden hingen rote Kristalle und Troddeln aus geflochtenen Metallfäden. Er öffnete sie. Eine grüne Masse von wachsartigem Glanz mit schwerem, merkwürdig durchdringendem Geruch lag darin.

Er zögerte kurze Zeit mit einem seltsam unbeweglichen Lächeln auf dem Gesicht. Dann schauerte er zusammen, obwohl die Luft im Zimmer schrecklich heiß war, richtete sich auf und sah nach der Uhr, schloß dann die Türen des Schrankes und ging in sein Schlafzimmer.

Als es mit bronzenem Hall durch die dumpfe Luft Mitternacht schlug, schlich Dorian Gray in gewöhnlicher Kleidung, ein Tuch um den Hals gewickelt, leise aus dem Hause.

In der Bond Street fand er eine Droschke mit einem guten Pferde. Er sprach den Kutscher an und sagte mit gesenkter Stimme eine Adresse.

Der Mann schüttelte den Kopf. »Das ist zu weit für mich«, brummte er.

»Hier haben Sie ein Goldstück«, sagte Dorian. »Sie sollen noch eins haben, wenn Sie rasch fahren.«

»Gut, Herr«, antwortete der Kutscher, »in einer Stunde sind wir da.« Und nachdem er sein Fahrgeld eingesteckt hatte, drehte er sein Pferd um und fuhr rasch dem Fluß zu.

SECHZEHNTES KAPITEL

Ein kalter Regen begann zu fallen, und die verwaschenen Straßenlaternen schimmerten geisterhaft durch den sich senkenden Nebel. Die Schanklokale wurden gerade geschlossen, und dunkle Männer und Frauen standen in zerstreuten Gruppen um die Türen. Aus einigen Bars kam Lärm von schrecklichem Gelächter. In anderen zankten und grölten Trunkene.

Dorian Gray lehnte sich im Wagen zurück; er hatte den Hut in die Stirne gedrückt und beobachtete mit gleichgültigen Augen das schmutzige Großstadtleben. Und dann und wann sprach er die Worte vor sich hin, die Lord Henry am ersten Tage ihrer Bekanntschaft zu ihm gesagt hatte: »Man muß die Seele durch die Sinne und die Sinne durch die Seele heilen.« Ja, das war das Geheimnis. Er hatte es oft versucht, und nun wollte er es abermals versuchen. Es gab Opiumkneipen, wo man Vergessen kaufen konnte, Höhlen des Schreckens, wo die Erinnerung an alte Sünden durch den Wahnsinn von Sünden zerstört werden konnte, die neu waren.

Wie ein gelber Schädel hing der Mond tief am Himmel. Von Zeit zu Zeit streckte eine große mißgestalte Wolke einen langen Arm hervor und verbarg ihn. Die Gaslaternen wurden spärlicher und die Straßen enger und düsterer. Einmal verlor der Kutscher die Richtung und mußte eine halbe Meile zurückfahren. Das Pferd dampfte, als sei es durch Pfützen gelaufen. Die Fenster der Droschke waren mit grauem Dunst bedeckt.

»Man muß die Seele durch die Sinne und die Sinne durch die Seele heilen.« Wie diese Worte ihm in den Ohren klangen! Seine Seele war wirklich zu Tode krank. War es wahr, daß die Sinne sie zu heilen vermochten? Unschuldig Blut war vergossen worden. Welche Sühne mochte es dafür geben? Ach, das konnte nicht gesühnt werden; aber wenn auch Vergebung unmöglich war, Vergessen war immer noch möglich, und er wollte vergessen, wollte es auslöschen und zermalmen, wie man eine Natter zermalmt, die einen gebissen hat. Welches Recht hatte denn auch Basil gehabt, so zu ihm zu sprechen, wie er es getan hatte? Wer hatte ihn zum Richter über andere gesetzt? Er hatte Dinge gesagt, die schrecklich waren, fürchterlich, nicht zu ertragen.

Weiter und weiter rumpelte die Droschke. Mit jedem Schritt schien es ihm, als ob sie langsamer führe. Er riß die Klappe auf und rief dem Kutscher zu, er solle schneller fahren. Ein gräßlicher Hunger nach Opium begann an ihm zu nagen. Seine Kehle brannte, und seine schönen Hände preßten sich nervös ineinander. Er schlug wie wahnsinnig mit dem Stock auf das Pferd ein. Der Kutscher lachte und half mit Peitschenschlägen nach. Er lachte zur Antwort, und der Kutscher schwieg.

Der Weg erschien endlos, und die Straßen waren wie das schwarze Gewebe einer zappelnden Spinne. Die Eintönigkeit wurde unerträglich, und als der Nebel sich verdichtete, bekam er Furcht.

Dann fuhren sie an einsamen Ziegeleien vorüber. Hier war der Nebel lichter, und er konnte die seltsamen flaschenförmigen Trockenöfen mit ihren orangefarbenen, wie Fächer aussehenden Feuerzungen sehen. Ein Hund schlug an, als sie vorüberfuhren, und weit in der Dunkelheit kreischte eine Wandermöwe. Das Pferd stolperte in einer Furche, sprang seitwärts und begann zu galoppieren.

Nach einiger Zeit verließen sie den Sandweg und rasselten über schlecht gepflasterte Straßen. Die meisten Fenster waren dunkel, aber dann und wann sah man die Silhouetten phantastischer Schatten hinter einem erleuchteten Fenster. Neugierig beobachtete er sie. Sie bewegten sich wie ungeheuer große Marionetten und machten Gebärden wie lebende Wesen. Er haßte sie. In seinem Herzen war dumpfer Zorn. Als sie um eine Ecke fuhren, kreischte ihnen ein Weib aus einer offenen Tür etwas zu. Zwei Männer rannten der Droschke fast hundert Schritte nach. Der Kutscher schlug mit der Peitsche nach ihnen.

Man sagt, daß die Leidenschaft einen im Kreise denken läßt. Gewiß formten Dorian Grays zernagte Lippen mit schrecklicher Wiederholung wieder und wieder jene feinen Worte von den Sinnen und der Seele, bis er in ihnen den vollen Ausdruck seiner Stimmung gefunden und auf diese Weise durch die Zustimmung seines Verstandes eine Leidenschaft gerechtfertigt hatte, die ohne eine Rechtfertigung dieser Art auf seinem Gewissen gelastet haben würde. Von Zelle zu Zelle seines Gehirns kroch dieser eine Gedanke; und der wilde Wunsch zu leben, jener schrecklichste Hunger des Menschen, spannte jeden zitternden Nerv und jede Fiber. Die Häßlichkeit, die ihm dereinst verhaßt gewesen war, weil sie die Dinge wirklich machte, wurde ihm jetzt aus dem gleichen Grunde lieb. Das Häßliche war das einzig Wirkliche. Das rohe Geheul, die widerliche Kneipe, die gemeine Grausamkeit eines zügellosen Lebens, die Verworfenheit der Diebe und der Ausgestoßenen waren in ihrer intensiven Gegenwärtigkeit des Eindrucks lebendiger als alle anmutigen Gestalten der Kunst, als alle träumerischen Schatten des Gesanges. Sie waren dasjenige, was er zum Vergessen brauchte. In drei Tagen würde er frei sein.

Plötzlich hielt der Mann mit einem Ruck am Eingang einer dunklen Gasse. Über die niedrigen Dächer und gezackten Schornsteine der Häuser erhoben sich die schwarzen Masten von Schiffen. Fetzen weißen Nebels hingen wie geisterhafte Segel an den Rahen herunter.

»Das ist irgendwo hier herum, Herr, nicht wahr?« fragte der Kutscher heiser durch die Klappe.

Dorian fuhr auf und spähte ringsumher. »Es ist gut«, antwortete er, stieg hastig aus, gab dem Kutscher das versprochene Geld und ging dann rasch in der Richtung des Hafendamms vorwärts. Hier und da glomm eine Laterne am Heck eines riesigen Kauffahrteischiffes. Das Licht blinkte und glitzerte in den Pfützen. Von einem Überseedampfer, der Kohlen einnahm, kam rote Glut. Das schlüpfrige Pflaster sah aus wie ein nasser Gummimantel. Er eilte nach links und wandte sich dann und wann um, um zu sehen, ob er verfolgt würde. Nach sieben bis acht Minuten kam er an ein kleines schäbiges Haus, das zwischen zwei steile Speicher eingezwängt war. In einem der Dachfenster stand eine Lampe. Er hielt inne und gab ein eigentümliches Klopfzeichen.

Nach kurzer Zeit hörte er Schritte im Gang, und die Kette wurde aufgehakt. Die Tür öffnete sich schnell, und er trat ein, ohne ein Wort zu der im Schatten kauernden Mißgestalt zu sagen, als er vorbeiging. Am Ende der Diele hing ein zerfetzter grüner Vorhang, der sich von dem Luftzug, welcher von der Straße her mit hereingedrungen war, hin und her bewegte. Er schob ihn beiseite und betrat einen langen, tiefen Raum, der aussah, als sei er früher einmal ein Tanzlokal dritten Ranges gewesen. Grell flakkernde Gaslampen, die trüb und verzerrt von den fliegenbeschmutzten Spiegeln auf der andern Seite zurückgeworfen wurden, hingen rings an den Wänden umher. Schmierige Reflektoren aus gerilltem Zinn waren hinter ihnen angebracht und warfen zitternde Lichtscheiben. Der Fußboden war mit ockerfarbenen Sägespänen bestreut, die hier und dort zu Schmutz zertreten und mit dunklen Ringen von vergossenem Schnaps befleckt waren. Ein paar Malaien kauerten um einen kleinen Kohlenofen, spielten mit Knochenmarken und zeigten beim Schwatzen ihre weißen Zähne. In einer Ecke lag ein Matrose über dem Tisch, den Kopf in die Arme vergraben, und an dem protzig bemalten Schanktisch, der eine ganze Seite des Raumes einnahm, standen zwei magere Weiber und lachten einen alten Mann aus, der mit einem Ausdruck des Ekels die Ärmel seines Rockes abbürstete. »Er meint, rote Ameisen krabbelten auf ihm«, lachte die eine, als Dorian vorbeiging. Der Mann sah sie erschrocken an und begann zu wimmern.

Am Ende des Raumes war eine kleine Treppe, die in ein verdunkeltes Zimmer führte. Als Dorian die drei wackeligen Stufen hinaufsprang, schlug ihm der schwere Geruch des Opiums entgegen.

Er holte tief Atem, und seine Nasenflügel zitterten vor Begierde. Als er eintrat, erblickte er einen jungen Mann mit weichem blondem Haar, der sich über eine Lampe beugte, um eine lange dünne Pfeife anzuzünden; er sah zu ihm auf und nickte zögernd.

»Sie hier, Adrian?« flüsterte Dorian.

»Wo sollte ich denn sonst sein?« antwortete er gleichgültig. »Niemand von den Affen will mehr mit mir sprechen.«

»Ich dachte, Sie hätten England verlassen.«

»Darlington tut mir nichts. Mein Bruder hat den Wechsel schließlich bezahlt. George spricht auch nicht mehr mit mir ... Es ist mir auch ganz gleichgültig«, fügte er mit einem Seufzer hinzu. »Solange man das Zeug da hat, pfeift man auf alle Freunde. Ich meine, ich habe zuviel Freunde gehabt.«

Dorian zuckte zusammen und blickte rings umher auf die grotesken Gestalten, die in phantastischen Stellungen auf zerlumpten Matratzen lagen. Die verrenkten Glieder, die japsenden Mäuler, die starren glanzlosen Augen faszinierten ihn. Er wußte, in welch seltsamen Himmeln sie litten, in welch dumpfen Höllen sie des Geheimnisses einer neuen Lust teilhaftig wurden. Sie waren besser daran als er. Er lag in der Gefangenschaft des Denkens. Wie eine schauerliche Krankheit fraß die Erinnerung seine Seele hinweg. Von Zeit zu Zeit glaubte er Basil Hallwards Augen zu sehen, die ihn anstarrten. Indessen fühlte er, daß er hier nicht bleiben konnte. Die Gegenwart Adrian Singletons störte ihn. Er wollte irgendwo hingehen, wo niemand wußte, wer er war. Er wollte sich selbst entfliehen.

»Ich gehe in das andere Lokal«, flüsterte er nach einer Weile.

»Auf der Werft?«

»Ja.«

»Da ist gewiß die tolle Katz. Hier wollen sie sie jetzt nicht mehr haben.«

Dorian Gray zuckte die Achseln. »Mir sind die Weiber ekelhaft, die einen lieben. Weiber, die einen hassen, sind da viel interessanter. Außerdem ist der Stoff da besser.«

»Überall dasselbe.«

»Ich mag den lieber. Kommen Sie, wir wollen was trinken. Ich muß was haben.«

»Ich brauche nichts«, murmelte der junge Mann.

»Tut nichts.«

Adrian Singleton erhob sich schwerfällig und folgte Dorian an die Bar. Ein Inder in zerlumptem Turban und schäbigem Mantel grinste ihm einen widerlichen Gruß zu, als er zwei Gläser und eine Flasche Brandy vor sie hinstellte. Die Weiber schwankten heran und begannen zu schwatzen. Dorian drehte ihnen den Rücken zu und sagte mit leiser Stimme etwas zu Adrian Singleton.

Ein verächtliches Lächeln, wie ein malaiisches Grinsen, kroch über das Gesicht des einen der Weiber. »Wir sind ja heute abend recht stolz«, höhnte sie.

»Um Gottes willen, sprecht nicht mit mir«, schrie Dorian und stampfte auf den Boden. »Was wollt ihr denn? Geld? Hier habt ihr was. Aber sprecht nicht mit mir.«

Zwei rote Funken blitzten für einen Augenblick in den verquollenen Augen des Weibes auf. Dann erloschen sie wieder und waren dumpf und gläsern. Sie warf den Kopf zurück und raffte mit gierigen Fingern die Münzen auf dem Zahltisch zusammen. Ihre Gefährtin betrachtete sie voller Neid.

»Es hat keinen Zweck«, seufzte Adrian Singleton. »Es liegt mir nichts daran, zurückzukehren. Wozu denn? Ich bin hier ganz glücklich.«

»Sie werden mir schreiben, wenn Sie irgend etwas brauchen, nicht wahr?« sagte Dorian nach einer Pause.

»Vielleicht.«

»Dann gute Nacht.«

»Gute Nacht«, antwortete der junge Mann und stieg die Treppe hinauf, wobei er seinen vertrockneten Mund mit einem Taschentuch abwischte.

Dorian ging mit einem schmerzlichen Zug auf dem Antlitz zur Tür. Als er den Vorhang beiseite zog, brach ein scheußliches Lachen von den geschminkten Lippen des Weibes, die sein Geld genommen hatte. »Da geht der Teufelsbraten«, kicherte sie mit heiserer Stimme.

»Hol dich der Satan«, antwortete er. »Nenn mich nicht so.«

Sie schnalzte mit den Fingern. »Märchenprinz will er genannt sein, nicht wahr?« schrie sie hinter ihm her.

Der schläfrige Matrose sprang bei diesen Worten auf und blickte wild um sich. Das Geräusch der zufallenden Flurtür drang an sein Ohr. Er stürzte hinaus, als verfolge er ihn.

Dorian Gray eilte durch den tröpfelnden Regen rasch an der Hafenmauer entlang. Seine Begegnung mit Adrian Singleton hatte ihn merkwürdig ergriffen, und er fragte sich, ob der Untergang dieses jungen Lebens wirklich seine Schuld sei, wie Basil Hallward mit solch infamer Beschuldigung ihm gesagt hatte. Er biß sich auf die Lippen, und seine Augen wurden für einige Sekunden traurig. Aber was ging ihn das alles im Grunde an? Das Leben war zu kurz, als daß man sich die Last fremder Fehler auf die Schultern laden konnte. Jeder Mensch lebte sein eigenes Leben und zahlte seinen eigenen Preis für das, was er lebte. Das einzig Traurige war, daß man so oft zu zahlen hatte für eine einzige Schuld. Wahrlich, man mußte immer und immer wieder zahlen. In seinem Handeln mit dem Menschen machte das Schicksal niemals einen Strich unter die Rechnung.

Es gibt Augenblicke, lehren uns die Psychologen, da die Leidenschaft für Sünden oder für das, was die Welt Sünden nennt, eine Natur so beherrscht, daß jede Fiber des Körpers, jede Gehirnzelle von furchtbaren Kräften gespannt zu sein scheint. Männer und Frauen verlieren in solchen Augenblicken ihre Willensfreiheit. Wie Automaten bewegen sie sich ihrem schrecklichen Ziele zu. Die Wahl ist ihnen genommen, und das Gewissen ist entweder tot, oder, wenn es lebt, so lebt es nur, um der Empörung seinen Reiz, der Auflehnung seinen Zauber zu geben. Denn alle Sünden, wie Theologen nicht müde werden uns zu erinnern, sind Sünden des Ungehorsams. Als jener hohe Geist, jener Morgenstern des Bösen, stürzte, stürzte er als Rebell.

Fühllos, nur an Böses denkend, mit beflecktem Geist und nach Empörung hungernder Seele eilte Dorian Gray dahin; er beschleunigte seine Schritte, je weiter er kam. Aber als er seitwärts in einen düsteren Torweg abbog, der ihn oft auf einem kürzeren Weg zu dem verrufenen Ort gebracht hatte, fühlte er sich plötzlich von hinten gepackt, und ehe er Zeit hatte, sich zu verteidigen, wurde er rückwärts gegen die Mauer geschleudert, und eine brutale Hand umklammerte seinen Hals.

Er kämpfte wahnsinnig um sein Leben und riß sich mit furchtbarer Anstrengung los aus den würgenden Fingern. In diesem Augenblick hörte er das Knacken eines Revolverhahns und sah den Glanz des polierten Metallaufs gegen seinen Kopf gerichtet; vor ihm stand die dunkle Gestalt eines untersetzten Mannes.

»Was wollen Sie?« keuchte er.

»Ruhig sein«, sagte der Mann. »Wenn Sie sich rühren, schieß' ich Sie nieder.«

»Sie sind wahnsinnig. Was habe ich Ihnen getan?«

»Sie haben Sibyl Vanes Leben zugrunde gerichtet, und Sibyl Vane war meine Schwester. Sie hat sich getötet. Ich weiß es. Ihr Tod ist Ihre Schuld. Ich schwur, daß ich Sie dafür töten würde.

Jahrelang habe ich nach Ihnen gesucht. Ich hatte keine Anhaltspunkte, keine Spur. Die beiden, die Sie hätten beschreiben können, waren tot. Ich wußte nichts von Ihnen außer dem Kosenamen, den sie Ihnen zu geben pflegte. Durch Zufall hörte ich ihn heute nacht. Machen Sie Ihre Rechnung mit dem Himmel, denn heute nacht sollen Sie sterben.«

Dorian Gray war vor Angst einer Ohnmacht nahe. »Ich habe sie nie gekannt«, stammelte er. »Ich habe nie von ihr gehört. Sie sind wahnsinnig.«

»Sie sollten lieber Ihre Sünden bekennen, denn so sicher wie ich James Vane bin, so sicher werden Sie sterben.«

Es war ein furchtbarer Augenblick. Dorian wußte nicht, was er sagen oder was er tun sollte. »Nieder auf die Knie!« grollte der Mann. »Ich gebe Ihnen eine Minute, um Ihren Frieden mit dem Himmel zu machen, nicht mehr. Heute nacht gehe ich an Bord nach Indien, und dies Geschäft muß vorher erledigt werden; eine Minute, das ist alles.«

Dorians Arme sanken herab. Gelähmt vor Schrecken wußte er nicht, was er tun sollte. Plötzlich blitzte eine wilde Hoffnung in ihm auf. »Halt!« schrie er. »Wie lange ist es her, daß Ihre Schwester starb? Schnell, sagen Sie es!«

»Achtzehn Jahre«, sagte der Mann. »Warum fragen Sie mich? Was machen die Jahre?«

»Achtzehn Jahre«, lachte Dorian Gray mit triumphierendem Ton in seiner Stimme. »Achtzehn Jahre! Bringen Sie mich unter die Laterne und sehen Sie mein Gesicht an!«

James Vane zögerte einen Augenblick, denn er begriff nicht, was das heißen sollte. Dann packte er Dorian Gray und schleppte ihn aus dem Torweg. Das Licht der im Winde flackernden Laterne war trübe, aber es genügte doch, um ihm den schrecklichen Irrtum zu zeigen, in den er anscheinend verfallen war; denn das Antlitz des Mannes, den er hatte morden wollen, hatte all die Blütenhaftigkeit des Jünglingsalters, alle unbefleckte Reinheit jener Jahre. Er schien kaum älter als ein Knabe von zwanzig Lenzen. Kaum älter, wenn überhaupt, als seine Schwester gewesen war, als sie vor vielen Jahren Abschied genommen hatten. Es war klar, daß dieses nicht der Mann war, der ihr Leben zerstört hatte.

Er löste seinen Griff und taumelte rückwärts. »Mein Gott, mein Gott«, rief er, »und ich wollte Sie ermorden!«

Dorian Gray tat einen tiefen Atemzug. »Sie hätten fast ein schreckliches Verbrechen begangen, junger Mann«, sagte er mit einem strengen Blick. »Nehmen Sie dies als Warnung, daß die Rache nicht in Ihre Hand gegeben ist.«

»Verzeihen Sie, Herr«, murmelte James Vane. »Ich wurde getäuscht, ein zufälliges Wort, das ich in dieser verdammten Kneipe hörte, hat mich auf die falsche Spur geführt.«

»Gehen Sie lieber nach Hause und stecken Sie Ihren Revolver ein, sonst bereiten Sie sich noch Ungelegenheiten«, sagte Dorian, wandte sich und ging langsam die Straße hinunter.

James Vane stand von Grauen geschüttelt auf dem Pflaster. Er zitterte vom Kopf bis zu den Füßen. Nach einer kleinen Weile kroch ein schwarzer Schatten, der an der triefenden Mauer entlanggeglitten war, ins Licht heraus und kam mit verstohlenen Schritten dicht an ihn heran. Er fühlte eine Hand auf seinem Arm und sah mit jähem Erschrecken zur Seite. Es war eins der Weiber, die in der Bar getrunken hatten.

»Warum haben Sie ihn nicht umgebracht?« zischelte sie, indem sie ihr abgezehrtes Gesicht ganz nahe an das seine brachte. »Ich habe gewußt, daß Sie hinter ihm her waren, als Sie bei Daly hinausstürzten. Sie Narr, Sie hätten ihn umbringen können. Er hat einen Haufen Geld und ist so schlecht wie einer.«

»Er ist nicht der Mann, den ich suche«, antwortete er, »und ich brauche keines Menschen Geld. Ich will nur eines Menschen Leben. Der Mann, dessen Leben ich will, muß jetzt an die vierzig sein. Der da ist kaum mehr als ein Knabe. Gott sei Dank habe ich sein Blut nicht an meinen Händen.«

Das Weib stieß ein bitteres Gelächter aus. »Kaum mehr als ein Knabe!« höhnte sie. »Mensch, es ist fast achtzehn Jahre her, daß der Märchenprinz aus mir gemacht hat, was ich bin.«

»Du lügst!« schrie James Vane.

Sie hob ihre Hand zum Himmel. »Bei Gott, ich sage die Wahrheit«, schrie sie.

»Bei Gott?«

»Schlag mich tot, wenn's nicht so ist. Er ist der Schlimmste von allen, die hierherkommen. Sie sagen, er habe sich dem Teufel für ein hübsches Gesicht verkauft. Es ist nahe an die achtzehn Jahre, daß ich ihn kenne. Seitdem hat er sich nicht verändert. Ich schon«, fügte sie mit einem widerlichen Blinzeln hinzu.

»Schwörst du das?«

»Ich schwöre es«, kam ein heiseres Echo von ihrem platten Munde. »Aber verrat mich nicht«, winselte sie. »Ich habe Angst vor ihm. Gib mir ein bißchen Geld für eine Bleibe.«

Mit einem Fluch stürzte er von ihr fort und rannte an die Straßenecke, doch Dorian Gray war verschwunden. Als er zurücksah, war auch das Weib fort.

SIEBZEHNTES KAPITEL

Eine Woche danach saß Dorian Gray im Wintergarten von Selby Royal und sprach mit der hübschen Herzogin von Monmouth, die mit ihrem Gatten, einem verlebt aussehenden Sechziger, unter seinen Gästen war. Es war zur Teestunde, und das milde Licht der großen spitzenverhangenen Lampe, die auf dem Tisch stand, beleuchtete das köstliche Chinaporzellan und das gehämmerte Silber des Teeservices. Die Herzogin selbst bereitete den Tee. Ihre weißen Hände bewegten sich zierlich zwischen den Tassen, und ihre vollen roten Lippen lächelten über etwas, das Dorian Gray ihr zugeflüstert hatte. Lord Henry lehnte sich in einem Rohrsessel mit Seidenkissen zurück und blickte sie an. Auf einem pfirsichfarbenen Diwan saß Lady Narborough und tat, als höre sie der Beschreibung des Herzogs von dem letzten brasilianischen Käfer zu, den er seiner Sammlung einverleibt hatte. Drei junge Herren in gutsitzendem Nachmittagsdreß reichten einigen der Damen Teegebäck. Die Gesellschaft bestand aus zwölf Personen, und für den folgenden Tag wurden noch mehr erwartet.

»Worüber sprechen Sie beide?« fragte Lord Henry, schlenderte zu dem Tisch hinüber und setzte seine Tasse nieder. »Hoffentlich hat Dorian Ihnen von meinem Plan erzählt, alles umzutaufen, Gladys. Es ist eine entzückende Idee.«

»Aber ich will gar nicht umgetauft sein, Harry«, erwiderte die Herzogin und sah mit ihren wunderschönen Augen zu ihm auf. »Ich bin ganz zufrieden mit meinem Namen, und sicherlich sollte Mr. Gray auch mit dem seinen zufrieden sein.«

»Meine liebe Herzogin, um nichts in der Welt möchte ich Ihrer beider Namen ändern. Beide sind vollkommen. Ich dachte hauptsächlich an Blumen. Gestern schnitt ich eine Orchidee für mein Knopfloch ab. Sie war wundervoll gesprenkelt und sah aus wie die sieben Todsünden. In einem gedankenlosen Augenblick fragte ich einen der Gärtner nach ihrem Namen. Er sagte mir, es sei ein schönes Exemplar der Robinsoniana oder sonst etwas Gräßliches. Es ist eine traurige Wahrheit, aber wir haben die Fähigkeit verloren, den

Dingen schöne Namen zu geben. Namen sind alles. Ich streite nie um Handlungen. Ich streite nur immer um Worte. Das ist auch der Grund, warum ich den vulgären Realismus in der Literatur hasse. Wer imstande ist, einen Spaten einfach Spaten zu nennen, der sollte gezwungen werden, damit zu graben. Das ist das einzige, wozu er gut wäre.«

»Wie sollen wir Sie dann nennen, Harry?« fragte sie.

»Er heißt Fürst Paradox«, sagte Dorian.

»Ich erkenne ihn augenblicklich an«, rief die Herzogin.

»Davon will ich nichts hören«, lachte Lord Henry und sank in seinen Stuhl. »Vor einer Etikette kann man sich nicht retten. Ich lehne den Titel ab.«

»Könige dürfen nicht abdanken«, kam es warnend von hübschen Lippen.

»Ich soll also meinen Thron verteidigen?«

»Ja.«

»Ich sage die Wahrheit von morgen.«

»Ich ziehe die Irrtümer von heute vor«, antwortete sie.

»Sie entwaffnen mich, Gladys«, rief er, angesteckt von ihrer übermütigen Laune.

»Ich nehme Ihnen den Schild, Harry, nicht den Speer.«

»Ich schwang ihn nie gegen die Schönheit«, sagte er mit einer leichten Handbewegung.

»Das ist Ihr Fehler, Harry. Glauben Sie nur, Sie schätzen die Schönheit viel zu hoch ein.«

»Wie können Sie das sagen? Ich gebe zwar zu, daß es besser ist, schön zu sein als gut. Andererseits aber erkennt niemand bereitwilliger an als ich, daß es besser ist, gut zu sein als häßlich.«

»Häßlichkeit ist dann also eine der sieben Todsünden?« rief die Herzogin. »Was wird nun aus Ihrem Gleichnis mit der Orchidee?«

»Häßlichkeit ist eine der sieben Todtugenden, Gladys. Sie als Tory dürfen sie nicht überschätzen. Das Bier, die Bibel und die sieben Todtugenden haben unser England zu dem gemacht, was es ist.«

»Sie lieben also Ihr Vaterland nicht?« fragte sie.

»Ich lebe darin.«

»Damit Sie es um so besser kritisieren können.«

»Möchten Sie, daß ich mir das Urteil Europas darüber zu eigen mache?« fragte er.

»Was wird von uns gesagt?«

»Tartuffe sei nach England ausgewandert und habe dort einen Laden aufgemacht.«

»Ist das von Ihnen, Harry?«

»Ich schenke es Ihnen.«

»Ich kann es nicht brauchen. Es ist zu wahr.«

»Sie brauchen keine Angst zu haben. Unsere Landsleute erkennen sich niemals in ihrem Steckbrief wieder.«

»Sie sind praktisch.«

»Sie sind mehr gerissen als praktisch. Wenn sie ihr Hauptbuch aufrechnen, dann gleichen sie Dummheit mit Reichtum und Laster mit Heuchelei aus.«

»Und dennoch haben sie Großes geleistet.«

»Es wurde uns Großes auferlegt, Gladys.«

»Aber wir haben diese Bürde getragen.«

»Nur bis zur Börse.«

Sie schüttelte den Kopf. »Ich glaube an unsere Rasse«, rief sie.

»Sie repräsentiert das Überleben der Streber.«

»Sie birgt Entwicklungsmöglichkeiten.«

»Mich reizt Verfall mehr.«

»Und die Kunst?« fragte sie.

»Ist eine Krankheit.«

»Die Liebe?«

»Eine Illusion.«

»Die Religion?«

»Eleganter Ersatz für den Glauben.«

»Sie sind Skeptiker.«

»Nein, denn Skeptizismus ist der Anfang des Glaubens.«

»Was sind Sie dann?«

»Definieren heißt begrenzen.«

»Geben Sie mir den Faden.«

»Fäden reißen. Sie würden Ihren Weg in dem Labyrinth verlieren.«

»Sie verwirren mich. Lassen Sie uns von etwas anderem sprechen.«

»Unser Gastgeber ist ein entzückendes Gesprächsthema. Vor vielen Jahren taufte man ihn den Märchenprinzen.«

»Oh, erinnern Sie mich nicht daran«, rief Dorian Gray.

»Unser Gastgeber ist heute abend nicht nett«, antwortete die Herzogin und wurde rot. »Ich glaube, er meint, Monmouth habe mich aus rein wissenschaftlichen Prinzipien geheiratet, als das beste Beispiel eines modernen Schmetterlings, das er finden konnte.«

»Nun, hoffentlich spießt er Sie nicht auf Stecknadeln, Herzogin«, lachte Dorian.

»Oh, das besorgt schon meine Kammerfrau, Mr. Gray, wenn sie sich über mich ärgert.«

»Und worüber ärgert sie sich denn bei Ihnen, Herzogin?«

»Über die alltäglichsten Dinge, Mr. Gray, ganz sicher. Gewöhnlich dann, wenn ich zehn Minuten vor neun nach Hause komme und ihr sage, ich müsse um halb neun fertig angezogen sein.«

»Wie unklug von ihr. Sie sollten sie warnen.«

»Das wage ich nicht, Mr. Gray. Sie erfindet nämlich meine Hüte. Sie erinnern sich doch noch des Hutes, den ich bei Lady Hilstones Gartengesellschaft trug? Sie erinnern sich zwar nicht mehr, aber es ist reizend von Ihnen, daß Sie so tun. Den also hat sie aus nichts gemacht. Alle guten Hüte werden aus nichts gemacht.«

»Genau wie jeder gute Ruf, Gladys«, unterbrach Lord Henry. »Jeder Erfolg, den wir haben, gibt uns einen Feind. Um beliebt zu sein, muß man mittelmäßig sein.«

»Nicht bei den Frauen«, sagte die Herzogin und schüttelte den Kopf. »Und die Frauen beherrschen die Welt. Seien Sie sicher, wir können keine Mittelmäßigkeiten ertragen. Wir Frauen, hat irgend jemand gesagt, lieben mit den Ohren, gerade wie ihr Männer mit den Augen, wenn ihr überhaupt liebt.«

»Mir scheint, wir tun nie etwas anderes«, flüsterte Dorian.

»Oh, dann lieben Sie nie wirklich, Mr. Gray«, antwortete die Herzogin mit erheuchelter Traurigkeit.

»Meine liebe Gladys«, rief Lord Henry. »Wie können Sie das nur sagen? Der Roman lebt von der Wiederholung, und die Wiederholung verwandelt Begierde in Kunst. Übrigens ist jedesmal, daß man liebt, das einzige Mal, daß man je geliebt hat. Die Verschiedenheit des Objektes ändert nichts an der Einzigkeit der Leidenschaft. Sie verstärkt sie nur. Wir können im Leben höchstens ein einziges großes Erlebnis haben, und das Geheimnis des Lebens besteht darin, jenes Erlebnis so oft wie möglich zu wiederholen.«

»Selbst wenn es einen verwundet hat, Harry?« fragte die Herzogin nach einer Pause.

»Dann erst recht, wenn es einen verwundet hat«, erwiderte Lord Henry.

Die Herzogin wandte sich um und blickte Dorian Gray mit einem seltsamen Ausdruck in ihren Augen an. »Was sagen Sie dazu, Mr. Gray?« fragte sie.

Dorian zögerte einen Augenblick. Dann warf er den Kopf zurück und lachte. »Ich stimme immer Harry bei, Herzogin.«

»Auch wenn er unrecht hat?«

»Harry hat nie unrecht, Herzogin.«

»Und macht seine Philosophie Sie glücklich?«

»Ich habe nie nach Glück gesucht. Wozu braucht man Glück? Ich habe nach Lust gesucht.«

»Und sie gefunden, Mr. Gray?«

»Oft, zu oft.«

Die Herzogin seufzte. »Ich suche Frieden«, sagte sie. »Und wenn ich jetzt nicht gehe und mich anziehe, werde ich heute abend keinen haben.«

»Lassen Sie mich Ihnen einige Orchideen holen, Herzogin«, sagte Dorian, sprang auf und ging in den Wintergarten hinab.

»Sie flirten ganz schrecklich mit ihm«, sagte Lord Henry zu seiner Kusine. »Sie sollten sich lieber in acht nehmen. Er ist faszinierend.«

»Wenn er es nicht wäre, so würde es keinen Kampf geben.«

»Griechen träfen dann also auf Griechen?«

»Ich bin auf der Seite der Trojaner. Sie kämpften für ein Weib.«

»Und wurden besiegt.«

»Es gibt Schrecklicheres als Gefangenschaft«, antwortete sie.

»Sie reiten mit lockerem Zügel.«

»Tempo gibt Leben«, war die Entgegnung.

»Das werde ich heute abend in mein Tagebuch schreiben.«

»Was?«

»Daß ein gebranntes Kind das Feuer liebt.«

»Ich bin noch nicht einmal versengt. Meine Flügel sind unberührt.«

»Sie benutzen sie zu allem, nur nicht zur Flucht.«

»Der Mut ist von den Männern zu den Frauen übergegangen. Das ist eine neue Erfahrung für uns.«

»Sie haben eine Rivalin.«

»Wen?«

Er lachte. »Lady Narborough«, flüsterte er. »Sie betet ihn geradezu an.«

»Sie erfüllen mich mit Besorgnis. Der Appell ans Altertum ist verhängnisvoll für uns, die wir Romantiker sind.«

»Romantiker? Sie haben alle Methoden der Wissenschaft.«

»Die Männer haben uns erzogen.«

»Aber nicht erklärt.«

»Erklären Sie uns als Geschlecht«, forderte sie heraus.

»Sphinxe ohne Geheimnisse.«

Sie sah ihn an und lächelte. »Wie lange Mr. Gray fortbleibt«, sagte sie. »Wir wollen gehen und ihm helfen. Ich habe ihm ja die Farbe meines Kleides nicht genannt.«

»Oh, Sie müssen Ihr Kleid seinen Blumen anpassen, Gladys.«

»Das wäre eine Übergabe vor der Zeit.«

»Die romantische Kunst beginnt mit dem höchsten Moment.«

»Ich muß mir eine Gelegenheit zum Rückzug offen lassen.«

»Nach Art der Panther.«

»Die fanden Sicherheit in der Wüste. Das könnte ich nicht.«

»Frauen haben nicht immer die Wahl«, antwortete er. Aber kaum hatte er den Satz zu Ende gesprochen, als vom äußersten Ende des Wintergartens her ein unterdrücktes Stöhnen kam, gefolgt von dem dumpfen Geräusch eines schweren Falles. Alle fuhren auf. Die Herzogin stand reglos vor Schrecken. Mit entsetztem Blick stürzte Lord Henry durch die raschelnden Palmen und fand Dorian Gray mit dem Gesicht nach unten auf dem fliesenbedeckten Boden in einer todesähnlichen Ohnmacht.

Man trug ihn sofort in den blauen Salon und legte ihn auf eins der Sofas. Nach kurzer Zeit kam er wieder zu sich und schaute mit verwirrtem Ausdruck umher.

»Was ist geschehen?« fragte er. »Oh, ich weiß es wieder. Bin ich hier sicher, Harry?« Er begann zu zittern.

»Mein lieber Dorian«, antwortete Lord Henry. »Sie sind nur ohnmächtig geworden. Das war alles. Sie müssen sich überanstrengt haben. Sie sollten besser nicht zum Dinner herunterkommen. Ich werde Sie vertreten.«

»Nein, ich will herunterkommen«, sagte er und hielt sich mühsam aufrecht. »Es ist besser, wenn ich herunterkomme. Ich darf nicht allein sein.«

Er ging in sein Zimmer und kleidete sich um. Eine wilde sorglose Lustigkeit lag in seinem Gehaben, als er bei Tisch saß. Aber zuweilen durchrann ihn ein jäher Schreck, wenn er daran dachte, daß er, gegen das Fenster des Wintergartens gepreßt, wie ein weißes Taschentuch das Gesicht James Vanes gesehen hatte, der ihn anstarrte.

ACHTZEHNTES KAPITEL

Am nächsten Tage verließ er das Haus nicht, und er verbrachte sogar die meiste Zeit auf seinem Zimmer, krank vor wilder Todesangst, und dennoch völlig gleichgültig gegen das Leben. Das Bewußtsein, gehetzt, umstellt, aufgespürt zu sein, begann ihn zu beherrschen. Wenn nur die Vorhänge im Wind erzitterten, schrak er zusammen. Die toten Blätter, die gegen die bleigefaßten Scheiben geweht wurden, erschienen ihm wie seine vergeudeten Entschlüsse und seine wilden Gewissensbisse. Wenn er die Augen schloß, sah er wieder das Gesicht des Matrosen durch das nebelfeuchte Glas blicken, und abermals schien das Entsetzen ihm die Hand aufs Herz zu legen.

Aber vielleicht war es nur seine Einbildung gewesen, welche die Rache aus der Nacht heraufbeschworen und die schrecklichen Gestalten der Strafe vor ihn hingestellt hatte. Das Leben war ein Chaos, doch in der Kraft der Phantasie herrschte eine furchtbare Logik. Es war die Einbildungskraft, welche den Sündern die Gewissensbisse auf den Fersen nachhetzte. Es war die Einbildungskraft, die jedes Verbrechen seine unförmige Brut tragen ließ. In der gemeinen Welt der Tatsachen wurden weder die Schlechten bestraft noch die Guten belohnt. Der Erfolg gehörte den Starken, das Unglück lastete auf den Schwachen. Das war alles. Wenn übrigens irgendein Fremder um das Haus geschlichen wäre, würde er doch von den Dienern oder den Wächtern bemerkt worden sein. Wären auf den Blumenbeeten irgendwelche Fußstapfen entdeckt worden, so würden es die Gärtner gemeldet haben. Ja, bloße Einbildung war es gewesen. Sibyl Vanes Bruder war nicht zurückgekehrt, um ihn zu töten. Er war auf seinem Schiff fortgesegelt und in irgendeinem winterlichen Meere gescheitert. Vor ihm war er jedenfalls sicher. Er wußte ja nicht, wer er war. Er konnte nicht wissen, wer er war. Die Maske der Jugend hatte ihn gerettet.

Und dennoch, wenn es bloße Einbildungskraft war, wie furchtbar, daß das Gewissen so schreckliche Phantome erstehen lassen, daß es ihnen sichtbare Form verleihen und sie vor ihm bewegen konnte. Welch ein Leben würde das sein, wenn Tag und Nacht die Schatten seiner Verbrechen aus schweigenden Winkeln auf ihn stierten, aus geheimen Orten seiner höhnten, in seine Ohren flüsterten, wenn er beim Mahle saß, ihn mit eisigen Fingern weckten, wenn er schlafend lag! Als der Gedanke durch sein Hirn kroch,

wurde er bleich vor Entsetzen, und die Luft schien ihm plötzlich
kälter geworden zu sein. Oh, in welch wilder Stunde des Wahnsinns hatte er seinen Freund ermordet! Wie schauerlich war es, an
jene Szene nur zu denken! Er sah nun alles wieder. Jede schreckliche Einzelheit kam ihm mit gesteigertem Schrecken zurück. Der
schwarzen Höhle der Zeit entstieg schrecklich, in Scharlach gehüllt, das Bild seiner Sünde. Als Lord Henry um sechs zu ihm kam,
fand er ihn schluchzend wie einen, dessen Herz brechen will.

Erst am dritten Tage wagte er wieder auszugehen. In der klaren,
vom Geruch der Tannen erfüllten Luft dieses Wintermorgens lag
etwas, das ihm Freude und Lebensglut zurückzugeben schien. Aber
nicht nur die physischen Umstände seiner Umgebung hatten diese
Wandlung verursacht. Seine eigene Natur hatte sich empört gegen
das Übermaß von Qual, welches die Vollkommenheit seiner Ruhe
hatte zerschlagen und zerstören wollen. Bei feinen und zartorgani-
sierten Naturen geht es immer so. Ihre starken Leidenschaften kennen nur ein Biegen oder Brechen. Entweder sie erschlagen einen,
oder sie sterben selbst. Flacher Schmerz und flache Liebe leben weiter. Liebe und Schmerzen, die groß sind, zerstören sich in ihrer
eigenen Fülle. Außerdem hatte er sich ja überzeugt, daß er das
Opfer einer durch Furcht verwirrten Phantasie geworden war, und
jetzt sah er auf seine Bangnisse zurück mit etwas Mitleid und nicht
geringer Verachtung.

Nach dem Frühstück ging er mit der Herzogin auf eine Stunde
im Garten spazieren, und dann fuhr er durch den Park, um die
Jagdgesellschaft aufzusuchen. Rauhreif lag wie Salz auf dem
Rasen. Der Himmel sah aus wie eine umgestülpte Schale blauen
Metalls. Eine dünne Eisschicht umsäumte den flachen, mit Schilf
bewachsenen Teich.

An der Ecke des Tannenwaldes traf er Sir Geoffrey Clouston,
den Bruder der Herzogin, der eben zwei abgeschossene Patronen
aus seinem Gewehr stieß. Er sprang aus dem Wagen, befahl dem
Groom, nach Hause zu fahren, und ging durch das welke Farn-
kraut und das rauhe Unterholz auf seinen Gast zu.

»Haben Sie gute Jagd gehabt, Geoffrey?« fragte er.

»Nicht besonders, Dorian. Die meisten Vögel sind wieder aufs
freie Feld gegangen. Hoffentlich wird es nach dem Lunch besser
werden, wenn wir auf neuen Grund kommen.«

Dorian schlenderte an seiner Seite. Die scharfe aromatische Luft,
die braunen und roten Lichter, die im Wald spielten, die rauhen
Schreie der Treiber, die von Zeit zu Zeit laut wurden, und der

scharfe Knall der Gewehre, der darauf folgte, das alles fesselte ihn und erfüllte ihn mit einem Gefühl wundervoller Freiheit. Sorglosigkeit und Glück beherrschten ihn und helle Gleichgültigkeit der Freude.

Plötzlich sprang aus einem dichten Büschel alten Grases, etwa zwanzig Schritte vor ihnen, mit aufgerichteten schwarzen Löffeln, die Hinterläufe vorwärts werfend, ein Hase auf. Er rannte auf ein Erlendickicht zu. Sir Geoffrey riß das Gewehr an die Schulter, aber es war etwas in der Anmut der Bewegung des Tieres gewesen, das Dorian Gray seltsam entzückte, und er rief sogleich: »Schießen Sie nicht, Geoffrey, lassen Sie ihn laufen!«

»Welch ein Unsinn, Dorian«, lachte sein Gefährte, und als der Hase in das Dickicht setzte, feuerte er. Zwei Schreie wurden laut, der Schrei eines angeschossenen Hasen, der furchtbar war, und der Schrei eines zu Tode getroffenen Menschen, der noch furchtbarer ist.

»Gott im Himmel, ich habe einen Treiber getroffen«, schrie Sir Geoffrey. »Welch ein Esel von Kerl, sich in die Schußrichtung zu stellen! Aufhören zu schießen!« schrie er, so laut er konnte. »Jemand ist verletzt.«

Der Obertreiber kam gelaufen, einen Stock in der Hand.

»Wo, Herr, wo ist er?« schrie er. Zu gleicher Zeit hörte das Schießen auf der ganzen Linie auf.

»Hier«, antwortete Sir Geoffrey wütend und eilte auf das Dickicht zu. »Was zum Teufel halten Sie Ihre Leute nicht zurück? Das verdirbt einem die Jagd für den ganzen Tag.«

Dorian sah ihnen zu, wie sie in das Erlengebüsch eindrangen und die schlanken schwingenden Zweige beiseite bogen. Nach wenigen Augenblicken kamen sie wieder hervor und schleppten einen Körper ans Sonnenlicht. Er wandte sich entsetzt ab. Es schien ihm, als folge ihm das Unglück, wohin er auch ging. Er hörte Sir Geoffrey fragen, ob der Mann wirklich tot sei, und vernahm die bejahende Antwort des Treibers. Der Wald schien ihm plötzlich von Gesichtern belebt zu sein. Es war wie ein Trappeln von Myriaden Füßen und ein leises Getuschel von Stimmen. Ein großer Fasan mit kupferfarbener Brust kam flügelschlagend durch die Zweige über seinem Kopf.

Nach wenigen Augenblicken, die ihm in seinem verstörten Zustand wie endlose Stunden der Qual erschienen, fühlte er, wie sich eine Hand auf seine Schulter legte. Er schrak auf und blickte sich um.

»Dorian, ich hielte es für besser, wenn Sie mit der Jagd für heute ein Ende machten. Es möchte nicht gut aussehen, wenn man fortführe.«

»Ich wollte, sie wäre für immer zu Ende, Harry«, antwortete er bitter. »Das Ganze ist gräßlich und grausam. Ist der Mann . . .?«

Er konnte den Satz nicht zu Ende bringen.

»Ich fürchte, ja«, gab Lord Henry zurück. »Er hat die ganze Ladung in die Brust bekommen. Er muß fast augenblicklich tot gewesen sein. Kommen Sie, wir wollen nach Haus.«

Sie gingen nebeneinander auf die Allee zu, fast fünfzig Schritte, ohne zu sprechen. Dann sah Dorian Lord Henry an und sagte mit einem schweren Seufzer: »Das ist ein böses Vorzeichen.«

»Was?« fragte Lord Henry. »Oh, diesen Unfall meinen Sie wohl. Mein lieber Freund, da ist nichts zu machen. Es war des Mannes eigene Schuld. Warum hat er sich in die Schußrichtung gestellt? Übrigens geht es uns nichts an. Natürlich ist es ziemlich unangenehm für Geoffrey. Es geht doch nicht so ohne weiteres, die Treiber niederzupfeffern. Die Leute meinen dann, man sei so ein Sonntagsjäger, und Geoffrey ist das nicht. Er schießt ausgezeichnet. Aber es hat keinen Zweck, noch weiter über die Sache zu reden.«

Dorian schüttelte den Kopf. »Es ist ein böses Vorzeichen, Harry. Ich habe das Gefühl, als ob einem von uns irgend etwas Schreckliches zustieße. Mir selber vielleicht«, fügte er hinzu und fuhr sich mit der Hand über die Augen mit einer Gebärde des Schmerzes.

Der Ältere lachte. »Das einzig Schreckliche auf der Welt ist die Langeweile, Dorian. Das ist eine Sünde, für die es keine Vergebung gibt. Aber wir werden kaum darunter leiden, außer wenn die Leute bei Tisch von der Geschichte schwatzen. Ich werde ihnen sagen, daß dieses Thema tabu sein soll. Was Vorzeichen anbelangt, dergleichen gibt es nicht. Das Schicksal schickt uns keine Herolde. Dafür ist es zu weise oder zu grausam. Außerdem, was in aller Welt sollte Ihnen zustoßen, Dorian? Sie haben alles auf Erden, was man sich nur wünschen kann. Es gibt niemanden, der nicht entzückt wäre, mit Ihnen zu tauschen.«

»Es gibt niemanden, mit dem ich nicht tauschen würde, Harry. Lachen Sie nicht so. Ich spreche die Wahrheit. Der elende Bauer, der da gerade gestorben ist, hat es besser als ich. Ich fürchte mich nicht vor dem Tode. Nur das Nahen des Todes erschreckt mich. Seine ungeheuren Flügel scheinen in der bleiernen Luft um mich zu rauschen. Gott im Himmel, sehen Sie nicht, wie sich dort hinter den Bäumen ein Mann verbirgt, der mich beobachtet, der auf mich lauert?«

Lord Henry sah in die Richtung, welche die zitternde, behandschuhte Hand ihm wies.

»Ja«, sagte er und lächelte. »Ich sehe den Gärtner, der auf Sie wartet. Vermutlich möchte er fragen, welche Blumen Sie heute abend für die Tafel haben wollen. Wie lächerlich nervös Sie sind, mein lieber Freund. Sie müssen zu meinem Arzt gehen, wenn wir wieder in der Stadt sind.«

Dorian seufzte erleichtert auf, als er den Gärtner näher kommen sah. Der Mann griff an seinen Hut, sah einen Augenblick zögernd auf Lord Henry und zog dann einen Brief hervor, den er seinem Herrn einhändigte. »Ihre Gnaden befahlen mir, auf Antwort zu warten«, murmelte er.

Dorian steckte den Brief in die Tasche. »Sagen Sie Ihrer Gnaden, ich käme hinein«, sagte er kühl.

Der Mann wandte sich um und ging schnell in der Richtung auf das Haus zu.

»Wie gern doch die Frauen gefährliche Dinge tun«, sagte Lord Henry lachend. »Das ist eine der Eigenschaften, die ich an ihnen am meisten bewundere. Eine Frau flirtet mit jedermann in der Welt, solange nur andere Leute zuschauen.«

»Wie gern Sie gefährliche Dinge sagen, Harry! Aber in diesem Falle irren Sie sich. Ich habe die Herzogin sehr gern, aber ich liebe sie nicht.«

»Und die Herzogin liebt Sie sehr, aber sie hat Sie weniger gern. Und auf diese Weise passen Sie ausgezeichnet zusammen.«

»Sie reden Klatsch, Harry. Und für Klatsch ist niemals eine Grundlage vorhanden.«

»Die Grundlage für jeden Klatsch ist eine unmoralische Gewißheit«, sagte Lord Henry und zündete sich eine Zigarette an.

»Um eines Epigrammes willen würden Sie jeden opfern, Harry.«

»Die Welt legt sich freiwillig auf den Opferaltar«, war die Antwort.

»Ich wollte, ich könnte lieben«, rief Dorian Gray mit sehr pathetischer Stimme. »Aber anscheinend habe ich alle Leidenschaft verloren und alles Begehren vergessen. Ich bin zu sehr auf mich selbst beschränkt. Mein Selbst ist eine Last für mich geworden. Ich möchte entfliehen, fortgehen, vergessen. Es war dumm von mir, daß ich überhaupt hergekommen bin. Ich glaube, das beste ist, wenn ich nach Harvey telegraphiere, damit die Jacht bereitgehalten wird. Auf einer Jacht ist man sicher.«

»Sicher wovor, Dorian? Irgend etwas beunruhigt Sie. Warum sagen Sie mir nicht, was es ist? Sie wissen, daß ich Ihnen helfen würde.«

»Ich kann es Ihnen nicht sagen, Harry«, antwortete er traurig. »Und eigentlich möchte ich glauben, daß es nur eine Einbildung von mir ist. Dieser Unfall hat mich aus dem Gleichgewicht gebracht. Ich habe eine furchtbare Ahnung, daß irgend etwas Ähnliches mir zustößt.«

»Welch ein Unsinn!«

»Hoffentlich ist es das. Aber ich empfinde nun einmal so. Ach, dort kommt die Herzogin und sieht aus wie Artemis in einem Schneiderkleid. Nun sind wir zurück, wie Sie sehen, Herzogin.«

»Ich habe schon alles gehört, Mr. Gray. Der arme Geoffrey ist ganz außer sich. Und Sie haben ihn ja wohl noch gebeten, nicht auf den Hasen zu schießen? Wie seltsam!«

»Ja, es war sehr seltsam. Ich weiß nicht, warum ich es sagte. Irgendeine Laune vermutlich. Allerliebst sah er aus, der kleine Kerl. Aber es tut mir leid, daß man Ihnen die Geschichte erzählt hat. Es ist ein häßliches Thema.«

»Es ist ein langweiliges Thema«, unterbrach Lord Henry, »und hat nicht den geringsten psychologischen Wert. Wenn Geoffrey es noch mit Absicht getan hätte, wie interessant wäre es dann! Ich möchte gern jemanden kennenlernen, der einen wirklichen Mord begangen hat.«

»Wie furchtbar, Harry«, rief die Herzogin. »Nicht wahr, Mr. Gray? Harry, Mr. Gray ist wieder krank. Er wird ohnmächtig.«

Dorian Gray hielt sich mit Anstrengung aufrecht und lächelte. »Es ist nichts, Herzogin«, murmelte er. »Meine Nerven sind schrecklich in Unordnung. Nichts sonst. Ich fürchte, ich habe meinen Spaziergang heute morgen zu lange ausgedehnt. Ich habe nicht gehört, was Harry gesagt hat. War es sehr schlimm? Sie müssen es mir später einmal sagen. Ich glaube, ich muß mich hinlegen. Sie entschuldigen mich, nicht wahr?«

Sie waren bei der großen Treppe angekommen, die aus dem Wintergarten auf die Terrasse führte. Als die Glastür sich hinter Dorian schloß, wandte sich Lord Henry und blickte die Herzogin mit seinen müden Augen an.

»Lieben Sie ihn sehr?« fragte er sie.

Sie gab für eine Weile keine Antwort, sondern stand da und starrte in die Landschaft. »Ich wollte, ich wüßte es«, sagte sie schließlich.

Er schüttelte den Kopf. »Wissen wäre verhängnisvoll. Die Ungewißheit ist es, die uns reizt. Der Nebel macht die Dinge wundervoll.«

»Man kann darin den Weg verlieren.«

»Alle Wege enden am gleichen Punkt, meine liebe Gladys.«

»An welchem?«

»Der Enttäuschung.«

»Sie war mein Debüt im Leben«, seufzte sie.

»Sie kam gekrönt zu Ihnen.«

»Ich bin der Erdbeerblätter müde.«

»Sie stehen Ihnen.«

»Nur in der Öffentlichkeit.«

»Sie würden sie vermissen«, sagte Lord Henry.

»Ich werde auch nicht ein Blatt ablegen.«

»Monmouth hat Ohren.«

»Alter ist schwerhörig.«

»Ist er nie eifersüchtig gewesen?«

»Ich wollte, er wäre es.«

Er sah umher, als suche er etwas. »Was suchen Sie?« fragte sie.

»Den Knopf Ihres Floretts«, antwortete er. »Sie haben ihn fallen lassen.«

Sie lachte. »Ich habe noch die Maske.«

»Sie macht Ihre Augen noch lieblicher«, war seine Antwort.

Sie lachte wieder. Ihre Zähne sahen aus wie weiße Kerne in einer scharlachnen Frucht.

Oben in seinem Zimmer lag Dorian Gray auf einem Sofa, Entsetzen in jeder zuckenden Fiber seines Körpers. Das Leben war ihm plötzlich eine Last geworden, zu fürchterlich, als daß er sie hätte tragen können.

Der schreckliche Tod des unglücklichen Treibers, der im Dickicht wie ein wildes Tier erschossen worden war, erschien ihm als Vorbedeutung seines eigenen Todes. Er wäre fast ohnmächtig geworden über das, was Lord Henry durch Zufall im zynischen Scherz geäußert hatte.

Um fünf Uhr schellte er nach seinem Diener und gab ihm Befehl, für den nächsten Nachtschnellzug seine Koffer zu packen und den Wagen auf acht Uhr dreißig zu bestellen. Er war entschlossen, keine Nacht länger in Selby zu schlafen. Es war ein Ort von schlimmer Vorbedeutung. Der Tod wanderte hier im Sonnenlicht umher. Das Gras des Waldes war mit Blut befleckt worden.

Dann schrieb er ein Billett an Lord Henry und teilte ihm mit, er kehre nach London zurück, um seinen Arzt zu konsultieren; er bitte ihn, seine Gäste während seiner Abwesenheit zu unterhalten. Als er es in den Umschlag schob, klopfte es an die Tür, und sein Diener meldete ihm, der Obertreiber wünsche ihn zu sprechen. Er runzelte die Stirn und biß sich auf die Lippen. »Lassen Sie ihn vor«, murmelte er nach einigen Augenblicken des Zögerns.

Als der Mann eintrat, nahm Dorian sein Scheckbuch aus seiner Schublade und legte es geöffnet vor sich hin.

»Vermutlich kommen Sie wegen des Unglücksfalles von heute morgen, Thornton«, sagte er und langte nach seinem Federhalter.

»Ja, gnädiger Herr«, antwortete der Wildhüter.

»War der arme Kerl verheiratet? Hatte er irgend jemanden zu versorgen?« fragte Dorian mit gelangweiltem Gesicht. »Wenn ja, dann möchte ich nicht, daß die Leute Not leiden. Ich werde Ihnen jede Summe geben, die Sie für notwendig halten.«

»Ich weiß nicht, wer er ist, gnädiger Herr. Deshalb habe ich mir die Freiheit genommen, zu Ihnen zu kommen.«

»Sie wissen nicht, wer er ist?« fragte Dorian gleichmütig. »Wie meinen Sie das? War es keiner von Ihren Leuten?«

»Nein, gnädiger Herr. Ich habe ihn niemals zuvor gesehen. Es scheint ein Matrose zu sein, gnädiger Herr.«

Die Feder entfiel Dorian Grays Hand, und es war ihm, als habe sein Herz plötzlich aufgehört zu schlagen. »Ein Matrose?« schrie er. »Sagten Sie ein Matrose?«

»Ja, gnädiger Herr. Er sieht aus, als sei er so eine Art Matrose gewesen. Tätowiert auf beiden Armen und dergleichen.«

»Ist irgend etwas bei ihm gefunden worden?« fragte Dorian, der sich weit nach vorn gebeugt hatte und den Mann mit weit aufgerissenen Augen anstarrte. »Irgend etwas, auf dem sein Name stand?«

»Etwas Geld, gnädiger Herr. Nicht viel, und ein sechsläufiger Revolver. Einen Namen haben wir nicht gefunden. Er sah anständig aus, der Mann, gnädiger Herr. Nur rauh. Eine Art Matrose, meinen wir.«

Dorian sprang auf die Füße. Eine furchtbare Hoffnung durchzuckte ihn. Er klammerte sich wahnsinnig daran. »Wo ist die Leiche?« rief er. »Schnell, ich muß sie sofort sehen.«

»Sie liegt in einem leeren Stalle der Home-Farm, gnädiger Herr.

Die Leute wollen so etwas nicht im Hause haben. Sie sagen, Leichen bringen Unglück.«

»Auf der Home-Farm? Gehen Sie sofort hin und warten Sie auf mich. Sagen Sie einem der Grooms, er solle mein Pferd herbringen. Nein. Nicht. Ich will selbst zum Stall. Das geht schneller.«

Knapp eine Viertelstunde später galoppierte Dorian Gray die lange Allee hinunter, so schnell er konnte. Die Bäume schienen in gespensterhafter Reihe an ihm vorüberzugleiten, und wilde Schatten warfen sich über seinen Weg. Einmal scheute das Pferd an einem weißen Gitterpfosten und warf ihn beinah ab. Er gab ihm die Reitpeitsche über den Hals. Es durchschnitt die dämmrige Luft wie ein Pfeil. Steine flogen hinter seinen Hufen her.

Endlich kam er auf der Home-Farm an. Zwei Männer schlenderten im Hofe umher. Er sprang aus dem Sattel und warf einem der beiden die Zügel zu. In dem am weitesten abseits liegenden Stalle schimmerte ein Licht. Irgend etwas schien ihm zu sagen, dort sei die Leiche. Er eilte zur Tür und legte die Hand auf die Klinke.

Dann zögerte er einen Augenblick und fühlte, daß er auf der Schwelle zu einer Entdeckung stand, die ihm entweder sein Leben zurückzugeben oder es zu zerstören vermochte. Dann jedoch stieß er die Tür auf und trat ein.

Auf einem Haufen Säcke in der äußersten Ecke lag der tote Körper eines Mannes in einem rauhen Hemd und einem Paar blauer Hosen. Ein buntes Taschentuch war über sein Gesicht gebreitet. Ein elender Kerzenstumpf, der in einem Flaschenhals steckte, flackerte daneben.

Dorian Gray schauderte. Er fühlte, daß nicht *seine* Hand dieses Taschentuch wegziehen konnte, und daher rief er hinaus, einer der Knechte solle kommen.

»Nehmen Sie das Ding vom Gesicht weg. Ich will es sehen«, sagte er und klammerte sich an den Türpfosten, um sich zu stützen.

Als der Knecht es getan hatte, trat Dorian einen Schritt vorwärts. Ein Freudenschrei brach von seinen Lippen. Der im Dickicht erschossene Mann war James Vane. Er stand einige Minuten und blickte auf die Leiche. Als er heimritt, standen seine Augen voll Tränen, denn nun wußte er, daß er sicher war.

NEUNZEHNTES KAPITEL

»Es hat gar keinen Zweck, mir zu erzählen, daß Sie gut werden wollen«, rief Lord Henry, der seine weißen Finger in eine rote, mit Rosenwasser gefüllte Kupferschale tauchte. »Sie sind ganz vollkommen. Bitte, werden Sie nicht anders.«

Dorian Gray schüttelte den Kopf. »Nein, Harry. Ich habe in meinem Leben zu viel Schreckliches getan. Ich will darin nicht weitergehen. Gestern habe ich mit meinen guten Taten begonnen.«

»Wo waren Sie gestern?«

»Auf dem Lande, Harry. Ich wohnte ganz allein in einem kleinen Gasthof.«

»Mein lieber Junge«, sage Lord Henry und lächelte, »auf dem Lande kann jeder gut sein. Dort gibt es keine Versuchungen. Das ist der Grund, warum die Leute, die nicht in der Stadt wohnen, so völlig unzivilisiert sind. Zivilisation ist durch kein Mittel leicht zu erwerben. Es gibt nur zwei Wege, um zu ihr zu gelangen. Der eine ist Kultur, der andere ist Korruption. Die Leute auf dem Lande haben weder zum einen noch zum andern Gelegenheit, also stagnieren sie.«

»Kultur und Korruption«, wiederholte Dorian. »Von beiden habe ich einiges kennengelernt. Es erscheint mir jetzt schrecklich, daß sie immer zusammen auftreten. Ich habe jetzt ein neues Ideal, Harry. Ich will mich ändern. Ich glaube, ich habe mich schon geändert.«

»Sie haben mir noch nicht gesagt, worin Ihre gute Handlung bestand. Oder haben Sie mir etwa gesagt, daß Sie schon mehr als eine getan hätten?« fragte sein Gefährte, während er eine kleine rote Pyramide reifer Erdbeeren auf seinen Teller schüttete und durch einen muschelförmigen Sieblöffel weißen Zucker darauf streute.

»Ich kann es Ihnen erzählen, Harry. Es ist keine Geschichte, die ich sonst jemandem erzählen könnte. Ich habe jemanden verschont. Das klingt eitel. Aber Sie verstehen wohl, was ich damit meine. Sie war sehr schön und in wunderbarer Weise Sibyl Vane ähnlich. Ich glaube, das war es, was mich zuerst zu ihr hinzog. Sie erinnern sich doch an Sibyl, nicht wahr? Wie lange ist das her! Nun ja, Hetty war natürlich nicht aus unserem Stande. Sie war nur ein Dorfmädchen. Aber ich liebte sie wirklich. Ich bin ganz sicher, daß ich sie geliebt habe. Diesen ganzen wundervollen Mai hindurch, den wir gehabt haben, fuhr ich zwei- oder dreimal wöchentlich hinaus, um sie zu besuchen. Gestern wartete sie in einem kleinen Obstgarten auf mich. Die Apfelblüten schwebten über ihr Haar herab. Sie lachte. Wir hatten heute beim Morgendämmern zusammen entfliehen wollen. Plötzlich entschloß ich mich, sie so blütenhaft zu verlassen, wie ich sie gefunden hatte.«

»Ich sollte meinen, daß Sie die Neuheit dieser Empfindung mit einem wahren Lustgefühl durchschauert haben muß, Dorian«, unterbrach Lord Henry. »Aber ich kann Ihre Idylle an Ihrer Statt fertigerzählen. Sie gaben ihr gute Ratschläge und brachen ihr Herz. Damit begannen Sie Ihre Besserung.«

»Harry, Sie sind schrecklich. Sie dürfen so gräßliche Dinge nicht sagen. Hettys Herz ist nicht gebrochen. Natürlich weinte sie und dergleichen, aber es liegt keine Schande auf ihr. Sie kann weiter leben, wie Perdita in ihrem Garten voll Minze und Ringelblumen.«

»Und über einen treulosen Florizel weinen«, sagte Lord Henry lachend und lehnte sich in seinen Stuhl zurück. »Mein lieber Dorian, Sie haben die merkwürdigsten Knabenlaunen. Glauben Sie tatsächlich, daß dieses Mädchen nun jemals mit einem Mann aus ihrem eigenen Stande zufrieden sein wird? Vermutlich wird sie eines Tages mit irgendeinem rohen Fuhrmann oder einem grinsenden Bauern verheiratet werden. Nun gut, die Tatsache, daß sie Ihnen begegnet ist und Sie geliebt hat, wird sie ihren Mann verachten lehren, und sie wird elend sein. Vom Standpunkt der Moral kann ich also nicht sagen, daß von Ihrem Verzicht viel zu halten wäre, selbst für einen Anfang ist er ziemlich armselig. Woher wissen Sie übrigens, daß Hetty nicht in diesem Augenblick in einem sternbeglänzten Mühlenteich treibt, von lieblichen Wasserlilien umkränzt wie Ophelia?«

»Ich kann das nicht ertragen, Harry. Sie machen sich über alles lustig, und dann beschwören Sie die tiefsten Tragödien herauf. Jetzt tut es mir leid, daß ich es Ihnen erzählt habe. Mir ist gleichgültig, was Sie sagen. Ich weiß, daß ich recht gehandelt habe. Die arme Hetty! Als ich heute früh an der Farm vorüberritt, sah ich ihr weißes Gesicht am Fenster wie einen Jasminzweig. Wir wollen nun nicht weiter darüber reden. Aber versuchen Sie nicht, mir einzureden, die erste gute Handlung, die ich seit Jahren tat, die erste kleine Selbstverleugnung, die ich vollbracht habe, sei in Wirklichkeit eine Art Sünde. Ich will besser werden. Erzählen Sie mir etwas von sich. Was gibt es in der Stadt Neues? Ich bin seit Tagen nicht im Klub gewesen.«

»Die Leute reden noch immer über das Verschwinden des armen Basil.«

»Ich hatte gedacht, man wäre der Geschichte mittlerweile überdrüssig geworden«, sagte Dorian, während er sich etwas Wein einschenkte und leicht die Stirn runzelte.

»Mein lieber Junge, es wird erst sechs Wochen darüber geredet. Und das englische Publikum ist wirklich nicht der geistigen Anstrengung gewachsen, alle drei Monate mehr als ein Thema zu haben. In der letzten Zeit hat es ja nun allerdings besonderes Glück gehabt. Es hat meinen Scheidungsprozeß und Alan Campbells Selbstmord gehabt. Jetzt hat es das geheimnisvolle Verschwinden eines Künstlers. Der ›Scotland Yard‹ besteht noch immer darauf, daß der Mann im grauen Ulster, der am neunten November mit dem Mitternachtszug nach Paris fuhr, der arme Basil war, und die französische Polizei erklärt, Basil sei überhaupt niemals in Paris angekommen. Vermutlich wird man uns in ungefähr vierzehn Tagen erzählen, er sei in San Franzisko gesehen worden. Es ist ganz merkwürdig, aber von jedem Menschen, der verschwindet, wird gesagt, er sei in San Franzisko gesehen worden. Es muß eine entzückende Stadt sein und alle Reize des Jenseits besitzen.«

»Was ist nach Ihrer Ansicht mit Basil geschehen?« fragte Dorian, hielt seinen Burgunder gegen das Licht und wunderte sich, daß er die Sache so ruhig besprechen konnte.

»Ich habe nicht die leiseste Ahnung. Wenn Basil sich mit aller Gewalt verbergen will, so geht mich das nichts an. Wenn er tot ist, mag ich nicht an ihn denken. Der Tod ist das einzige, was mich erschreckt. Ich hasse ihn.«

»Warum?« sagte der Jüngere müde.

»Weil«, sagte Lord Henry und führte das vergoldete Gitter eines offenen Riechbüchschens unter seine Nasenflügel, »weil man heutzutage alles überleben kann, nur das nicht. Der Tod und die Vulgarität sind die beiden einzigen Tatsachen im neunzehnten Jahrhundert, die man nicht hinwegdefinieren kann. Wir wollen unsern Kaffee im Musikzimmer trinken. Sie müssen mir Chopin vorspielen. Der Mann, mit dem meine Frau durchgebrannt ist, spielte ausgezeichnet Chopin. Die arme Victoria! Ich habe sie sehr gern gehabt. Das Haus ist jetzt ziemlich einsam ohne sie. Natürlich ist das eheliche Leben nur eine Gewohnheit. Eine schlechte Gewohnheit. Aber man bedauert sogar den Verlust der schlechtesten Gewohnheiten. Vielleicht bedauert man ihn am meisten. Sie machen einen so wesentlichen Teil unserer Persönlichkeit aus.«

Dorian sagte nichts, sondern erhob sich vom Tisch und ging in das Nachbarzimmer, setzte sich an das Klavier und ließ seine Finger über die weißen und schwarzen Elfenbeintasten gleiten. Als der Kaffee gebracht worden war, hielt er inne, blickte hinüber zu Lord Henry und sagte: »Harry, ist Ihnen je der Gedanke gekommen, Basil könne ermordet worden sein?«

Lord Henry gähnte. »Basil war sehr populär und trug stets eine billige Waterbury-Uhr. Warum hätte er ermordet werden sollen? Er war nicht klug genug, um Feinde zu haben. Natürlich hatte er ein wundervolles Malgenie. Aber es kann jemand malen wie Velazquez und dennoch so beschränkt wie nur möglich sein. Basil war tatsächlich ziemlich beschränkt. Er hat mich nur einmal interessiert, und das war, als er mir vor Jahren erzählte, er empfände eine wilde Verehrung für Sie und Sie seien das herrschende Motiv in seiner Kunst.«

»Ich hatte Basil sehr gern«, sagte Dorian, und seine Stimme klang traurig. »Aber wird denn nicht geredet, daß er ermordet worden sei?«

»Oh, ein paar Zeitungen schreiben davon. Aber es kommt mir durchaus nicht wahrscheinlich vor. Ich weiß, daß es fürchterliche Orte in Paris gibt. Aber Basil gehörte nicht zu der Art von Menschen, die dort hingehen. Er war nicht neugierig. Das war sein Hauptfehler.«

»Was würden Sie sagen, Harry, wenn ich Ihnen erzählte, daß ich Basil ermordet habe?« sagte der Jüngere. Er beobachtete ihn aufs schärfste, nachdem er gesprochen hatte.

»Dann würde ich sagen, mein lieber Freund, Sie posierten einen Charakter, der Ihnen nicht steht. Jedes Verbrechen ist vulgär. Gerade wie alles Vulgäre ein Verbrechen ist. Es liegt Ihnen nicht, Dorian, einen Mord zu begehen. Es tut mir leid, wenn ich Ihre Eitelkeit verletze, indem ich das sage. Aber seien Sie ganz sicher, daß es wahr ist. Das Verbrechen ist ausschließlich Sache der unteren Klassen. Ich tadle sie deswegen nicht im geringsten. Ich kann mir denken, daß das Verbrechen für sie bedeutet, was die Kunst für uns ist, nämlich einfach eine Methode, sich außergewöhnliche Empfindungen zu verschaffen.«

»Eine Methode, sich außergewöhnliche Empfindungen zu verschaffen? Glauben Sie denn, daß ein Mensch, der einen Mord begangen hat, möglicherweise dasselbe Verbrechen wiederholen könnte? Sagen Sie mir doch das nicht.«

»Oh, alles wird Genuß, wenn man es zu oft tut«, rief Lord Henry. »Das ist eins der wichtigsten Geheimnisse des Lebens. Indessen denke ich, daß der Mord immer ein Fehler ist. Man sollte nie etwas tun, worüber man bei Tisch nicht sprechen kann. Aber nun wollen wir den armen Basil zufriedenlassen. Ich wollte, ich könnte glauben, daß er wirklich solch ein romantisches Ende gefunden hat, wie Sie vermuten; aber ich kann es nicht. Vermutlich ist er von einem Omnibus in die Seine gefallen, und der Schaffner hat den Skandal unterdrückt. Ja, ich glaube wirklich, daß er so geendet hat. Ich sehe ihn jetzt in jenem trüben Wasser auf dem Rücken liegen, während die schweren Kähne über ihn hinwegfahren und die langen Wasserpflanzen sich in seinem Haar verfangen. Wissen Sie, ich glaube übrigens nicht, daß er noch sehr viel Gutes geschaffen haben würde. Während der letzten zehn Jahre ist es mit seiner Malerei recht bedenklich abwärtsgegangen.«

Dorian stieß einen Seufzer aus, und Lord Henry ging im Zimmer auf und ab und begann, einem seltsamen javanischen Papagei den Kopf zu kraulen. Es war ein großer, graugefiederter Vogel mit rosenrotem Schopf und Schwanz, der sich auf einem Bambusstab wiegte. Als seine schlanken Finger ihn berührten, ließ er die weiße Haut der runzligen Lider über die schwarzen glasklaren Augen fallen und begann, sich vorwärts und rückwärts zu schwingen.

»Ja«, fuhr Lord Henry fort und wandte sich um, wobei er sein Taschentuch hervorzog, »mit seiner Malerei war es recht abwärtsgegangen. Mir kam es vor, als habe sie irgend etwas verloren. Sie hatte ihr Ideal verloren. Als Sie und er aufhörten, eng befreundet zu sein, hörte er auf, ein großer Künstler zu sein. Was hat Sie eigentlich getrennt? Vermutlich langweilte er Sie? Wenn das der Fall war, hat er es Ihnen nie vergeben. Das ist eben die Gewohnheit langweiliger Menschen. Nebenbei gesagt, was ist eigentlich aus dem wunderbaren Bildnis geworden, das er von Ihnen gemalt hat? Ich meine, ich habe es niemals wieder zu sehen bekommen, seit es vollendet wurde. Oh, ich erinnere mich, Sie erzählten mir vor Jahren, daß Sie es nach Selby hinausgeschickt hätten und daß es unterwegs verlorengegangen oder gestohlen worden sei. Haben Sie es niemals wiederbekommen? Wie schade! Wirklich, es war ein Meisterwerk. Ich erinnere mich noch, daß ich es zu kaufen wünschte. Ich wollte jetzt, ich hätte es. Es war aus Basils bester Zeit. Danach waren seine Arbeiten jene merkwürdige Mischung aus schlechter Malerei und guter Absicht, die den Urheber stets berechtigt, ein repräsentativer englischer Künstler genannt zu werden. Haben Sie Anzeige erstattet? Das hätten Sie tun sollen.«

»Ich habe es vergessen«, sagte Dorian. »Vermutlich habe ich es getan. Aber in Wirklichkeit mochte ich das Bild nie leiden. Es tut mir leid, daß ich dafür gesessen habe. Schon die Erinnerung daran ist mir verhaßt. Warum sprechen Sie davon? Es erinnert mich an jene seltsamen Verse aus einem Stück – aus ›Hamlet‹, glaube ich –, wie heißen sie nur? –

> Wie das Bildnis eines Leidens,
> Ein Antlitz ohne Herz.

Ja, so ähnlich hieß es wohl.«

Lord Henry lachte. »Wenn der Mensch das Leben künstlerisch lebt, dann ist sein Hirn sein Herz«, antwortete er und ließ sich in einen Sessel sinken.

Dorian Gray schüttelte den Kopf und schlug einige sanfte Akkorde auf dem Klavier an. »Wie das Bildnis eines Leidens«, wiederholte er, »ein Antlitz ohne Herz.«

Lord Henry saß zurückgelehnt und sah ihn mit halbgeschlossenen Augen an. »Übrigens, Dorian«, sagte er nach einer Weile, »was hülfe es dem Menschen, wenn er die ganze Welt gewönne – wie heißt doch die Stelle weiter? – und nähme doch Schaden an seiner Seele?«

Die Musik brach jäh ab. Dorian fuhr auf und starrte seinen Freund an.

»Warum fragen Sie mich das, Harry?«

»Mein lieber Freund«, sagte Lord Henry und zog überrascht seine Augenbrauen in die Höhe. »Ich fragte Sie, weil ich dachte, Sie könnten mir möglicherweise eine Antwort geben. Das ist alles. Letzten Sonntag bin ich im Park spazierengegangen, und dicht bei dem Marmorbogen stand ein kleiner Haufen schäbig aussehender Leute, die irgendeinem vulgären Straßenprediger zuhörten. Als ich vorbeiging, hörte ich gerade, wie der Mann seinen Zuhörern diese Frage entgegenkreischte. Das fiel mir auf, weil es ziemlich dramatisch war. London ist sehr reich an merkwürdigen Vorgängen dieser Art. Ein regnerischer Sonntag, ein ungeschliffener Christ in einem Regenmantel, ein Kreis von krankhaft weißen Gesichtern unter einem zerrissenen Dach tropfender Schirme und ein wunderbarer Satz, von schrillen, hysterischen Lippen in die Luft geschrien – es war wirklich gut auf seine Art, wie eine Eingebung. Ich dachte daran, dem Propheten zu sagen, die Kunst habe zwar eine Seele, der Mensch jedoch nicht. Allein ich fürchtete, er hätte mich nicht verstanden.«

»Nein, Harry. Die Seele ist eine schreckliche Gewißheit. Sie kann gekauft und verkauft und umgetauscht werden. Sie kann vergiftet oder vollkommen gemacht werden. Jeder von uns hat eine Seele. Ich weiß es.«

»Sind Sie dessen ganz sicher, Dorian?«

»Ganz sicher.«

»Ach, dann muß es eine Täuschung sein. Dinge, über die man sich absolut sicher ist, sind niemals wahr. Das ist das Schicksal des Glaubens und die Lehre der Romantik. Wie ernst Sie sind! Seien Sie nicht so ernsthaft. Was haben Sie oder ich mit dem Aberglauben unserer Zeit zu schaffen? Nein, wir haben unsern Glauben an die Seele aufgegeben. Spielen Sie mir etwas vor. Spielen Sie mir ein Notturno, Dorian, und während Sie spielen, sagen Sie mir leise, wie Sie Ihre Jugend bewahrt haben. Sie müssen irgendein Geheimnis haben. Ich bin nur zehn Jahre älter, und ich bin runzlig und welk und gelb. Sie sind wirklich wundervoll, Dorian. Sie haben niemals entzückender ausgesehen als heute nacht. Sie erinnern mich an den Tag, als ich Sie zuerst sah. Sie waren ein bißchen vorlaut, und sehr scheu und ganz und gar außergewöhnlich. Natürlich haben Sie sich verändert, aber nicht im Aussehen. Ich wollte, Sie teilten mir Ihr Geheimnis mit. Um meine Jugend zurückzuerhalten, würde ich alles auf der Welt tun, außer Freiübungen machen, früh aufstehen oder anständig werden. Jugend! Nichts kommt ihr gleich. Es ist absurd, von der Unwissenheit der Jugend zu sprechen. Die einzigen Leute, deren Meinung ich jetzt mit einigem Respekt anhöre, sind solche, die viel jünger sind als ich. Sie scheinen mir weit voran zu sein. Das Leben hat ihnen sein letztes Wunder enthüllt. Aber älteren Leuten widerspreche ich stets. Das tue ich aus Prinzip. Wenn Sie sie nach ihrer Meinung über irgend etwas fragen, das gestern geschehen ist, dann bekommen Sie feierlich die Meinungen zu hören, die 1820 in Kurs waren, als die Menschen hohe Halsbinden trugen, an alles glaubten und absolut nichts wußten. Wie schön ist das, was Sie da eben spielen! Ich möchte wissen, ob Chopin das auf Mallorca schrieb, wenn das Meer um die Villa weinte und der salzige Schaum gegen die Fensterscheiben sprühte. Es ist wunderbar romantisch. Es ist doch ein großer Segen, daß es eine Kunst gibt, die nicht Nachahmung ist. Hören Sie nicht auf. Heute nacht brauche ich Musik. Mir ist, als seien Sie der junge Apollo und ich Marsyas, der Ihnen zuhört. Ich habe Sorgen, Dorian, von denen nicht einmal Sie etwas wissen. Die Tragödie des Alters ist nicht, daß man alt, sondern daß man jung ist. Zuweilen bin ich über meine Aufrichtigkeit geradezu betroffen. Ach Dorian, wie glücklich sind Sie! Welch ein außerordentliches Leben haben Sie geführt! Von allem haben Sie einen tiefen Trunk getan. Sie haben die Trauben an Ihrem Gaumen zerdrückt. Nichts ist Ihnen verborgen geblieben. Und alles bedeutet Ihnen nicht mehr als der Klang der Musik. Es hat Sie nicht zerstört. Noch immer sind Sie der gleiche.«

»Ich bin nicht der gleiche, Harry.«

»Doch, Sie sind der gleiche. Ich möchte wissen, wie der Rest Ihres Lebens verlaufen wird. Verderben Sie es nicht mit Resignation. Jetzt sind Sie ein vollkommener Typus. Machen Sie sich nicht unvollkommen. Sie sind jetzt ganz fehlerlos. Sie brauchen nicht den Kopf zu schütteln. Sie wissen, Sie sind es. Und außerdem, Dorian, täuschen Sie sich nicht selbst. Das Leben wird nicht vom Willen oder von Absichten beherrscht. Das Leben ist eine Angelegenheit der Nerven und der Muskeln, der langsam aufgebauten Zellen, in denen das Denken sich birgt und die Leidenschaft ihre Träume hat. Sie müssen sich sicher glauben und sich stark fühlen. Aber der zufällige Farbton eines Zimmers oder eines morgendlichen Himmels, ein besonderer Duft, den Sie einst liebten und der zarte Erinnerungen in einem heraufbeschwört, eine Zeile aus einem vergessenen Gedicht, auf die Sie plötzlich wieder stoßen, ein paar Takte aus einer Musik, die Sie lange nicht gespielt haben – glauben Sie mir, Dorian, von diesen Dingen hängt unser Leben ab. Browning schreibt irgendwo darüber; aber schon unsere eigenen Sinne machen es uns gewiß. Es gibt Augenblicke, da mich plötzlich der Duft weißen Flieders überkommt, und dann muß ich den seltsamsten Monat meines Lebens wieder durchleben. Ich wollte, wir könnten die Plätze tauschen, Dorian. Die Welt hat über uns beide großes Geschrei erhoben, aber *Sie* hat sie immer angebetet. Sie wird Sie auch immer anbeten. Sie sind der Typus, nach dem das Zeitalter sucht und den zu finden es sich dennoch fürchtet. Ich bin so glücklich, daß Sie nie etwas geschaffen haben, nie eine Statue gemeißelt oder ein Bild gemalt oder sonst irgend etwas aus sich herausgestellt haben! Das Leben ist Ihre Kunst gewesen. Sie haben sich selbst in Musik gesetzt. Ihre Tage sind Ihre Sonette.«

Dorian stand vom Klavier auf und fuhr mit der Hand durch sein Haar.

»Ja, das Leben war herrlich«, murmelte er. »Aber ich werde dieses Leben nicht mehr führen, Harry. Und Sie müssen mir nicht so überspannte Dinge sagen. Sie wissen nicht alles von mir. Ich glaube, wenn Sie es wüßten, würden selbst Sie sich von mir abwenden. Sie lachen. Lachen Sie nicht.«

»Warum haben Sie zu spielen aufgehört, Dorian? Gehen Sie doch wieder hin und spielen Sie mir das Notturno noch einmal. Sehen Sie den großen honigfarbenen Mond, der in den dämmernden Lüften hängt? Er wartet, daß Sie ihn bezaubern, und wenn Sie spielen, wird er der Erde näher kommen. Sie wollen nicht? Nun, dann wollen wir in den Klub gehen. Es war ein bezaubernder Abend, und wir müssen ihn bezaubernd beenden. Bei White ist jemand, der Sie ungeheuer gern kennenlernen möchte – der junge Lord Poole, Bournemouth' ältester Sohn. Er hat schon Ihre Krawatten kopiert und mich gebeten, ihn Ihnen vorzustellen. Er ist ganz entzückend und erinnert mich etwas an Sie.«

»Hoffentlich nicht«, sagte Dorian mit einem traurigen Ausdruck in den Augen. »Aber ich bin so müde heute nacht, Harry. Ich möchte nicht mehr in den Klub gehen. Es ist fast elf, und ich will früh zu Bett.«

»Bleiben Sie doch noch. Niemals haben Sie so schön gespielt wie heute abend. Es lag etwas in Ihrem Anschlag, das wundervoll war. Es war ausdrucksvoller als alles, was ich je zuvor gehört habe.«

»Das kommt, weil ich gut werden will«, antwortete er lächelnd. »Ich bin schon etwas verändert.«

»Mir gegenüber können Sie sich nicht verändern«, sagte Lord Henry. »Sie und ich werden immer Freunde sein.«

»Und doch haben Sie mich einst mit einem Buch vergiftet. Das sollte ich Ihnen nicht vergeben. Harry, versprechen Sie mir, daß Sie dieses Buch nie wieder jemandem leihen werden. Es stiftet Unheil.«

»Mein lieber Junge, Sie fangen wirklich an, Moral zu predigen. Bald werden Sie wie ein Bekehrter oder ein Auferstandener herumgehen und die Leute vor den Sünden warnen, deren Sie müde geworden sind. Dazu sind Sie viel zu entzückend. Übrigens hat es gar keinen Zweck. Sie und ich, wir sind, was wir sind, und wir werden sein, was wir sein werden. Und vergiftet werden durch ein Buch – so etwas gibt es nicht. Kunst hat keinen Einfluß auf das Handeln. Sie vernichtet den Wunsch zum Handeln. Sie ist wundervoll unfruchtbar. Die Bücher, welche die Welt unmoralisch nennt, sind Bücher, die der Welt ihre eigene Schande vorhalten. Das ist alles.

Aber wir wollen nicht über Literatur diskutieren. Kommen Sie morgen zu mir. Ich werde um elf Uhr ausreiten. Wir können miteinander reiten. Dann nehme ich Sie nachher zum Lunch zu Lady Branksome mit. Sie ist eine reizende Frau und möchte Sie um Ihren Rat fragen, ein paar Gobelins wegen, die sie zu kaufen gedenkt. Denken Sie daran. Oder werden wir mit unserer kleinen Herzogin frühstücken? Sie sagt, sie sähe Sie jetzt nie mehr. Sind Sie Gladys' müde geworden? Ich dachte es mir. Ihre kluge Zunge fällt einem auf die Nerven. Nun, auf jeden Fall kommen Sie um elf.«

»Muß ich wirklich kommen, Harry?«

»Gewiß. Der Park ist jetzt ganz herrlich. Ich glaube, solchen Flieder hat es nicht gegeben seit dem Jahre, da ich Sie kennenlernte.«

»Nun schön. Ich werde um elf hier sein«, sagte Dorian. »Gute Nacht, Harry.« Als er an der Tür stand, zögerte er einen Augenblick, als ob er noch etwas zu sagen hätte. Dann seufzte er und ging fort.

ZWANZIGSTES KAPITEL

Die Nacht war köstlich, so warm, daß er seinen Mantel über den Arm nahm und nicht einmal den seidenen Schal um den Hals legte. Als er nach Hause schlenderte und eine Zigarette rauchte, gingen zwei junge Herren im Abendanzug an ihm vorüber. Er hörte, wie der eine dem andern zuflüsterte: »Das ist Dorian Gray.« Er dachte daran, wie sehr es ihn früher immer gefreut hatte, wenn man sich auf ihn aufmerksam machte, ihn anschaute oder von ihm sprach. Jetzt war er es müde, seinen Namen zu hören. Der halbe Reiz des kleinen Dorfes, in dem er während der letzten Zeit so oft gewesen war, bestand darin, daß dort niemand wußte, wer er war. Er hatte dem Mädchen, das er zur Liebe verlockt hatte, oft gesagt, er sei arm, und sie hatte es ihm geglaubt. Einmal hatte er gesagt, er sei böse, und da hatte sie ihn ausgelacht und geantwortet, böse Menschen seien immer sehr alt und sehr häßlich. Was für ein Lachen sie hatte! Gerade wie eine singende Drossel. Und wie hübsch sie ausgesehen hatte in ihren Kattunkleidern und ihren großen Hüten. Sie wußte nichts, aber sie besaß alles, was er verloren hatte.

Als er nach Hause kam, wartete sein Diener noch auf ihn. Er schickte ihn zu Bett, warf sich auf das Sofa in der Bibliothek und begann über einiges von dem nachzudenken, was Lord Henry ihm gesagt hatte. War es wirklich wahr, daß man sich nie ändern konnte? Er fühlte ein wildes Verlangen nach der unbefleckten Reinheit seiner rosenweißen Knabenzeit, wie Lord Henry einst gesagt hatte. Er wußte, daß er sich befleckt, seinen Geist mit Verderbnis gefüllt und seine Phantasie mit Entsetzen beladen hatte; daß er auf andere einen bösen Einfluß gehabt und schrecklichen Genuß dabei empfunden hatte; und daß von all den Leben, die das seine gekreuzt hatten, er gerade die schönsten und verheißungsvollsten in Schande gestürzt hatte. Aber war das alles unsühnbar? War keine Hoffnung mehr für ihn?

Ach, in welch ungeheuerlichem Augenblick des Stolzes und der Leidenschaft hatte er gebeten, daß das Bildnis die Bürde seiner Tage tragen und er statt dessen den ungetrübten Glanz ewiger Jugend bewahren sollte! Daraus waren all seine Verfehlungen entsprungen. Es wäre besser für ihn gewesen, jede Sünde seines Lebens hätte ihm sichere und schnelle Strafe gebracht. Es lag Reinigung in der Strafe. Nicht »Vergib uns unsere Schuld«, sondern »Geißele uns für unsere Untaten« sollte das Gebet der Menschheit zu einem allgerechten Gott sein. Der eigenartig geschnitzte Spiegel, den Lord Henry ihm vor nun so vielen Jahren geschenkt hatte, stand auf dem Tisch, und die weißgliedrigen Amoretten ringsumher lachten wie einst. Er ergriff ihn, wie er es in jener Schreckensnacht getan hatte, als er zum ersten Male die Wandlung auf dem verhängnisvollen Bild bemerkt hatte, und mit wilden, von Tränen verdunkelten Augen schaute er in die glänzende Fläche. Einmal hatte irgend jemand, der ihn schrecklich geliebt hatte, ihm einen wahnwitzigen Brief geschrieben, der mit den abgöttischen Worten endete: »Die Welt ist anders geworden, weil Sie aus Elfenbein und Gold geschaffen wurden. Die Linien Ihrer Lippen schreiben die Geschichte neu.« Dieser Sätze erinnerte er sich, und er wiederholte sie einmal ums andere. Dann ergriff ihn Ekel vor seiner eigenen Schönheit. Er warf den Spiegel zu Boden und zerstampfte ihn zu silbernen Splittern unter seinen Sohlen. Seine Schönheit war es, die ihn zugrunde gerichtet hatte, seine Schönheit und jene Jugend, die er erbeten hatte. Wären diese beiden Dinge nicht gewesen, so hätte sein Leben frei von Makel verlaufen können. Seine Schönheit war ihm nur eine Maske gewesen, seine Jugend nur ein Blendwerk. Was war denn Jugend bestenfalls? Eine grüne, unreife Zeit, eine Zeit flacher Launen und krankhafter Gedanken. Warum hatte er ihr Gewand getragen? Die Jugend hatte ihn verdorben.

Es war besser, nicht an die Vergangenheit zu denken. An ihr ließ sich nichts mehr ändern. An sich selbst und an seine Zukunft mußte er denken. James Vane war in einem namenlosen Grab auf dem Kirchhof zu Selby verscharrt. Alan Campbell hatte sich eines Nachts in seinem Laboratorium erschossen, aber er hatte das ihm aufgezwungene Geheimnis nicht preisgegeben. Die Erregung über Basil Hallwards Verschwinden mußte, wie die Dinge lagen, bald vorübergehen. Sie nahm bereits ab. In dieser Beziehung war er vollkommen sicher. Es war auch wirklich nicht der Tod Basil Hallwards, der am schwersten auf seinem Gemüt lastete. Es war der lebendige Tod seiner eigenen Seele, der ihn beunruhigte. Basil hatte das Bildnis gemalt, das sein Leben zerstört hatte. Das konnte er ihm nicht vergeben. Das Bildnis hatte alles getan. Basil hatte ihm Dinge gesagt, die unerträglich waren und die er dennoch mit Geduld ertragen hatte. Der Mord war nur dem Wahnsinn eines Augenblicks entsprungen. Und Alan Campbell? Dessen Selbstmord war freier Entschluß gewesen; er hatte ihn sich erwählt. Damit hatte er nichts zu schaffen.

Ein neues Leben! Das war es, was ihm not tat. Das war es, worauf er wartete. Sicherlich hatte er es schon begonnen. Jedenfalls hatte er die Unschuld geschont. Nie wieder wollte er die Unschuld in Versuchung bringen. Er wollte gut sein.

Als er an Hetty Merton dachte, begann er sich zu fragen, ob sich das Bild im verschlossenen Zimmer wohl geändert habe. Sicherlich war es nicht mehr so schrecklich, wie es gewesen war. Vielleicht, wenn sein Leben rein wurde, konnte er jedes Zeichen böser Leidenschaften aus dem Antlitz weglöschen. Vielleicht waren die Zeichen des Bösen schon verschwunden. Er wollte hingehen und nachsehen.

Er nahm die Lampe vom Tisch und schlich die Treppe hinauf. Als er die Tür aufriegelte, glitt ein Lächeln der Freude über sein seltsam jung aussehendes Gesicht und spielte einen Augenblick um seine Lippen. Ja, er wollte gut sein, und das Abscheuliche, das er versteckt hatte, würde ihn nicht länger erschrecken. Ihm war, als sei die Last schon von ihm genommen worden.

Ruhig ging er hinein, schloß die Tür hinter sich, wie es seine Gewohnheit war, und zog den purpurnen Vorhang von dem Bildnis fort. Ein Schrei voller Schmerz und Entrüstung brach von seinen Lippen. Er konnte keine Veränderung sehen, außer daß in den Augen ein listiger Blick war und daß der Mund die geschwungene Falte der Heuchelei zeigte. Es war noch immer ekelhaft, noch ekelhafter womöglich als zuvor – und der scharlachfarbene Tau, welcher die Hand befleckte, schien glänzender und frisch vergossenem Blute noch ähnlicher. Da erbebte er. Nur Eitelkeit war es also gewesen, die ihn zu einer einzigen guten Tat getrieben hatte? Oder das Verlangen nach einer neuen Empfindung, wie Lord Henry mit seinem spöttischen Lächeln es angedeutet hatte? Oder jene Leidenschaft, eine Rolle zu spielen, die uns zuweilen Dinge tun läßt, die edler sind als wir selbst? Oder womöglich all dieses zusammen? Ihm schien, als sei eine fürchterliche Krankheit über die runzligen Finger gekrochen. Auf den gemalten Füßen rann Blut, als sei es herniedergetropft – Blut war selbst auf der Hand, die das Messer nicht gehalten hatte. Beichten? Hieß das, daß er beichten solle? Sich selbst aufgeben und zum Tode verurteilt werden? Er lachte. Er fühlte, daß dieser Gedanke ungeheuerlich war. Und dann, selbst wenn er alles eingestand, wer würde ihm glauben? Es gab ja keine Spur mehr von dem Ermordeten. Alles, was ihm gehörte, war vernichtet worden. Er selbst hatte verbrannt, was unten geblieben war. Die Leute würden einfach sagen, er sei wahnsinnig. Er würde eingesperrt werden, wenn er bei seiner Aussage beharrte ... Dennoch war es seine Pflicht, zu gestehen, öffentlich Schande zu tragen und öffentlich Buße zu tun. Es gab einen Gott, der die Menschen dazu aufrief, ihre Sünden der Erde und dem Himmel zu bekennen. Nichts, was er sonst tun konnte, würde ihn reinigen, bis er seine Sünde bekannt hatte. Seine Sünde? Er zuckte die Achseln. Basil Hallwards Tod schien ihm sehr wenig. Er dachte an Hetty Merton, denn es war ein ungerechter Spiegel seiner Seele, in den er da blickte. Eitelkeit? Neugierde? Heuchelei? Hatte nichts in seinem Opfer gelegen als das? Noch etwas anderes war darin gewesen. Wenigstens glaubte er es. Aber wer konnte das wissen ...? Nein, es war nichts weiter gewesen. Aus Eitelkeit hatte er sie verschont. Aus Heuchelei hatte er die Maske der Güte getragen. Aus Neugier hatte er versucht, sich selbst zu verleugnen. Nun erkannte er all das.

Aber dieser Mord – sollte er ihn sein Leben lang hetzen? Sollte er immer die Last seiner Vergangenheit tragen müssen? Sollte er wirklich ein Geständnis ablegen? Nur noch ein Zeugnis gegen ihn gab es. Das Bildnis selbst. Das war ein Zeugnis. Er wollte es zerstören. Warum hatte er es so lange aufbewahrt? Früher hatte es ihm Vergnügen gemacht, zu beobachten, wie es sich veränderte und alt wurde. Doch in der letzten Zeit hatte er keinen Genuß mehr daran verspürt. Es hatte ihn nachts wach erhalten. Wenn er fortgewesen war, hatte es ihn mit Angst erfüllt, daß andere Augen es erblicken möchten. Es hatte Schwermut in seine Leidenschaft gegossen. Der bloße Gedanke daran hatte ihm viele Augenblicke der Lust vergällt. Wie ein Gewissen war es für ihn gewesen. Ja, es war sein Gewissen. Er wollte es zerstören.

Er blickte umher und gewahrte das Messer, mit dem er Basil Hallward ermordet hatte. Er hatte es oft gereinigt, bis kein Fleck mehr darauf war. Es war blank und glänzte. So wie es den Maler getötet hatte, würde es des Malers Werk töten und alles, was es bedeutete. Es würde die Vergangenheit töten, und wenn diese tot war, würde er frei sein. Es würde das ungeheuerliche Seelenleben töten, und ohne dessen gräßliche Warnungen würde er Frieden finden. Er ergriff es und durchstach damit das Bildnis.

Ein Schrei wurde laut und ein Fall. Der Schrei war so furchtbar in seiner Todesqual, daß die erschrockenen Diener erwachten und aus ihren Zimmern schlichen. Zwei Herren, die unten auf dem Platz vorbeigingen, hielten inne und blickten an dem großen Hause hinauf. Sie gingen weiter, bis sie einen Schutzmann trafen, und kamen mit ihm zurück. Der Mann schellte mehrmals, aber keine Antwort erfolgte. Bis auf ein Licht im Giebelfenster war das Haus ganz dunkel. Nach einer Weile ging er fort und stellte sich in ein benachbartes Tor und wartete. »Wem gehört das Haus, Schutzmann?« fragte der ältere der beiden Herren.

»Mr. Dorian Gray«, antwortete der Beamte.

Sie blickten im Weitergehen einander an und lachten. Einer von ihnen war Sir Henry Ashtons Onkel.

Drinnen in den Dienerstuben des Hauses sprachen die halbangekleideten Dienstboten in leisem Flüsterton miteinander. Die alte Mrs. Leaf weinte und rang die Hände. Francis war bleich wie der Tod.

Nach einer Viertelstunde holte er den Kutscher und schlich hinauf. Sie klopften, aber es kam keine Antwort. Sie riefen. Alles blieb still. Endlich, nachdem sie vergeblich versucht hatten, die Tür mit Gewalt aufzubrechen, stiegen sie auf das Dach und sprangen auf den Balkon. Die Fenster gaben leicht nach: ihre Riegel waren alt. Als sie eintraten, sahen sie an der Wand ein wundervolles Bildnis ihres Herrn hängen, so wie sie ihn zuletzt gesehen hatten, in all dem Zauber seiner erlesenen Jugend und Schönheit. Auf dem Boden lag ein Toter im Abendanzug, ein Messer im Herzen. Er war welk, runzlig und widerlich von Angesicht. Erst als sie die Ringe ansahen, erkannten sie, wer es war.

NACHWORT

Das Bildnis des Dorian Gray markiert den Anfang der fünf Jahre von 1890 bis 1895, in denen sich Oscar Wilde auch als Schriftsteller einen Namen machte. Dieser kurze Zeitraum literarischer Produktivität ist eingebettet in zwei Lebensabschnitte, in denen weniger die literarische Leistung als vielmehr seine exzentrische Lebensführung Aufsehen erregte: So bescheiden sich das literarische Werk bis zum Erscheinen des *Dorian Gray* ausnimmt, so unbescheiden sind die Versuche des exzentrischen Snobs, Aufmerksamkeit zu erregen. Nach der »Zwischenzeit« literarischer Produktivität, die man nicht unschwer als Fortsetzung des egotistischen Aufsehenerregens bezeichnen könnte, geriet der Homosexuelle, der wegen »wegen Unzucht mit anderen Männern« zu zwei Jahren Zuchthaus verurteilt wurde, noch einmal in die Schlagzeilen. Leben und Werk Wildes blieben – besonders in der angelsächsischen Kritik – lange Zeit ein mit Tabus umstelltes Skandalon. In dem Maße aber, wie das für die spätviktorianische Gesellschaft Skandalöse entkriminalisiert wurde, normalisierte sich auch das Verhältnis der Kritik zum Leben und Werk Oscar Wildes.

Wenn in der Folge zusätzlich zur nachstehenden Zeittafel, die über wichtige Daten zum Leben und Werk orientieren will, hier einige biographische Anmerkungen gemacht werden, dann geschieht dies nicht in der Absicht, den Romantext in eine detaillierte Relation zum Leben des Autors zu stellen und ihn – wie es das Gericht 1895 tat – als autobiographisches Dokument auszuwerten, sondern es geschieht in der Absicht zu zeigen, wie Oscar Wilde die Inszenierung und Stilisierung des Lebens als ästhetischer Existenz im *Dorian Gray* thematisierte und auch problematisierte, ohne daß diese artistische Problematisierung allerdings direkt sichtbare und nachweisbare Rückwirkungen auf die Gestaltung seines Lebens gehabt hätte: Als Romanautor ist Oscar Wilde demnach sehr wohl fähig, die Folgen der Trennung des Ästhetischen vom Ethischen, der Sinnlichkeit vom Gewissen darzustellen und zu problematisieren, aber der »andere« Oscar Wilde zieht daraus keine moralischen Schlußfolgerungen. So demonstriert seine Biographie auf exemplarische Art und Weise die ethische Wirkungslosigkeit der Kunst für das Leben. Es liegt ganz in der Wildeschen Logik der ästhetizistischen Abspaltung des Ästhetischen vom Ethischen, wenn es in der Vorrede zum *Dorian Gray* heißt: »Alle Kunst entbehrt völlig des Zweckes.« Oder wenn Lord Henry gegen Ende des neunzehnten Kapitels verkündet: »Kunst hat keinen Einfluß auf das Handeln. Sie vernichtet den

Wunsch zum Handeln. Sie ist wundervoll unfruchtbar.« (Seite 208) In dieser Wildeschen Auffassung der Kunst um der Kunst willen wird dem künstlerischen Text sowohl die Abbildfunktion als auch die Leitbildfunktion abgesprochen. So wird die Existenz des Kunstwerkes wie die ästhetische Existenzweise als autonomes Existieren begriffen. Und im Autonomiegedanken dieser Kunst- und Lebenslehre des sogenannten neuen Hedonismus wird eine sich als ideologiefrei begreifende Ideologie des Genusses sichtbar. Von hier her, nämlich vom Gedanken der Autonomie des Ästhetischen, wird sowohl das Werk als auch das Leben Oscar Wildes deutbar.

Oscar Fingal O'Flahertie Wills Wilde ist – wie die bedeutenden Literaten Yeats, Shaw, Joyce – irischer Abkunft. Als er im Jahre 1854 in Dublin geboren wurde, konnte seine Mutter, die unter dem Pseudonym Speranza sehr zweckgebunden-nationalistische Lyrik schrieb, ihrem irischen Patriotismus freien Lauf lassen: Oscar und Fingal sind berühmte Namen der keltischen Mythologie, und mit O'Flahertie feierte Speranza eine irische Familie, welche die Geschicke der Region bestimmt hatte, in der Oscar Wildes Vater, Sir William, aufgewachsen war. Diese bardisch-heroische Namensgebung hinderte die Mutter allerdings nicht, den Jungen in Mädchenkleider zu stecken, wie Photographien dies dokumentieren. Daraus allerdings die homosexuellen Neigungen Oscar Wildes ableiten zu wollen ist sicher illegitim, während die vorsichtigere Schlußfolgerung wohl angemessen ist, daß das Kind herkömmlichen Rollenverteilungen und Rollenzwängen mehr als üblich entging, ein Sachverhalt, der die spielerischen Selbstinszenierungen des Snobs Oscar Wilde, der gern die Freiheit und die Mittel eines Dandys besessen hätte, verständlicher machen kann.

Als Oscar Wilde im Jahre 1871 am Trinity College, Dublin, zu studieren begann, geriet er in ein neues Feld prägender Einflüsse: Sein Tutor John Pentland Mahaffy, Professor für Alte Geschichte und Verfasser des lange Zeit als Standardwerk geltenden *Social Life in Greece,* begeisterte den jungen Wilde für die hellenische Kultur. Aus dem weitgehend durch Mahaffy vermittelten Griechenlandbild und der daraus resultierenden Griechenlandbegeisterung entwickelte sich die im *Dorian Gray* problematisierte Idee eines neuen Hedonismus als Sinnenkult. Als der erfolgreiche Student Wilde, dem Mahaffy die Mitwirkung an seinem epochemachenden Griechenlandwerk bestätigte, von Dublin nach Oxford wechselte, geriet er dort in den Bannkreis Walter Paters und seiner ästhetizistischen Philosophie, daß Kunst nicht Abbild der Realität sein könne und dürfe, sondern geradezu Gegenbild zur Realität zu sein habe, als deren Wesen Pater die Zeitlichkeit als Vergänglichkeit bestimmte. Der sterbliche Mensch solle das ihm gegebene »Intervall des Lebens« nicht nur leben, sondern es erfüllen und steigern durch das Erlebnis der überwundenen Zeit, ein Erlebnis, das Pater als »gesteigertes Lebensgefühl« bezeichnet. Zwar könnten auch »große Passionen« diese erlebnishafte Überwindung der Zeit in ihr selbst leisten, aber am vollkommensten sei dieses Erlebnis durch Kunst als Gegenentwurf zur zeitlichen Realität zu stimulieren. Kunst, in dem Sinne von Pater verstanden, überwindet zwar nicht die Vergänglichkeit, aber sie kann die vergängliche Existenz erfüllen mit Erlebnissen momentan überwundener Vergänglichkeit. So entspringt Paters Ästhetizismus dem Alptraum der Vergänglichkeitserfahrung, und die Kunst, welche die vollkommensten Erlebnisse unzeitlicher Schönheit ermöglicht, erhält in dieser Lebens- und Kunstphilosophie eine Art Erlösungsfunktion zugeschrieben, die man natürlich vom Außenstandort als eskapistisch klassifizieren kann.

Die Veräußerlichung dieser Art von Ästhetizismus zu einem Sensationalismus wird offenbar, wenn man beobachtet, wie Oscar Wilde in Oxford damit beginnt, sich bewußt in der Rolle des Ästheten in Szene zu setzen. Er war beherrscht von dem Wunsch, eine öffentliche Gestalt zu werden. Zum Zweck der Eigenreklame begann er, aus dem Konventionsrahmen fallende Kleidung zu tragen, Kavalierskostüme oder elegante Kniehosen mit Samtjacketts, belebte er die byronische Form des weich-heruntergeschlagenen Kragens neu und kombinierte ihn mit lose geknüpften, farbenprächtigen Krawatten. Als die satirische Zeitschrift *Punch* auf den exzentrischen jungen Mann aufmerksam wurde, gelangte Wilde zu einer überregionalen Bekanntheit. *Punch* hatte zwar ursprünglich die Karikatur des Ästheten und Poeten nach dem Vorbild Swinburnes modelliert, aber als Oscar Wilde begann, auf die *Punch*-Karikaturen einzugehen und seine Erscheinung nach ihnen zu stilisieren, nahmen hinwiederum auch die *Punch*-Figuren deutliche Züge Wildes an. Und als Gilbert und Sullivan mit ihrer Oper *Patience* an die Öffentlichkeit traten, war man sicher, daß die Gestalt Bunthorne Oscar Wilde zum Vorbild hatte.

So trat er in der Pose des Poeten und Ästheten auf, noch bevor er eigene Dichtung vorzulegen hatte. Als im Jahre 1881 eine Gedichtsammlung erschien, erwies sie sich als sehr mittelmäßig, und der *Punch* reagierte darauf mit dem Vierzeiler:

> Aesthete of Aesthetes!
> What's in a name?

The Poet is Wilde,
But his poetry is tame.

Oscar Wildes Ästhetizismus jener Zeit manifestiert sich in erster Linie im spielerischen Eingehen auf die parodistischen Klischees vom
Ästheten als einem Antiphilister, und vieles seiner öffentlichen Selbst-
inszenierung und ein gut Teil seiner literarischen Werke sind diktiert
von dem Bedürfnis, die Philister zu schrecken, um dadurch Publizität
für die Person Oscar Wilde zu erzeugen: Provokation und Selbstprosti-
tution, zwei Erscheinungsformen der Persönlichkeit Oscar Wildes, die
am deutlichsten werden im Zusammenhang mit einer Vortragsreise
durch die Vereinigten Staaten. Als Gilbert und Sullivans *Patience* in den
Vereinigten Staaten aufgeführt werden sollte, erhob sich das Problem,
daß der Ästhetizismus, auf den in *Patience* angespielt wurde, in Amerika unbekannt war, und so schlugen die Veranstalter vor, Oscar Wilde
im Gewande des Ästheten zu einer Vortragsreise nach Amerika zu
schicken, um den Boden für die Aufführung von *Patience* ebnen zu helfen. Im Gewande des melancholisch dreinschauenden ästhetischen Poeten mit langen Haaren trat Oscar Wilde eine Vorlesungsreihe über die
englische Renaissance an, und das durch die Presse vorgewarnte New
Yorker Publikum vermißte nur, daß er keine Sonnenblume trug. An
dieser Episode wird noch einmal sichtbar, wie der sich als Philister-
schreck gebärdende spielerische Ästhet Oscar Wilde um der Eigenreklame willen sich selbst in den Dienst der Werbung für ein Stück begab,
in dem das Ästhetentum bewitzelt und ridikülisiert wurde. Nimmt man
einen Ästheten wie Keats, der geschrieben hatte: »Schönheit ist Wahrheit, Wahrheit Schönheit«, oder die präraffaelitischen Maler und Dichter wie Rossetti, Burne-Jones, Morris, Swinburne und auch Pater zum
Vergleich, deren Ästhetentum des Skandalösen entbehrte, dann tritt bei
Oscar Wilde das Moment der Dekadenz als spielerischer Selbstdegra-
dierung um so deutlicher in Erscheinung. Wohl öffneten sich ihm die
Zirkel der Bohème, und zunächst mochte es erscheinen, auch die Welt
der noblen Gesellschaft, aber in diesen Zirkeln war er – möglicherweise
von ihm selbst unbemerkt – allenfalls als Entertainer akzeptiert.

Die – wie es scheint – freiwillig-spielerischen Selbstinszenierungen als
Ästhet und Poet, die der Nobilität, der Bohème und den bürgerlichen
Philistern aus jeweils verschiedenen Gründen zur Unterhaltung ge-
reichten, sind die eine Seite von Oscar Wilde. Abgelöst davon und wohl
auch im Schatten und Schutz dieser öffentlichen Persona führte ein anderer Oscar Wilde ein zunächst privates Eigenleben jenseits der Öffent-

lichkeit und ihrer Erwartungen und Restriktionen: Der Homosexuelle führte eine zunächst nach außen kaum wahrnehmbare Existenz neben dem öffentlichen Snob und dem Ehemann, der zwei Söhne gezeugt hatte. Im Jahre 1895 wurde dieses Doppelleben in das Licht der Öffentlichkeit gezerrt, als Oscar Wilde – juristisch schlecht beraten – den Marquess of Queensberry, Vater seines homosexuellen Freundes Lord Alfred Douglas, wegen der »Verleumdung«, er, Oscar Wilde, habe sich in der Öffentlichkeit als »Sodomit« produziert, verhaften und vor Gericht stellen ließ. Die Verteidigung Queensberrys versuchte sich vor allem die Passagen im *Dorian Gray* zunutze zu machen, die auf die homoerotische Neigung des Verfassers schließen ließen, konnte damit aber wenig beweisen. Erst als im zweiten Kreuzverhör die Verteidigung die Namen von Strichjungen ins Spiel brachte, war deutlich, daß Oscar Wilde von der Bank des Anklägers auf die Bank des Angeklagten geraten war. Er lehnte es nach dem ersten Prozeß, in dem die Jury zu keinem Verdikt kam, und nachdem er gegen eine Kaution auf freien Fuß gesetzt worden war, ab, nach Frankreich zu fliehen, und stellte sich in einem zweiten Prozeß erneut der Anklage der Unzucht mit männlichen Minderjährigen. Als er zu zwei Jahren Zuchthaus verurteilt wurde, bestrafte die Öffentlichkeit das Doppelleben des Oscar Wilde auf der Grundlage einer Gesetzgebung und Moral, die der möglichen Diversität der menschlichen Natur keine Rechnung trug und die bestimmte Varianten der Sinnlichkeit, wenn nicht die Sinnlichkeit überhaupt, zu einer Existenz im nichtöffentlichen Untergrund verdammte. Auf dem Hintergrund einer solchen, der menschlichen Natur zu engen, weil die Sinnlichkeit weitgehend ausklammernden oder gar verdammenden Sittlichkeit muß in der Folge der *Dorian Gray* als ein artistisches Zeugnis der Überreaktion gegen ein konventionell erstarrtes Wertdenken analysiert werden, in dem die Sensualität und Sexualität als widersittlich verstanden wurden.

Dorian Gray ist die phantastische Geschichte des schönen jungen Mannes, dessen Schönheit so groß ist wie die des mythischen Adonis (vgl. Seite 10) und der dem Maler Basil Hallward so schön erscheint wie Antinous, der legendär-schöne Sklave und ständige Begleiter des Kaisers Hadrian, der ihn wegen seiner Schönheit nicht nur vergötterte, sondern auch nach seinem Tode vergotten, eine Stadt zu seinen Ehren benennen und einen Kult zu seiner Verehrung einführen ließ. Dieser junge Mann bedeutet für den Maler Basil Hallward so etwas wie eine männliche Muse. Aber während die Musen Töchter des Zeus und der Mnemosyne, der Erinnerung, waren, ist Dorian Gray für den Maler eher ein Sohn des Eros: »... was ich geschaffen habe, seit ich Dorian Gray traf, ist gute

Arbeit, ist die beste meines Lebens ... Ich sehe die Dinge mit anderen Augen, denke anders über sie als früher ... Die bloße sichtbare Gegenwart dieses Jungen – denn für mich ist er kaum mehr als ein Junge, obwohl er in Wirklichkeit über zwanzig ist –, seine bloße sichtbare Gegenwart – ah! Ich glaube nicht, daß Sie sich vorstellen, was all das bedeutet. Unbewußt bezeichnet er mir die Linien einer neuen Schule, einer Schule, in der alle Leidenschaft des romantischen Geistes und alle Vollkommenheit des griechischen Geistes enthalten sind! Harmonie von Seele und Leib – was bedeutet das! Wir in unserem Wahnsinn haben beide getrennt und einen Realismus erfunden, der gemein ist, und einen Idealismus, der leer ist. Harry, wenn Sie wüßten, was Dorian Gray mir ist!« (Seite 17)

Aber Dorian Gray ist nicht, was er Basil Hallward scheint: Er ist vielmehr ein Narziß (vgl. Seite 10), der in seine eigene Schönheit, und in nichts als diese, verliebt ist. Im spielerischen Spott auf Narziß hatte er einst »die gemalten Lippen geküßt; oder wenigstens hatte er so getan ... Morgen für Morgen hatte er vor dem Bild gesessen und die Schönheit angestaunt, fast in sie verliebt, wie es ihm manchmal schien« (Seite 104). In dieser narzißtischen Faszination durch die eigene Erscheinung besitzt Dorian Gray kein Bewußtsein von dem als hellenisch bezeichneten Ideal (vgl. Seite 24) mythischer Ganzheit und Harmonie von Körper und Seele, sondern er ist beherrscht von der Angst, alt und häßlich zu werden, und dem dadurch motivierten Wunsch nach ewiger Jugend: »Ja, einst würde der Tag kommen, da sein Antlitz runzlig und verwittert, seine Augen trübe und farblos, die Anmut seiner Gestalt gebrochen und entstellt wären. Die Scharlachfarbe würde von seinen Lippen fliehen und das Gold seiner Haare bleichen. Das Leben, das seine Seele schaffen sollte, würde seinen Körper verderben; er würde grauenhaft, abschreckend und häßlich werden ... ›Wie traurig es ist! Ich soll alt werden, schauerlich, widerwärtig. Aber dieses Bild wird immer jung bleiben ... Ich bin auf alles eifersüchtig, dessen Schönheit nicht stirbt. Ich bin auf das Bild eifersüchtig, das Sie von mir gemacht haben. Warum soll es behalten dürfen, was ich verlieren muß? Jeder fliehende Augenblick nimmt etwas von mir hinweg und gibt ihm etwas. O wäre es doch umgekehrt! Veränderte sich doch das Bild und bliebe ich, wie ich jetzt bin!‹« (Seite 30 ff.)

Man erkennt daran, daß am Anfang des phantastischen Lebensweges Dorian Grays das Schaudern vor der Vergänglichkeit des Menschen steht und daß Oscar Wilde mit dieser Motivation an Gedankengänge Walter Paters anschließt, wie sie weiter oben kurz skizziert wurden. Dorian Gray sinnt auf einen Ausweg aus diesem Vergänglichkeitstrauma, und er findet ihn mit Hilfe Lord Henry Wottons in einer ästhetischen Lebensform, die nach einem amoralischen Anfang unmoralischkriminell endet. Als Walter Pater den *Dorian Gray* im November 1891 im *Bookman* rezensierte, machte er ganz deutlich, daß die durch Dorian Gray inszenierte Lebensweise nur peripher mit seinem Ästhetizismus als Epikureismus zu tun hat: »Ein wahrer Epikureismus zielt auf eine totale und gleichwohl harmonische Entwicklung des ganzen Organismus des Menschen. Der Verlust des moralischen Sinnes, zum Beispiel, des Sinnes für Sünde und Rechtmäßigkeit, den Mr. Wildes Helden so schnell und so vollkommen, wie sie nur können, loszuwerden versuchen, heißt die organische Ganzheit verlieren oder mindern, heißt weniger komplex werden, heißt von einer höheren zu einer niedrigeren Entwicklungsstufe herabsinken.«

An dieser Reaktion wird deutlich, daß die ästhetische Existenz des Dorian Gray wenig mit dem Paterschen Ästhetizismus und Epikureismus zu tun hat. Die Kultivierung der Sinnlichkeit und der Genußexistenz stellt für Pater nur das Gegenteil zu einer zerebralen Sittlichkeit dar, die der Sinnlichkeit keinen Raum läßt: Beide Existenzweisen sind Vereinseitigungen und gehen auf Kosten einer ganzheitlichen Existenz, auf Kosten der als hellenisch bezeichneten Totalität von Körper und Seele. Die einseitige Kultivierung der Sinnlichkeit und des Genusses ist sicher – wie schon weiter oben angedeutet – historisch als Reaktion auf eine sinnenfeindliche Sittlichkeit im viktorianischen England verständlich, aber sie kann darum noch nicht als Alternative zu ihr verstanden werden, denn auch sie geht auf Kosten der Idealität der Ganzheitlichkeit.

Es ist bisher von der Motivation von Dorian Grays Wunsch nach »ewiger Jugend« (vgl. Seite 260) die Rede gewesen und gezeigt worden, daß dieser Wunsch primär dem existenziellen Schauder vor der Vergänglichkeit entspringt. Im herkömmlichen Sinne wurde Jugend assoziiert mit den interpretierenden Vorstellungen von Ursprünglichkeit, Spontaneität, Reinheit und Unschuld. Im Bewußtsein Dorian Grays ist demgegenüber die Wertvorstellung des Jungseins aufs engste verklammert mit der Vorstellung vom Schönen, und über dieses assoziative Verbindungsglied des Schönen ergeben sich die Zusatzvorstellungen, die der Begriff der »ewigen Jugend« in Dorian Gray auslöst: »Ewige Jugend, grenzenlose Leidenschaft, erlesene und geheimnisvolle Genüsse, wilde Freuden und wildere Sünden – das alles wartete seiner.« (Seite 104)

Die der Angst vor der Vergänglichkeit entspringende Sehnsucht, jung zu bleiben, verquickt sich in Dorian Grays Bewußtsein so »mit einer wahnsinnigen Genußsucht« (Seite 146). So zeitigt auch die magisch-phantastische Erfüllung seines Wunsches, das Bild möge altern und er selbst immer jung bleiben, noch eine zweite Wirkung: Dorian Gray kann gleichzeitig den moralischen Zensor, sein Gewissen, von dem im Roman des öfteren unspezifisch auch als der Seele die Rede ist, an das Bild delegieren und so seine ästhetische Existenz gleichsam in Reinform als amoralische Existenz leben. Mit der phantastischen Delegation des Gewissens an das Bild ist der schon einige Male angesprochene Bruch zwischen Sinnlichkeit und Sittlichkeit vollzogen; und dieser ist die Voraussetzung dafür, daß sich Dorian Gray auch der Bereich des konventionellerweise Bösen als Genußbereich erschließt: »Es gab Augenblicke, in denen er die Sünde bloß als ein Mittel ansah, mit dem er seinen Begriff vom Schönen verwirklichen konnte.« (Seite 142)

So wie die durch Prüderie geprägte viktorianische Sittlichkeit das Sinnliche weitgehend in den Untergrund der Heimlichkeit verbannte, verbannt Dorian Gray sein Gewissen als Sündenbewußtsein in ein Bild hinter dem Vorhang. Das Bild, das ihm zwar zunächst noch »sichtbares Zeichen des Gewissens« (Seite 92) ist, verändert sich nach jedem gewissenlosen Genußerlebnis, dem er sich auf Kosten seiner Mitmenschen hingibt. Der Blick in den magischen Spiegel des Bildes hat allerdings keine Rückwirkungen auf die ästhetische Existenz Dorian Grays selber, sondern von einem bestimmten Punkt an wird ihm das Bildnis als Spiegelbild seiner degenerierten Sittlichkeit selbst zum furchterregenden Lustobjekt: »Denn es mußte wirklich Genuß darin liegen, das zu beobachten. Er würde fähig sein, seinem Geist auf den geheimsten Spuren zu folgen. Das Bildnis würde ihm der zauberhafteste aller Spiegel sein. So wie es ihm seinen Körper offenbart hatte, würde es ihm seine Seele offenbaren. Und wenn der Winter darüber kam, würde er immer noch vor jener Schwelle stehen, wo der Frühling in den Sommer hinüberzittert. Wenn das Blut aus dem Antlitz floh und seine kalkbleiche Maske mit bleiernen Augen zurückließ, dann würde er noch den Glanz der Knabenhaftigkeit bewahren. Keine einzige Blüte seiner Lieblichkeit sollte welken. Kein Pulsschlag seines Lebens sollte matter werden. Wie die Götter der Griechen würde er stark, behende und freudig sein. Was lag daran, was mit dem gemalten Bildnis auf der Leinwand geschah? Er würde sicher sein. Darauf kam alles an.« (Seite 105)

Das Bild als Kunstwirklichkeit registriert zwar, wie ein magischer Spiegel, die moralische Degeneration, aber durch die artistische Veräußerlichung des Sittlichen hat das Spiegelbild keine existenzielle Rückwirkung auf den Betrachter, eine Formulierung, die sowohl Gültigkeit für das Verhältnis Dorian Grays zu seinem eigenen Bildnis als auch für das Verhältnis Oscar Wildes zu seinem Roman *Das Bildnis des Dorian Gray* hat.

Nachdem die aus der geistesgeschichtlichen Situation des späten 19. Jahrhunderts ableitbare Kernthematik des *Dorian Gray* von der Trennung des Sinnlichen vom Sittlichen und umgekehrt umrissen ist, sollen nun die einzelnen Stadien der ästhetischen Existenz, die Dorian Gray durchläuft, aufgezeigt werden: Als Dorian Gray in dem von Basil Hallward angefertigten Porträt der eigenen Schönheit inne geworden ist, gerät er in den Bannkreis Lord Henry Wottons, der seinen Genuß nicht mehr in einer naiven Sinnlichkeit sucht und findet, sondern der zur Befriedigung seiner eigenen Genußsucht das Experiment mit der naiven Sinnlichkeit eines anderen braucht: »Er war sich klar darüber, daß die experimentelle Methode die einzige sei, durch die man zu einer wissenschaftlichen Analyse der Leidenschaften gelangen könne; und sicher war Dorian Gray wie für ihn zum Objekt geschaffen, das reiche und fruchtbare Ergebnisse zu versprechen schien.« (Seite 62)

Unter dem Einfluß dieses zynischen Experimentators, der sich durch das ästhetisch-unverbindliche Experiment mit anderen selbst auf die Spur zu kommen versucht, wird Dorian Grays naive Selbstbezogenheit ausgenutzt zu einem Experiment, das Lord Henry unter dem suggestiven Namen eines »neuen Hedonismus« mit ihm in Szene setzt: »Leben Sie! Leben Sie das wunderbare Leben, das in Ihnen ist! Lassen Sie nichts ungenossen, suchen Sie unaufhörlich nach neuen Möglichkeiten. Fürchten Sie nichts ... Ein neuer Hedonismus – das ist es, was unser Jahrhundert braucht.« (Seite 28) Diese der Langeweile entspringende »Philosophie des Genusses« (Seite 47), die der Verführer und Korrumpator Lord Henry dem Dorian Gray zur Heilung der »Seele durch die Sinne« (Seite 26) anbietet, bewirkt eine gesteigerte Selbstbezogenheit, welche sich in einem Unempfindlichwerden gegenüber dem Mitmenschen äußert, das sich zur Brutalität steigert.

Die fortschreitende geistige Korruption Dorian Grays wird von Oscar Wilde an verschiedenen Stellen des Romans bildhaft als »Vergiftung« charakterisiert. Dorian Gray wehrt sich zunächst gegen die »subtilen, vergiftenden Theorien« (Seite 92). Das Motiv des Vergiftens wird am Ende des elften Kapitels leitmotivisch wieder aufgenommen, als sich Dorian Gray »durch ein Buch vergiftet« (Seite 142) betrachtet, das ihm Lord Henry einst geschenkt hatte. Und am Ende des zwanzigsten Kapitels (vgl. Seite 208) wird das Buch-Gift-Motiv noch einmal angeschlagen, als Dorian Gray Lord Henry vorwirft, ihn »einst mit einem Buch vergiftet« zu haben. Das Bild des Vergiftens, das letztlich die geistige

Korruption bezeichnet, die sich an Dorian Gray vollzieht, erinnert an Shakespeares *Othello*, in dem ebenfalls eine Korruptionshandlung mit dem Bild des Vergiftens bezeichnet wird. Lord Henry übt auf Dorian Gray eine ähnlich korrumpierende Wirkung aus wie Jago auf Othello.

Man hat sich in der Wilde-Kritik sehr viel Mühe damit gemacht, das »gelbe Buch« (vgl. Seite 121, 122) u. a. als *A Rebours* von Joris-Karl Huysmans zu identifizieren, aber letztlich ist es irrelevant, ob dieses im *Dorian Gray* erwähnte Buch literarische Realität besitzt. Wichtiger ist es in diesem Zusammenhang, die Wirkung zu charakterisieren, die davon auf Dorian Gray ausgeht: »Es war das merkwürdigste Buch, das er je gelesen hatte. Ihm schien, als zögen zum süßen Ton der Flöten die Sünden der Welt in köstlichen Gewändern als stummer Festzug an ihm vorüber. Dinge, von denen er dumpf geträumt hatte, wurden ihm plötzlich Wirklichkeit. Dinge, von denen er nie geträumt hatte, offenbarten sich ihm langsam … Das Buch enthielt Metaphern, unglaublich wie Orchideen und ebenso zart in der Farbe. Das Leben der Sinne wurde mit den Begriffen mystischer Philosophie beschrieben. Zuweilen wußte man kaum, ob man die geistigen Ekstasen eines mittelalterlichen Heiligen oder die morbiden Bekenntnisse eines modernen Sünders las. Es war ein Buch voller Gift. Der schwere Duft des Weihrauchs schien um seine Seiten zu schweben und das Gehirn zu verwirren.« (Seite 122 f.)

In diesen Zeilen ist die sinnlich-kulinarische Wirkung umschrieben, die dieses Buch ausübt. Aber das gelbe Buch markiert nur ein Zwischenstadium in Dorian Grays ästhetischer Existenz, die gekennzeichnet ist durch eine sich steigernde Sucht nach immer raffinierteren sinnlichen Genüssen. Das erste Stadium dieser Entwicklung zeigt sich in der narzißtischen Verliebtheit des jungen Dorian Gray in sein eigenes Bildnis. Es ist dies die Phase, in der er auch den von Lord Henry suggestiv zur Erlösungslehre hochstilisierten neuen Hedonismus in sich einsaugt: »Ah! nutzen sie Ihre Jugend, solange Sie sie besitzen. Vergeuden Sie nicht das Gold Ihrer Tage, hören Sie nicht auf die Langweiligen, versuchen Sie nicht, das hoffnungslos Verfehlte wieder gut zu machen, werfen Sie Ihr Leben nicht fort an die Nichtwisser, die Niedrigen, den Pöbel. Das sind die kranken Ziele, die falschen Ideale unserer Zeit. Leben Sie! Leben Sie das wunderbare Leben, das in Ihnen ist! Lassen Sie nichts ungenossen, suchen Sie unaufhörlich nach neuen Möglichkeiten. Fürchten Sie nichts … Ein neuer Hedonismus – das ist es, was unser Jahrhundert braucht. Sie können sein sichtbares Symbol sein.« (Seite 28)

Auswirkungen dieser Philosophie des Genusses, in der alles und jeder degradiert wird zum Instrument und Stimulus von Genußerlebnissen, zeigen sich, als Dorian Gray die Schauspielerin Sybil Vane kennenlernt (vgl. das vierte und die folgenden Kapitel). Er ist – und darauf müssen wir im Zusammenhang mit der Identitätsproblematik in diesem Roman noch einmal zurückkommen – fasziniert von der Frau, die als Schauspielerin Abend für Abend andere Gestalten der dramatischen *Kunst* verkörpern kann, die – so scheint es ihm von seinem Außenstandort – nicht gebunden ist durch die Einsinnigkeit und Langweiligkeit, mit der »gewöhnliche Frauen« (Seite 54) ihr Leben verbringen: »Abend für Abend gehe ich, um sie spielen zu sehen. Einen Abend die Rosalinde, und am nächsten Imogen. Ich habe sie sterben sehen im Düster einer italienischen Gruft, das Gift von des Geliebten Lippen saugend. Ich war mit ihr, als sie durch den Ardennerwald wanderte, verkleidet als hübscher Knabe, in Hose und Wams und schmuckem Barett. Sie ist wahnsinnig gewesen und vor einen schuldigen König hingetreten, und sie gab ihm Rauten zu tragen und bittere Kräuter zu kosten. Sie ist unschuldig gewesen, und die schwarzen Hände der Eifersucht preßten ihren Hals zusammen, der wie ein Blütenstengel im Schilf war. Ich habe sie in jedem Zeitalter und in jedem Gewande gesehen. Gewöhnliche Frauen wenden sich nie an unsere Phantasie. Sie sind auf ihr Jahrhundert beschränkt. Kein Zauber vermag sie je zu verwandeln. Man kennt ihr Inneres, wie man ihre Hüte kennt. Man kann sie immer und überall finden. Sie sind nicht umwoben vom Geheimnis.« (Seite 54)

Als Lord Henry Dorian Gray fragt, wann Sybil Vane denn nun einmal sie selber sei, antwortet er: »Nie … In ihr sind alle großen Heroinen der Welt vereinigt. Sie ist mehr als ein Einzelwesen.« (Seite 58) Als Sybil Vane, zu sich selbst gekommen, die Kunstpersonen der Shakespeareschen Stücke, die Dorian Gray zum Genuß dienen, nicht mehr so vollkommen, wie er und Lord Henry es erwarten, verkörpert, verstößt er sie, weil sie seinen Genußansprüchen nicht mehr gerecht wird: »Ja … Du hast meine Liebe getötet. Sonst erregtest du meine Phantasie. Jetzt erregst du nicht einmal meine Neugierde. Du bringst ganz einfach keine Wirkung mehr hervor. Ich liebte dich, weil du ein wundersames Wesen warst, weil du ein Genie warst und Geist hattest, weil du den Träumen großer Dichter Wirklichkeit und den Schatten der Kunst Form und Gestalt gabst. Das alles hast du von dir geworfen. Du bist leer und dumm.« (Seite 87 f.)

Als er erfährt, daß Sybil Vane gebrochenen Herzens Selbstmord begangen hat, muß er sich eingestehen, daß dieses Ereignis ihn nicht so betrifft, wie es ihn eigentlich sollte. Der Selbstmord erscheint ihm von der fürchterlichen Schönheit einer griechischen Tragödie, in der er eine Rolle spielte, aber durch die er nicht betroffen wurde: »Eine Stunde später war er in der Oper, und Lord Henry lehnte sich über seinen Stuhl.« (Seite 106) Durch dieses kalkulierte Nebeneinander der Todesvorstellung und aller sich damit verbindenden Assoziationen und der Unbeteiligtheit, die Dorian Gray zur Schau stellt, wird dem Leser die Brutalisierung Dorian Grays zur Vorstellung gebracht, eine Brutalisierung, die wiederum wirksam kontrastiert wird mit der sich steigernden Sucht nach raffinierteren sinnlichen Genüssen.

Durch das gelbe Buch werden ihm neue Dimensionen des sinnlichen Genusses eröffnet. Die Versuchung durch den römischen Katholizismus dient ihm genauso zum ästhetischen Erlebnis wie das Studium der Parfüme und der Geheimnisse ihrer Herstellung: »Er destillierte schwer duftende Öle und verbrannte wohlriechenden Gummi aus dem Osten. Er erkannte, daß es keine Stimmung des Geistes gab, die nicht ihr Gegenspiel im Leben der Sinne hatte, und er verlegte sich darauf, ihre wahren und gegenseitigen Beziehungen zu entdecken, und fragte sich, was den Menschen im Weihrauch in mystische Fremdheit versetze und warum Ambra die Leidenschaft aufwühle und warum der Veilchenduft die Erinnerung an gestorbene Romane erwecke, der Moschus das Gehirn verwirre, der Tschampak die Phantasie beflecke. Und er versuchte häufig, eine exakte Psychologie der Gerüche auszuarbeiten und die verschiedenen Wirkungen süßschmeckender Wurzeln, stark riechender, pollenbeladener Blüten oder aromatischer Balsame und dunkel duftender Hölzer zu bestimmen: der Narde, die krank macht, der Hovenie, die wahnsinnig macht, und der Aloe, von der man sagt, daß sie aus der Seele die Schwermut zu vertreiben vermöge.« (Seite 130)

Im Nacheinander beschäftigt er sich mit den verschiedenen Stimulanzien der Sinne: mit Musik und Musikinstrumenten exotischer Völker oder vergangener Zeiten; jahrelang ist er damit beschäftigt, Juwelen und Steine und wunderbare Geschichten über Steine zu sammeln und zu studieren: »Oft verbrachte er einen ganzen Tag damit, die verschiedenen Steine seiner Sammlung aus ihren Schachteln herauszunehmen und sie wieder zurückzulegen: den olivgrünen Chrysoberyll, der bei Lampenlicht rot wird, den Cymophan mit den drahtähnlichen Silberlinien, den pistazienfarbenen Peridot, rosenrote und weingelbe Topase, Karfunkelsteine in feurigem Scharlach mit zitternden vierstrahligen Sternen, flammenrote Zimtsteine, orangene und violette Spinelle und Amethyste mit ihren wechselnden Schichten von Rubin und Saphir. Er liebte das rote Gold des Sonnensteins und des Mondsteins perlfarbene Weiße und den gebrochenen Regenbogen des milchigen Opals.« (Seite 131 f.) Stickereien und geistliche Gewänder dienen als ähnliche Stimulanzien der Sinne, bis er schließlich und endlich zum Opium greift, um seine

Süchte zu stillen (vgl. Seite 176 ff.).

Die fortschreitende Verfallenheit an die Sucht seiner Sinne tritt ihm immer dann vor Augen und ins Bewußtsein, wenn er vor sein vor der Öffentlichkeit verborgen gehaltenes Bildnis tritt und dort seinen inneren Zustand sinnenfällig objektiviert findet. Als auch der Maler dieses Bildnisses, Basil Hallward, die Veränderungen wahrnimmt und Dorian Gray deshalb zur Rede stellt, begeht er – um in seiner sittlichen Korrumpiertheit nicht entdeckt zu werden – dazuhin noch einen Mord. Damit mündet der *Dorian Gray* in die Dimensionen des Schreckensromans ein: Der Held läßt die Leiche durch einen früheren Freund, den er erpreßt, in einem Säurebad verschwinden und begibt sich dann zu einer Abendgesellschaft: »Am gleichen Abend um halb neun wurde Dorian Gray, der äußerst sorgfältig gekleidet war und im Knopfloch einen großen Strauß aus Parmaveilchen trug, von sich verneigenden Dienern in den Salon Lady Narboroughs geführt. In seiner Stirn pochten die wahnsinnig gereizten Nerven, und er war wild erregt. Doch als er sich über die Hand der Gastgeberin beugte, waren seine Bewegungen so leicht und so anmutig wie stets. Vielleicht erscheint man niemals ungezwungener und gelassener, als wenn man eine Rolle zu spielen gezwungen ist. Sicherlich hätte niemand, der Dorian Gray an diesem Abend beobachtete, geglaubt, daß er eine Tragödie durchgemacht habe, so furchtbar wie nur eine Tragödie unserer Zeit. Jene feingeformten Finger konnten nie ein Messer um einer Sünde willen umklammert haben, noch konnten jene lächelnden Lippen Gott und allem Guten geflucht haben. Er selbst mußte sich über die Ruhe seines Benehmens wundern, und für einen Augenblick empfand er heftig den furchtbaren Genuß des Doppellebens.« (Seite 168)

Mit dem Begriff des Doppellebens ist die grundsätzlichste Thematik des *Dorian Gray* angerührt, das Problem nämlich von öffentlicher und privater Identität und ihrem Auseinanderfallen, was so viel wie den Verlust einer einheitlichen »persönlichen« Identität bedeutet. Im Zusammenhang mit der Charakterisierung der Schauspielerin Sybil Vane war schon von der Faszination die Rede, die das theatralische Rollenspiel auf Dorian Gray ausübt. Sybil Vane verkörpert für ihn in ihren diversen und auch gegensätzlichen Theaterrollen nicht *eine* Frau mit *einer* fest umrissenen, gleichbleibenden Identität, sondern als Schauspielerin ist sie auf »spielerische« Art und Weise fähig, in ihren Rollen aufzugehen und durch diese kompletten Identifizierungen im Nacheinander die verschiedensten Identitäten anzunehmen. Als dahinter, das heißt hinter der Illusion, die die Kunst schafft, Sybil Vane als die Schauspielerin mit einer neu errungenen, eigenen persönlichen Identität für Dorian Gray sichtbar wird, verstößt er sie und treibt sie damit in den Selbstmord. Für den Ästheten vom Schlage Dorian Grays, der zugleich der vollkommene Amoralist ist, ist der Gedanke der Identität als Gleichbleiben mit sich selbst, das heißt also der Gedanke der Kontinuität und Konsequenz, unvereinbar mit seinem Genußleben: Identität, Kontinuität und Konsequenz bedeuten, wenn man diese Begriffe in die Dimension der Moral übersetzt, daß ein Mensch gerade aufgrund eines kontinuierlichen Selbstverständnisses sich heute verantwortlich fühlt auch für das, was er gestern getan und möglicherweise angerichtet hat. Dorian Gray aber liegt nichts an dieser Kontinuität und Konsequenz der Lebensführung, denn das Ziel seiner ästhetischen Existenzweise ist es, eine höchstmögliche Vielfalt von »schönen« Erlebnis- und Genußzuständen zu erreichen, ohne für die Folgen im zwischenmenschlichen Bereich geradestehen zu müssen.

Walter Pater hatte im Schlußwort zu seinen *Studien zur Geschichte der Renaissance* vom »gesteigerten, vielfältigen Bewußtsein« als Ziel des Ästhetizismus seiner Prägung gesprochen. Oscar Wilde nahm in der Gestaltung seiner Dorian-Gray-Gestalt diese Zielvorstellung auf und machte deutlich, daß das multiple Bewußtsein die Untreue zu sich selbst – oder wie es der Übersetzer des Romans heißt – die »Unaufrichtigkeit« zur Voraussetzung hat. Dorian Gray fragt sich: »›Ist Unaufrichtigkeit wirklich so etwas Schreckliches? Ich glaube nicht. Sie ist nur eine Methode, durch die wir unsere Persönlichkeit vervielfältigen können.‹ Das wenigstens war Dorian Grays Meinung. Er pflegte sich über die flache Psychologie derer zu wundern, die das Subjekt des Menschen als etwas Einfaches, Beständiges, Verläßliches und seinem Wesen nach Einheitliches auffassen. Für ihn war der Mensch ein Wesen mit Myriaden Leben und Myriaden Empfindungen, ein zusammengesetztes, vielfältiges Geschöpf ...« (Seite 138)

Wenn das Ich – und damit hat Wilde den Paterschen Ästhetizismus amoralistisch zu Ende gedacht – der vielfältigsten Erlebnisse als Genüsse fähig sein soll, dann muß es die Fähigkeit besitzen, diskontinuierlich zu leben. Das heißt, übersetzt in die Begrifflichkeit moralischen Existierens: Eine einfache, kontinuierliche, gleichbleibende Identität, durch welche eine persönliche Vergangenheit in motivierenden und verpflichtenden Bezug zur Gegenwart und Zukunft tritt, ist unvereinbar mit dem Programm des neuen Hedonismus. Eine solche Philosophie der Sinne und des Genusses erfordert geradezu die willentliche Aufgabe der »persönlichen« Identität.

Auf dem Hintergrund dieser Überlegungen wird deutlich, daß die ästhetische Existenz, wie sie Wilde an der Gestalt Dorian Gray darstellt, eine »fragmentarische« Existenz ist. Fragmentarisches Existieren heißt im Falle Dorian Grays, daß er die beiden Kräfte der Sinnlichkeit und des Gewissens nicht vereinbaren kann und sich allein mit der sinnlichen Seite seiner Natur identifiziert. Die Darstellung fragmentarischen Existierens, die seit der zweiten Hälfte des 19. Jahrhunderts in der Literatur immer häufer festzustellen ist, ist nichts Neues: In den großen Tragödien Shakespeares sind das Fragmentarischwerden besonders der Herrschergestalten und die chaotischen Folgen für Staat und Volk zentrales Thema. Nur heißt die Antithese dort nicht Sinnlichkeit und Sittlichkeit, sondern sie ist gefaßt als Leidenschaft und Vernunft: In dem Maße, wie die Vernunft, die man als die Kraft verstand, durch welche der Mensch an der göttlich-geistigen Weltordnung teilhaben kann, ihre Kontrolle über die Leidenschaft verliert, verliert er die Ganzheit, zu der auch Gott gehört, aus den Augen und wird dadurch zu einem fragmentarischen Wesen. Das heißt anders gewendet: In dem Maße, wie ein Mensch, aus freiem Willen oder unfreiwilliger Schwäche, der nach damaliger Auffassung minderwertigeren Seite seiner Natur, der Leidenschaft, den Vorzug einräumt, fragmentiert er seine Existenz. Diese Selbstfragmentierung zieht, im Falle von Herrschergestalten, Unordnung und Chaos auch im politisch-öffentlichen Bereich nach sich. So wird die Tragik der Shakespeareschen Tragödien erklärbar aus der Dissoziation von Leidenschaft und Vernunft.

Daran wird auch sichtbar, daß die im Menschen vorhandenen Kräfte oder Seiten hierarchisch bewertet wurden. Alexander Pope, ein Dichter des 18. Jahrhunderts, verglich die Leidenschaft mit der treibenden Kraft des Windes auf See und die Vernunft mit der Karte, nach der das Schiff überlegt und geplant gesteuert wird. Es ist offensichtlich, daß auch das 18. Jahrhundert noch weitgehend an der herkömmlichen Bewertung des Geistigen, nun immer mehr im Sinne des analytischen Geistes verstanden, festhielt. Dies wirkte sich im Erziehungswesen praktisch dahingehend aus, daß der Pflege analytischer Rationalität mehr Aufmerksamkeit geschenkt wurde als der kreativer und imaginativer Fähigkeiten. Schon im 18. Jahrhundert erhoben Dichter wie Blake und Wordsworth unter anderen gegen diese Überbetonung zerebraler Fähigkeiten Protest: Von ihrem Standpunkt her erschien die Kultivierung rational-analytischer Fähigkeiten als Erziehung zur fragmentarischen Existenz.

Wenn Oscar Wilde gegen Ende des 19. Jahrhunderts den Sinnenkult praktizierte, literarisch darstellte und – wie im *Dorian Gray* – auch in gewisser Weise problematisierte, dann reagierte er damit auf Entwicklungen, im Laufe derer eine religiös-moralisch bedingte Sinnenfeindlichkeit im Effekt unterstützt und befördert worden war durch die Vernachlässigung der Sinnlichkeit und Imagination im Gefolge der Pflege einer analytisch-zerebralen Rationalität. Es ist sicher kein Zufall, wenn etwa zur gleichen Zeit G. B. Shaw, allerdings mit anderen Schlußforderungen, seine Kritik an der nur-analytischen Rationalität begann und in der Nachfolge Schopenhauers die Komplementierung der Ratio durch den Willen zur ganzheitlichen Existenz forderte. Als nach Wilde und Shaw sich D. H. Lawrence und Aldous Huxley im ersten Drittel unseres Jahrhunderts gegen das fragmentarische Existieren als Vereinseitigung zur Wehr setzten, rieben sie sich noch immer an einem Viktorianismus, in dem moralische Prüderie und die Pflege eines analytisch-sezierenden Denkens die Imagination, Sinnlichkeit und Sexualität so weit in den Hintergrund oder gar Untergrund verdrängt hatten, daß sie dort nur ein isoliertes und selbstgenügsames Dasein jenseits der öffentlichen Normvorstellung führen konnten.

Wenn Oscar Wilde in Leben und Werk die Wirkungslosigkeit der Kunst für das Leben und die Trennung der Sinnlichkeit von der Sittlichkeit inszenierte, dann deckte er nur einen Teil der Risse und Spalten auf, welche das Selbst- und Weltverständnis besonders der zweiten Hälfte des 19. Jahrhunderts in den verschiedensten Richtungen durchzogen. Es sei hier nur noch auf die markantesten Dissoziationserscheinungen aufmerksam gemacht: Als der spätere englische Premierminister Benjamin Disraeli im Jahre 1845 den Roman *Sybil* veröffentlichte, gab er ihm bezeichnenderweise den Untertitel *The Two Nations*. Damit signalisierte er eine Spaltung der Nation in, wie er sagte, zwei Nationen, in die Nation der Reichen und die Nation der Armen. Disraeli, wie vor ihm Carlyle, machte für diese Spaltung und die daraus resultierende Identitätskrise der englischen Nation die herrschende Oberschicht der Nobilität verantwortlich: Sie habe in verantwortungsloser Weise an nichts als an ihre Privilegien und Vergnügungen gedacht, sich wie Dandys gekleidet und nichtssagende Konversation getrieben, während die hungernde Bevölkerung sich um ihren Schutz bemühte. Aus dieser Gewissenlosigkeit, die in Parallele zu sehen ist mit der Veräußerlichung des Gewissens durch Dorian Gray, leiteten Sozial- und Kulturkritiker wie Disraeli und Carlyle die Brüchigkeit des nationalen und sozialen Selbstverständnisses, d. h. den Verlust einer einheitlichen öffentlichen Identität Englands, ab, die dieses Land trotz aller inneren Spannungen im 18. Jahrhundert noch besaß.

Die hier unter nationalem und sozialem Aspekt zum Vorschein kommende Rissigkeit im Selbstverständnis trat unter anderem Aspekt erneut in Erscheinung, als sich zu Beginn der achtziger Jahre Thomas Henry Huxley und Matthew Arnold in berühmten Reden mit dem gestörten Verhältnis von Literatur, Geisteswissenschaften und Naturwissenschaften auseinandersetzten. Unter diese sich damals anbahnende kulturelle Identitätskrise zog knapp achtzig Jahre später der englische Romancier und Naturwissenschaftler C. P. Snow in einer aufsehenerregenden Rede mit dem Titel *Die zwei Kulturen* einen Schlußstrich und konstatierte, daß die im 19. Jahrhundert einsetzende Kulturspaltung nicht hatte aufgehalten werden können und daß im Gefolge dieser Entwicklung heute zwei Kulturen, die szientifische und die literarische, weitestgehend beziehungslos nebeneinander existierten. So gesehen stellt die im *Dorian Gray* dargestellte Persönlichkeitsspaltung nur eine Facette des Brüchigwerdens des Selbstverständnisses auf kultureller, politisch-sozialer und individuell-privater Ebene in der zweiten Hälfte des 19. Jahrhunderts dar.

Nachdem der Bezugsrahmen skizziert ist, in dem *Das Bildnis des Dorian Gray* seinen Platz hat, soll die Perspektive zum Schluß noch einmal verengt werden auf das im Laufe der Darlegungen immer wieder angesprochene Problem der »persönlichen« Identität und ihres Verlustes: Das Bekenntnis zur ästhetischen Existenz bedingt die »Ausklammerung« des Gewissens bei Dorian Gray. Damit ist eine Vereinbarung von Sinnlichkeit und Sittlichkeit in einer Persönlichkeit nicht mehr möglich: Sinnlichkeit und Sittlichkeit existieren in einem unverbundenen Nebeneinander. Bei Dorian Gray kommt hinzu, daß er – *auch* auf Grund seiner Entscheidung für eine Genußexistenz – seine verschiedenen Erlebniszustände im Nacheinander seiner Existenz nicht mehr aufeinander bezieht, sondern im Genuß der jeweiligen Erlebniszustände und Fremdexistenzen aufgeht. Aus dieser Genußhaltung heraus kann kein einheitliches und kontinuierliches Selbstverständnis resultieren, in dem das Nebeneinander von privater Sinnlichkeit und öffentlicher Sittlichkeit und das Nacheinander der einzelnen Selbstzustände sinnhaft vereinbart werden. So fällt im diskontinuierlichen Nacheinander der Genußzustände und im »feindlichen« Nebeneinander der sinnlichen und der sittlichen Seite des Wesens von Dorian Gray seine Persönlichkeit auseinander: Er besitzt keine kontinuierliche und ganzheitliche Identität.

Genau dieses Thema vom Verlust der »persönlichen« Identität fand Wilde vorgegeben in Robert Louis Stevensons Erzählung *The Strange Case of Dr. Jekyll and Mr. Hyde:* Es ist die Geschichte von einem phantastischen Experiment des Dr. Jekyll mit einer Droge, welche – wie es heißt – die »Festung der Identität« erschüttert und mit deren Hilfe sich die böse Seite seines Wesens, personifiziert in dem Doppelgänger Mr. Hyde, von ihm abspaltet und von der Gesamtpersönlichkeit unkontrolliert ein zerstörerisches Eigenleben führt. Auch hier also das Thema und Problem der Abspaltung einer Triebkraft von der Gesamtpersönlichkeit und des damit zusammenhängenden Verlustes einer ganzheitlichen und kontinuierlichen Identität. Die Frage, ob *The Strange Case of Dr. Jekyll and Mr. Hyde* Wilde als eine der Quellen zu seinem *Dorian Gray* gedient hat, ist hier weniger relevant als der Befund, daß beide Werke als Ausfaltungen einer grundsätzlichen Struktur zu verstehen sind, die im Denken und Gestalten seit der Mitte des 19. Jahrhunderts immer produktiver wurde: das Brüchigwerden und Auseinanderbrechen von Ganzheiten, die – wie das Individuum – bis dahin trotz innerer Komplexität und Spannung weitgehend als an sich »unteilbare« Einheiten verstanden worden waren.

Es ist eine Ironie sondergleichen, daß gerade ein Künstler wie Oscar Wilde, der die Kunst als autonomen Gegenentwurf zur Wirklichkeitserfahrung verstehen wollte, in einer fast trivial und unfreiwillig zu nennenden Art und Weise Strukturen reproduzierte, die in der Wirklichkeitserfahrung seiner Zeit vorgegeben waren. Ähnliches gilt für den Menschen Oscar Wilde, der sich als Dandy gab, der aber das Maß an Freiheit und Unabhängigkeit seiner dandyistischen Vorbilder – wie Rainer Gruenter in seinem »Versuch über Oscar Wilde« bemerkt – auch mangels materieller Voraussetzungen nicht erreichen konnte. Er war ein Dandy-Nachahmer.

Lothar Fietz

ZEITTAFEL

1854 16. Oktober: Oscar Fingal O'Flahertie Wills Wilde geboren. Zweiter Sohn von Dr. William (später Sir William) Wilde und seiner Frau Jane Francesca Elgee, die unter dem Pseudonym Speranza schrieb. Die Familie wohnte in 21 Westland Row, Dublin, Irland.

1864–1871 Wilde an der Portora Royal School in Enniskillen.

1871–1874 Wilde am Trinity College, Dublin. »Queen's Scholar«. Bekanntschaft mit John Pentland Mahaffy, Verfasser des *Social Life in Greece*, in dem Mahaffy Wilde seine Mitwirkung bestätigt.

1873 Paters *Studies in the History of the Renaissance* erscheinen.

1874 Wilde erhält die »Berkeley Gold Medal for Greek« und ein Stipendium zum Besuch des Magdalen College, Oxford.

1875 Erste Italienreise. Erstes Gedicht (eine Übersetzung aus dem Griechischen).

1876 Tod des Vaters.

1877 Italien- und Griechenlandreise mit Professor Mahaffy. Wilde spielt mit dem Gedanken einer Konversion zum Katholizismus.

1878 Newdigate-Preis für sein Gedicht *Ravenna*. Studienabschluß – Bachelor of Arts.

1881 *Poems*.

1882 Vortragsreise in den Vereinigten Staaten. Zusammentreffen mit Walt Whitman.

1883 Zusammentreffen mit seinem späteren Biographen R. H. Sherard in Paris.
Zweite Amerikareise.
Erstaufführung seines Dramas *Vera; or, The Nihilists* ohne großen Erfolg.
Auseinandersetzung mit dem Maler Whistler, der Wilde des Plagiats beschuldigt.

1884 Wilde heiratet Constance Lloyd.

1885 Geburt des ersten Sohnes Cyril.

1886 Bekanntschaft mit Robert Baldwin Ross, dem späteren Nachlaßverwalter und Herausgeber der ersten Gesamtausgabe der Werke Wildes.
Geburt des zweiten Sohns Vyvyan (der als Vyvyan Holland vorwiegend biographische Beiträge zur Oscar-Wilde-Kritik lieferte; vgl. die bibliographischen Hinweise).

1887 *The Canterville Ghost.*
Herausgeber von *The Woman's World.*

1888 *The Happy Prince and Other Tales* (von Pater lobend zur Kenntnis genommen).

1889 *Pen, Pencil, and Poison, The Decay of Lying, Portrait of W. H.* erscheinen in verschiedenen Zeitschriften.

1890 *The Picture of Dorian Gray*, Erstfassung (erscheint in *Lippincott's Monthly Magazine* XLVI, no. 271, July, 1890, pp. 3–100).
The Function and Value of Criticism – With Some Remarks on the Importance of Doing Nothing – A Dialogue, in: *NC* XXVIII, no. 161, pp. 123–147; no. 163, pp. 435–459 (=*The Critic as Artist*, enthalten in der Essaysammlung *Intentions* [1891]).

1891 *The Soul of Man under Socialism.*
The Picture of Dorian Gray (gegenüber der Urfassung des Romans von 1890 um sechs neue Kapitel erweitert).
Intentions.
Lord Arthur Savile's Crime and Other Stories.
The House of Pomegranates.
Erste Bekanntschaft Wildes mit Lord Alfred Douglas, Sohn des Marquess of Queensberry, der Wilde später (vgl. 1895) als Homosexuellen anklagte und seine Verurteilung zu zwei Jahren Zuchthaus erreichte.

1892 *Lady Windermere's Fan*, Erfolgsstück, das fünf Monate im St. James's Theatre lief und auf Tournee geschickt wurde.
Salomé. Nach dem Anlaufen der Proben für das Stück, in dem Sarah Bernhardt spielen sollte, verweigerte der »Examiner of Plays for the Lord Chamberlain« die Aufführungslizenz mit der Begründung, daß in *Salomé* biblische Charaktere vorkämen.

1893 *Salomé* erscheint in Paris auf Französisch.
A Woman of No Importance wird im Haymarket Theatre, London, uraufgeführt.

1894 *Salomé* erscheint in England (in der Übersetzung von Lord Alfred Douglas und von Aubrey Beardsley illustriert).
The Importance of Being Earnest in Angriff genommen.

1895 *An Ideal Husband.* Über hundert Aufführungen am Haymarket Theatre, London, bis das Stück nach der Verhaftung Wildes abgesetzt wurde.
Inszenierung von *The Importance of Being Earnest* am St. James's Theatre, London.
Im Januar mit Lord Alfred Douglas in Algier. Zusammentreffen mit André Gide: »Sie trafen dort André Gide und genossen einen

Monat ungezügelter Ausschweifungen mit arabischen Jungen.«
(Martin Fido: *Oscar Wilde*. London 1973, p. 103)

18. Februar: Der Marquess of Queensberry, der nach seinem ersten Zusammentreffen mit Wilde sehr von ihm angetan gewesen
war (»a wonderful man«), schickte ihm, nachdem er ihn mit seinem Sohn Lord Alfred Douglas im Café Royal beobachtet hatte,
eine Karte, die er adressierte: »To Oscar Wilde posing as a som-
domite [sic!]« = »An Oscar Wilde, der sich öffentlich als Sodomit
zur Schau stellt«.

28. Februar: Der Portier des Albemarle Club übergibt die von
ihm diskret kouvertierte Karte an Wilde.

1. März: Wilde beantragt einen Haftbefehl gegen den Marquess of
Queensberry wegen Verleumdung.

2. März: Der Marquess of Queensberry wird verhaftet.

12. März: *An Ideal Husband* am Lyceum Theatre, New York,
aufgeführt.

Mitte März: Wilde reist mit seinem Freund Lord Douglas nach
Monte Carlo.

3. April: Prozeßbeginn vor dem Central Criminal Court, Old
Bailey, London.

5. April: Freispruch des Marquess of Queensberry und Verhaftung Wildes.

1. Mai: Die Jury kann sich nicht einigen. Wilde wird gegen eine
Kaution von 5000 Pfund freigelassen. Er lehnt es ab, nach Frankreich zu fliehen.

20. Mai: Beginn des zweiten Prozesses gegen Wilde.

25. Mai: Schuldspruch und Verurteilung Wildes zu zwei Jahren
Zuchthaus.

27. Mai: Einlieferung ins Pentonville Prison, London.

4. Juli: Überführung nach dem Wandsworth Prison, London.

20. November: Verlegung nach Reading Gaol, dessen Gouverneur es sich vornahm, »Oscar Wilde den Unsinn auszutreiben«.

1896   Tod von Wildes Mutter.

Salomé in Paris uraufgeführt.

Ablehnung von Gesuchen an den Innenminister um vorzeitige
Haftentlassung. Gewährung von Hafterleichterungen: mehr Bücher.

1897   Wilde erhält die Erlaubnis, im Gefängnis zu schreiben.

Januar–März: Brief an Lord Alfred Douglas, 1905 von Robert
Ross, gekürzt und mit Vorwort versehen, unter dem Titel *De Pro-
fundis* veröffentlicht, nachdem kurz vorher eine deutsche Version

in der *Neuen Rundschau* stark gekürzt erschienen war. 1909 wird das Manuskript dem British Museum von Ross übergeben mit der Auflage, den gesamten Text erst 1960 zu veröffentlichen. 1913 werden im Prozeß gegen Lord Alfred Douglas bis dahin unbekannte Teile vor Gericht verlesen. 1949 ediert Vyvyan Holland den angeblich vollständigen Text, der allerdings nur auf einer Kopie von Ross basiert. Erst 1962 erfolgt die vollständige und zuverlässige Herausgabe durch Rupert Hart-Davis *(The Letters of Oscar Wilde.* London 1962).

19. Mai: Haftentlassung. Wilde reist am selben Tag mit dem Nachtboot nach Dieppe. Neuer Name: Sebastian Melmoth. Läßt sich in Berneval-sur-Mer nieder.

Erneutes Zusammentreffen mit Lord Alfred Douglas. Gemeinsame Reisen.

1898 *The Ballad of Reading Gaol* unter dem Pseudonym C.3.3., der Häftlingsnummer Wildes, veröffentlicht.

Tod von Wildes Frau Constance.

1899 *The Importance of Being Earnest* in London veröffentlicht, ebenso *An Ideal Husband.*

Tod des Bruders Willie.

1900 Reise nach Italien, Rückkehr nach Paris.

Konversion zur katholischen Kirche.

30. November: Wilde stirbt in Paris, Hôtel d'Alsace.

3. Dezember: Beerdigung auf dem Friedhof von Bagneux, von wo die sterblichen Überreste 1909 auf den Friedhof Père Lachaise, Paris, überführt werden.

ANMERKUNGEN

7 *Calibans:* Caliban ist ein wilder, halbtierischer Sklave in Shakespeares Drama *The Tempest (Der Sturm);* der Name entstand durch Vertauschung der Konsonanten in »cannibal« (»Kannibale«).

15 *précis:* gedrängte Darstellung, kurze Übersicht, Zusammenfassung.

17 *Antinous:* Antinoos, ein schöner Jüngling aus Bithynien (geb. um 110 n. Chr.), Liebling des Kaisers Hadrian, den er auf einer Ägyptenreise begleitete, wobei er 130 im Nil ertrank. Hadrian erwies dem Toten göttliche Ehren, ließ ihm Statuen, Altäre und in Mantinea einen Tempel errichten, gründete an seinem Todesort die Stadt Antinoe und stiftete die Antinoea genannten Spiele. Zahlreiche antike Statuen und Reliefs zeigen Antinoos; charakteristisch sind für ihn der schwermütige Ausdruck des Antlitzes und die weichen Körperformen.

20 *East End:* Ostteil von London mit vorwiegend armer Bevölkerung.

21 *Whitechapel:* Stadtbezirk im Osten Londons.

31 *Hermes:* griechischer Gott, von den Römern dem Merkur gleichgesetzt, Sohn des Zeus und der Maia. Er war ursprünglich ein Natur- und Hirtengott, wurde später Götterbote, Schutzherr des Handels, der Wege, der Wanderer, der Diebe, des Schlafs und des Traums, Begleiter der Geister der Verstorbenen nach der Unterwelt, galt als der Erfinder der Lyra. Er wurde als anmutiger Jüngling mit Heroldsstab, Flügelschuhen und Reisehut dargestellt.
Faun: altrömischer Gott der Herden, Schirmherr der Felder und Wälder, später dem griechischen Gott Pan gleichgesetzt.

36 *Midlandgrafschaften:* hochindustrialisierte Grafschaften in Mittelengland.
Tory: umgangssprachlicher Ausdruck für einen Anhänger der konservativen Partei in Großbritannien.
›Times‹: *The Times (Die Zeiten),* 1785 gegründete englische Tageszeitung.

37 *Blaubuch:* in Großbritannien (seit 1624) staatliche Veröffentlichung zur Politik und Diplomatie.
Spa: Badeort in Belgien, im 18. und 19. Jahrhundert das europäische Modebad gegen Kreislaufstörungen.

39 *Steeplechase:* Hindernisrennen, Querfeldeinlauf.
Protégé: Günstling, Schützling.

41 *Platon:* 427–347, Schüler des Sokrates, Gründer der Akademie und
Schöpfer des ethischen und metaphysischen Idealismus.
Buonarotti: Michelangelo Buonaroti (1475–1564), italienischer
Bildhauer, Maler, Baumeister und Schriftsteller; beeinflußte die
Kunst des Manierismus und des Barock entscheidend.

45 *Common sense:* gesunder Menschenverstand, Wirklichkeitssinn.
Bacchantin: Teilnehmerin an den orgiastischen Feiern des Gottes
Dionysos oder Bacchus.
Silen: im Mythos der Erzieher und Begleiter des Bacchus, kahlköp-
fig, immer betrunken und auf einem Esel reitend.

47 *Athenäum:* wissenschaftlicher oder literarischer Klub.

48 *Mayfair:* vornehmer Stadtteil in London, östlich vom Hyde Park.
Clodion: Clodion, eigentlich Claude Michel (1738–1814), französischer Bildhauer von ungewöhnlicher Begabung; seine Kleinpla-
stiken gehören zu den besten Leistungen des späten 18. Jahrhunderts.
*Cent Nouvelles: Les cent nouvelles nouvelles (Die hundert neuen
Novellen,* 1486), eine Sammlung von Novellen verschiedener Ver-
fasser, um 1460 entstanden und für den Hof Philipps des Guten
von Burgund bestimmt. Das sich formal an Boccaccios *Decame-
rone* anlehnende Werk enthält fast ausschließlich erotische Erzählungen und ist ein wertvolles kulturhistorisches Zeugnis der Zeit
Karls VII. von Frankreich.
Margarete von Valois: 1553–1617, Tochter Heinrichs II. und der
Katharina von Medici, heiratete 1572 den späteren König Heinrich
IV.; ihre Hochzeit war der Auftakt zur Ermordung von über 20000
Hugenotten (Bartholomäusnacht). Die Ehe wurde 1599 geschie-
den.
*»Manon Lescaut«: Histoire du chevalier des Grieux et de Manon
Lescaut (Geschichte des Chevalier des Grieux und der Manon Les-
caut,* 1731), Roman von Antoine-François Prévost d'Exiles
(1697–1763).

51 *Piccadilly:* eine der Hauptstraßen Londons.

52 *grande passion:* große Leidenschaft.

53 *les grand-pères ont toujours tort:* Die Großeltern sind immer im
Unrecht.

54 *Rosalinde:* In Shakespeares Komödie *As You Like it (Wie es euch
gefällt)* ist Rosalinde die Tochter des von seinem Bruder verbann-
ten Herzogs, der sich in den Ardennerwald zurückgezogen hat.
Imogen: Imogen ist in Shakespeares Drama *The Tragedie of Cymbeline (Cymbeline)* die Tochter aus der ersten Ehe Cymbelines, des

Königs von Britannien; ihr Verlobter wird auf Betreiben der Stiefmutter vom Hof verbannt, sie selbst hat den Zorn des Vaters und die Nachstellungen des Stiefbruders zu erdulden.

das Gift von des Geliebten Lippen saugend: In der dritten Szene des fünften Aufzugs von Shakespeares *Romeo and Juliet (Romeo und Julia)* küßt die aus totenähnlichem Schlaf erwachte Julia die Lippen des leblosen Romeo in der Hoffnung, daß noch etwas Gift daran auch ihr den Tod bringen werde.

verkleidet als hübscher Knabe: Nachdem Rosalinde (siehe oben) von ihrem Onkel vom Hof verbannt worden ist, verkleidet sie sich als Bauer und streift auf der Suche nach ihrem Vater durch den Ardennerwald.

Sie ist wahnsinnig gewesen . . . : Die wahnsinnig gewordene Ophelia tritt in der fünften Szene des vierten Aufzugs von Shakespeares *Hamlet* vor den König von Dänemark, Rauten und bittere Kräuter in Händen tragend.

die schwarzen Hände der Eifersucht: Othello erwürgt die unschuldige Desdemona im letzten Akt von Shakespeares Tragödie *Othello, the Moore of Venice (Othello, der Mohr von Venedig).*

57 *Lady Capulet:* Mutter Julias in Shakespeares *Romeo und Julia.*

61 *Giordano Bruno:* Philosoph (1548–1600); als Anhänger des kopernikanischen Weltbildes wurde er durch die Inquisition zum Tod durch den Scheiterhaufen verurteilt.

68 *Superkargo:* auf einem Schiff mitfahrender Vertreter des Frachteigentümers, dessen Interessen er wahrnimmt.

74 *Lodginghausbesorger:* Hausdiener einer Pension.

76 *fashionable:* modisch, vornehm, elegant.

77 *Orlando:* Rosalinde (siehe die erste Anmerkung zu Seite 54) verliebt sich in Orlando, den Sohn des Ritters Roland de Bois.

Tanagrafigürchen: Seit 1873 förderten Grabungen in einem ausgedehnten Gräberfeld bei Tanagra, einer altgriechischen Stadt in Böotien, bemalte Tonstatuetten aus dem letzten Viertel des 4. Jahrhunderts und aus dem 3. Jahrhundert v. Chr. zutage, deren Urbilder in Athen geschaffen und in Tanagra nach- und umgebildet wurden.

78 *Ardennerwald:* Schauplatz von *Wie es euch gefällt* (vgl. die erste und vierte Anmerkung zu Seite 54).

Garten zu Verona: einer der Schauplätze von Shakespeares *Romeo und Julia.*

81 *fine Champagne:* bessere Sorte Champagner.

Hansom: zweirädrige Droschke.

82 *Miranda:* Gestalt in Shakespeares *Sturm:* Tochter Prosperos, des Herzogs von Mailand, der von seinem Bruder vertrieben und zusammen mit Miranda auf eine einsame Insel verschlagen wurde, deren Bewohner, den mißgestalteten Caliban und den Luftgeist Ariel, er sich dienstbar macht.

84 *Nein, Pilger ... Kuß – : Romeo und Julia,* erster Aufzug, fünfte Szene.
Du weißt ... hörtest – : ebenda, zweiter Aufzug, zweite Szene.
Obwohl ... wiedersehn – : ebendaselbst.

86 *Portia:* In Shakespeares Schauspiel *The Merchant of Venice (Der Kaufmann von Venedig)* stellt die reiche Erbin Portia ihre Freier vor eine symbolische Kästchenwahl.
Beatrice: In Shakespeares Komödie *Much Ado About Nothing (Viel Lärm um nichts)* gewinnt die zungenfertige Beatrice Benedick zum Mann.
Cordelia: Geblendet von den Schmeicheleien seiner beiden älteren Töchter verstößt in Shakespeares Schauspiel *True Chronicle Historie of the Life and Death of King Lear and His Three Daughters (Die wahre Geschichte von Leben und Tod König Lears und seiner drei Töchter)* der König seine jüngste Tochter Cordelia, die am Ende ihren dem Unrecht preisgegebenen Vater rettet.

89 *Covent Garden:* »Klostergarten«, ein als Obst-, Gemüse- und Blumenmarkt sowie durch das gleichnamige Opernhaus bekannter Platz in London.

93 *Sèvresporzellan:* das Porzellan der 1738 in Vincennes gegründeten, 1756 nach Sèvres verlegten, seit 1759 königlichen Manufaktur.
Louis-XV–Toilettenservice: Das »Louis Quinze« ist der unter Ludwig XV. (1723–74) in Frankreich herrschende Stil (Rokoko).

94 *Louis-XIV-Muster:* Das »Louis Quatorze« ist der unter Ludwig XIV. (1643–1715) herrschende klassisch gemäßigte Barockstil.

98 *›Standard‹: Evening Standard,* in London erscheinende, 1827 gegründete Abendzeitung.
Patti: Adelina Patti (1843–1919), weltberühmte italienische Opernsängerin.

102 *Desdemona:* Gemahlin Othellos in Shakespeares *Othello.*
Ophelia: Polonius' Tochter in *Hamlet* von Shakespeare.
Julia: Siehe die dritte Anmerkung zu Seite 54.
Imogen: Siehe die zweite Anmerkung zu Seite 54.
König Jakobs: Jakob I., 1603–25 König von Großbritannien, Sohn der Maria Stuart und Lord Darnleys.
Webster: John Webster (1580–1625), englischer Dramatiker.

Ford: John Ford (1586–1655), englischer Dramatiker.

Brabantios Tochter: Desdemona.

104 *Narkissos:* im griechischen Mythos ein schöner Jüngling, der die Liebe der Echo verschmähte, dafür mit unstillbarer Selbstliebe bestraft wurde und sich in Sehnsucht nach seinem Bild, das er im Wasser erblickt hatte, verzehrte. Er wurde in die Narzisse verwandelt.

108 *Gautier:* Théophile Gautier (1811–1872), französischer Dichter und Kunstkritiker. Anfänglich Maler, wandte sich Gautier bald der Literatur zu. 1852 erschienen seine berühmten *Emaux et Camées (Emaillen und Kameen),* virtuose Kurzverse, die den Farbensinn des Malers und die Formgeduld des Gemmenkünstlers auf die Lyrik übertragen.

›*Consolation des Arts*‹: Tröstung der Künste.

112 *Paris:* im griechischen Mythos Sohn des trojanischen Königs Priamos und der Hekabe, entschied einen Streit zwischen den Göttinnen Hera, Athena und Aphrodite um den Preis der Schönheit zugunsten der Aphrodite, die ihm die schönste Frau, Helena, zur Ehe versprach. Er entführte Helena und gab dadurch Veranlassung zum trojanischen Krieg.

Adonis: in der griechischen Sage der von einem Eber getötete Geliebte der Aphrodite.

Hadrians: Publius Aelius Hadrianus (117–138 n. Chr.), römischer Kaiser, beendete die Eroberungspolitik seiner Vorgänger durch Verteidigungsmaßnahmen und ordnete Heer, Verwaltung und Rechtspflege neu. Er bereiste das ganze Reich, förderte Literatur und Kunst und schuf eine Reihe berühmter Bauten: Moles Hadriani (die Engelsburg), die Hadriansvilla bei Tivoli u. a. Vgl. auch die Anmerkung zu Seite 17.

117 *Michelangelo:* Siehe die zweite Anmerkung zu Seite 41.

Montaigne: Michel Eyquem de Montaigne (1533–1592), französischer Philosoph, dessen geistvolle, an den antiken Autoren geschulte *Essais* die humanistische Bildung der Zeit spiegeln.

Winckelmann: Johann Joachim Winckelmann (1717–1768), deutscher Altertumsforscher, Schöpfer der wissenschaftlichen Archäologie. Er kennzeichnete das Wesen der altgriechischen Kunst als »edle Einfalt und stille Größe«.

119 *Cassone:* Truhe, die in der italienischen Renaissance für die Aussteuer geschenkt wurde. Vorderwand und Schmalseiten wurden oft von bedeutenden Meistern geschmückt, deren Darstellungen sich auf die Hochzeit beziehen.

121 *St. James's Gazette:* konservative Abendzeitung, 1880 in London von Frederick Greenwood gegründet.

122 *ein Roman ohne Handlung:* Gemeint ist der 1884 erschienene Roman *A rebours (Gegen den Strich)* des französischen Schriftstellers Joris-Karl Huysmans (1848–1907). Der Flame Huysmans (eigentlich Charles Marie Georges) war zunächst ein Anhänger der naturalistischen Schule; er beschrieb in seinen ersten Romanen die Verkommenheit der Pariser Elendsviertel. In seiner zweiten Schaffensperiode (seit *A rebours)* vertrat er einen überfeinerten Schönheitskult, der für die Fin-de-siècle-Literatur kennzeichnend war. Nun stellte er in den Mittelpunkt seines Schaffens den dekadenten, hysterischen und willensschwachen Ästheten, der sich vor der Realität des Lebens in den Traum flüchtet und sich einem raffinierten Kult ästhetischer Empfindungen hingibt. Der Held des Romans *A rebours,* Jean Des Esseintes, ist der letzte Sproß einer hochadeligen Familie. Schon als Jesuitenzögling werden seine ästhetischen Neigungen sichtbar, die ihn zur Geringschätzung alles Bürgerlichen treiben und sich zu schwermütiger Menschenverachtung steigern. Aus Einsamkeitsbedürfnis kauft sich Des Esseintes in der Nähe von Paris ein Landhaus und stattet es nach seinem verfeinerten Geschmack aus. Da er dazu neigt, Natur als absoluten Gegensatz zur Kunst zu sehen, versucht er, sich eine Welt zu schaffen, in der er den »Traum von der Wirklichkeit an die Stelle der Wirklichkeit« setzen kann. Des Esseintes' Versponnenheit wird immer neurotischer und pathologischer, bis ihm ein Arzt bedeutet, nur die Rückkehr ins Gesellschaftsleben von Paris könne ihn heilen. Des Esseintes, der nicht so sein will wie alle anderen, beugt sich schließlich der Notwendigkeit. Zum Schluß des Romans regt sich in ihm eine starke religiös getönte Erlösungssehnsucht. – Die Wirkung des Buches war beträchtlich. Paul Valéry und Rémy de Gourmont machten es zu ihrer Bibel; Stéphane Mallarmé huldigte ihm in *Prose pour Des Esseintes (Prosa für Des Esseintes),* Eça de Queirós nahm es als Vorbild zu seinem Roman *Stadt und Gebirg,* und im vorliegenden Roman steht es als das »gelbe Buch« im Motivzentrum.

126 *Eton:* Stadt westlich von London mit der berühmtesten Public school (Internatsschule) von England.
Verfasser des ›Satyricon‹: Der römische Schriftsteller Petronius Arbiter (gestorben 66 n. Chr.) war als Meister der Kunst des feinen Lebensgenusses und als Schiedsrichter des guten Geschmacks (»arbiter elegantiae«) am Hofe Neros (54–68 n. Chr.) hoch angesehen.

Sein in Bruchstücken erhaltener Roman *Satyricon* enthält in der Form der Ich-Erzählung die grotesken Abenteuer eines jungen Mannes. Das Werk ist eine glänzende Sittenschilderung von zügellosem Witz und Realismus.

131 *Bernal Diaz:* Bernal Diaz del Castillo (1492–1581?), spanischer Soldat und Schriftsteller, nahm unter Cortez an der Eroberung Mexikos teil und schrieb den Augenzeugenbericht *Historia verdadera de la Conquista de la Nueva España (Wahrhafte Geschichte der Entdeckung und Eroberung von Neuspanien*, 1632).

›*Tannhäuser‹:* 1845 uraufgeführte Oper von Richard Wagner (1813–1883).

Anne de Joyeuse: Anne Herzog von Joyeuse (1561–1587) wurde von König Heinrich III. von Frankreich 1586 zum Gouverneur der Normandie bestimmt. Er kämpfte auf katholischer Seite gegen die Hugenotten und wurde von diesen bei Coutras getötet.

132 *Türkis de la vieille roche:* blauer, aus dem Iran stammender, sehr wertvoller Türkis.

Alphonso: Petrus Alfonsi (ursprünglich Moise Sephardi), um 1050 geborener spanischer Jude, der sich 1106 taufen ließ. Sein Hauptwerk ist die *Disciplina clericalis (Unterweisung für Kleriker)*, die älteste Novellensammlung des lateinischen Mittelalters, deren Bedeutung darin liegt, daß Petrus zur Illustration christlicher Moralbegriffe auf arabisch-orientalisches Erzählgut zurückgriff.

Johannes' des Priesters: sagenhafter König und Priester im Osten, der siegreich gegen die Perser und Meder gekämpft hatte und Jerusalem befreien wollte.

Lodges: Thomas Lodge (1558?–1625), englischer Dichter und Arzt, schrieb Romanzen, Tragödien und Romane. *A Margarite of America (Eine amerikanische Perle)* erschien 1596.

133 *Marco Polo:* 1254–1324, der erste Europäer, der den Fernen Osten aufsuchte; reiste als Kaufmann durch Innerasien nach China. Sein Reisebericht ist die wichtigste westliche Quelle über Asien im Mittelalter.

Zipangu: das zuerst von Marco Polo genannte große Inselreich im östlichen Ozean, das heutige Japan, dessen Goldreichtum er überschwenglich schilderte.

Prokopius: Prokopios von Kaisareia (um 500–562), byzantinischer Geschichtsschreiber.

Anastasius: Anastasios (491–518), byzantinischer Kaiser.

Malabar: Küstenstreifen in Südwest-Indien; der Portugiese Vasco da Gama landete 1498 als erster Europäer an der Malabar-Küste.

Herzog von Valentinois: Cesare Borgia (1475–1507), der natürliche Sohn des Papstes Alexander VI., 1493–98 Kardinal, 1499 zum französischen Herzog von Valentinois erhoben. Er war einer der rücksichtslosesten Gewaltmenschen der italienischen Renaissance, das Vorbild für Machiavellis *Principe*.

Ludwig XII.: Ludwig von Orléans (1462–1515), als Ludwig XII. von 1498 an König von Frankreich.

Brantôme: Pierre de Bourdeille, Seigneur de Brantôme (1540–1614), französischer Schriftsteller, dessen *Mémoires* zwar als historische Quelle unzuverlässig sind, aber ein lebendiges Bild des Zeitalters geben.

Karl von England: Karl I., König (1625–1649) von Großbritannien, wurde im Bürgerkrieg von Cromwells Truppen geschlagen und 1649 hingerichtet.

Richard II.: König von England (1377–1399), dessen Regierungszeit von Unruhen erfüllt war und der 1399 von Heinrich IV. gestürzt wurde.

Hall: Edward Hall (1498–1547), englischer Historiker, dessen bedeutendstes Werk *The Union of the Two Noble and Illustre Famelies of Lancastre and Yorke* (1542, oft auch bezeichnet als *Halls Chronicle*) eine Hauptquelle für Shakespeares Königsdramen war.

Heinrich VIII.: König (1509–1547) von Großbritannien, führte die Trennung der englischen Kirche von Rom herbei, da seine Ehe mit Katharina von Aragon vom Papst nicht geschieden wurde. Durch die Suprematsakte von 1534 wurde er Oberhaupt der anglikanischen Staatskirche. Heinrich VIII. war noch fünfmal verheiratet; zwei seiner Frauen, Anne Boleyn und Katherine Howard, wurden hingerichtet.

Jakob I.: Siehe die fünfte Anmerkung zu Seite 102.

Eduard II.: König von England (1307–1327), wurde von den Schotten besiegt und von seinen Baronen gestürzt und ermordet.

Piers Gaveston: Günstling Eduards II., 1312 vom Graf von Warwick hingerichtet.

Heinrich II.: König von England (1154–1189), ließ 1170 Thomas Beckett, den Erzbischof von Canterbury, ermorden.

Karls des Kühnen: Karl der Kühne (1433–1477), Herzog von Burgund, der ehrgeizigste Fürst seiner Zeit, schuf im Kampf gegen Frankreich das großburgundische Reich und wurde nach seiner dritten Niederlage auf der Flucht getötet.

134 *die Götter gegen die Giganten kämpften:* Die Gigantomachie, der Kampf der Götter gegen die Giganten, wilde, frevlerische Riesen

der griechischen Mythologie, war in das Gewand gewoben, das der Athena an ihrem Fest dargebracht wurde.

Velarium: über das Amphitheater ausgespanntes Tuch zum Schutz der Zuschauer vor der Sonnenhitze.

Chilperichs: Name von Frankenkönigen aus dem Hause der Merowinger.

Karl von Orléans: Karl (1394–1465), Herzog von Orléans, der letzte Repräsentant der mittelalterlichen Dichtkunst, einer der bedeutendsten Vertreter der höfischen Literatur.

»Madame, je suis tout joyeux«: »Madame, ich bin ganz fidel.«

Katharina von Medici: Katharina (1519–1589) heiratete 1533 den späteren König Heinrich II. von Frankreich. Als Regentin (1560–1563) für ihren zweiten Sohn Karl IX. trat sie zum erstenmal politisch hervor; sie veranlaßte 1572 das Blutbad in der Bartholomäusnacht.

Ludwig XIV.: König von Frankreich (1643–1715), der Sonnenkönig genannt; unter ihm erlebte der französische Absolutismus seine Glanzzeit, das klassische Zeitalter der französischen Kunst und Literatur seinen Höhepunkt.

135 *Karyatiden:* in der griechischen Kunst in lange, faltenreiche Gewänder gehüllte Mädchenfiguren, die an Stelle eines Pfeilers oder einer Säule das Gebälk eines Bauwerks tragen.

Sobieskis: Johann III. Sobieski, König von Polen (1674–1696), wurde nach seinem Sieg über die Türken (1673) zum König gewählt, beteiligte sich 1683 an der Befreiung des von den Türken belagerten Wien, gilt als polnischer Nationalheld.

fleurs de lys: Lilien.

136 *Trouville:* elegantes französisches Seebad im Departement Calvados.

schwarz ballotiert: durch geheime Abstimmung (mit weißen und schwarzen Kugeln) von der Mitgliedschaft im Klub ausgeschlossen.

Whitechapel: Stadtteil im Osten Londons.

138 *Entrées:* Vorspeisen.

139 *Johanna von Neapel:* Johanna I., Königin von Neapel (1343–1382), ließ ihren Gatten ermorden, heiratete noch dreimal und führte ein ausschweifendes Leben.

Hosenbandorden: Der Orden des blauen Hosenbandes (»The Most Noble Order of the Garter«) ist der höchste englische Orden; er wurde 1348 von König Eduard III. gestiftet, die Zahl seiner Mitglieder ist auf 25 beschränkt.

140 *Lady Hamilton:* Lady Emma Hamilton (um 1765–1815), Gattin des britischen Gesandten in Neapel, 1798–1805 die Geliebte Nelsons.

Helden des wunderbaren Romans: Jeans Des Esseintes (siehe die Anmerkung zu Seite 122).

Tiberius: römischer Kaiser (14–37 n. Chr.), setzte die Politik seines Stiefvaters Augustus fort, zog sich 26 nach Capri zurück und überließ die Regierung dem Prätorianerpräfekten Seianus. Als dieser selbst Kaiser werden wollte, ließ Tiberius ihn 31 verhaften und hinrichten.

Caligula: Gaius Caesar (Caligula), römischer Kaiser (37–41 n. Chr.), grausamer Gewaltherrscher. Er fiel einer Verschwörung der Prätorianer zum Opfer.

Domitian: römischer Kaiser (81–96 n. Chr.), streng durchgreifender, später grausamer Herrscher; kämpfte in Britannien, Germanien, begann den Bau des Limes und wurde durch eine Verschwörung getötet.

taedium vitae: Lebensüberdruß.

141 *Elagabal:* Heliogabal oder Elagabal, eigentlich Varius Avitus Bassianus, römischer Kaiser (218–222 n. Chr.), war Oberpriester des Sonnengottes Elagabal in Syrien, führte als Kaiser dessen Verehrung in Rom ein und wurde wegen Mißwirtschaft erschlagen.

Filippo: Filippo Maria Visconti (1391–1447) ließ seinen Bruder ermorden, um sich des Herzogtums Mailand zu bemächtigen.

Pietro Barbi: Papst Paul II. (1464–1471), vormals Pietro Barbo, wird in einer zeitgenössischen Papstgeschichte als barbarischer Feind der Wissenschaften und Künste bezeichnet, obwohl unter ihm in Rom die erste Buchdruckerei eingerichtet wurde.

Formosus: der Schöne.

Gian Maria Visconti: Herrscher aus der mailändischen Adelsfamilie Visconti, wurde 1412 in einer Kirche von Verschwörern erschlagen.

Borgia: Papst Alexander VI. (1492–1503) aus dem spanischen Adelsgeschlecht der Borgia, das zu Beginn des 15. Jahrhunderts nach Italien kam. Alexander förderte Kunst und Wissenschaft, führte aber ein sittenloses Leben und mißbrauchte seine Macht zur Versorgung seiner Kinder. 1494 teilte er die Neue Welt durch Schiedsspruch zwischen Spanien und Portugal.

Brudermörder: der natürliche Sohn Alexanders VI., Cesare Borgia (siehe die sechste Anmerkung zu Seite 133).

Pietro Riario: Neffe von Papst Sixtus IV., wurde von diesem 1471 zum Kardinal und Erzbischof von Florenz ernannt, starb 1474.

Sixtus' IV.: Papst (1471–1484), eigentlich Francesco della Rovere, war ein gefeierter Prediger, bevor er zum Kardinal ernannt (1467) und später zum Papst gewählt wurde. Unter ihm begann das eigentliche Renaissance-Papsttum mit der übertriebenen Förderung der Verwandten und der Verwicklung in politische Intrigen. Sixtus ist der Erbauer des Sixtinischen Kapelle und Gründer der Vatikanischen Bibliothek.

Zentauren: in der griechischen Mythologie aus Mensch und Pferd gebildete Wesen, die in den Waldgebirgen Thessaliens hausten.

Ganymed: Ganymedes ist in der griechischen Mythologie der schöne Mundschenk des Zeus, von dessen Adler er auf den Olymp entführt wurde.

Hylas: in der griechischen Mythologie Liebling des Herakles, wurde auf der Argonautenfahrt beim Wasserholen an der Propontis von den Quellnymphen wegen seiner Schönheit geraubt.

Ezzelino: Ezzelino da Romano (1194–1259), Parteigänger und Schwiegersohn Kaiser Friedrichs II.

Giambattista Cibo: Papst Innozenz VIII. (1484–1492), früher Giovanni Battista Cibo, mißbrauchte sein Amt zur Bereicherung seiner Familie und nahm durch eine Bulle die Hexenprozesse unter den Schutz der Kirche.

Sigismondo Malatesta: Sigismondo Malatesta (1417–1468) aus einer Dynastenfamilie der Romagna übernahm vierzehnjährig die Herrschaft über Rimini, berühmter Condottiere.

142 *Karl VI.:* König von Frankreich (1380–1422), wurde 1393 als Augenzeuge eines Brandes bei einem Maskenfest, der mehrere Menschen das Leben kostete, wahnsinnig.

sarazenische Karten: 1392 ist im Ausgabenbuch Karls VI. eine Zahlung für drei Kartenspiele verzeichnet. Die Spielkarten wurden wahrscheinlich von den Sarazenen in Europa eingeführt.

151 *Satyrs:* Fruchtbarkeitsdämon im Gefolge des Dionysos. Die Satyrn erscheinen als menschliche Wesen mit Bocksohren oder auch Bocksbeinen.

157 *»Emaux et Camées«:* erstmals 1852 (in endgültiger Fassung 1872) erschienene Gedichtsammlung von Théophile Gautier (siehe die erste Anmerkung zu Seite 108).

Lacenaires: Gautiers Gedicht *Lacenaire* handelt von dem gleichnamigen Pariser Meuchelmörder.

»du supplice ... lavée«: von der Qual noch immer übel gereinigt.

»doigts de faune«: Faunsfinger.

»*Sur une ... escalier.*«: Auf einer Farbskala, die Brust voll Perlen-
tropfen, erhebt die Venus der Adria ihren rosigen und weißen Körper aus dem Wasser. / Die Kuppeln, auf dem Azur der Wellen fol-
gend dem Rhythmus in reiner Linie, blähen sich auf wie runde Bu-
sen, die ein Liebesseufzer hebt. / Der Nachen legt an und setzt
mich ab, indem er sein Ankertau um den Pfeiler wirft, vor einer rosigen Fassade, auf einer marmornen Treppe.

158 *Campanile:* meist frei neben der Kirche stehender Glockenturm.
Tintoretto: Jacopo Robusti, genannt Tintoretto (1518–1594), italienischer Maler, Hauptmeister des venezianischen Manierismus.
Seine Wand- und Tafelgemälde sind mit ihren jähen Verkürzungen
und Raumdurchbrüchen von dramatischer Kraft. Höhepunkt seines Schaffens sind die 1565–1587 für die Scuola di San Rocco in Venedig gemalten Wand- und Deckengemälde mit Szenen aus dem
Alten und Neuen Testament.
Schwalben ... in dem kleinen Café: in Gautiers Gedicht *Ce que
disent les hirondelles (Was die Schwalben sagen).*
Obelisken: Titel des Gedichts: *Nostalgies d'Obélisques – L'Obélis-
que de Paris (Heimweh der Obelisken – Der Obelisk von Paris).*
Ein knapp 30 m hoher, von Ramses II. (1290–1224 v. Chr.) errich-
teter Obelisk wurde 1831 von Mehmed Ali (1796–1849) den Franzosen geschenkt und auf der Place de la Concorde in Paris aufgestellt.

159 *›monstre charmant‹:* »entzückendes Scheusal«; Gautiers Gedicht
trägt den Titel *Contralto (Altstimme).*
Rubinstein: Anton Rubinstein (1829–1894), russischer Pianist und
Komponist.

169 *Königin Elisabeth:* Elisabeth I. (1558–1603), Tochter Heinrichs
VIII. und der Anna Boleyn.

170 *Chaudfroid:* Geflügel in Gelee.
édition de luxe: Luxusausgabe.

171 *Margarete von Navarra:* Margarete von Angoulême oder von Navarra (1492–1549), vermählt mit Henri d'Albret, König von Navarra, förderte die Literatur und gewährte verfolgten Protestanten
Zuflucht. Sie hinterließ Erzählungen in der Art des Boccaccio.
trop de zèle: zuviel Eifer.
Trop d'audace: zuviel Kühnheit.

172 *Fin de siècle:* Ende des Jahrhunderts.
Fin du globe: Ende der Welt.
Morning Post: älteste Tageszeitung Londons, 1772 gegründet.

173 *Union Jack:* volkstümlicher Name für die englische Nationalflag-
ge.

187 *Tartuffe:* Titelheld der 1664 erschienenen Komödie von Molière (1622–1673), gleichbedeutend mit »Heuchler«.

190 *Sphinxe:* In der griechischen Mythologie ist die Sphinx die Tochter des Typhaon und der Schlange Echidna; sie tötete jeden, der das ihm aufgegebene Rätsel nicht lösen konnte. Ödipus befreite die Stadt Theben, in deren Nähe die Sphinx hauste, dadurch, daß er das Rätsel erriet; die Sphinx stürzte sich daraufhin von einem Felsen zu Tode.

191 *Groom:* Reitknecht.

196 *Artemis:* griechische Göttin, Tochter des Zeus und der Leto, Zwillingsschwester des Apollon, von den Römern der Diana gleichgestellt. Sie wurde als Herrin der freien Natur, Schützerin der wilden Tiere, Göttin der Jagd und Geburtsgöttin verehrt.

201 *Perdita:* Tochter Leontes', des Königs von Sizilien, in Shakespeares Drama *The Winter's Tale (Das Wintermärchen)*.
Florizel: Sohn Polyxenes', des böhmischen Königs, in Shakespeares *Wintermärchen*.
Ophelia: Figur aus *Hamlet* von Shakespeare, Tochter des Polonius; sie begeht, geistig umnachtet, Selbstmord in einem Mühlenteich.

203 *Waterbury-Uhr:* Die Stadt Waterbury im nordamerikanischen Bundesstaat Connecticut wurde berühmt durch die Fabrikation billiger Uhren (um 1900: 300000 Stück).
Velazquez: Diego Rodriguez de Silva y Velázquez (1599–1660), seit 1623 Hofmaler Philipps IV.; einer der bedeutendsten Künstler Spaniens.

205 *Wie ... Herz:* Worte des Claudius, Königs von Dänemark, zu Laertes, Sohn des Polonius, in *Hamlet,* vierter Aufzug, siebte Szene.

206 *Chopin ... auf Mallorca:* 1838 zwang ein Lungenleiden Chopin zu einer Kur auf Mallorca, wohin ihn die französische Schriftstellerin George Sand begleitete.
Apollo: Apollon, griechischer Gott des Lichtes, der Dichtung und Musik, der Heilkunde und Weissagung.
Marsyas: ein Flötenspieler, der die von Athena weggeworfene Flöte aufhob und Apollon zum Wettstreit aufforderte, von ihm aber besiegt wurde.

207 *Browning:* Robert Browning (1812–1889), englischer Dichter. In seinen Werken sind die äußeren Geschehnisse nur Spiegelungen seelischer Vorgänge.

210 *Amoretten:* Putten, kleine Liebesgötter.

BIBLIOGRAPHISCHE HINWEISE

Englische Ausgaben

The Picture of Dorian Gray. In: Lippincott's Monthly Magazine, July 1890

The Picture of Dorian Gray. Urfassung 1890. Kritische Neuausgabe mit einer Einführung von Wilfried Edener. (Erlanger Beiträge zur Sprach- und Kunstwissenschaft, Band 18.) Nürnberg 1964

The Picture of Dorian Gray. London 1891 (um sechs neue Kapitel erweiterte Buchfassung)

The Picture of Dorian Gray. In: The First Collected Edition of the Works of Oscar Wilde. Herausgegeben von R. Ross. 1908–1922. Nachdruck London 1969

The Picture of Dorian Gray. In: The Portable Oscar Wilde. Herausgegeben von R. Aldington. New York 1946, 1963

The Picture of Dorian Gray. Herausgegeben von I. Murray. (Oxford English Novels.) Oxford 1974

Deutsche Übersetzungen

Dorian Gray. Übersetzt von Johannes Gaulke. Leipzig 1901

Das Bildnis des Dorian Gray. Übersetzt von Margarete Preiss. Mit einer Einleitung von Johannes Gaulke. Leipzig 1908

Das Bildnis des Dorian Gray. Übersetzt von Hugo von Reichenbach. Leipzig 1914. Köln 1955

Das Bildnis des Dorian Gray. Übersetzt von Ernst Sander. Berlin 1924

Das Bildnis des Dorian Gray. Übersetzt von Christine Hoeppener. Berlin/München/Wien 1967

Das Bildnis des Dorian Gray (Urfassung). Übersetzt von Christine Koschel und Inge von Weidenbaum. In: Oscar Wilde: Werke in zwei Bänden. Band 1. München 1970

Bibliographien

Stuart Mason [= C. S. Millard]: Bibliography of Oscar Wilde. With a Note by R. Ross. London 1914. Neu herausgegeben von Timothy D'Arch Smith. London 1967

Helmut Riege: Bibliographie der Werke Oscar Wildes. In: Oscar Wilde: Briefe. Band 2. Reinbek 1966, pp. 321–371

Helmut Riege: Bibliographie. In: Peter Funke: Oscar Wilde. Reinbek 1969, 1976, pp. 171–186

Norbert Kohl (Hrsg.): Ausgewählte Bibliographie. In: Oscar Wilde – Leben und Werk in Daten und Bildern. Frankfurt 1976, pp. 225–247

Zum Leben Oscar Wildes

The Letters of Oscar Wilde. Herausgegeben von Rupert Hart-Davis. London 1962

Oscar Wilde: Briefe. Übersetzt von Hedda Soellner. Reinbek 1966. Band 1: Briefe; Band 2: Anmerkungen für die deutsche Ausgabe, bearbeitet und ergänzt von Peter Funke. Die Bibliographie besorgte Helmut Riege

Robert H. Sherard: The Life of Oscar Wilde. London 1906. Übersetzt von Max von Roden: Das Leben Oscar Wildes. Wien 1908

Derselbe: The Real Oscar Wilde. To be used as a supplement to, and in illustration of, *The Life of Oscar Wilde*. London 1917

Alfred Douglas: Oscar Wilde and Myself. London 1914. Übersetzt von Elsie McCalman: Freundschaft mit Oscar Wilde. Leipzig 1929

Derselbe: Oscar Wilde: A Summing-up. London 1940, 1962

Hesketh Pearson: The Life of Oscar Wilde. London 1946, rev. 1954, Neudruck 1966. Übersetzt von René König: Oskar Wilde. Sein Leben und Werk. Bern 1947. [Noch immer als die Standardbiographie zu betrachten.]

H. Montgomery Hyde: The Three Trials of Oscar Wilde. New York 1956, Neudruck London 1974

Derselbe: Oscar Wilde: The Aftermath. London 1963. Übersetzt von Dominika van Maydell: Oscar Wilde, Häftling C.3.3. Heidelberg 1964

Vyvyan Holland: Son of Oscar Wilde. London 1954

Derselbe: Oscar Wilde – A Pictorial Biography. London 1960. Übersetzt von Wilhelm Thaler: Oscar Wilde. Eine Bildbiographie. München 1965

Philippe Jullian: Oscar Wilde. Paris 1967. Übersetzt von Hella Noack: Das Bildnis des Oscar Wilde. Hamburg 1972

Peter Funke: Oscar Wilde in Selbstzeugnissen und Bilddokumenten. Reinbek 1969 u. ö.

Rainer Gruenter: Versuch über Oscar Wilde. In: Oscar Wilde: Werke in zwei Bänden. Herausgegeben von R. Gruenter. München 1970. Band 2, pp. 587–638

Martin Fido: Oscar Wilde. London 1973. Cardinal Books, London 1976

Norbert Kohl (Hrsg.): Oscar Wilde. Leben und Werk in Daten und Bildern. Frankfurt 1976

Zum Werk Oscar Wildes (allgemein)

Edouard Roditi: Oscar Wilde. Norfolk/Conn. 1947. Deutsch: Oscar Wilde. Dichter und Dandy. München 1947

Aatos Ojala: Aestheticism and Oscar Wilde. Part I: Life and Letters; Part II: Literary Style. (Annales Academiae Scientiarum Fennicae, Ser. B., Tom. 90, 2 und 93, 2.) Helsinki 1954/55

Wolfgang Iser: Walter Pater. Die Autonomie des Ästhetischen. Tübingen 1960

Epifanio San Juan, jr.: The Art of Oscar Wilde. Priceton/N. J. 1967

Karl Beckson (Hrsg.): Oscar Wilde – The Critical Heritage. London 1970

Klaus-Dieter Herlemann: Oscar Wildes ironischer Witz als Ausdrucksform seines Dandyismus. Diss. Freiburg/Breisgau 1972

Christopher S. Nassaar: Into the Demon Universe – A Literary Exploration of Oscar Wilde. New Haven 1974

Rodney Shewan: Oscar Wilde – Art and Egotism. London 1977

Engelbert Weiser: Die Kunstphilosophie Friedrich Nietzsches und Oscar Wildes. Diss. Aachen 1977

Zum Dorian Gray

Zeitgenössische Rezensionen siehe in: Oscar Wilde – The Critical Heritage. Herausgegeben von Karl Beckson. London 1970, pp. 67–86

Walther Fischer: »The Poisonous Book« in Oscar Wildes »Dorian Gray«. In: Englische Studien 51 (1917/18), pp. 37–47

Bernhard Fehr: Das gelbe Buch in Oscar Wildes »Dorian Gray«. In: Englische Studien 55 (1921), pp. 237–256

H. Lucius Cook: French Sources of Wilde's »Picture of Dorian Gray«. In: The Romanic Review 19 (1928), pp. 25–34

Edouard Roditi: Fiction as Allegory: »The Picture of Dorian Gray«. In: Oscar Wilde. New York 1947, pp. 113–24. Neudruck in: Richard Ellmann (Hrsg.): Oscar Wilde – A Collection of Critical Essays. Eaglewood Cliffs 1969, pp. 47–55

Oscar Maurer, jr.: A Philistine Source for »Dorian Gray«. In: Philological Quarterly 26 (1947), pp. 84–86

Walter Serschön: Studien zur Syntax in Oscar Wildes »The Picture of Dorian Gray«. Diss. Graz 1950

Wilfried Edener: Einführung zur kritischen Neuausgabe von »The Picture of Dorian Gray« (Urfassung 1890). Nürnberg 1964, pp. IX–XXXIX

Paul Goetsch: Bemerkungen zur Urfassung von Wildes »The Picture of Dorian Gray«. In: Die Neueren Sprachen XV (1966), pp. 324–332

Derselbe: Wildes »The Picture of Dorian Gray«. In: Die Romankonzeption in England 1880–1910. Heidelberg 1967, pp. 201–205

Gerhard Haefner: Elemente der Prosa Oscar Wildes in »The Picture of Dorian Gray«. Ein Beitrag zur ästhetischen Bewegung in England. In: Neusprachliche Mitteilungen 24 (1971), pp. 31–38

Lewis J. Poteet: »Dorian Gray« and the Gothic Novel. In: Modern Fiction Studies 27 (1971), pp. 239–248

Hans Itschert: Oscar Wilde: The Picture of Dorian Gray. In: Paul Goetsch, Heinz Kosok, Kurt Otten (Hrsg.): Der englische Roman im 19. Jahrhundert. (Oppel-Festschrift.) Berlin 1973, pp. 273–287

Rodney Shewan: »The Picture of Dorian Gray«. Art, Criticism, and Life – The Trinity of Self. In: Oscar Wilde – Art and Egotism. London 1977, pp. 112–130

Frankfurter Allgemeine

ZEITUNG FÜR DEUTSCHLAND

Nato-Staaten legen in Belgrad eigenen Entwurf vor

Ehrenberg sucht für die Rentenversicherung neue Beitragszahler

Die freiwillig Versicherten sollen regelmäßig einzahlen / Forderungen aus der DDR

Nichts dazugelernt

Ein Rundfunkredner pausiert gegen sich selbst

Sadat ordnet Schließung der ägyptischen Botschaft in Nikosia an

Kein Abbruch der Beziehungen / Gegenseitige Vorwürfe wegen der Geiselbefreiung

Apels neues Geschirr

Von Karl Feldmeyer

Bedingtes Ja der FDP

CDU/CSU-Opposition beizeiten

Man muß sie täglich lesen

Fichte & Sachs Auf nicht fusionieren

Für mehr Bundeskompetenzen im Bildungswesen

Groß-Niedersachsen FDP Lein Mehrheitsbeschluß für Schrank

Athiopien gibt Westlichen Zusicherungen

Prag auf politische Häftlinge freilassen

H. Brax fordert 7,7 Prozent mehr Lohn

Zeta Pünstig mehr für Brie?

**Goldmann
Verlag
München**

**Michael Freund
Deutsche Geschichte**

»Die deutsche Geschichte ist immerdar überschattet von Teilungen und Spaltungen.«

Diese Aussage zieht sich durch die sechsbändige „Deutsche Geschichte" von Michael Freund. Sie schließt vor allem eine pseudoobjektive Betrachtungsweise der Geschichte oder das bloße Aneinanderreihen von Fakten aus.

Freund stellt deutsche Geschichte in dem Sinne durchaus subjektiv dar, daß jede ihrer einzelnen Epochen unter dem Blickpunkt der Gegenwart gesehen, in ihren Nachwirkungen auf die Gegenwart beurteilt wird. Geschichte wird zur Problemgeschichte.

Die Kernfrage lautet: „Was ist des Deutschen Vaterland?" Diese Frage drängt sich bereits für die „Geburtsstunde" des deutschen Volkes auf. Konnten die verschiedenen germanischen Stämme, aus denen das deutsche Volk entstand, je ganz in eines verschmelzen? Freund sagt, daß der Prozeß der Entstehung des deutschen Volkes bis heute noch nicht abgeschlossen ist. Die frevelnde Frage sei nie ganz verstummt, ob es dieses deutsche Volk überhaupt gebe.

Professor Dr. Michael Freund (1902–1972) lehrte lange Zeit an der Universität Kiel. Er war Mitherausgeber der Zeitschrift „Die Gegenwart" und ständiger Mitarbeiter der FAZ. Er ist darüber hinaus durch eine Reihe weiterer Buchveröffentlichungen zu historischen Themen bekanntgeworden.

**Goldmann
Verlag
München**

Aber wer kennt schon die
Namen ihrer Entdecker? Nur
wenige von ihnen wurden so
berühmt wie Heinrich Schlie-
mann oder Howard Carter. Die
meisten hinterließen außer
Stößen von Grabungsberichten,
Briefen und Tagebüchern nur
Schulden.
Was sind das für Männer?
Berufene oder Besessene?
Versponnene Gelehrte oder
verrückte Globetrotter?

Philipp Vandenberg hat die
Lebensgeschichte der
bedeutendsten Archäologen
der Welt nach authentischen
Zeugnissen aufgezeichnet.

Philipp Vandenberg, geboren
1941, studierte in München
Germanistik und Kunst-
geschichte. Er arbeitete als
Journalist bei großen
deutschen Tageszeitungen und
Illustrierten. 1973 erschien sein
erstes Buch „Der Fluch der
Pharaonen" – es wurde ein
Welterfolg. Die zwei Jahre
später veröffentlichte
archäologische Biographie
„Nofretete" behauptete sich
monatelang auf allen Bestseller-
listen. Sein neuestes Buch
„Ramses der Große" ist die
erste Lebensbeschreibung des
wohl ungewöhnlichsten und
bedeutendsten ägyptischen
Pharaos.

**Philipp Vandenberg
Auf den Spuren der
Vergangenheit**
Die größten Abenteuer der
Archäologie
Mit 40 Seiten Abbildungen.

Das ist die faszinierende
Geschichte jener Männer, die in
verlassenen Wüsten und
abgelegenen Tälern oft ein
Leben lang nach Spuren
unserer Vergangenheit suchten.
Die Gräber, Tempel und Städte,
die sie ausgruben, sind heute
Reiseziel zahlreicher Touristen.

Sachbuch. (11180)
Originalausgabe.

**Goldmann
Verlag
München**

Ein Filmtagebuch
– nicht nur für
Rezzori-Fans

**Gregor von Rezzori
Die Toten auf ihr Plätze!**

Wenn der Romancier und
Satiriker Gregor von Rezzori das
Werden eines Films schildert,
der schon vor seiner Urauf-
führung Sensationen machte,
dann entsteht nicht nur ein
gewöhnliches Tagebuch der
Dreharbeiten.

„Viva Maria" wurde in Mexiko
gedreht. Brigitte Bardot und
Jeanne Moreau spielten die
Hauptrollen. Nur zu bald wurden
die Spannungen zwischen den
beiden Stars unerträglich. Klima
und exotische Verhältnisse
steigerten die Exzentrik des
ohnehin unbürgerlich lebenden
Filmvolks und die Schwierig-
keiten der Dreharbeiten.

Rezzori schrieb auf, was er
während der Aufnahmen hinter
den Kulissen sah und erlebte.
Er porträtiert den sensiblen
Regisseur Louis Malle und seine
Hauptdarstellerinnen ebenso
unkonventionell wie deren
Begleiter. Er erzählt, wie beim
Film gearbeitet, gefeiert, geliebt,
gehaßt und – Zeit vertan wird. Er
Enthüllt Tricks und zerstört
Illusionen.

Gregor von Rezzori, Jahrgang
1914, wurde in Deutschland
zuerst durch seine „Maghrebini-
schen Geschichten" bekannt. Die
Romane „Ödipus siegt bei Stalin-
grad" und „Ein Hermelin in
Tschernopol" haben ihm den Ruf
eines Autors von europäischem
Rang eingetragen. Auch sein
letzter Roman, „Der Tod meines
Bruders Abel" (1976), war ein
großer Erfolg.

Ein Filmtagebuch.
(3541)